Anna Hope

La salle de bal

*Traduit de l'anglais
par Élodie Leplat*

Gallimard

Titre original :

THE BALLROOM

Anna Hope est née à Manchester. Elle a ensuite étudié à Oxford et à Londres. Elle est l'auteur d'un premier roman très remarqué, *Le chagrin des vivants*, et de *La salle de bal*, récompensé par le Grand Prix des lectrices de *Elle* en 2018.

À *John Mullarkey,*
mon arrière-arrière-grand-père,

1863-1918.

Et pour Dave,
qui prouve, chaque jour,
que la magie est réalité.

La salle, longue de 30 mètres et large de 15, est élégante de par ses dimensions et sa disposition générale. Elle est agrémentée de lambris et de frises en céramique de Burmantofts ainsi que de cordons, et au-dessus de fenêtres cintrées, qui constituent un ornement supplémentaire. À ces fenêtres des vitraux, où des oiseaux peints voletant autour de longues branches de mûriers créent un effet charmant. Le plafond voûté, à caissons brun clair et dorés, est rehaussé par diverses teintes en parfaite harmonie avec les nuances riches du lambris et de la frise, ainsi que par une magnifique galerie composée d'arcades en noyer. Tout au fond de la pièce se dresse une grande estrade aménagée avec tout le nécessaire en matière de coulisses et de cintres, et de la place pour loger l'orchestre derrière les lampes rasantes.

Ilkley Gazette, 1882

Le jardin de l'humanité est envahi de mauvaises herbes... l'engrais ne les transformera jamais en fleurs.

KARL PEARSON

PROLOGUE

Irlande, 1934

C'était une belle et douce journée. Elle marchait lentement, prudente sur le chemin semé d'ornières. De chaque côté se déployaient des prés, et dans ces prés du bétail paressait au soleil. Les fleurs d'été poussaient librement dans les fissures des murets éboulés. Le paysage était vert. Quelque part en bordure des choses elle sentait l'odeur de la mer.

Au sortir d'un virage elle vit la maison : basse et longue, avec trois fenêtres devant. Blanchie à la chaux. Une maison dont on avait pris soin. Il y avait autour un lopin de terre, où les grandes tiges des légumes poussaient en rangs, prêtes à être récoltées. Tout près se dressait une grange, où un homme travaillait au sommet d'une échelle, le tintement de son marteau cristallin dans l'air.

Elle s'arrêta. Retint son souffle. L'homme lui tournait le dos, absorbé par son travail. Il ne l'avait pas encore vue.

Elle ne s'était pas attendue à le trouver là. Bizarrement elle s'était dit qu'elle aurait peut-être le temps de voir la maison, de percevoir la présence de son occupant, de se demander s'il s'agissait vraiment du bon endroit.

Alors qu'elle observait l'homme, la fluidité de son geste, l'élévation et l'abaissement du bras au travail, elle sentit la crainte monter en elle.

La connaîtrait-il, après toutes ces années ? La remercierait-il de perturber sa tranquillité ?

Elle s'examina. Elle avait mis tellement de soin à se vêtir ce matin-là, et pourtant brusquement elle avait tout faux : ses chaussures trop serrées, la couleur de sa robe trop vive. Son chapeau trop élégant au vu de la chaleur de la journée. Elle pouvait encore rebrousser chemin. Il ne saurait jamais qu'elle était venue.

Elle ferma les yeux, la lumière tamisée du soleil dansait contre ses paupières.

Voilà trop longtemps qu'elle attendait ce moment.

Le marteau de l'homme s'était immobilisé. Elle ouvrit les yeux, le jour lui sauta au visage.

L'homme l'avait vue. Il se tenait debout sur le sol à présent, dos à la maison, le regard fixe. Elle n'arrivait pas à déchiffrer son expression. Son cœur flancha.

Elle leva le menton. Prit une inspiration. Elle ne faiblirait pas devant lui.

Elle se dirigea vers le portail, et lorsqu'elle l'atteignit, ouvrit la bouche et prononça son nom.

LIVRE PREMIER

1911

Hiver – Printemps

Ella

«Tu vas te calmer, oui? résonnait la voix de l'homme. *Tu vas te calmer, oui?*»

Elle émit un son. Ç'aurait pu être oui. Ç'aurait pu être non, qu'importe, on lui retira brusquement la couverture de la tête et elle aspira l'air avidement.

Une salle voûtée se déployait devant elle, éclairée par des lampes. Le sifflement ténu du gaz. Des plantes partout, et l'odeur du savon au crésol. Par terre des carreaux qui partaient dans toutes les directions, astiqués à fond, certains en forme de fleurs, mais les fleurs étaient noires. Comprenant qu'il ne s'agissait pas là d'un poste de police, elle se mit à crier, terrorisée, jusqu'à ce qu'une jeune femme en uniforme surgisse de l'obscurité et la gifle.

«Pas de ça ici.»

Irlandaise. Ella rejeta violemment la tête en arrière, des larmes plein les yeux bien qu'elle ne pleurât pas. Elle connaissait ces filles-là. La filature en était truffée. De vraies teignes.

Une autre femme arriva, elles glissèrent les mains sous les aisselles d'Ella et se mirent à la tirer vers une double porte. Ella laissa traîner ses pieds, mais elles la giflèrent pour la forcer à marcher. Toutes deux avaient un trousseau de clefs à la taille. Il devait y en avoir vingt, trente, qui s'entre-choquaient bruyamment. Les femmes poussèrent Ella entre les deux battants puis verrouillèrent derrière elles, et elles se retrouvèrent alors à l'entrée d'un couloir tellement long qu'on n'en voyait pas le bout.

« Où suis-je ? »

Pas de réponse. Seuls le chuintement du gaz et le couloir, interminable. Elles bifurquèrent à gauche, franchirent une autre double porte, faisaient avancer Ella d'un pas vif, au bruit du crissement de leur uniforme. Partout la même odeur âcre de savon, et autre chose, quelque chose de dissonant en dessous.

Ensuite, une dernière porte, et une vaste pièce où régnait une pestilence de porcherie : elles la traînèrent jusqu'à un lit étroit à l'armature métallique où elles l'allongèrent brutalement.

« On s'occupera de toi plus tard. »

D'autres lits se dessinèrent dans la lumière grisâtre, plusieurs centaines, alignés côte à côte. Sur chacun une personne, homme ou femme, elle n'aurait su dire. Des meubles imposants couraient le long des murs, peints d'une couleur sombre. Elle voyait les grandes portes doubles par lesquelles elle était entrée. Verrouillées.

Était-ce donc la prison ? Déjà ?

Elle se recroquevilla au bout du lit, le souffle court. Sa joue l'élançait. Elle y porta les doigts : gonflée, dure, fendue à l'endroit où les hommes l'avaient frappée un peu plus tôt. Elle tira la couverture rêche sur ses genoux. Non loin d'elle, quelqu'un chantait, le genre de chant qu'on chuchote pour endormir un bébé. Quelqu'un d'autre pleurait. Un autre encore marmonnait dans sa barbe.

Un fredonnement s'éleva. Il semblait provenir du lit voisin, mais tout ce qu'Ella discernait de la femme qui y était couchée c'étaient ses pieds, aux plantes pareilles à du papier jaune qui s'effrite, quand soudain la femme se redressa tel un diable à ressort. Elle était vieille, et pourtant elle s'était fait deux couettes, comme une petite fille. De minces pans de peau flasque pendouillaient de ses bras.

«Tu viendrais avec moi?» demanda la vieille.

Ella s'inclina légèrement vers elle. Peut-être connaissait-elle un moyen de sortir.

«Où ça?

— En Allemagne.»

La femme avait les yeux humides et brillants.

«On dansera, là-bas, on chantera.»

Elle entonna un air sans paroles d'une voix éraillée d'enfant. Puis elle ajouta dans un murmure sonore:

«La nuit, quand je dors, mon âme décanille: petitpas petitpas petitpas, comme une minuscule créature blanche.»

Elle pointa Ella du doigt et sourit.

«Mais faut la laisser faire. Elle revient le matin, fidèle au poste.»

Ella se couvrit les yeux avec ses poings et s'éloigna de la femme en se lovant en une balle compacte. Quelqu'un tambourinait contre les murs:

«*Chezmoimoijeveuxrentrerchezmoimoijeveuxrentrerchezmoi.*»

Ella s'y serait bien mise aussi. Sauf que chez elle, elle ne savait pas où c'était.

Elle resta éveillée toute la nuit, et quand bien même elle l'aurait voulu, elle n'aurait pas pu dormir. Elle avait la joue en feu, et dès qu'une femme cessait de bêler, une autre la remplaçait, braillant, chantant, jactant :

« *Etcétaitle*

— *Prendraistulélectricité*

— *Pue ! Pue ! mafaitunepeurbleue*

— *Mais c'est là, là que lespritentreenmoi* »

À mesure que le ciel s'éclaircissait, ce chœur prenait de l'ampleur, et Vieille Allemagne dans le lit voisin était la plus bruyante de toutes, terrible passereau accueillant l'aube. Une cloche retentit au fond de la pièce. Au moins il y avait du mouvement, il se passait quelque chose. En voyant une femme à l'autre bout du dortoir, vêtue d'un uniforme comme celles qui l'avaient amenée ici la veille au soir, Ella se glissa hors de son lit et s'approcha rapidement.

« Il faut que je parle à quelqu'un.

— Quoi ? »

La femme était replète, le visage empâté par le sommeil.

« À un responsable.

— C'est moi la responsable. »

La femme lissa son uniforme sur son ventre. Leva sa montre, se mit à la remonter.

« Où suis-je ?

— Tu ne le sais pas ? »

La femme sourit au visage rond du cadran, comme si tous deux étaient complices d'une gentille petite blague. Une autre cloche sonna, plus fort, quelque part à l'extérieur de la pièce. Les femmes commencèrent à grouiller et formèrent des rangs dans la bousculade. Ella serra les doigts autour de ses pouces. L'espace d'un instant, elle était de retour au travail – sept heures du matin, tout le monde grimpe la colline à la hâte pour ne pas être en retard, ne pas avoir de retenue sur sa paie –, la panique métallique dans la bouche. Jim Christy, le gabelou, prêt à vous claquer le portail au nez à sept heures pétantes.

« Tu devrais attendre d'avoir mangé un bout. »

Ella tourna la tête : une grande fille pâle se tenait à ses côtés.

« Il ne faut jamais se battre l'estomac vide, ajouta la fille avec un petit sourire détendu. Viens. »

Elle lui toucha le bras.

« Je peux te montrer le chemin. »

Ella se dégagea. Elle n'avait pas besoin d'amis. Surtout pas ici.

Elle suivit la foule dans une vaste pièce remplie d'échos, où les femmes s'asseyaient sur des bancs placés devant de longues tables en bois. Un côté de la salle n'était que portes, chacune gardée par une femme équipée d'un de ces fameux trousseaux de clefs. L'autre côté n'était que fenêtres, mais les carreaux étaient si minuscules que même en en brisant un on n'aurait pu y passer que le poignet.

« Assieds-toi. »

Elle fut repoussée par une femme en uniforme qui circulait. Un bol tomba bruyamment sur la table devant elle.

«Porridge, expliqua la fille pâle, assise en face d'elle. Il y a du lait. Tiens.»

Elle souleva un gros broc, versa un peu de lait dans son bol, puis fit de même pour Ella.

«La nourriture n'est pas trop mauvaise.»

Une jeune femme brune assise à côté d'Ella se pencha vers elles.

«C'est des souris, dit-elle en désignant le porridge. Ils les passent à la moulinette.»

Elle avait la peau grise, les joues creuses. Elle semblait ne pas avoir de dents.

Ella repoussa son bol. La faim lui tordait l'estomac, mais si elle mangeait ici, alors ça entrerait en elle. Ce serait réel. Or qu'importe où elle était, ce n'était pas réel.

«Tu t'es fait mal à la joue, commenta la fille pâle.

— Je sais.

— Tu devrais te faire soigner.»

La fille pencha la tête sur le côté.

«Je m'appelle Clem», fit-elle avant de tendre la main.

Ella ne bougea pas.

«Tes yeux aussi ont l'air mal en point.

— Ils vont très bien.

— Ils n'ont pas l'air.

— Je peux te le prendre?» demanda Souricette, son haleine chaude sur le bras d'Ella.

Ella hocha la tête, l'autre fit glisser le bol vers elle.

Il devait y avoir cinq cents femmes ici, et plus de bruit qu'à la filature avec toutes les machines en marche. Une vieille de l'autre côté de la table fredonnait une chanson à un châle enroulé qu'elle berçait dans ses bras en l'apaisant d'un *chuuut*, et en le caressant d'un doigt. Une femme vêtue d'un uniforme qui circulait dans les rangs se plaça à côté d'elle et lui tapota l'épaule.

«Arrête tes bêtises et mange.»

La vieille femme secoua la tête.

«Le bébé doit manger d'abord.»

Elle se mit à déboutonner sa robe.

«Y a pas de bébé», rétorqua l'autre en élevant la voix.

Elle empoigna le châle qu'elle déroula d'une secousse, puis brandit le bout de tissu troué.

«Tu vois? Y a rien.

«Bébé! Z'avez fait mal à mon bébé!» hurla la vieille avant de se laisser tomber à genoux en tâtonnant au sol.

La femme en uniforme la releva par un coude. D'autres femmes se joignirent alors au chahut, comme si le signal leur avait été donné de brailler. À l'apogée du tapage, un bol se brisa au sol.

«Pourquoi que t'as fait ça?»

C'était la même femme au visage dur que la veille. L'Irlandaise. Ella rentra les pouces dans ses paumes et serra.

«C'est le tube que tu veux? fit la femme. Tu veux qu'on recommence le tube?»

Pouponnette secouait la tête de droite à gauche en pleurant tandis qu'on la relevait de force pour la traîner vers la sortie.

De l'autre côté de la table, Clem mangeait calmement. Quand elle eut terminé, elle posa sa cuillère à côté de son bol et croisa les mains sur les genoux.

Ella se pencha en avant.

«Où l'ont-elles emmenée ? Où sont-elles allées ?»

Clem leva fugitivement les yeux.

«À l'infirmerie.

— Pourquoi ?

— Pour la nourrir au tube.

— Où suis-je ?

— À l'asile de Sharston.»

Les yeux de Clem étaient d'un bleu étale.

«Pourquoi ? Tu croyais quoi ?»

Ella considéra ses mains, ses poings serrés, puis déplia ses doigts sur la table : huit doigts, deux pouces. Mais on n'aurait pas dit les siens. Elle tourna les paumes vers le haut et les contempla. Elle aurait voulu un miroir. Même ce vieux rebut fendu qu'il y avait tout au bout des hangars de la filature. Celui devant lequel les filles jouaient toutes des coudes le vendredi. Même celui-là. Juste pour voir si elle était encore réelle.

Elle leva les yeux. Des portes. Des infirmières plantées devant chacune comme des geôlières, un de ces gros trousseaux de clefs à la taille.

L'asile de Sharston.

Elle en avait entendu parler. Depuis toute petite. Chaque fois qu'on faisait une ânerie : l'asile. Pour les aliénés. Les pauvres. *Ils vont t'envoyer à Sharston, et tu n'en sortiras jamais.*

Elle se leva et empoigna au passage l'une des infirmières.

«Attendez. Il y a eu une erreur !»

La femme se libéra d'une secousse.

«Silence, assieds-toi.

— Non ! Vous ne comprenez pas : il y a eu une

erreur. Je ne suis pas folle. J'ai juste cassé une fenêtre. Je ne suis pas folle.

— Le petit déjeuner est terminé, maintenant. Remettez-vous en rangs. »

Un crissement de bancs. Un brouhaha : plusieurs centaines de femmes se levaient pour aller s'aligner près de la porte. D'autres femmes en uniforme apparurent, petit groupe sur le seuil. L'une d'elles, la plus âgée, portait une coiffe moins grande et un badge. Elle parcourait la salle des yeux. Et la voilà qui traversait la pièce en direction d'Ella. Il y avait bien eu une erreur. Ils le savaient à présent. Ella tremblait de soulagement.

« Ella Fay ?

— Oui.

— Je suis la surveillante générale. Veuillez me suivre. »

Ella se leva maladroitement de son banc.

« Bonne chance », lança Clem.

Ella ne se retourna pas. Elle suivit la femme, sortit dans le couloir, et lorsque les portes furent fermées à clef derrière elle, ses genoux cédèrent, comme frappés par-derrière. Elle posa une main contre le mur pour retrouver l'équilibre.

La surveillante générale fit claquer sa langue avec un bruit de gorge.

« Alors, vous êtes prête ? Venez avec moi.

— Je m'en vais, maintenant ? »

La mâchoire de la femme frémit, comme si une mouche venait juste de s'y poser et qu'elle ne pouvait pas la chasser. Peu importait. Bientôt, elle serait dehors. Elle avait cousu deux shillings dans l'ourlet de sa robe, et cette fois elle les dépenserait.

Elle ferait ce qu'elle aurait dû faire la veille. Prendre le train. Loin : jusqu'à un endroit où la terre s'arrêtait pour céder la place à la mer.

Elles franchirent au pas de charge une double porte – deux, trois, quatre. Chaque fois qu'elles arrivaient devant les battants, l'infirmière silencieuse qui les accompagnait tenait Ella par les épaules pendant que la surveillante générale tripatouillait ses clefs à grand renfort de cliquetis. Elles arrivèrent à un couloir plus lumineux au bout duquel se trouvait le vert du hall d'entrée. Elle voyait les plantes, par centaines, et les mille petits carreaux au sol. On la conduisit fermement devant la porte d'entrée puis dans une pièce étouffante meublée de deux fauteuils, d'une table et guère plus.

L'infirmière la poussa sur un siège, posa les papiers qu'elle transportait, puis Ella fut laissée seule. Les fenêtres n'avaient pas de barreaux, ici. On y voyait une vaste allée de graviers. La porte s'ouvrit, un homme entra. En fredonnant. Cheveux blonds. Longue moustache aux pointes effilées, oreilles décollées et roses au bord. Il dévisagea brièvement Ella avant d'aller s'asseoir, il avait les yeux bleu clair. Il fit glisser les papiers vers lui. Écrivit quelque chose, puis poursuivit sa lecture. Ce faisant, il ne cessait de fredonner.

Il leva les yeux :

« Je suis le Dr Fuller, annonça-t-il d'une voix lente, au cas où elle serait sourde. Je suis l'un des médecins-chefs adjoints ici. J'ai pour tâche de m'occuper de votre admission.

— Mon admission ?

— Oui. »

Il s'adossa dans son fauteuil en lissant les pointes de sa moustache. Elles étaient acérées, on aurait craint de s'y piquer.

« Savez-vous pourquoi vous êtes là ?

— Oui.

— Oh ? »

Il se pencha légèrement.

« Expliquez-moi. »

Les mots tombèrent des lèvres d'Ella :

« J'ai cassé une fenêtre. À la filature. Hier. Je suis désolée. Je rembourserai. Mais je ne suis pas folle. »

L'homme étrécit les yeux sans cesser de soutenir son regard. Après un petit hochement de tête, il reporta son attention sur sa feuille et écrivit quelque chose.

« Nom ? »

Elle ne répondit pas.

Il fit claquer sa langue contre son palais.

« Quel est votre nom ?

— Ella. Fay.

— Merci. Profession ?

— Je ne suis pas folle.

— Profession, Miss Fay.

— Fileuse.

— Et depuis combien d'années travaillez-vous comme fileuse ?

— Depuis l'âge de douze ans. »

Son stylo griffait le papier.

« Et avant ça ? Avez-vous travaillé, enfant ?

— Oui. »

Il prit note.

«Depuis quel âge ?

— Depuis l'âge de huit ans.

— Et que faisiez-vous alors ?

— Bambrocheuse.

— Et, rappelez-moi, ça consiste…

— À enlever les bobines de fil de la broche quand elles sont pleines. Nouer les extrémités, pis tout ça. »

Il hocha la tête et écrivit encore.

«Vous êtes mariée, Miss Fay ?

— Non.

— D'après les documents que j'ai là, vous vivez encore avec votre famille, c'est juste ?

— Mon père. Sa famille. Pas la mienne.

— Et votre mère ?

— Morte. »

Encore le stylo sur le papier, encore gratte gratte gratte.

«Et quelle est l'adresse de votre père ? »

La pièce était silencieuse. Dehors, les nuages se poursuivaient dans le ciel comme s'ils avaient mieux où aller. Ella vit la maison qu'elle habitait. La maison où elle avait grandi. Où sa mère était morte. Une maison noire où on n'était jamais en sécurité. Son père, sa nouvelle femme, leurs enfants. Et elle. Pareille à ces chutes de tissu qui n'ont de place nulle part, qu'on se contente de jeter et de laisser s'effilocher.

«53 Victoria Street. »

Le médecin hocha la tête, écrivit puis se leva et contourna le bureau pour aller vers elle. Il lui saisit le poignet et appuya légèrement. De l'autre main il

30

sortit une montre à gousset, qu'il regarda fixement.

«Langue.

— Quoi?

— Tirez la langue.»

Il parlait sèchement.

Il scruta sa langue, puis retourna de l'autre côté de la table et écrivit de plus belle. Elle observait les lettres qui se dévidaient de son stylo et avançaient de gauche à droite comme la colonne de fourmis qu'elle avait vue jadis, par un après-midi estival de fournaise, traverser Victoria Street. Elle était petite, adossée contre la pierre brûlante. À l'intérieur, elle avait entendu le grincement de la voix de son père, puis l'impact sourd du poing sur la chair. Les pleurs de sa mère, un bruit grave, animal. Elle avait observé les fourmis. On aurait dit qu'elles savaient exactement où elles allaient. Elle s'était demandé ce qui se passerait si elle les suivait. Où elle se retrouverait.

«Il est écrit ici, Miss Fay, qu'hier matin vous avez brisé une fenêtre dans l'usine où vous êtes employée.»

Le médecin la regardait de nouveau, avec une certaine acuité, à présent.

«Je ne suis pas folle pour autant.

— Niez-vous les faits?

— Je...»

Comment expliquer? Comment parler de ce qu'elle avait vu: des femmes et des machines et des fenêtres qui bouchaient tout le reste. Ç'avait été limpide, alors, mais ça se transformerait en boue devant cet homme, elle le savait.

Elle secoua la tête en marmonnant.

«Il n'y a pas eu de dégâts. Juste le verre, et je compte bien rembourser. Je l'ai déjà dit. Je trouverai un moyen.»

Il se pencha et écrivit dans son calepin.

«Je ne suis pas folle, répéta-t-elle, plus fort cette fois. Pas comme ces femmes dans cette salle, en tout cas.»

Il continua à écrire.

Alors la pièce se resserra, s'assombrit. Palpitante. Ella avait le visage en feu. Une vraie bouillotte.

«Qu'est-ce que vous écrivez?»

Il l'ignora.

«Qu'est-ce que vous écrivez?» répéta-t-elle en élevant la voix.

Il continua à l'ignorer. On n'entendait que le frottement du stylo. Les meubles lourds et muets la dévisageaient.

Elle frappa la table devant lui. Comme il ne levait toujours pas les yeux, elle frappa encore, se leva et abattit la main en plein milieu des papiers : le stylo tomba au sol avec un cliquetis. L'encre éclaboussa la main du médecin. Il recula violemment dans son fauteuil. S'empara d'une cloche qu'il agita, et deux infirmières apparurent, à croire qu'elles avaient attendu dans le hall rien que pour ça.

«Il semblerait que Miss Fay ait des pulsions violentes. Faites-la descendre, je vous prie. Nous pourrons terminer l'examen quand elle sera calmée.»

Les infirmières l'empoignèrent, mais elle en mordit une au bras et parvint à se libérer en se débattant. Et après, la porte, pas fermée à clef, la course dans le vestibule, les fleurs noires. La grosse porte d'entrée, pas fermée non plus, et elle dehors sur les marches, et la gifle de l'air frais, et elle ouvrant grand la bouche, inspirant à fond, partant en trombe sur le gravier. Le hurlement des sifflets, strident, agressif. Une infirmière à ses trousses. Elle tournant à gauche, vers le côté le plus éloigné du bâtiment. Ensuite d'autres bâtiments, encore, toujours, et elle les fuyant à toutes jambes, traversant la pelouse. Un terrain de cricket. De grands arbres. Les poumons en feu. Par là rien que des champs, marron et boueux, à perte de vue, et des moutons, et droit devant un chemin. Le sommet d'une petite côte. Deux hommes, debout dans un trou. L'un d'eux agitant les bras, criant. Elle se retournant, voyant les infirmières derrière elle, de plus en plus près. Elle faisant un écart pour les esquiver, mais glissant dans la boue, sa cheville se tordant et elle s'aplatissant, face contre terre, et débaroulant la colline.

La claque féroce de la boue. Partout du rouge et du noir. Une humidité chaude s'élargissant entre ses jambes.

Un visage devant elle, un homme sombre – la main tendue, la paume ouverte.

«Hé, ça va?»

Des gens autour d'elle. Au-dessus. Elle à quatre pattes, crachant de la terre noire. Ses bras, tordus derrière son dos. La douleur foudroyante quand elle fut levée de force par des gens qu'elle ne pouvait pas voir.

L'homme sombre toujours là. Debout, qui la regardait. Un peu à l'écart. L'air de la plaindre.

Personne ne la plaignait.

«Quoi? lui hurla-t-elle. *Qu'est-ce que vous regardez?*»

John

«Fait assez froid pour vous, *mio Capitane*?

— Oui-da.»

John prit place à côté de Dan dans le rang.

«Assez froid.»

Huit d'entre eux là dehors dans les premières lueurs d'étain, à attendre leur pelle, la rencontre de leur souffle avec l'air formant des nuages vaporeux. Les hommes toussaient, soufflaient sur leurs mains en dansant d'un pied sur l'autre et allaient voir Brandt, le surveillant, un par un, pour lui donner leur nom et savoir où creuser. C'étaient toujours les mêmes têtes, là dehors : ils n'étaient pas tant que ça à qui on pouvait confier un objet dur et tranchant.

«Mantle Lane», annonça Brandt quand ce fut au tour de John, en lui passant sa pelle.

John parvenait tout juste à discerner les ridules de l'homme.

Il cala le manche de l'outil sur son épaule et suivit les contours gris de la silhouette massive de Dan au bout de l'allée de graviers qui conduisait derrière les bâtiments principaux, franchissait le pont de la voie ferrée, puis partait dans les zones les plus éloignées du domaine. Leurs croquenots crissaient sur l'herbe gelée, John rentrait les épaules sous sa veste. Ça pour cailler, ce matin, ça caillait, avec le vent qui descendait des sommets et s'insinuait dans les interstices des vêtements. Arrivés au cimetière, ils se dirigèrent vers le trou qu'ils avaient creusé la semaine précédente, recouvert à présent d'épaisses planches. Dan s'accroupit au bord et en souleva une pour jeter un œil à l'intérieur.

« Y en a deux là-dedans.

— Oui-da. »

Encore quatre morts, donc, avant qu'il soit plein.

Il faisait un peu plus clair désormais, John vit la crispation du visage de Dan quand il sortit de sa poche deux brindilles pleines de sève, qu'il tressa rapidement avant de les déposer précautionneusement dans la fosse en prononçant quelques mots à voix basse.

Il y en avait toujours six par tombe. Pas de stèle, juste des parcelles brutes remblayées avec la terre fraîchement creusée.

John traça un rectangle au sol à l'aide de sa pelle afin de délimiter l'emplacement d'une nouvelle tombe. Dan le rejoignit vite, et lorsque les deux hommes maniaient leur outil, le métal frappait le sol avec un tintement aigu.

Ils ne parlaient pas en travaillant. C'était toujours comme ça au début : le silence jusqu'à parvenir au bon rythme. Le croquenot qui se cale sur l'arête de la pelle. Le manche contre le genou. Le souffle qui trouve son chemin. Avec le seul bruit du fer qui fend le sol et de temps à autre le grognement de l'effort. Le froid qui ne pèse plus une fois qu'on est tout entier accaparé par le pelletage, la découpe nette et lisse des parois.

Ils se débrouillaient bien, et puis les boulots difficiles étaient les bons : c'étaient ceux qui vous faisaient oublier.

De temps en temps ils entendaient le cri d'un homme ou le hurlement perçant du train qui arrivait de Leeds sur la ligne secondaire en déposant une traînée de fumée au-dessus des arbres, mais généralement le silence régnait. À eux deux il leur fallait une journée pour creuser une tombe : trois mètres cinquante de haut, pour en faire rentrer le plus possible dans le trou. C'était un bon rendement. Même si les outils ne valaient rien. Pas comme ceux qu'on avait au pays, les *loys* étroits, adaptés à l'homme, adaptés au travail, que ce soit pour couper des mottes, butter les pommes de terre ou le gazon. Les pelles de l'asile étaient fabriquées à l'usine. Et pourtant ils étaient très rapides, car John bêchait la terre depuis qu'il était en âge de tenir un manche et Dan était l'homme le plus fort d'ici.

Ils pelletaient sans relâche, la chaleur montait dans leur corps, tandis que derrière eux le soleil barbouillait les bâtiments noirs de son aube de fin d'hiver avant de se cacher derrière d'épais nuages gris. Tandis que Brandt marchait de long en large au sommet de la colline, muni du grand bâton que possédaient tous les surveillants, son œil de fouine rivé sur eux et les autres groupes éparpillés, prêt à siffler au moindre incident.

« Tiens », fit Dan quand ils furent enfoncés à un bon mètre de profondeur.

Il cacha au creux de sa main un peu de tabac sorti de sa poche en désignant d'un coup d'épaule la barrière qui enserrait le champ.

« Il en faudrait pas beaucoup pour grimper ça maintenant, pas vrai ? »

John se frotta le front d'un revers de manche, pris d'une suée. Derrière la barrière le terrain s'élevait légèrement : pas la côte raide de la lande qu'ils voyaient depuis leur pavillon, une pente plus douce. Quelques maisons piquetaient l'horizon. Il lorgna Brandt et, voyant que l'homme avait le dos tourné, se pencha, prit une pincée de tabac et se roula vite une fine cigarette. Dan avait raison. La barrière faisait juste une fois et demie leur taille. La courte échelle et hop ! ils seraient partis.

« Où est-ce que j'irais ? reprit Dan en réponse à une question qui n'avait pas été posée. Si je me faisais la malle ? Ma foi, *mio Capitane*, voyons voir. »

Il frotta une allumette, dont l'éclat lécha les aspérités de son visage.

John se pencha vers la petite flamme. Il n'avait jamais su comment Dan se débrouillait pour trouver ces allumettes et les faire passer en fraude, mais sûr, il avait le chic. Et on épargnait toujours un peu de fierté quand on n'avait pas besoin de mendier du feu aux surveillants.

« Je sais ce que je ferais pas. »

Dan cracha un filament de tabac par terre.

« Pas comme ces gros lourdauds qui sont allés traîner leurs guêtres dans le village. »

Il désigna les maisons au loin.

« Faut pas faire ça. Pas avec ces nippes. »

Tout le monde savait pour les quatre qui s'étaient échappés. Partis moins de vingt-quatre heures, ils n'avaient rien fait qui fût digne de leur effort : errer dans Sharston en plein jour, entrer chez un marchand de journaux, aller se faire raser chez le barbier. L'homme avait lu les étiquettes sur les vêtements de ces bazuts quand ils s'étaient assis dans son fauteuil.

Dan et lui portaient tous deux des costumes rêches en tweed gris, avec *Asile de Sharston* cousu à l'extérieur de la veste. Dan pinça le tissu de l'étiquette entre ses doigts.

« Je sais peut-être à peine lire, mais même moi je suis pas assez bête pour pas savoir qu'ils vont nous marquer au fer comme des moutons. Non… »

Il recula, les yeux mi-clos, la fumée se déroulait de ses narines dans la lumière rasante de l'hiver.

« Faut pas aller au village. Faut aller dans les bois. » Penché en arrière, il désigna l'ouest.

« J'ai des amis là-bas. Ils m'aideraient. Ils t'aideraient aussi, *chavo*. Un homme honnête, ils l'aident toujours. »

John tira sur sa cigarette. Il ne savait jamais vraiment trop de quel genre d'amis parlait Dan.

Ah ça il les aimait ses histoires, Dan, c'était bien une étrange histoire à lui tout seul, avec sa gueule carrée, sa poitrine d'Hercule et ses bras pareils à deux jambons, encrés partout de tatouages d'oiseaux, de fleurs et de créatures moitié femme, moitié bête. Jadis marin – *vingt ans de mer* –, il appelait John *mio Capitane* parce qu'il lui rappelait, c'est ce qu'il disait, un capitaine italien qu'il avait eu : *un bien bel omi, pile comme toi*. Il avait navigué jusqu'au jour où il avait perdu son permis de la marine marchande, puis était devenu pugiliste, terrassant des types dans les foires contre de l'argent. Mais il racontait beaucoup d'histoires, et on ne savait jamais lesquelles étaient vraies.

Ici la plupart des hommes avaient le visage marqué par quelque chose que John connaissait : la pauvreté, ou la peur de la pauvreté. Le visage de Dan Riley était différent : les seules marques visibles étaient un nez qui avait été cassé à de nombreuses reprises et des rides creusées par le rire et le soleil. En deux ans, John n'avait jamais tout à fait réussi à savoir pourquoi cet homme était là.

« Et après, cap sur la mer, poursuivit Dan. La mer, *mio Capitane*. South Shields. C'est là qu'il faut aller. Tu rappliques avec rien, et on t'embarque sur un navire marchand. Pas de questions. Je voyagerais de nuit. »

Il traça des zigzags avec sa cigarette.

« J'éviterais les routes. »

Il ralentit un peu, savourant l'instant.

« Et quand je serais arrivé, j'irais voir Norah Carney. »

Norah Carney. Cette légende avait fait passer plus d'un après-midi de labeur.

« Je frapperais à sa porte, elle apparaîtrait. »

Dan recula comme pour lui laisser de la place entre eux dans le trou de cette tombe à demi creusée.

« Elle me ferait entrer, comme elle le fait toujours. Et là on brûlerait illico toutes ces nippes dans le feu. »

Il désigna sa tenue.

« Ensuite on monterait se coucher dans son *lente*, et je ne me lèverais pas avant que… »

Un sifflement aigu retentit au loin. Par-dessus l'épaule de Dan, John vit Brandt agiter son bâton. Dan s'esclaffa, un gloussement égrillard qui lui ébranla tout le corps tandis qu'il éteignait son mégot entre ses doigts avant de le jeter à terre.

«Et toi? T'irais où, *mio Capitane*?»

Il avait cette façon de poser les questions, en vous regardant droit dans les yeux, comme s'il espérait une réponse. Comme si votre réponse potentielle l'intéressait.

L'ourlet d'une robe.

Une femme. Un enfant.

Avant.

«Nulle part», répondit John, et il abattit de nouveau sa pelle pour trancher la terre.

Ils creusèrent tout le restant de la matinée et encore après. Dan fredonnait et chantait en travaillant. Il chantait au gré de son humeur, tantôt une romance meurtrière, des couplets sanglants et revanchards, tantôt des bouts de chansons de ménestrel apprises sur les routes, mais le plus souvent un chant de la mer:

> *Sur l'océan j'ai planté ma victoire*
> *Et bois mon vin dans une coupe d'or.*
> *Vivre d'orgie c'est ma seule espérance*
> *Le seul bonheur que j'ai pu conquérir*
> *Si sur les flots j'ai passé mon enfance*
> *C'est sur les flots qu'un forban doit mourir.*
>
> *Vin qui pétille, femme gentille*
> *Sous tes baisers brûlants d'amour*
> *Plaisir, bataille, vive la canaille*
> *Je bois, je chante et je tue tour à tour.*

Ensuite il changeait les paroles, les faisait grave-leuses en ajoutant des couplets au sujet de bonnes grosses filles perverses dénommées Norah, se faisait rire tout seul.

Et même si le boulot était lugubre – creuser des tombes de trois mètres cinquante pour loger six bougres –, quand l'odeur de la terre fraîche venait vous caresser les narines, qu'on chantait à côté de vous, que le pelletage était dur et que la sueur perlait, vous aveuglant de temps à autre et vous piquant les yeux, le monde était relativement simple.

Un peu après que l'horloge principale eut sonné les coups de onze heures, alors qu'ils étaient à deux bons mètres de profondeur, il y eut soudain du tapage. Des sifflets, pas un cette fois mais beaucoup, dans lesquels on soufflait compulsivement. Ils levèrent la tête et virent une silhouette venir vers eux depuis le côté le plus éloigné du bâtiment, petite, sombre, et se déplaçant à toute allure.

Dan laissa échapper un sifflement sourd.

«Non, mais regarde-moi ça, *chavo*...»

C'était une femme, elle fonçait droit sur eux.

«Ça alors, se réjouit Dan, une *dona* le matin.»

John la regardait fixement. Les femmes étaient des fantômes. Elles partageaient les bâtiments avec eux, mais ils ne les voyaient jamais. À part le vendredi : la danse. Or il ne se mêlait pas à ça.

Dan renfonça sa casquette sur sa tête.

«Vas-y, poupée», marmonna-t-il dans sa barbe.

La fille se rapprochait, coudes au corps pour se propulser, le visage écarlate sous l'effort. Une sauvagerie en elle. Une liberté. Qui vint se planter dans le ventre de John et lui vriller les tripes.

«Vas-y, poupée! rugit Dan en balançant sa pelle au sol et en agitant les bras. *Vas-y!!*»

Au sommet de la colline, derrière la fille, à moins de six mètres, Brandt accourait, sa maigre silhouette noire gagnait du terrain, et derrière lui des infirmières : trois, quatre, cinq infirmières, jupes au vent, bras au vent, oiseaux inutiles incapables de voler. John évalua la distance jusqu'aux arbres, le souffle court, comme si c'était lui qui courait, pas la fille. Elle pouvait peut-être y arriver. Peut-être.

«Arrêtez-la! *Arrêtez-la!* hurlait Brandt, bouche ouverte, le visage tordu, sans cesser de courir.

— T'as entendu ça ? demanda Dan.

— Entendu quoi ?» murmura John.

Ni l'un ni l'autre ne bougea.

Vas-y, poupée. Vas-y.

C'est alors que la fille leva la tête et les vit. Mais les deux hommes eurent beau mettre les mains en l'air pour lui montrer qu'ils ne lui voulaient aucun mal, il y eut de la terreur dans ses yeux et elle bifurqua brusquement, trébucha, fit une mauvaise chute et roula vers eux.

L'espace d'une seconde terrible elle resta immobile. John passa à l'action – sans même réfléchir –, il se hissa hors du trou et se dirigea vers l'endroit où elle gisait. Il s'agenouilla dans la boue à côté d'elle.

«Hé, ça va ?»

La fille ne bougeait pas. Il lui toucha le bras, elle roula sur le dos. Elle avait les yeux rouges et gonflés, sa joue faisait mal à voir. Sa robe mouillée était maculée de boue et d'herbe. Elle voulut se saisir de la main qu'il lui tendait pour l'aider à se relever, mais cette main fut soudain repoussée avec une telle violence qu'il fut déséquilibré et s'en alla à son tour valser au sol. Il se releva gauchement : Brandt était déjà sur la fille, un genou contre sa colonne vertébrale, il lui avait tiré les bras dans le dos.

Impuissant, John regarda la fille se faire maîtriser et ligoter, entourée d'une cohue d'infirmières qui poussaient des cris d'orfraie. Pendant tout ce temps, les yeux rouges de la fille restèrent rivés sur les siens, il n'arrivait pas à détourner le regard.

« Quoi ? gronda-t-elle à son adresse alors qu'on la relevait de force. *Qu'est-ce que vous regardez ?* »

Il secoua la tête.

« Je suis désolé », répondit-il à moitié dans sa barbe, et il se détourna.

Dan était enfoncé jusqu'aux cuisses dans la tombe, sa casquette repoussée sur l'arrière du crâne. Il laissa à nouveau échapper un sifflement sourd.

« J'ai bien cru qu'elle allait réussir à se carapater.
— Oui-da. »

Elle courait vite. Elle allait réussir à les atteindre, ces arbres. Elle aurait pu distancer Brandt. Et c'est alors qu'elle les avait vus et qu'elle était tombée, et maintenant elle était prise.

Ce moment avait entaché la matinée. Pour l'instant, ses couleurs restaient floues.

John abaissa sa pelle sur le sol d'hiver dur. Et il songea à l'endroit où il se trouvait. Et à combien de temps il avait passé là. Et ce qui jusqu'alors était simple se brisa en mille éclats coupants.

Charles

Ce fut presque un soulagement quand vint l'interruption : en fin d'après-midi, il se trouvait tout au bout des quartiers des hommes, dans le pavillon cinq, en train de jouer des sonates de Mozart aux épileptiques.

Un jeune surveillant lui tapota l'épaule et lui apporta la nouvelle : « Le directeur souhaite vous voir immédiatement », et il fut contraint de s'interrompre au beau milieu de l'adagio de la sonate en *do* majeur, K 545.

Comme il parcourait à la hâte le long couloir principal, ouvrant puis verrouillant toute une série de portes au passage, un sentiment de malaise l'assaillit. Il savait de quoi il s'agissait : il s'agissait de cette fille. Il aurait dû lui courir après. Cet incident l'avait fait paraître faible. Qu'une telle brèche dans la sécurité advienne sous sa surveillance n'était pas bon.

À l'approche de la porte du directeur, Charles inspira profondément à plusieurs reprises avant de toquer sur le bois d'un geste qu'il espérait confiant.

« Entrez ! »

La voix du directeur était étouffée par la porte massive.

« Ah… Fuller. »

Soames était assis derrière son bureau.

« Asseyez-vous. »

Charles sentit son regard peser sur lui tandis qu'il traversait la pièce.

«Tout va bien, Fuller?

— Très bien, monsieur, répondit Charles en prenant place.

— Parfait, parfait.»

Les lunettes à monture noire de Soames, perchées ainsi sur le bout de son nez, donnaient à Charles l'impression d'être regardé par des yeux multiples. De fait, il y avait quelque chose de clairement arachnéen chez cet homme, grand comme il était avec ses membres maigres : il sortait rarement de son bureau, tapi au centre de sa toile de couloirs, et pourtant rien de ce qui se passait sous sa garde ne lui échappait. Il hocha sèchement la tête.

«J'ai entendu dire que nous avions davantage de musique dans les salles communes à présent?

— Oui, monsieur. D'ailleurs je quitte à l'instant mon piano.

— Vraiment? Et comment se passe ce nouveau *régime*?

— Ah. Ma foi...»

Charles s'efforça de répondre d'une voix nonchalante.

«Il me semble que les patients apprécient. J'ai... fait quelques petits essais avec divers compositeurs. Ça en devient presque une... prescription médicale, si vous voulez.

— Je vois.»

Frémissement fugace des lèvres qui aurait presque pu passer pour un sourire.

«Et qui préfèrent-ils?

— Ma foi, c'est très variable.»

Charles se pencha en avant.

«J'ai tendance à préférer Mozart pour les épileptiques. Ou Bach. Les patients semblent apprécier
l'ordre que cette musique leur procure et, ensuite…
Chopin, Schubert, les *Impromptus* – pour… ma foi,
pour leur… beauté, j'imagine.

— Leur beauté ?»

Soames haussa un sourcil.

Le pouls de Charles s'accéléra. Il décida de fan-
faronner.

«Oui, monsieur. Je trouve quant à moi qu'il
n'existe pas plus belle musique pour piano seul.»

Soames émit un son qui n'engageait à rien.

«Et l'orchestre ? demanda-t-il. Cela ne vous fait
pas trop ? Il est toujours possible de trouver quelqu'un d'autre pour s'occuper de cette charge.

— Non, monsieur.»

Charles s'esclaffa. Il avait voulu produire un son
naturel, au lieu de quoi son rire retentit comme un
aboiement étouffé.

«Pas du tout. Nous progressons, monsieur.
Nous avons maintenant un alto et une trompette,
et sommes donc, depuis la semaine dernière, enfin
au grand complet.

— Fort bien.»

Soames s'adossa dans son fauteuil, les deux index
pointant sous le menton.

«Depuis combien de temps êtes-vous parmi
nous, Fuller ?

— Cinq ans, monsieur.

— Cinq ans, répéta Soames d'un air songeur.

— Monsieur…»

Charles se frotta les doigts.

«Au sujet de cette fille. Je suis terriblement navré.

J'aurais dû identifier les signes, mais on l'a fait descendre, à présent, et je crois… »

Le directeur leva une main.

« Vous ai-je donné la parole, Fuller ?

— Non, monsieur. »

Un silence lourd emplit la pièce.

« Dites-moi, Fuller. Quelle impression vous a donnée cette fille ?

— Je… elle… »

Elle sentait l'huile de moteur, l'urine et la laine. Sa seule pensée quand il avait pris son pouls avait été d'en finir au plus vite avec cet entretien.

« Le dossier n'était guère fourni. Date de naissance approximative. De la famille, mais éloignée. »

Soames hocha la tête.

« Et physiquement ?

— Physiquement elle était… en dessous de la moyenne. »

Largement en dessous. Il s'était attendu à trouver devant lui l'un des échantillons les plus médiocres de l'espèce féminine, mais on n'aurait pas pu faire pire : les yeux gonflés, presque difformes, aux coins plâtrés d'une croûte jaune, la peau rose et tendue au-dessus et en dessous de l'orbite, la conjonctive enflammée et larmoyante. En dessous béait une plaie, récente, un coup sur la pommette, qui avait fendu la peau.

« Voilà ce qu'il en est, Fuller, déclara Soames en croisant le regard de Charles. Nous ne voulons plus d'évadés. Ça entache notre réputation. Ça effraie les villageois. Vous comprenez ? Nous ne pouvons pas nous permettre de donner l'impression de... perdre le contrôle.

— Oui, monsieur. Absolument. Tout à fait.

— J'espère que votre récente promotion ne se révélera pas avoir été trop présomptueuse. Vous ne pouvez pas vous permettre un moment d'inattention. »

Charles hocha la tête et remua sur son siège.

« Je comprends bien, monsieur. Et j'espère sincèrement que ce n'est pas le cas.

— Parfait, Fuller, répliqua Soames en le congédiant d'un geste. Ce sera tout. »

Charles se leva. Se dirigea vers la porte sur des jambes flageolantes, puis hésita. Il était particulièrement rare d'avoir un entretien avec le directeur. Qui pouvait dire quand aurait lieu le prochain ?

« Monsieur ? » lança-t-il en se retournant.

Soames leva la tête, comme surpris de le trouver encore là.

« Oui ?

— Vous avez certainement entendu parler, monsieur, du projet de loi sur le contrôle des faibles d'esprit que le gouvernement espère présenter l'année prochaine. »

Soames inclina imperceptiblement la tête.

« Si tel n'était pas le cas, Dr Fuller, je pense que l'on pourrait me compter parmi les destinataires de ce projet. »

Charles se sentit rougir.

« Évidemment, monsieur, je ne voulais pas insinuer...

— Peu importe, Fuller.

— Oui, monsieur. Merci. Ma foi, je suis sûr que

vous avez également entendu parler de l'existence de la Eugenics Education Society[1].

— En effet.

— Ma foi, monsieur, j'en suis membre et je reçois leur revue trimestrielle. »

L'ombre de l'agacement traversa le visage de Soames.

« Où voulez-vous en venir, Fuller ?

— Il doit se tenir un congrès, monsieur, l'été prochain, à Londres. »

Charles plongea la main dans sa poche, d'où il sortit le petit bout de papier qu'il avait gardé sur lui toute la semaine précédente, et le lissa en le déployant sur le bureau du directeur.

« Et je… ma foi… J'avais dans l'idée que je pourrais écrire une allocution. »

Le directeur se pencha afin d'étudier le prospectus.

Appel à propositions d'allocutions
Premier Congrès eugéniste international
Sujets d'une importance capitale et d'un intérêt pérenne.

« Je me disais que je pourrais me servir de mon nouveau programme de musique dans les pavillons : en retracer l'effet bénéfique sur les patients, pour ainsi dire. Je me disais, monsieur, qu'avec votre permission je pourrais…

— Fuller ? »

Le directeur le dévisagea à travers ses verres.

---

1. Société d'éducation eugénique, fondée en 1907 par Francis Galton. *(Toutes les notes sont de la traductrice.)*

« Oui, monsieur ?

— *Vous* avez peut-être le temps de rêvasser sur la manière optimale d'améliorer le sort de nos patients, mais je suis quant à moi trop occupé pour admettre de telles distractions. Puis-je vous rappeler que vous n'êtes pas rentier ? S'il survient d'autres écarts semblables à celui-ci, je me verrai dans l'obligation de reconsidérer votre situation. À tout le moins je serai contraint d'en conclure que les obligations musicales supplémentaires que vous endossez et commentez par écrit avec tant d'enthousiasme se font au détriment de votre travail. Alors, je vous en prie, ne parlons plus d'allocutions ni de congrès.

— Oui, monsieur. Bien sûr.

— Et maintenant... »

Soames agita la main en direction de la porte.

« Merci, monsieur », répondit Charles quand il eut traversé la pièce, mais cette fois-ci Soames ne leva pas la tête.

Ella

Seules ses jambes étaient libres. Elles et sa voix. Au début elle avait donné des coups de pied dans la porte et hurlé à s'en déchirer la gorge, avant de s'affaisser, la tête entre les genoux. Le froid montait de la pierre sous ses fesses. Une mince couverture grise était pliée à côté d'elle, mais avec les bras attachés comme ça, impossible de la déployer.

Un bruit lui parvenait, on aurait dit que quelqu'un se jetait contre quelque chose de mou, encore et encore. Des voix, aussi, lointaines et grêles, pareilles à des fantômes. En chemin elle avait vu d'autres portes, chacune munie d'ouvertures rondes, il devait donc y avoir d'autres gens ici, enfermés dans leur propre cellule humide. Était-ce là qu'avait été emmenée la vieille femme au châle ? Était-elle en bas maintenant, à bercer son bébé de laine trouée pour l'endormir ?

Et puis, en fond sonore, lui parvenait un son plus grave, un bruit métallique, comme si le bâtiment était une machine et qu'elle se trouvât près du cœur : à côté des mécanismes, du grincement des engrenages. Elle reposa la tête contre la froideur du mur de pierre.

Elle avait échoué. L'espace d'un fugitif instant vert elle avait cru être libre, mais elle avait échoué.

Hier.

Était-ce seulement hier ?

Dix heures du matin. Chambre à tisser numéro quatre, cinq étages au-dessus de Lumb Lane. Un matin pareil à tous les autres des douze années où elle avait travaillé là. Elles venaient juste de prendre leur pause, elle avait dans la bouche le goût amer du thé et de son résidu. Elle avait dû s'endormir, car elle avait été réveillée par la gifle du martinet sur son dos.

« Surveille ton fil, crénom ! » lui avait hurlé le contremaître dans l'oreille.

Elle avait eu une décharge de panique. Cinquante bistanclaques cliquetaient. Il n'avait pas pu s'écouler plus d'une seconde.

« La prochaine fois, dirent les lèvres de l'homme. La prochaine fois, miladzeu. »

Puis il avait continué son chemin dans l'allée avec son martinet.

Elle avait beau essayer de se concentrer, les fils s'amincissaient et se brouillaient devant ses yeux. Elle avait senti sa tête partir de nouveau, dodeliner, semblable à une marionnette qu'on aurait oublié d'actionner. Dangereux. C'était dangereux de s'endormir. Il y avait l'odeur écœurante, animale, de la laine. Le métal roussi des machines. Les peluches, qui lui brûlaient et lui gonflaient les yeux.

Elle aurait voulu un peu d'air, mais les fenêtres étaient fermées, masquées, badigeonnées, il n'y avait pas moyen de voir le ciel.

Elle avait demandé une fois, lors de son premier jour à la filature, petite, terrorisée, à huit ans :

Pourquoi toutes les fenêtres sont couvertes ?

Alors l'une des filles plus âgées qui lui montrait les gestes à faire – comment foncer sur le sol glissant sous les métiers à tisser pour nouer les fils et rentrer ses nattes sous ses vêtements pour ne pas se faire scalper – avait éclaté de rire et lui avait asséné un coup de poing derrière la tête. *Pourquoi à ton avis ? T'es pas là pour admirer le paysage.*

Donc les fenêtres étaient masquées dans la chambre à tisser numéro quatre, mais il n'y avait rien de nouveau à ça. Et le bruit. Parfois elle se disait que c'était ça que cet endroit produisait : du bruit et du tissu, mais surtout du bruit, au point de noyer les pensées, au point de l'entendre tinter et bourdonner aux oreilles pendant toute la journée de repos.

Mais la veille au matin, Ella avait vu les enfants, le visage crispé par la terreur. Vu les vieilles femmes, les épaules courbées, pareilles à des sacs à moitié vides. Les jeunes calées contre leur métier comme si dans le vacarme et les peluches elles s'offraient aux dieux de la filature, du métal et de la laine. Elles se livraient, dans la chambre à tisser numéro quatre, et Ella avait vu leur vie se transférer aux machines. Pour quoi ? Pour quinze shillings à la fin de la semaine dont on cède la moitié à son père avec comme seul horizon l'éternité des jours à venir pendant que tout s'échappe de soi, et puis s'endormir, en être châtié, et les fenêtres tellement embuées qu'on ne voit jamais le ciel.

Elle voulait voir le ciel.

Alors la veille, le même jour que tous les autres, mais plus le même, Ella avait fait glisser de sous ses pieds un panier rempli de bobines vides, en avait attrapé une et l'avait balancée contre la fenêtre à côté d'elle. La vitre masquée s'était brisée et Ella s'était tenue là, suffoquant, étourdie par la gifle glacée de l'air. Elle voyait l'horizon au loin. La sombre promesse tapie de la lande.

Elle avait fait volte-face, parcouru par le milieu cette longue pièce en passant devant les visages abasourdis, devant les bistanclaques toujours en marche, toujours, le cœur battant, traversé les peluches qui neigeaient autour de sa tête, et lorsqu'elle était arrivée à la porte elle s'était mise à courir, jusqu'en bas des cinq volées de marches, dans la cour, loin du portail, à travers l'herbe rabougrie, et par l'entrée de service qui donnait sur Lumb Lane. Il faisait beau, clair et froid. La rue était vide. La sueur séchait sur son visage.

Elle avait levé ses mains brunes et grasses vers le ciel, comme si elle les voyait dans un rêve.

Elle aurait dû continuer à courir.

Avait-elle cru qu'ils ne viendraient pas à ses trousses ? Ils étaient venus. Évidemment qu'ils étaient venus. Les pieds martelant les marches d'escalier métalliques.

Ils l'avaient traitée de folle quand ils l'avaient traînée hors de la rue : Jim Christy, le gabelou ; Sam Bishop, le contremaître. Traitée de folle quand ils l'avaient conduite dans une petite pièce à côté du portail de la filature et qu'elle avait crié, lancé des coups de pied, craché. *Pourquoi que t'as fait ça, sale folle ?* Et ils avaient peut-être raison, car elle avait atteint un point où elle aurait pu s'arrêter, et pourtant elle l'avait dépassé sciemment, et de beaucoup, et elle était devenue les cris, devenue les coups de pied, devenue les crachats : un fleuve qui avait fait céder ses digues. Elle leur avait fait mal, elle le savait, elle l'avait compris à leurs bruits. Jusqu'à ce qu'un coup de poing lui fende la joue et la réduise au silence, et qu'il ne reste plus que la pulsation rouge cru de son sang. Jusqu'à ce qu'ils l'enchaînent à un tuyau et qu'ils la plantent là.

Mais à ce moment-là sa part sensible était déjà loin.

Et c'est alors que les hommes en uniforme étaient venus.

La lumière filtrée par la fenêtre tourna au plafond, et la cellule s'assombrit. Les bruits s'estompèrent à mesure que la nuit s'installait. Le froid montait de la pierre sous ses jupes, et la peur se tapit à côté d'elle dans l'obscurité, prête à ramper sur ses genoux.

Ils vont t'envoyer à Sharston, et tu n'en sortiras jamais.

Était-elle donc folle, parce qu'elle avait brisé une vitre ? Folle, parce qu'elle avait donné des coups de pied et mordu ces hommes ? Était-ce donc tout ce qu'il fallait ?

Elle se trémoussa pour arriver à s'asseoir. Se frotta les bras contre le mur derrière elle afin que la douleur la maintienne éveillée.

Elle était là. Les bras attachés dans le dos. Avec pour seules affaires les vêtements qu'elle portait. Il y avait une chambre dans une maison d'une rue de Bradford, où un lit étroit faisait face à une fenêtre surplombant une cour ; il y avait des vêtements de rechange là-bas, dans cette chambre où elle dormait depuis son enfance et qui pourtant ne représentait rien pour elle.

Elle sentit alors une puissance monter. Le même sentiment qu'elle avait eu à la filature, sauf qu'à présent il prenait racine, lui redressait l'échine. Il faisait noir, elle était seule, mais son sang circulait : elle était vivante. Elle allait l'étudier, cet endroit, cet asile. Se cacher au plus profond d'elle-même. Faire mine d'être sage. Et ensuite elle s'évaderait. Pour de bon cette fois. D'une manière à laquelle ils ne s'attendaient pas. Et elle ne reviendrait jamais.

Sois sage.

C'était ce que lui avait conseillé sa mère – *sois sage* – en lui pressant le visage contre sa poitrine au point de l'empêcher de respirer. Sa main telle la griffe d'une femme qui se noie.

Être sage, Ella savait ce que c'était. Elle le savait depuis toute petite. Être sage c'était survivre. C'était regarder sa mère se faire rouer de coups et ne rien dire pour ne pas y passer à son tour. Avoir la nausée parce qu'on était lâche de ne rien faire de plus. Prendre les coups une fois sa mère partie et ne jamais pleurer, ni montrer à quel point ils faisaient mal. Rentrer ses nattes sous ses vêtements, se fermer et travailler dur. Jour après jour après jour.

Mais être sage c'était seulement l'extérieur. L'intérieur était différent. C'était quelque chose qu'ils ne connaîtraient jamais.

Charles

Il était dix-neuf heures passées quand il eut terminé ses rondes, et lorsqu'il sortit, la nuit était tombée, venteuse et froide. La famille de corbeaux qui nichait dans le clocher, dérangée par la météo, tournoyait en croassant au-dessus de sa tête. Le vent s'était renforcé et la pluie tombait en brusques et brèves rafales. Alors qu'il s'apprêtait à traverser la pelouse humide, il percevait un sentiment résiduel urticant. Qui l'avait hanté toute la journée. Il fut content d'atteindre le bâtiment de pierre à un étage qui abritait les quartiers du personnel masculin. À l'intérieur, tout était sombre : l'absence d'électricité constituait une particularité de l'asile, les garçons de salle allumaient le gaz à tour de rôle. Bien souvent ces bâtiments étaient les derniers à être éclairés. Charles parcourut à tâtons le couloir obscur jusqu'à sa chambre, encore plus noire. Refermant la porte derrière lui il farfouilla à la recherche d'une allumette, qu'il frotta et porta à l'applique à gaz accrochée au mur.

Il expira, une lumière jaune venait lécher les objets familiers : le manteau de la cheminée orné des croquis au charbon qu'il avait faits des patients, quelques petits recueils de poésie, son bureau, où ses papiers étaient soigneusement empilés, le violon et le pupitre à musique dans l'angle à côté du lavabo. En ce moment il transposait la partition pour piano de l'aria des *Variations Goldberg* en partition pour violon seul, laquelle, à moitié terminée, était ouverte sur le pupitre.

D'une secousse d'épaules il se débarrassa de sa veste éclaboussée de pluie et la suspendit au dossier de sa chaise. Au moins son foyer avait été allumé, et après avoir tisonné énergiquement le feu et ajouté quelques boules de charbon, Charles le ranima agréablement. Ôtant ses chaussures avec délectation, il déboutonna son col, qu'il déposa à son tour sur le dossier de sa chaise.

Dans un coin de son bureau se trouvait une lourde pierre de la taille d'une main, sillonnée de marques, légèrement concave au centre : relique de l'une de ses promenades sur Rombald's Moor, cette bande de terre dont les hauteurs se situaient plein ouest par rapport à l'asile et qui devait son nom à un géant qui avait laissé dans son sillage au cours d'une balade d'énormes blocs de granit. Charles s'en saisit et laissa la fraîcheur de son poids s'emparer de sa paume, sentit les pressions de la journée se dissiper. *De la perspective*. Voilà ce qu'il fallait. Il avait parlé trop tôt. À l'avenir, il lui faudrait se montrer plus prudent.

Des bruits lui parvinrent de la chambre voisine : l'ouverture et la fermeture d'une porte, suivies d'une musique étouffée. Charles sourit : c'était Jeremy Goffin, qui s'exerçait à la trompette avec la sourdine. Il y aurait répétition d'orchestre le lendemain soir, et Jeremy était un nouvel ajout charmant au groupe, un jeune surveillant originaire des Midlands, solidement charpenté, bâti pour les sports collectifs et le contrôle des patients difficiles, mais avec le plus doux et le plus désarmant des sourires. Certes il n'était peut-être pas le meilleur des musiciens, mais Charles lui avait trouvé une place. Une trompette, c'est entraînant. Bon pour le moral.

Désormais, avec ses cinq années de service et sa belle promotion, Charles aurait pu décider d'être « externe », trouver une habitation dans le village, à l'instar de nombre des hommes mariés, mais, n'étant pas marié, il n'en voyait pas l'intérêt. Il faisait beaucoup d'heures et la Caserne, comme était surnommé le logement du personnel masculin, ne se trouvait qu'à une petite traversée chancelante et nocturne de la pelouse. Inutile de gaspiller de l'argent dans un loyer quand il avait largement ce qu'il lui fallait ici. Sans compter qu'il appréciait le charme monacal de sa chambre, la vue magnifique du coucher de soleil dont il jouissait grâce à son exposition ouest au-dessus de la lande.

Il jeta un œil à la fenêtre, où le vent, qui s'était renforcé, fouettait la vitre. Parfois, lors de nuits tumultueuses comme celle-ci, avec le vent qui souf-flait et la lande si proche, l'asile donnait l'impression d'être un endroit hors du temps, un endroit où les dieux antiques exerçaient encore leur empire, mais ce soir-là, douillettement dans sa chambre, avec les bruits de Goffin à côté et son feu qui brûlait désor-mais joyeusement, Charles était satisfait.

Voilà cinq ans qu'il avait vu cette chambre pour la première fois, cinq ans qu'il en avait mesuré la surface : à peine dix pas de long et cinq de large. Pourtant son sentiment ce premier jour n'avait pas été celui d'un confinement mais d'une libération. Il s'était *évadé*.

En matière d'évasion, il s'en était fallu de peu : après quatre années de médecine, il avait réussi de justesse ses derniers examens, avec des résul-tats trop médiocres pour occuper le poste à Barts que son père avait obtenu au prix d'un travail acharné. Il avait été convoqué chez lui dans le Yorkshire.

Le jugement avait eu lieu dans le salon, après le déjeuner, une fois que sa mère, en larmes, avait quitté la pièce. Son père se tenait devant l'âtre poli. Charles, assis devant lui, avait eu l'impression d'avoir à nouveau douze ans, la bouche pâteuse, faute de salive.

« Comment est-ce arrivé ? avait demandé son père, la mâchoire crispée, les mains serrées der-rière le dos.

— Je ne sais pas. »

Pitoyable. Mais il n'avait pas trouvé mieux comme réponse.

En réalité il savait.

L'ennui. Il s'était ennuyé. À cause de ces gros morceaux d'informations indigestes délivrés par des enseignants desséchés, devant lesquels la moitié des étudiants finissaient toujours par s'endormir. Ces cours magistraux, il les séchait afin de s'exercer au violon ou de se rendre à des concerts méridiens à Wigmore Hall. Seul Karl Pearson avait retenu son attention. Pearson, qui, sur l'estrade de l'amphithéâtre, toisait ses étudiants, pareil à un faucon, Pearson qui leur parlait de Malthus. De population. D'empire. De maladie. Charles se rappelait encore la question que le statisticien avait posée à l'assistance : *Je vous demande, messieurs, de réfléchir à ceci : ne mettons-nous pas plus de soin à élever nos animaux qu'à élever nos hommes ?*

Durant ses conférences, Pearson abordait de nombreux sujets, parallèlement au danger de l'homme inférieur il parlait de l'homme supérieur et de la nécessité que ces hommes supérieurs *peuplent le monde*, et le siège de Charles, au fil des mois, s'était progressivement rapproché de l'estrade, si bien qu'au terme de cette série de conférences il occupait une place inviolée vers le milieu du deuxième rang. Assis là, à écouter Pearson parler, il lui avait paru inévitable que lui aussi compterait parmi ces hommes supérieurs, rien qu'en étant assis près de lui.

Et pourtant, assis devant son père, il s'était senti aussi loin de l'homme supérieur que ce qu'il pouvait imaginer.

« Voici ce que j'ai décidé, avait décrété son père. Premièrement, tu prendras tes repas à la maison ; deuxièmement, tu passeras tes journées à la grande bibliothèque pour réviser tes examens, que tu repasseras à la fin de l'été et où tu *excelleras*; troisièmement, nous ne te verserons plus de pension. »

La loi ainsi exposée, Charles avait été laissé seul face à son sort. Il avait contemplé les aspidistras, luxuriants comme des plantes de jungle dans l'air moite surchauffé.

« Je ne peux pas rester là, leur avait-il dit. J'étoufferai. Je mourrai. »

Mais les aspidistras, avec leur arrogance silencieuse caractéristique, n'avaient pas daigné répondre.

À la bibliothèque, il s'était trouvé un bureau au fond de la salle de lecture, où il avait consciencieusement ouvert ses manuels, mais en examinant les pages, les coupes transversales de foie, de rate et d'os, il n'avait ressenti qu'un désespoir rampant. Londres lui manquait. Ses concerts lui manquaient. Même s'il devait survivre à cet été et réussir cet examen, l'avenir n'en serait qu'une succession d'autres. En réalité, il ne savait pas s'il avait véritablement envie de devenir médecin. Il aurait plutôt préféré, et de loin, trouver un moyen d'exercer sa musique. Il savait qu'il avait du talent, peut-être pas un *grand* talent, mais suffisamment pour jouer au sein d'un orchestre, peut-être pas premier violon, c'eût été strictement impossible, pas même deuxième, mais suffisamment pour être un violoniste appliqué parmi les rangs.

Alors que les prémices d'une migraine rôdaient aux abords de son crâne, il avait fait de ses manuels une enceinte défensive en lisière de son bureau, posé la tête sur ses mains et s'était endormi.

Plus tard ce soir-là, quand le dîner familial avait été servi puis débarrassé et qu'il ne restait rien d'autre à faire que se retirer dans sa chambre pour «étudier», Charles avait ouvert sa fenêtre et escaladé le rebord, où il s'était assis. Il avait sorti son violon, l'avait coincé sous son menton, sentant l'archet s'équilibrer dans ses mains, puis avait joué une partita de Bach aux pelouses suburbaines de Roundhay. Et lorsqu'il avait joué, lorsqu'il avait déversé son âme dans l'air ardent de juin, Charles n'avait plus été lui-même, plus le garçonnet solitaire de dix ans qui s'inventait des camarades de jeu, plus l'adolescent de douze ans qu'on avait envoyé à l'internat et qui pleurait jusqu'à s'endormir, plus le jeune homme de vingt-deux ans qui était revenu en disgrâce dans une maison qu'il détestait. Lorsqu'il jouait, il était quelque chose d'autre, quelque chose qui aboutissait, quelque chose qui ne décevait pas.

C'était devenu le format type de ses journées : il jouait du violon jusque tard, dormait un peu, parfois pas du tout, puis se traînait à la bibliothèque, où il somnolait, manuels fermés, et rattrapait le manque de sommeil dû à la pratique nocturne de son instrument. S'il se concentrait uniquement sur l'objet et l'instant présents, la vie était supportable, mais s'il regardait droit devant, l'avenir se refermait sur lui telle une serre. Il ne parviendrait pas à améliorer ses résultats aux examens – c'était là au moins une certitude. Et après ?

Après il y avait la question de l'argent. Sa pension n'avait pas été très élevée, mais à présent il n'y avait rien, rien pour s'acheter un abonnement à un magazine, ou une place de concert, aucune des myriades de choses bon marché qui rendent la vie d'un homme tolérable.

Il s'était mis à lire les journaux à la bibliothèque, en s'intéressant tout particulièrement aux offres d'emploi, copiant les noms de celles qui frappaient son imagination. *Cherche artistes de cirque !* (il avait entouré le point d'exclamation, qui semblait contenir un monde d'aventures et de risque) ou *Chef pâtissier en apprentissage.*

Il dessinait en marge de ses notes des pictogrammes de lui déguisé : habillé en Monsieur Loyal, ou coiffé d'une de ces extravagantes toques de chef. Mais bien souvent les emplois sur lesquels il tombait évoquaient un avenir encore plus déprimant et contraint que le sien : d'innombrables postes d'employé de bureau – un bureau parmi beaucoup d'autres bureaux poussiéreux, des hommes courbés sur de grands livres de comptes, occupés à additionner des colonnes jusqu'au jour de leur mort. Néanmoins il notait le taux de rémunération et s'imaginait ce que ça ferait d'avoir de l'argent, dressant dans les marges de ses cahiers des listes de projets :

1. Aller à Londres une fois par mois.
2. Assister aux conférences publiques de Pearson.
3. Coucher à l'hôtel pour aller à Wigmore Hall.
4. Ne plus jamais remettre les pieds dans un amphithéâtre.

Et puis, par un matin brumeux en plein cœur de l'été, alors qu'il était l'une des seules personnes à rester parmi les rayonnages, et que la poussière était la seule chose mouvante, son œil fut attiré par quelques lignes lapidaires :

Personnel infirmier. Masculin et féminin.
Sachant jouer d'un instrument.
Asile de Sharston.

Le salaire était maigre, mais c'était plus que ce que son père lui avait jamais versé, et les repas, le logement, l'uniforme, ainsi qu'une « indemnité de bière », étaient compris dans la somme. Ils cherchaient des gens pouvant commencer sur-le-champ, et organisaient la semaine suivante à Leeds une session d'entretiens ouverte à tous. Charles avait bondi de son siège et, une fois chez lui, avait monté les escaliers quatre à quatre, s'était enfermé dans sa chambre et s'était exercé au violon cinq heures d'affilée.

À l'entretien, dans la salle d'attente, se trouvaient deux hommes et une femme dont les vêtements avaient été rapiécés plus d'une fois : la classe laborieuse. Il avait patienté une heure, en ébullition, au bruit des gazouillis de contralto et des cacardements de clarinette qui s'échappaient de la pièce voisine, et, son tour venu, il s'était assis nerveusement devant trois hommes au visage pâle et grave. Il avait commencé par leur raconter l'histoire de son éducation, de University College, qu'il était devenu médecin mais pas tout à fait assez, jusqu'à ce que l'un d'eux, un homme au nez affreusement gros, agitât la main pour lui intimer le silence, comme si tout ça n'avait aucune espèce d'importance.

« Merci, Dr Fuller, avait-il coupé avec un fort accent du Yorkshire. Ça ira comme ça. Maintenant, si vous voulez bien nous jouer une valse. »

Charles l'avait dévisagé avant de tousser.

« Certainement, monsieur. »

Il s'était courbé vers son étui et, portant son violon sous son menton, leur avait joué quelques mesures de Strauss.

Les hommes avaient échangé des regards. Ils lui en avaient demandé une autre. Il leur avait interprété un peu de Morelly. Ils lui avaient aussitôt proposé un poste.

« Mais avec vos talents, Dr Fuller, nous pensons qu'auxiliaire médical serait plus pertinent. »

Sa mère avait pleuré de le voir partir, le menton tremblotant au-dessus du col serré de sa robe, le mouchoir en boule dans son poing.

« C'est un endroit atroce. Voilà des années que j'entends raconter des histoires sur les horreurs qui s'y passent... »

Et pourtant. Assis là à présent, avec le vent dehors, Charles sourit.

Sa mère s'était trompée.

Rien n'aurait pu le préparer à la splendeur de cette première vision. Il était arrivé par le sud en empruntant l'allée principale, le mamelon de Rombald's Moor s'élevant à l'ouest : les bâtiments lui étaient apparus comme tout droit sortis d'un rêve, tellement vastes qu'il n'avait pas pu les embrasser d'un seul regard, taillés dans le même grès que les filatures du Yorkshire, mais avec sa silhouette à tourelles et son clocher de dix étages, l'édifice ressemblait davantage à un château de conte de fées ou à un vaste manoir.

L'été battait son plein, les roses épanouies jaillissaient des massifs de fleurs ceints de lavande. Des hommes éparpillés partout sur la pelouse travaillaient à quatre pattes. À première vue on aurait dit des jardiniers, mais les surveillants qui les observaient à proximité trahissaient leur statut de patients. Charles avait examiné leurs faciès avec fascination tandis qu'il remontait l'allée : si certains semblaient malades, la plupart paraissaient en pleine possession de leurs facultés et avaient hoché la tête et souri poliment à son passage. La porte d'entrée, large et repeinte de frais, était munie d'une seule sonnette de jour insérée dans le mur. Un portier vêtu d'une jaquette, d'une montre à gousset et d'une cravate ornée d'une énorme épingle lui avait ouvert et adressé une profonde révérence avant de s'enquérir d'une voix sonore :

« Que désirez-vous, monsieur ? »

Il avait décliné son identité et avait alors commencé une visite de l'asile, conduite par le portier qui s'était révélé un guide fort cultivé et agréable. L'échelle de cet endroit était étourdissante : des couloirs dont Charles distinguait à peine l'extrémité (« Le plus bel exemple du système de couloirs en forme de flèche, monsieur »). Un cellier entièrement dévolu au lard, un au lait et un au fromage (« Nous avons notre propre troupeau de génisses Ayrshire, vous les verrez quand vous visiterez les fermes »). Une pièce affectée à la préparation des légumes (« trois cents hectares en tout ») et une remplie de viande suspendue (« notre propre abattoir »). Une envahie par la douce odeur de levure qui s'échappait d'un nombre incalculable de miches de pain

(«L'ensemble du blé et du froment provient directement de nos champs»). Des cuisines équipées de fours eux-mêmes deux fois grands comme l'arrière-cuisine de sa mère, un office, un dressoir, une bibliothèque, des pièces réservées aux repas des auxiliaires médicaux, des salles de consultation magnifiquement aménagées pour le directeur et les autres médecins, et une salle de réunion de six mètres sur neuf.

«Mais combien le personnel compte-t-il de membres?

— Un médecin-chef, monsieur. Quatre médecins adjoints. Quatre auxiliaires comme vous-même. Cent soixante-dix infirmières et surveillants, et dix-huit membres de personnel administratif.»

Puis ils étaient passés aux quartiers des patients («tous les pavillons sont exposés au sud»), les salles communes des hommes, les pavillons («onze en tout»), les vastes réfectoires.

«Et combien de patients masculins avons-nous...?

— Environ mille, monsieur.

— Et de femmes?

— Plus ou moins pareil.»

Les salles de bains destinées aux patients, attenantes aux pavillons, étaient chacune pourvues de quatre baignoires, de W.-C. parfaitement raccordés et de grands lavabos en marbre équipés de robinets en cuivre («Toute l'eau provient de notre réservoir, monsieur. Alimenté par une source»).

Non seulement l'échelle du lieu était incroyable, mais les détails étaient remarquables: les kilomètres de couloirs mi-carrelés mi-lambrissés («De la faïence de Burmantofts, monsieur, vous voyez les carreaux vernissés en terre cuite ? De réputation mondiale, mais fabriqués à Leeds »). Du chêne poli utilisé pour les plinthes et le chambranle des portes, les plafonds voûtés des couloirs émaillés de puits de lumière, et, dans le hall d'entrée, au sol, une magnifique mosaïque en marbre (« Spécialement importé de Carrare. Il me semble que c'est en Italie, monsieur »). Et puis, situé au beau milieu de l'asile, formant, à bien des égards, avait pressenti Charles, son *cœur*, quelque chose de complètement inattendu : une splendide salle de bal, de quarante-cinq mètres de long sur quinze de large, agrémentée d'une estrade à une extrémité.

De beaux vitraux étaient encastrés dans les seize hautes fenêtres cintrées. Des oiseaux et des mûriers peints dessus. La lumière estivale inondait le parquet souple de la piste de danse. Au-dessus, une galerie en arcades se déployait sur toute la longueur de la pièce ; le plafond, légèrement incurvé, était composé de caissons d'or.

« Et tout ça, pour les *patients* ?

— Pour les patients, monsieur, oui. »

La voix de l'homme résonnait de fierté.

Charles était sidéré. C'était à peine croyable.

Le temps qu'il rejoignît ses quartiers et fût laissé seul, il avait marché des kilomètres, ses pieds l'élançaient, il était à deux doigts de s'écrouler. La chambre où il avait été conduit ce premier jour était celle où il était assis à présent : spartiate, certes, mais avec l'essentiel, et comme il portait la main sur la grossière courtepointe réglementaire du lit, Charles se sentit submergé par un sentiment de soulagement. Il avait échappé à sa famille.

Arraché le gouvernail de sa vie des mains de son père.

Et maintenant il était là, cinq ans plus tard, premier médecin adjoint, avec un salaire de cinq livres par mois, et nouvellement nommé chef d'orchestre et responsable de la musique. Sa première action à son nouveau poste avait été d'instituer un programme d'activités pianistiques dans les salles communes : une heure par semaine dans chacune d'elles, dont il se chargeait lui-même. Il croyait déjà en voir les effets bénéfiques sur les patients. Il avait également de grands projets pour l'orchestre : il était déterminé à voir la salle de bal vibrer et vivre comme jamais sous sa baguette.

Il se leva, sortit l'*Appel à propositions d'allocutions* de sa poche, le défroissa puis le posa sur le bureau, où il le coinça sous sa pierre de lande.

Patience.

Il se préparait quelque chose, il le sentait. Une opportunité, peut-être, de prendre sa place dans le panthéon des hommes supérieurs.

Ella

Le deuxième jour, quand la cellule fut inondée par la pâle lumière du matin, des pas s'arrêtèrent devant sa porte. Allongée, elle se releva d'une poussée. Ses jambes étaient raides. Elle avait à peine dormi.

« Ella Fay ? Venez avec nous. »

Elle essaya de se rappeler les différentes étapes, d'ancrer dans sa mémoire le chemin qu'elles prenaient : au bout du couloir sombre en sous-sol, devant des portes avec des trous dedans, puis en haut de l'escalier dans la lumière verdâtre. Au bout d'un autre couloir surmonté de hauts plafonds à entretoises, mais très vite le trop grand nombre de portes franchies l'empêcha de compter. Marcher était difficile. Elle trébucha à plusieurs reprises, les infirmières la rattrapèrent avant la chute, la redressant brutalement en lui pinçant douloureusement la peau. Elles finirent par arriver dans la pièce où elle avait passé sa première nuit : les lits alignés étaient désormais vides. Seules quelques femmes se trouvaient là, courbées à quatre pattes, à récurer le sol. On la fit passer devant elles, entrer dans une pièce adjacente où trônaient quatre baignoires, dont une à moitié remplie d'eau.

Les infirmières s'affairaient derrière elle, délacèrent ses liens de leurs doigts lestes et durs et lui retirèrent par la tête sa camisole de force. Ella bascula et s'effondra sur les genoux, ses bras lourds et inutiles à ses côtés. Ils ne semblaient plus lui appartenir. L'étrangeté de toute cette situation lui arracha un cri.

« Déshabille-toi. »

L'infirmière irlandaise la releva de force.

« Je n'arrive pas à bouger les bras.

— Viens là. »

L'infirmière se pencha et lui déboutonna sa robe avec des doigts rêches. Le vêtement tomba lourdement au sol, où il forma une flaque. Son corset et son jupon lui furent arrachés par le haut, sa culotte par le bas, et on la fit se tenir debout, bras ballants, tremblant dans sa nudité, l'air saturé de l'odeur vinaigrée de son corps.

« Allez, monte. »

Les épaules voûtées, Ella entra dans l'eau. Elle était chaude autour de ses talons.

L'infirmière fit un bruit agacé.

« Complètement. Tu ne risques pas de te décrasser en restant debout comme ça. »

Ella parvint à s'accroupir.

« Dix minutes, annonça l'infirmière. Et n'oublie pas de te servir du savon. »

Ses semelles repartirent en claquant sur le carrelage. Ella la regarda s'éloigner. La porte ne semblait pas avoir été verrouillée derrière elle, mais ce chemin-là ne menait qu'au pavillon. Devant elle les fenêtres étaient grandes mais protégées par des barreaux.

Petit à petit elle s'enfonça dans la baignoire, pliant ses doigts enflés dans la chaleur, serrant les dents pour supporter la douleur. Morceau par morceau elle s'étira. Elle baissa les yeux, curieuse : c'était la première fois qu'elle se voyait comme ça. Ses jambes étaient couvertes de crasse, et à cause de sa chute elle avait des coupures aux genoux, d'où du sang s'échappait dans l'eau en volutes, telle une fine fumée rouge. Le reste de sa peau était blanc, presque bleu, quelque chose créé dans l'obscurité et censé y rester. À l'endroit où ses jambes rencontraient son buste, ses poils flottaient, plante aquatique noire. On voyait sur le haut de ses bras les taches violacées d'hématomes. Elle porta les doigts à sa joue, grimaça au contact de la peau enflée.

Par-delà les fenêtres, dans la lumière basse de l'hiver, régnait une obscurité boueuse et verte, mais verte quand même. Des collines au loin, chapeautées d'une légère brume maritime. Elle contempla fixement ce vert, sans bouger pendant longtemps, et quand l'infirmière revint, l'eau était devenue froide et pelliculeuse.

«Dépêche-toi. Enfile ça.»

La femme brandissait un uniforme avec une inscription sur la poche. Ella savait ce qui était écrit. *Asile de Sharston.*

C'était difficile de s'habiller, elle n'avait pas encore retrouvé de sensation dans les bras. L'infirmière l'observa, impatiente, puis lui repoussa les mains et s'avança afin de boutonner elle-même la veste. Les vêtements étaient propres mais délavés et doux à force d'avoir été portés, et Ella se demanda combien de gens les avaient endossés avant elle.

L'infirmière se baissa pour lui fourrer les pieds dans des bottines étroites, puis :

«Assieds-toi, fit-elle en sortant de son tablier une aiguille et du fil. Ça va faire mal.»

Ella se mordit l'intérieur de la joue comme l'aiguille lui transperçait la peau. Mais au moins, la femme était rapide.

«Combien de temps? demanda-t-elle quand l'infirmière eut terminé.

— Avant quoi?»

De nouveau debout, la femme lui redressa son col d'un coup sec.

«Combien de temps avant que je parte?»

La femme retroussa la lèvre supérieure. Elle avait les dents grises.

« Ça dépend. La plupart sont déplacées. Pavillon des chroniques. Et après tu restes là. »

Non.

Pas moi.

Elle fut conduite dans une pièce où l'infirmière se tint à côté d'elle pendant qu'un homme la poussait dans un fauteuil d'où pendaient des sangles de chaque côté. Quand elle fut attachée, il alla se placer derrière un appareil photographique, qui aveugla brusquement Ella d'un éclair de lumière.

Quand elle retourna au pavillon, cinq femmes étaient à quatre pattes, en train de récurer. Elle les dévisagea : Clem n'était pas parmi elles.

« Prends ça. »

L'infirmière désigna une brosse à côté d'un seau.

Ella obtempéra et se laissa tomber à genoux pour rejoindre la file. Même si c'était difficile de tenir la brosse, elle la mouilla, la tête penchée, et se mit à frotter jusqu'à ce que le sol autour de ses genoux fût obscurci d'humidité. Elle sentait peser sur elle le regard de l'infirmière. Mais elle savait ce qu'elle faisait, elle savait comment être sage, elle savait comment travailler dur, et au bout d'un moment l'infirmière partit.

Après le déjeuner, elles furent toutes expédiées à la salle commune, peinte en marron : il y avait des barreaux aux fenêtres et il régnait une forte puanteur rance, pire encore qu'au pavillon. Dans l'angle tout au fond se trouvaient un piano et un oiseau jaune maigrelet dans une cage. Des feux étaient allumés dans les foyers, protégés par un pare-feu cadenassé. Cependant Clem était là, et Ella ressentit un petit soulagement à la voir assise à côté du piano, penchée sur un livre.

Près de l'endroit où Ella était installée, quelqu'un marmottait : « *Ma tête. Tête bout. Ma tête bout, ma tête, ma tête.* » Celle qui parlait n'arrêtait pas de porter les mains à sa tête pour s'arracher les cheveux. Des portions de son crâne étaient si chauves qu'elles brillaient. Sur ses genoux gisait un nid brouillon de cheveux.

Debout devant sa chaise, une femme, les yeux fixés sur un point juste devant elle, effectuait en boucle les mêmes mouvements avec les bras et les mains. Ella la survola du regard puis reporta presque aussitôt son attention sur elle. Elle l'observa qui tendait les bras : elle tirait sur les fibres pour tester la solidité du fil. C'étaient les gestes d'une fileuse à la filature. Devant, derrière. Devant, derrière. Chercher les fils cassés. Regarder l'épaisse laine duveteuse s'amincir de plus en plus, jusqu'à ce que la vue se brouille.

« Alors, pourquoi t'es là ? »

Elle se retourna. À sa gauche était assise une vieille femme chétive aux cheveux gras pareils à des haillons. Une marque rouge lui tachait le côté de la joue. Elle avait une petite table devant elle, où elle semblait trier des perles par couleur : rouge, jaune, vert.

« J'ai cassé une fenêtre, répondit Ella. Et toi ?

— J'ai bu une pinte d'ammoniaque, expliqua la femme d'un filet de voix atone. J'avais l'impression d'être quelqu'un d'autre. »

J'avais l'impression d'être quelqu'un d'autre. Ça avait du sens, quelque part.

« T'as qui ? demanda la femme.

— Comment ça ?

— Dehors ? Pour demander de tes nouvelles ? Moi j'ai mes filles. Mes filles, elles vont bientôt venir me chercher. »

Ella haussa les épaules.

« Alors méfie-toi. »

La femme laissa en plan son occupation et se pencha plus près.

« Faudrait pas que t'ailles avec les niaiseux. Tu sortirais qu'avec les pieds devant. Si personne vient te chercher, ils te mettent dans un trou dans la terre avec cinq autres. Pas de nom. Et c'est là qu'ils les tuent. Ils tuent les bébés ici. »

Les yeux de la femme avaient changé : ils étaient vitreux et morts à présent, comme ceux des poissons au James St Market quand ils restaient trop longtemps dehors.

La chaise à côté de Clem étant toujours inoccupée, Ella se leva et traversa vivement la pièce pour la rejoindre.

« Je peux m'asseoir là ? »

Clem leva les yeux, le regard perdu, puis :

« Si tu veux », répondit-elle, avant de retourner à son livre.

Ella la regarda lire un moment, puis :

« Je suis allée au sous-sol », déclara-t-elle.

Clem ne réagit pas.

« Ils m'ont mise dans une chambre avec une fenêtre, il y avait…

— Deux trous dans la porte. »

Clem posa un doigt sur le passage qu'elle lisait et leva les yeux.

« Je sais. Mais tu n'y es pas restée très longtemps, si ?

— Un jour et une nuit, protesta Ella.

— Oui, bah. C'est ce que je disais. Pas très longtemps. »

Clem détourna de nouveau les yeux. Alors qu'elle levait la main pour tourner une page, Ella aperçut son poignet, où des marques rouges, pareilles à des éraflures, lui hachuraient la peau. Comme si elle avait senti son regard, Clem baissa sa manche et couvrit les égratignures.

Plus tard dans l'après-midi, le docteur apparut : à son entrée le calme s'empara de la pièce, le chœur jacassant des femmes s'amenuisa en un bourdonnement grave et angoissé. Il s'adressa aux infirmières, tendant de temps à autre le doigt pour désigner une ou deux femmes : *Pourquoi pas elle ?* semblait-il dire, *ou elle ?* À quoi les infirmières hochaient la tête en souriant ou la secouaient en répondant quelque chose.

Il se mit ensuite à faire le tour des patientes, à qui il posait des questions brèves et palpait le cou en prenant des notes dans son calepin. Quand il atteignit leur côté de la pièce, il interpella Clem :

« On lit encore, Miss Church ? »

Clem hocha la tête tandis qu'une petite rougeur se développait à la base de son cou.

« Méfiez-vous, lança le docteur en agitant un doigt. Sinon peut-être qu'un jour vous ne ressortirez pas de ces livres. »

Clem parut s'apprêter à répliquer, mais le regard du médecin passa vite à Ella.

« Miss Fay. »

L'homme fronça les sourcils.

« J'espère que vous êtes apaisée, maintenant. »

Le cœur d'Ella tambourinait, mais elle imita la posture de Clem : les mains gentiment jointes sur les genoux, elle se redressa légèrement sur sa chaise.

Il la toisa longuement, puis :

« Bien, fit-il. Très bien. »

Il griffonna quelques notes puis empocha son calepin.

« Il est temps de jouer un peu de musique, je crois. »

Et il se dirigea vers le piano, où il s'assit dos à la pièce et souleva le couvercle.

La musique s'éleva, doucement d'abord, s'écoulant de l'instrument pour venir lécher leurs chaises. Les portes du pavillon s'ouvrirent alors et deux surveillants apparurent : petits et costauds, comprimés dans leur veste. C'étaient les hommes qui l'avaient conduite ici.

« Qui sont-ils ? demanda-t-elle à Clem, qui avait levé la tête : elle aussi les regardait.

— Ils sont venus emmener des gens au pavillon des chroniques.

— Qui va là-bas ? »

Clem haussa les épaules, mais sa voix était empreinte d'une nouvelle raideur.

« On ne sait pas avant qu'ils choisissent. »

De l'autre côté de la pièce, Vieille Allemagne, toujours avec ses couettes, se leva de son siège et se dirigea d'un pas déterminé vers le milieu de la pièce. Ella crut d'abord qu'elle se livrait, mais la vieille femme ferma les yeux et se mit à osciller, les mains papillonnant tels deux oisillons sur sa poitrine. Elle dansait. Au rythme du piano.

Les hommes s'avançaient vers elles. Le ventre d'Ella se serra, mais ils passèrent devant la vieille femme sans s'arrêter, se dirigeant en lieu et place vers une femme menue aux cheveux coupés court, affaissée sur sa chaise, le visage complètement crispé. La musique qui s'échappait du piano se fit plus forte. Les hommes se baissèrent, et la femme se mit à pleurer, doucement, en appelant sa mère tandis qu'on la tirait de sa chaise.

Les gestes de Vieille Allemagne étaient plus amples à présent, ses membres s'élevaient et retombaient, s'élevaient et retombaient, elle tournait sur elle-même.

Les surveillants revinrent, et les infirmières désignèrent la fileuse. Ils la soulevèrent, elle glapit comme un animal, en se débattant pour se libérer : « *Vontmecouperleventre. Yaune cloisonici. C'estlà. Par là qu'ils entrent. C'est là que les esprits entrent.* »

Une peur viscérale traversa les yeux de la femme alors qu'on l'emportait.

La musique se termina quand les hommes furent partis, les notes s'attardant dans l'air tandis qu'un timide crépitement d'applaudissements retentissait à l'autre bout de la pièce.

« *Merci*, docteur, lança l'infirmière irlandaise. C'était *superbe*. Hé, tout le monde, n'était-ce pas simplement *superbe* ?

— Chopin, marmonna Clem dans sa barbe en

lui lançant un regard assassin. "Goutte d'eau".
Mais *tu* ne risques pas de le savoir. »

Le docteur se leva, rassembla ses partitions, puis
adressa à l'assistance une drôle de petite révérence. Quelque part au loin une horloge sonna
trois heures. Ella baissa les yeux. Des marques
profondes étaient creusées dans sa paume là où ses
ongles s'étaient enfoncés dans la peau. Depuis
combien de temps était-elle là ? Elle leva les yeux
et parcourut la pièce du regard : Clem plongée
dans son livre, des femmes qui s'arrachaient les
cheveux, des femmes qui regardaient dans le vide.

La panique lança au plus profond d'elle ses racines
noires.

John

Le temps changea : une pluie torrentielle venue
des landes tambourinait aux fenêtres, si bien
qu'aucun travail extérieur ne pouvait être effectué,
pas même le creusement des tombes, et ils se
retrouvèrent enfermés dans la salle commune aux
murs peints d'une couleur sombre qui absorbait la
lumière.

Il resta dans son coin, aussi loin des autres que
possible. Dans cette salle commune longue et
étroite, il existait une règle : les irrécupérables
étaient amenés chaque matin en fauteuil roulant et
installés dans une moitié de la pièce, où ils passaient le reste de la journée. Des ruines d'hommes,
le visage mangé par la maladie, dont beaucoup
ignoraient jusqu'à leur propre nom. À mesure que

la journée avançait, l'odeur de la salle s'épaississait : sueur et tabac, ainsi que les relents lourds de ceux qui étaient incapables de s'occuper d'eux-mêmes. Ça vous piquait les yeux. Vous bouchait le fond de la gorge.

Au milieu de la pièce il y avait une ligne, invisible, et pourtant plus forte que si elle avait été tracée au goudron, que ceux du côté de John refusaient de franchir, même lorsqu'une bille de billard tombait de la table et allait rouler derrière. De l'autre côté, à partir du milieu de la cheminée, se trouvait le reste d'entre eux. Peut-être pas aussi mal en point que les autres, mais ça ne voulait rien dire. Il y avait le vieux soldat qui ne parlait que des Pachtouns et passait des heures à cirer ses bottes en vue de la bataille. Un vieux de la vieille édenté dénommé Foreshaw, duquel on disait qu'il était là depuis l'ouverture de l'asile, près de trente ans plus tôt, et qu'il avait un jour bu le sang d'un mouton. Une poignée d'Irlandais, dont l'un, à entendre les pointes de son accent, venait forcément du même côté du Mayo que John. Et bien que John ne le connût pas d'avant, il reconnaissait la fêlure de son visage, les yeux agités – comme si le monde était un piège prêt à se refermer sur vous –, il l'avait vu sur tant de visages qu'il n'aurait pu les compter. Et puis chez la plupart d'entre eux, la même confusion, comme s'ils n'arrivaient pas à comprendre que c'était là qu'ils avaient atterri.

S'il y avait moyen de faire autrement, il n'en regardait aucun, qu'il fût d'un côté ou de l'autre de la pièce, et restait plutôt dans son coin à côté du canari. Là c'était plus sombre, plus calme. Il fourrait toujours dans sa poche un morceau de pain prélevé au petit déjeuner pour l'oiseau. Près de sa place se trouvaient une étagère de livres, quelques vieux journaux, une table de billard usée, quelques queues sans virole, et un piano auquel personne ne touchait jamais vraiment.

Il feuilleta les journaux, vieux de plusieurs jours, les pages gondolées, mais ça faisait une activité, même s'il n'y avait aucune information qui l'intéressait : de vieux matchs de football, l'Irlande, le meurtre d'un fenian, un nationaliste, à moins de sept kilomètres de l'endroit où John avait grandi. Il connaissait le nom de famille. Il repoussa le journal.

« Raconte-nous encore, Dan. »

John leva la tête : Joe Sutcliffe. Il était nouveau ici, jeune et maigrichon, affligé d'un tremblement, pareil à un arbrisseau secoué par des rafales de vent.

« Raconte-nous la fugueuse.

— Ah, pour sûr, c'était une beauté. »

Dan, au milieu de la pièce, jambes écartées, tenait le crachoir devant un petit groupe d'hommes.

« Elle venait si vite vers nous que j'ai cru qu'elle allait s'envoler. De longs cheveux comme des serpents autour de la tête. La première chose que j'ai pensée c'est que c'était une *dona* espagnole. Ou une reine irlandaise. Pas vrai, John, mon gars ? »

John ne répondit rien : ils n'avaient pas besoin de sa contribution.

Comme la journée s'écoulait sans que le temps se lève, les hommes jouèrent aux cartes, courbés au-dessus de la table pliante au milieu de la pièce, pariant du tabac, ou des allumettes, ou les deux. Les surveillants faisaient mine de ne pas voir Dan qui mélangeait puis distribuait le vieux paquet taché, les cartes volant de ses doigts. De là où il se trouvait, John voyait ce qui échappait aux autres : les cartes glissées dans les manches de Dan, prêtes à compléter une quinte flush royale.

De temps à autre, après moult cajoleries, John acceptait de se joindre à eux pour un petit tour ou deux. En jouant, ils fumaient. Ils fumaient comme s'ils étaient payés pour, déchirant les vieux livres lus et relus pour s'en servir de papier à cigarette. Après avoir fumé leurs paquets de tabac jusqu'au dernier brin, ils en marchandaient d'autres.

Le jeudi, le médecin effectua sa visite au pavillon : il fit le tour des patients, puis, quand il eut fini de palper des cous et de prendre des pouls, il retourna vers l'encoignure de John.

« C'est un endroit bien sombre que vous avez choisi là. »

Le médecin enfonça ses mains dans ses poches en contemplant la pluie qui venait éclabousser la fenêtre. Il jeta un regard en coin à John.

« Comment c'est, votre nom, déjà ?

— Mulligan.

— Mulligan. Ah. Oui. Je me rappelle maintenant. Vous aimez la musique, Mr Mulligan ?

— Assez, oui.

— Assez, oui, répéta le médecin avec un sourire. Ma foi, voilà qui me suffit. »

Il s'assit au piano, marqua une pause les doigts au-dessus des touches avant de baisser les mains pour jouer.

Comme la musique commençait, la plupart des hommes tournèrent la tête vers l'instrument. Le calme sembla s'emparer des irrécupérables de l'autre côté de la pièce. Les joueurs de poker posèrent leurs cartes et s'adossèrent à leur chaise.

John ferma les yeux. Derrière eux il y avait une route qui sinuait à travers les collines.

Matin.

La pluie cesse. Les nuages se dispersent, le soleil se libère. Les ajoncs chantent jaune après l'averse.

Il huma le parfum du vaste ciel, de la route. Et quand la musique s'arrêta, il resta à sa place, les yeux clos, encore enveloppé de cette sensation.

«Vous vous sentez bien, Mr Mulligan?»

Il ouvrit les yeux. Pas de route. Juste la fin de toutes. Juste cette pièce, et ces hommes. Juste le médecin, assis devant le piano, qui le dévisageait, un petit sourire aux lèvres.

«Schubert, murmura le docteur. Impromptu en *sol* bémol majeur. Il produit souvent un effet similaire sur moi.»

Le vendredi soir, bien que la pluie fouettât toujours les vitres, l'humeur dans la salle commune s'allégea, car ce soir-là, comme tous les vendredis soir, il y aurait un bal. Deux heures dans la salle de bal, où ceux qui s'étaient bien tenus pendant la semaine, qui n'avaient pas été insolents avec le personnel, qui avaient mangé toute leur nourriture, qui pouvaient tenir sur leurs deux jambes et mettre un pied devant l'autre sans avoir les mains baladeuses avaient le droit d'aller.

À dix-huit heures trente le branle-bas habituel

commençait. Les hommes du côté de John disparaissaient dans les salles de bains, d'où ils revenaient
le visage débarbouillé et les cheveux gominés à la
salive. Le goût gluant de leur excitation emplissait
l'air sans laisser guère de place pour quoi que ce fût
d'autre. Cela perturbait les irrécupérables de l'autre
côté, qui s'agitaient sur leur fauteuil, gémissaient et
poussaient des cris. John s'assit dans son coin et prit
de petites inspirations peu profondes en essayant de
ne pas laisser entrer cette excitation : c'était une
contagion terriblement dangereuse, l'espoir.

Quelqu'un arriva derrière lui et frotta sa joue
contre la sienne, il fit un bond en arrière, la main
levée, prêt à frapper.

« Oh là, du calme, s'esclaffa Dan alors qu'il
contournait John pour se mettre devant lui. Ça va,
mon gars ? C'est rien qu'un bout de joue. Doux
comme les fesses d'un nouveau-né. »

Il empoigna la main de John et frotta ses articulations contre sa peau.

« Ça m'a bien pris une demi-heure. *Les poils de
Riley*. Du fer en puissance. »

Ses yeux pétillaient. Il sentait le savon.

« Elle sera là, Dan ? La fugueuse ? »

C'était Joe Sutcliffe, qui s'était glissé timidement
vers eux.

« Dis, elle sera là ?

— Oui-da, mon gars. M'est avis qu'elle pourrait. T'as déjà dansé le quadrille des lanciers,
John ? »

Dan frappa dans ses mains et talonna le sol en
rythme. Plusieurs hommes éclatèrent de rire et se
mirent à taper dans les mains à l'unisson, et voilà

Dan lancé, embarquant Sutcliffe, qu'il fit virevolter avec un bruit de tous les diables autour de la
table de billard, tant et si bien qu'un surveillant
dut l'empoigner pour l'arrêter.

« Si vous continuez ce cirque, Mr Riley, vous
aurez droit à la camisole. »

À sept heures moins le quart ils étaient tous
alignés, jouant des coudes comme des écoliers,
brandissant leurs paumes pour les soumettre à l'examen des surveillants. Le vieux Foreshaw était là,
droit comme un I, une élégante cravate bleue serrée
sous le menton. Dan était à côté de lui et Sutcliffe
à sa gauche, les yeux exorbités par l'excitation, les
coudes écartés, les mains dansant dans les poches.

« Alors, tu viens pas, *mio Capitane*? » beugla
Dan.

John répondit d'un geste : non. Dan savait qu'il
ne venait jamais.

« Parfait, gazouilla Dan en claquant une acco-
lade aux deux hommes flanqués à ses côtés. Reste
là avec les autres *bazeuils*. On a pas envie que tu
nous pourrisses nos chances, pas vrai, les gars ? »

Il prit Sutcliffe par le coude et, le poing serré,
lui tapota le crâne.

Sur ce ils étaient partis, leurs voix s'affaiblirent
au bout du couloir, l'air vide en suspens. John
était le seul homme qui restait de son côté. C'était
comme ça tous les vendredis. De l'autre côté, les
autres se trémoussèrent et baragouinèrent un peu,
puis retournèrent à cette espèce de rien qu'ils
avaient interrompu.

Il se leva et se posta à la fenêtre pour regarder
dehors, mais seul son visage lui fut renvoyé, flou et

noirci par l'obscurité et la pluie. *La salle de bal.* Il y était allé, une fois, quand il ne savait rien à rien. Un espace gigantesque avec huit cheminées mugissantes et un orchestre sur l'estrade. Et des femmes. Ç'avait été une surprise.

La fugueuse était-elle là-bas ? Ou était-elle au sous-sol ? Elle avait forcément été descendue après un exploit pareil. Lui-même y était allé : un long couloir blanc qui desservait des chambres, de minuscules cellules de la taille d'un homme, avec juste une couverture et un seau à l'intérieur, et tout en haut une fenêtre solitaire, impossible à atteindre.

Là debout, il le sentit de nouveau, l'essor qui s'était emparé de lui en la voyant courir, et le sentiment amer et cendré quand elle était tombée. Le visage furieux qu'elle avait, les yeux gonflés. Non, ce n'était pas une beauté, mais une fille sauvage et terrorisée.

Cependant elle avait eu raison, au moins, de ne pas prendre sa main. Il n'était pas homme à pouvoir l'aider. Il n'aurait fait que l'embourber davantage.

Il se dirigea vers la cage du canari, appela l'oiseau en claquant sa langue avec un bruit grave, farfouilla dans la poche de son gilet en quête d'un morceau de pain, qu'il émietta avant de tendre la main dans le mince interstice entre les barreaux. L'oiseau s'avança en sautillant pour picorer dans sa paume. John sentit le bref grattement de son bec contre l'extrémité de son doigt. L'œil noir du canari était vif, pourtant il y avait quelque chose de mou chez lui. Voilà des jours que John ne l'avait pas entendu chanter.

Charles

Alors que les musiciens sortaient en file indienne du réfectoire, Charles s'empressa de rattraper Goffin.

«Bravo, fit-il en arrivant à ses côtés. Vous vous en êtes bien tiré!

— Oh. Merci! Vraiment, c'était pas mal?

— Plutôt, oui», confirma Charles.

En réalité, le jeu de Goffin avait été légèrement strident dans les aigus et avait affreusement grincé sur l'hymne national en fin de soirée, mais dans l'ensemble le bougre avait fait une prestation honnête.

«Ma foi... merci, dit Goffin en lui décochant fugitivement son doux sourire, de m'avoir donné cette chance, je veux dire. C'est un honneur de jouer avec un musicien aussi talentueux que vous.»

Charles haussa vaguement les épaules – *ce n'est rien* – mais, comme Goffin et lui traversaient la pelouse dans un silence complice pour rejoindre la Caserne, le compliment fleurit dans sa poitrine.

«Alors, comment vous le trouvez? Ce vieil endroit, je veux dire? Ils ne vous ont pas laissé en paix, pas vrai?

— Pas trop.»

Goffin fit un grand sourire en tenant la porte à Charles.

«Cela dit ce sont de braves gars. Même s'il fait un peu... frisquet.»

Il referma la porte derrière lui avec une grimace et ils commencèrent à monter les escaliers.

«Ah, les landes! Ce n'est pas ce à quoi vous êtes habitué?

— Pas tellement.

— Ma foi, je suis content que vous trouviez vos marques. On a de la chance de vous avoir, je vous le dis. »

Ils étaient arrivés devant leurs portes respectives, à présent.

«Ma foi, reprit Charles, à demain, alors. »

Une fois dans sa chambre, Charles reposa son violon et son porte-musique et fit glisser son courrier sur son bureau. De sa tête émanait une agréable sensation de chaleur nébuleuse, comme toujours après les bals : une sorte de fatigue heureuse due au fait d'avoir joué longtemps en compagnie des autres musiciens. Après que le dernier patient avait quitté la salle de bal, il y avait toujours un repas tardif dressé dans le réfectoire des surveillants : pain, fromage et brocs de bière, et même s'il pouvait facilement demander qu'un souper froid lui soit servi dans la salle de restauration des médecins adjoints, Charles préférait toujours trinquer et rompre le pain avec les hommes. Il n'était pas un gros buveur, mais un verre ou deux de bière constituaient toujours une façon agréable de parachever le travail du soir.

Il ôta sa veste, dénoua son nœud papillon et défit ses boutons de manchette : il faisait toujours un effort vestimentaire le vendredi soir, et n'en attendait pas moins de ses instrumentistes.

Cette semaine, qui avait si mal commencé, s'était plutôt bien terminée : sa direction d'orchestre semblait progresser favorablement, et les musiciens avaient l'air relativement heureux.

Depuis son entretien avec le directeur Soames, il s'était montré prudent, travaillant plus dur à ses tâches ordinaires afin de trouver le temps de jouer pour les patients, et ce programme paraissait déjà porter ses fruits : l'autre jour, par exemple, il avait joué le *sol* majeur de Schubert quand Mulligan, un chronique irlandais, avait avancé sa chaise pour écouter. Lorsque Charles avait terminé le morceau, il y avait eu sur le visage de l'homme une expression, comment dire... indescriptible, en réalité.

Un nouveau portrait au charbon trônait sur le manteau de la cheminée. Charles alla s'en saisir : Mulligan, durant les quelques secondes qui avaient suivi Schubert. C'était assez ressemblant. N'importe qui aurait pu reconnaître ce Mulligan de papier : les épaules carrées, mince, mais avec une belle musculature. Les cheveux coupés ras sur un crâne aux contours fins, un front régulier, des yeux couleur silex. Toutefois l'expression de l'homme – son impénétrabilité même – lui avait échappé.

N'ayant pas été le médecin chargé de son admission, Charles ne connaissait que peu de détails sur son cas. Il avait dans l'idée d'aller jeter un œil au dossier de cet homme dès que possible, pour voir ce qui lui avait atterri entre les mains. Il reposa délicatement le portrait sur le manteau de la cheminée puis alla à son bureau, où il farfouilla dans son courrier. Une mince enveloppe brune marquée du cachet de Londres se trouvait dans la pile. S'emparant de son coupe-papier, il trancha le carton d'un geste vif et ressentit une agréable accélération du cœur lorsqu'une brochure vert pâle lui tomba dans les mains. *The Eugenics Review*.

C'était toujours un plaisir quand sa revue trimestrielle arrivait. Un œil à la pendule lui apprit qu'il était vingt-deux heures, mais il commençait légèrement plus tard le samedi matin. Il lui restait encore beaucoup de temps pour lire. Il apporta sa chaise devant son bureau et tailla un crayon, avant de rapprocher de lui son calepin. Comme il ouvrait la brochure, un morceau de charbon de bois sauta et crépita dans le feu.

Le premier article était un hommage à sir Francis Galton, cousin direct de Charles Darwin et ancien président de la Société d'éducation eugénique, mort le mois précédent à l'âge de quatre-vingt-treize ans. Pearson avait toujours salué Galton comme l'homme qui avait dévoilé les découvertes de son cousin à la société et les y avait appliquées, l'homme qui avait osé s'interroger sur la manière dont on pourrait concevoir des gens meilleurs. Après l'exercice imposé du tribut au génial esprit universel de Galton (explorateur, météorologue, statisticien), la fin de l'article disait l'impatience de voir le commandant Leonard Darwin devenir président de la société. Celui-ci, autre descendant de la lignée des Darwin, fils du grand homme, cette fois-ci, devait prononcer son discours inaugural au cours de l'été. Charles en griffonna avidement la date dans son calepin. Il s'était écoulé beaucoup trop de temps depuis sa dernière visite à Londres, cela constituerait l'heureux objectif d'une excursion. Il avait droit à sept jours de congé par an et jusque-là n'en avait pris aucun. Il allait falloir qu'il réserve vite sa journée.

À côté du calendrier habituel des réunions et des conférences, le corps principal de la revue était occupé par la retranscription du récent discours qu'avait prononcé le Dr Tredgold à la Société à Caxton Hall à Londres, et qui s'intitulait de manière assez grandiloquente « Eugénisme et progrès futurs de l'humanité ».

Charles savait que Tredgold avait été le médecin-chef de la Commission royale de 1908. Il avait été écrit dans *The Times* que les découvertes du Dr Tredgold sur la question des faibles d'esprit avaient été présentées au Parlement, et en tant que telles seraient essentielles dans le façonnage du débat autour du futur projet de loi.

Le propos de Tredgold commençait simplement, dans une tournure toutefois élégante et persuasive.

L'homme d'aujourd'hui se situe à un niveau de développement bien plus élevé que son ancêtre paléolithique. La race humaine a connu une évolution progressive… Si la race doit se développer, elle doit donner naissance à des individus capables de faire mieux que de marquer le pas : capables d'avancer.

Charles approuva d'un hochement de tête. Bien fou celui qui chercherait à réfuter cette affirmation.

Tredgold poursuivait en expliquant que, au cours de cette évolution, la maladie avait joué un rôle vital en « purifiant la race de ses membres les plus faibles », mais que désormais :

Je n'hésite pas une seconde à affirmer, d'après mon expérience personnelle, que de nos jours la progéniture dégénérée des faibles d'esprit et des pauvres chroniques est traitée avec davantage de sollicitude, mieux nourrie, mieux vêtue, mieux soignée et a de plus grands avantages que l'enfant du travailleur respectable et indépendant. On en arrive à un point tel que les gens commencent à se rendre compte que l'économie, l'honnêteté et l'abnégation ne paient pas.

Charles se trémoussa sur sa chaise. Ce genre de rhétorique le mettait toujours mal à l'aise : *les faibles d'esprit et les pauvres chroniques* constituaient le plus gros des internés de Sharston, lesquels jouissaient en effet d'une nourriture, de vêtements et de soins médicaux de bonne qualité ; or quel homme vivant dans les quartiers périphériques surpeuplés de Bradford buvait du lait provenant d'un troupeau de génisses Ayrshire spécialement sélectionnées, mangeait de la viande fraîche et des légumes au souper presque tous les soirs, et écoutait de la musique classique qu'on lui jouait pendant son repos l'après-midi ? Toutefois l'asile n'était pas une prison, l'objectif du traitement n'était pas punitif mais fortifiant.

Il jeta un œil à ses esquisses au charbon, croisa le regard de Mulligan. Un homme tel que lui ne devait-il pas être traité avec *sollicitude* ? Ne devait-il pas écouter et réagir à Schubert ? N'y avait-il pas du *potentiel* chez cet homme ? Et puis il y avait les bals : quand il fermait les yeux il revoyait la salle telle qu'elle avait été ce soir – les cheminées allumées à plein régime, l'orchestre, hormis un couinement de temps à autre de la part de Goffin, qui sonnait bien tout en laissant présager de meilleures choses à venir encore, les patients qui applaudissaient, souriaient et virevoltaient ensemble sur la piste. Si les bons citoyens de Bradford et de Leeds n'avaient pas voulu que leurs aliénés indigents jouissent d'un peu de plaisir et – oui, pourquoi ne pas le dire – de *beauté* dans leur vie, auraient-ils construit un espace aussi magnifique pour qu'ils se rencontrent ?

Il reporta son attention sur le pamphlet, où les propos de Tredgold allaient crescendo :

Le ruisseau de la dégénérescence enfle peu à peu, menaçant de devenir un torrent qui submergera notre communauté et l'anéantira. Il est très clair que nous sommes face à un problème extrêmement grave, un problème, de fait, d'une importance vitale, pas seulement pour nos progrès futurs, mais pour notre existence même.

Tiens. On entrait dans le vif du sujet. Et bien qu'il eût parfaitement conscience du problème – Sharston lui-même était plein à craquer de pauvres et de fous –, Charles n'était pas certain des manières de le résoudre.

Les faibles d'esprit devaient assurément être empêchés de procréer. Mais comment agir à partir de ce constat – comment définir cette catégorie et appliquer cette mesure préventive –, Charles n'avait là-dessus aucune certitude. C'était l'idée de la mise en application qui le dérangeait.

Il était facile de maintenir la séparation des deux sexes dans cette espèce de ségrégation douce qui se pratiquait à Sharston, et pendant leur séjour ici les internés pouvaient, peut-être, grâce à de la bonne nourriture, un bon comportement et un bon travail honnête (sans parler de la bonne musique), *s'améliorer*. Devenir de meilleurs spécimens.

En réalité, songea Charles, cela se résumait à ça : soit on croyait à la capacité de changement des gens, soit on n'y croyait pas. Or Charles était, par nature, un optimiste.

Il jeta de nouveau un œil à la revue :

> J'affirme sans la moindre hésitation que si des mesures de réforme sociale ne sont pas accompagnées par d'autres destinées à empêcher la multiplication alarmante des inaptes qui a désormais cours, l'issue sera un désastre national.

Charles laissa échapper un soupir agacé : il y avait quelque chose de tellement *triste* dans la rhétorique de cet homme. Il tapota le bureau avec l'extrémité de son crayon. Le mouvement eugéniste était divisé entre ceux qui croyaient en la stérilisation et ceux qui militaient en faveur de la ségrégation, et voilà que le médecin en chef de la Commission royale, l'homme qui avait l'oreille du Premier ministre et du ministre de l'Intérieur Churchill, se déclarait ouvertement, ou presque, pour la stérilisation.

Charles alla se poster devant sa fenêtre, les mains enfoncées dans les poches. Dans le petit bois qui bordait les bâtiments, de grands arbres agitaient leurs branches vers la lune. Bientôt, même si le printemps mettait du temps à arriver dans ces landes, ils seraient en feuilles. Derrière le bois se trouvaient les fermes qui fourniraient la nourriture aux milliers de personnes vivant au sein de ces murs. Bientôt viendrait le temps des plantations : deux cent quarante glorieux hectares d'autosuffisance.

Il savait que Churchill avait récemment prononcé un discours au Parlement sur l'idée de fonder des colonies de travail à destination des déficients mentaux. Ma foi, Sharston, le nom mis à part, avait tout d'une colonie de travail. Et si Charles arrivait à attirer l'oreille de Churchill ?

Il jeta un œil à l'*Appel à propositions d'allocutions* qui gisait là où il l'avait laissé.

Appel à propositions d'allocutions
Premier Congrès eugéniste international
Sujets d'une importance capitale et d'un intérêt
pérenne.

Il fallait répondre à Tredgold.
Penché sur son calepin, il griffonna :

Dépense

L'un des principaux arguments contre la Ségrégation est la dépense, le fameux « taxé et lourdement taxé » de Tredgold, pourtant la somme nécessaire au fonctionnement de Sharston, en comparaison avec d'autres institutions similaires (écoles et hôpitaux, par exemple), est négligeable

– cela témoigne de l'intérêt de l'autosuffisance, qui permet d'employer les patients à la culture de leur propre nourriture, à l'élevage de leur propre bétail, et au blanchissage de leurs propres vêtements. À l'heure actuelle notre taux de mortalité est élevé, aux alentours de quinze pour cent. Plus nous mettrons d'hommes dans les champs, plus notre population sera saine.

Ici les patients constituent une main-d'œuvre prête à l'emploi, qui plus est une main-d'œuvre qui trouve sa thérapie dans le bon labeur honnête qu'elle effectue. À l'avenir, il pourrait y avoir davantage de fermes comme Sharston – davantage de patients mis au travail, un excédent dégagé. Nous produisons déjà suffisamment de viande pour en vendre aux bouchers locaux – imaginez s'il y avait de la viande et des légumes en suffisance pour nourrir la moitié de Bradford et de Leeds !

La moindre de mes promenades dans les villages alentour me révèle que l'économie de la campagne est sinistrée : n'importe qui jouissant de quelques économies n'a qu'une hâte, s'installer en ville. Confions donc ces emplois délaissés à nos aliénés indigents ! Mettons les bouchées doubles ! Voyons notre campagne s'épanouir à nouveau !

(N. B. : La racine du mot « eugénisme » vient d'un mot grec signifiant « de noble naissance ». De fait, n'est-ce pas extrêmement noble d'œuvrer à atteindre le bien le plus haut pour tous ?)

Charles se relut avec une euphorie grandissante : oui, il tenait quelque chose. Il aimait particulièrement sa dernière phrase. Il la souligna et, ce faisant, une idée germa dans sa tête.

Il allait l'écrire, cette allocution, pour le congrès.

Il écrirait une allocution si brillante qu'il convaincrait le directeur Soames, et le Dr Tredgold, et Churchill, et tous les autres, de l'inutilité de la stérilisation, qu'il existait un autre moyen, un moyen qui ne taxait pas trop lourdement le contribuable et qui, en outre, laissait une possibilité d'amélioration : de la culture, de la musique, de – oui – la *joie*, pourquoi ne pas le dire, dans la vie des aliénés indigents confiés à leurs soins.

Il farfouilla dans son tiroir, en sortit du papier à lettres et une enveloppe puis, feuilletant à rebours sa revue, il s'arrêta : sur la première colonne se trouvait le nom du secrétaire, un certain Dr Montague Crackanthorpe.

Cher Dr Crackanthorpe,

C'est avec un grand intérêt que j'ai lu votre *Appel à propositions d'allocutions* dans le dernier numéro de *The Eugenics Review*. Vous demandez des travaux qui débattent des mérites respectifs de la ségrégation et de la stérilisation.

J'aimerais vous présenter ma candidature.

Si je suis choisi, je présenterai un rapport sur les bénéfices de la musique et de la ségrégation à l'asile de Sharston, dans le West Riding du Yorkshire.

Bien à vous,

DR CHARLES FULLER
Premier médecin adjoint

John

Il y avait eu un incident dans la salle de bal. Dan, qui s'était manifestement montré trop turbulent, avait été confiné dans la salle commune pendant une semaine.

John fut donc envoyé creuser avec le jeune Joe Sutcliffe à la place.

Les matins étaient désormais légèrement plus clairs, un bandeau orange pâle éclairait le ciel tandis qu'ils se dirigeaient vers Mantle Lane. Sutcliffe avait paru relativement calme pendant la marche, mais dès qu'ils furent en vue du cimetière et de la tombe à terminer, il se mit à trembler.

« Y en a combien qui vont là-dedans ?

— Six, répondit John.

— Non. »

Joe, au bord du grand trou, contemplait le fond.

« Ils m'obligent à la creuser. Je le ferai pas. Non.

— Qu'est-ce que tu veux dire, mon gars ?

— La tombe, expliqua Sutcliffe en désignant la fosse de terre brute. C'est la mienne. Je le sais. Ils m'obligent à la creuser. Et ils me mettront dedans quand j'aurai fini.

— Non, mon gars.

— On dit qu'on sort jamais. »

Sutcliffe leva son visage paniqué.

« Pas quand on est où on est. Pas chez les chroniques. On dit que c'est fichu. Qu'on va mourir ici. Qu'on va être jeté dans un trou comme celui-ci avec des gens qu'on connaît pas, et que personne nous retrouvera jamais.

— Allons, mon gars. »

John posa une main sur l'épaule du garçon, sentit le frémissement en lui, les os fins pareils à des lames sous sa paume.

« Calme-toi. »

Il descendit dans le trou. Lorsqu'il tendit la main, le garçon le rejoignit gauchement, mais une fois au fond, il resta figé, inutile.

« Assieds-toi donc un moment. »

John désigna la lèvre de la fosse. Il était clair qu'on ne pourrait rien tirer de ce garçon.

« Je vais me débrouiller tout seul. Et c'est pas ta tombe que je creuse, mon gars. Je te le promets. »

Sutcliffe se hissa hors du trou et s'assit au bord. Les mains fourrées sous les aisselles, il avait les yeux rivés sur la terre. Il ne semblait pas plus heureux qu'avant.

« Et si tu te tournais ? Si tu regardais là-haut, plutôt ? »

John désignait le sommet de la colline, l'endroit d'où la fille était arrivée quand elle avait couru. Sutcliffe leva vers lui un visage gris reconnaissant.

« Je peux ?

— Oui-da, acquiesça John avec un hochement de tête. Fais donc ça. »

Le jeune garçon se leva, tourna trois fois sur lui-même, puis, tel un chien qui s'agite sur sa couche, s'assit par terre en regardant de l'autre côté. Alors qu'il commençait à creuser, John l'entendit marmotter dans sa barbe.

Au bout d'environ une heure, quand la sueur dégoulinait sur le visage de John, que Sutcliffe s'était tu et que, à en croire sa tête penchée et son dos étroit courbé, on aurait dit qu'il s'était endormi, un sifflet retentit, et la silhouette de Brandt apparut au sommet de la colline : il descendit d'un pas assuré.

«Qu'est-ce qui se passe ici ?»

Le surveillant vint se placer devant Sutcliffe. Il lui décocha un gros coup de pied dans le genou. Le garçon poussa un glapissement apeuré. Il leva un visage paniqué, bouffi de sommeil.

«Lève-toi. Allez.»

Brandt le frappa de nouveau.

«Lève-toi et descends là-dedans.»

Il redressa Sutcliffe par le coude et le poussa dans la tombe, où le garçon s'étala dans la poussière.

«Si tu te mets pas à creuser, je vais m'y mettre, moi, aboya Brandt. Et je t'enterrerai dedans.»

Sutcliffe se mit à gémir :

«Non. Non. Elle est pas pour moi. Il m'a promis qu'elle était pas pour moi.

— Si tu la boucles pas, quand t'auras fini je t'enverrai au sous-sol.

— Je vous en prie, non...»

Sutcliffe suffoqua en désignant John.

«Il a dit... il a dit... qu'elle était pas pour moi.

— Quoi ?»

Brandt posa ses petits yeux de rongeur sur John.

«Alors comme ça on donne des ordres, hein, Mulligan ?»

John secoua la tête, souleva sa pelle, poursuivit son travail.

«Hé !»

Le bâton de l'homme lui gifla le haut du bras.

«Hé ! Je te parle. T'entends pas ? Ou c'est que t'es aussi sourd que cinglé ?»

Brandt s'accroupit, leurs yeux étaient au même niveau.

«Tu sais quoi?»

Brandt, qui n'avait pas de dents de devant, parlait avec un chuintement.

«Je me suis toujours demandé pourquoi que t'étais là. C'est quoi le truc, alors? T'es juste un connard d'Irlandais sans cervelle? Je connais les gars de ton espèce.»

Il postillonna sur la veste de John.

«Vous débarquez ici. Vous en foutez pas une. Vous vous attendez à ce qu'on s'occupe de vous. Et maintenant vous dites aux gens ce qu'ils doivent faire?»

Son haleine empestait l'alcool bon marché. Il avait le bord des yeux jaunes, mais ses pupilles étaient deux boutons noirs.

«Pourquoi que tu vas jamais dans la salle de bal? Ça existe pas, les bals, en Irlande? Vous arrivez pas à retirer vos arpions de la boue? Ou c'est-y que t'aimes pas les femmes?

— Oui-da, fit John.

— Oui-da tu les aimes ou oui-da tu les aimes pas?»

John ne prononça pas un mot de plus.

«On vous apprend pas à parler anglais là-bas? *An-glich?*»

Brandt laissa tomber la mâchoire, langue pendante, comme certains hommes du pavillon.

«An-glich, espèce de con.»

Il agita son bâton, semblant se demander sur lequel des deux hommes il allait taper.

«Voilà ce qu'on va faire, lâcha-t-il avec un grand sourire en désignant Sutcliffe d'un geste. J'annule le voyage de ce bougre au sous-sol si tu le dis. Dis : "Je suis un connard d'Irlandais sans cervelle." Et t'as qu'à danser en même temps. »

Sutcliffe avait cessé de geindre. John l'entendait derrière lui panteler comme un animal.

« *Dis-le.* »

Les mains de John se contractèrent sur le manche de sa pelle.

Il y eut alors du mouvement sur la colline au-dessus d'eux. Une petite procession descendait vers Mantle Lane en traversant les rails de chemin de fer : quatre hommes qui portaient un cercueil sans fioriture, et un pasteur, tous en file indienne. Brandt se retourna pour les regarder puis se redressa, le petit doigt sur la couture du pantalon, casquette à la main. Le groupe funéraire s'arrêta devant la tombe attendant d'être comblée. L'un des hommes en retira les planches, qu'il posa sur le côté, puis le cercueil fut descendu. John voyait le couvercle en pin dépasser. C'était serré, là-dedans, la tombe était pleine.

Le pasteur semblait mal à l'aise, avec ses longues basques qui battaient dans la brise glaciale. L'un des hommes s'avança pour déposer quelque chose d'autre dans le trou, une petite boîte cette fois-ci, d'une trentaine de centimètres de long seulement : quand John vit de quoi il s'agissait, son estomac se serra.

Le pasteur brandit sa bible, prononça quelques mots, se pencha pour prendre une poignée de terre qu'il lança sur le cercueil, puis jeta un œil vers eux trois.

« Remblayez-la », lança-t-il avant de se retourner

et de prendre la tête de la petite procession sur le chemin du retour.

John préleva une pelletée de terre fraîche pour la transvaser dans l'autre tombe et la renversa.

« Tu sais pourquoi ils font ça, pas vrai ? »

Brandt était venu derrière lui. Sa langue reposait dans l'espace laissé par ses dents manquantes.

« Y mettent les petiots au fond. »

Il brandit son bâton, qu'il racla sur le bois de la petite boîte.

« Histoire qu'ils se sentent pas trop seuls. »

Il ricana. Sa bouche était un trou noir quand il riait.

John s'écarta vivement, retourna à l'autre tombe, prit une nouvelle pelletée de terre.

« Et toi ? lui lança Brandt. T'as déjà eu un petiot ? »

La pelletée de John tambourina comme une violente averse sur le couvercle de la petite boîte en bois. S'il la recouvrait suffisamment vite, Brandt ne pourrait pas y toucher à nouveau.

Mais le surveillant était accroupi à côté de la tombe à présent, en équilibre sur ses talons.

« J'ai toujours entendu dire qu'il y avait des bébés qui naissaient ici, mais j'en ai jamais vu. »

Il abattit son bâton, plus fort cette fois, sur le bois du minuscule cercueil. Cela fit un bruit sourd. Puis, la langue entre les dents, Brandt enfonça l'extrémité de son bâton sous le couvercle et commença à faire levier.

John se jeta sur lui avec un rugissement. Il l'empoigna par le col et vrilla la main pour le retourner de force, tirant son visage à la hauteur du sien. Brandt toussait, suffoquait, agitait les mains devant lui, le visage rouge, il s'asphyxiait.

«Non!» s'écria Sutcliffe derrière eux.

De maigres poings s'abattirent sur le dos de John. Celui-ci lâcha prise et Brandt s'écroula, haletant, par terre.

John éjecta Sutcliffe d'une secousse et s'agenouilla à côté de Brandt, un genou sur sa poitrine, la pelle toujours à la main.

«Laisse les morts tranquilles. Tu vas les laisser tranquilles sinon je te jure que je t'envoie les rejoindre.»

Il se leva, se secoua pour se remettre d'aplomb. Brandt se recroquevilla par terre, reprenant son souffle, puis se redressa lentement, les mains sur les genoux. Il cracha sur le cercueil : du sang se mélangea à la salive sur le bois. Il partit d'un rire grave et sardonique.

«Salopard d'Irlandais de mes deux, pesta-t-il. Tu me le paieras.»

Cette nuit-là, dans le pavillon, Dan raconta une histoire.

C'était une habitude à lui, quand les lumières étaient éteintes. Il commençait à voix basse, presque dans un murmure, et tout le monde se taisait pour écouter.

Ce soir-là, c'en fut une que John n'avait encore jamais entendue, l'histoire d'un géant qui gardait une femme prisonnière dans son château au sommet d'une colline.

«Une colline, mes amis, blanchie par tous les os des champions qui avaient essayé en vain de sauver la belle captive.

» Enfin… » – Dan avait le don de faire enfler sa voix tout en restant discret, de la faire voyager aux quatre coins de la pièce sans réveiller le surveillant endormi – « … enfin le héros, après moult estocades contre le géant, toutes vaines, découvrit le seul moyen de le tuer. »

Il marqua une pause, John perçut le souffle doux de l'assistance autour de lui.

« C'était de frotter contre une cicatrice sur le sein gauche du géant un certain œuf, qui se trouvait à l'intérieur d'un pigeon, lequel se trouvait à l'intérieur d'un lièvre, qui se trouvait dans le ventre d'un loup, qui vivait dans des landes sauvages à plusieurs milliers de lieues de là… Et alors, que fit le héros à votre avis ? Il trouva cet œuf, et parvint à occire le géant rien qu'en frappant l'œuf contre la cicatrice de sa poitrine. »

Les hommes poussèrent un soupir de soulagement, et Dan gloussa doucement dans sa barbe.

Au bout d'un moment, John entendit les bruits des hommes qui glissaient dans le sommeil. Bientôt Dan ronfla à son tour. Mais John était allongé sur le dos, les yeux rivés sur l'obscurité au-dessus de lui.

Il ne voulait pas dormir. Savait ce qui l'attendait là : une femme et un enfant. Ce n'étaient pas les histoires de Dan qui l'effrayaient, pas plus que Brandt et ses menaces, c'était ce qui se trouvait en lui.

Quand il fermait les yeux, elle était là, comme au premier jour. Un châle contre une bouche, qui couvrait un sourire : Annie.

Voulez-vous danser ?

L'ondulation de sa jupe. Et lui qui se levait alors, comme s'il n'avait d'autre choix.

Et ensuite, une mélodie cadencée. Une ronde lente. La gorge de cette femme. La houle de ses seins. Le frottement de sa joue contre la sienne. Le goût de sa bouche.

Sa bouche.

Une femme qu'il avait crue être un refuge et qui s'était révélée être la tempête même.

Et ensuite un enfant, à la peau comme une chanson.

Et ensuite la maladie, et une boîte minuscule.

Enterrer l'enfant de ses propres mains dans l'aspiration noire de la terre.

Et la bouche d'Annie, une plaie rouge désormais, articulant ces mots : *Toi. Tu fais mourir tout ce que tu touches.*

Tu n'es rien.

Tu n'es pas un homme.

Ella

Elle fut déplacée pour travailler à la blanchisserie : une gigantesque pièce à l'éclairage gris et aux plafonds hauts sous lesquels les femmes allaient et venaient. De grosses flaques d'eau s'étalaient au sol, et la puanteur des vêtements sales était accentuée par une âcre odeur chimique. Ella parcourut la pièce du regard, mais, malgré sa dimension, il n'y avait qu'une porte d'entrée et une porte de sortie. Les seules et uniques fenêtres étaient encastrées dans le plafond. Il serait impossible de les atteindre.

« Va travailler avec elle. »

L'infirmière qui l'avait conduite ici la poussa

vers une femme penchée au-dessus d'un vaste tambour métallique.

« Elle sait ce qu'elle fait. Elle te montrera le b.a.-ba. »

C'était Clem, les manches roulées et le visage luisant de sueur. Elle toisa Ella froidement dans l'air poisseux.

« Attention avec tes pieds, lança-t-elle alors qu'Ella avançait précautionneusement sur le sol humide. Faut pas les mouiller. Sinon tu attrapes tout un tas d'ampoules et c'est l'enfer pendant des semaines. »

L'air était moite et lourd. L'énorme tambour en fer à côté duquel se tenait Clem tremblait en gémissant. Ailleurs, les voix des femmes étaient noyées par les vibrations et le bourdonnement d'autres machines.

« Alors, commença Clem en élevant la voix pour se faire entendre, il y a différents types de choses à laver, ici. Des vêtements… »

Elle se tourna pour désigner les tas de linge d'un côté de la pièce.

« Notre travail consiste à les trier par catégorie : chemises, jupes, corsages, sous-vêtements. Faut mettre un masque pour ça. Ensuite il y a le linge qui ne se repasse pas à la main : les draps et les taies d'oreiller. Ça c'est le truc qui te casse vraiment le dos. Tiens, justement. »

Alors que le tambour métallique devant elle s'arrêtait avec des soubresauts, elle se pencha et ouvrit le couvercle d'un coup sec.

« On met le linge dans ces machines et on ajoute un seau de savon. Ces draps-là sont lavés, il faut les sortir et les faire passer dans l'essoreuse à rouleaux. Allez, vas-y. »

Ella plongea les bras dans le tambour en essayant de soulever un drap, mais ils étaient tout emberlificotés et pesants d'humidité.

« Tu n'iras pas loin comme ça. Regarde. »

Clem l'écarta d'un coup de coude et, plongeant les mains dans l'eau avec des gestes lestes, démêla un drap du nœud à l'intérieur.

« Quand tu as réussi à en libérer un, tu le tords une première fois. »

Elle travaillait tout en parlant, essorant le drap, si bien que de l'eau grise dégoulinait du tissu et tombait dans la cuve.

« Et ensuite, quand tu as fait ça, tu l'apportes là-bas. »

Elle jeta le drap qui continuait de goutter sur son épaule pour le transporter à l'autre bout de la pièce où se dressait une gigantesque essoreuse à rouleaux.

La machine faisait à peu près la même taille que le double métier à tisser dont s'occupait Ella à la filature. Il y avait même pour actionner ces machines des courroies qui faisaient tout le tour du plafond. C'était une usine. Pas aussi bruyante que la filature, mais une usine quand même. Elle s'empara d'un coin du drap tandis que Clem s'écartait de quelques pas afin que le tissu mouillé soit tendu entre elles.

« Tu le glisses entre les rouleaux jusqu'à ce qu'il soit bloqué. Lentement. C'est ça. La partie suivante est dangereuse. Il faut veiller à bien reculer et à rentrer tes cheveux sous tes vêtements avant de la faire fonctionner. »

Veille à rentrer tes cheveux sous tes vêtements.

Clem baissa un levier, l'essoreuse se mit à cahoter, et voilà qu'Ella avait de nouveau huit ans : elle regardait les courroies se tendre, sentait sa vie se contracter. Elle secoua la tête pour s'éclaircir les idées.

« Comment tu supportes ça ? demanda-t-elle.

— Ça quoi ? »

Clem avait les yeux rivés sur l'essoreuse, où le drap était entraîné par les rouleaux.

« Tout… ça, répondit Ella en embrassant la pièce d'un geste. Ça ne te rend pas folle ? »

Clem leva les yeux.

« *Beaucoup de folie est à l'œil sensible le sens le plus divin*[1], répliqua-t-elle avec un petit rire. Il y a plein de folles ici. Cela dit je ne suis pas sûre d'en faire partie. »

Elle haussa les épaules.

« Tu t'y habitueras. »

Ces mots coulèrent au fond du ventre d'Ella comme lestés par une pierre. Elle aurait voulu lui dire qu'elle ne s'habituerait à rien, à rien de tout ça, qu'elle serait sortie bien longtemps avant, pourtant le désir de parler avait beau lui piquer la langue, elle se retint. Il était plus sûr de ne pas se confier pendant un moment.

Clem alla se placer de l'autre côté de l'essoreuse, où le drap était prêt.

---

1. *Much madness is divinest sense* : titre d'un poème d'Emily Dickinson. Traduction française de Nancy Huston.

« Viens. Il faut qu'on aille les mettre à sécher sur la corde à linge. »

Elle jeta le drap sur le dessus d'un panier en osier puis, d'un geste, demanda à Ella de prendre l'autre anse. Le panier était lourd, pourtant Clem le souleva sans difficulté.

Elles passèrent dans une autre pièce – celle-ci remplie de centaines de fils où pendait du linge. Il était difficile de l'affirmer avec certitude, car n'importe qui aurait pu être dissimulé derrière les vêtements, mais pour la première fois il ne semblait y avoir aucune infirmière pour les surveiller.

« C'est pas mal, ici, fit Clem comme si elle lisait dans les pensées d'Ella. On nous laisse un peu tranquilles. Je fais toujours durer le plus longtemps possible. »

Elle sortit un petit livre de la poche de son tablier et esquissa un bref sourire.

« Il m'arrive de rester ici des heures entières avant qu'ils se souviennent de vérifier. »

C'était beaucoup plus calme dans cette moiteur blanche, où le bruit paraissait absorbé par les vêtements suspendus. L'odeur n'était pas aussi mauvaise non plus : amidon âpre et eau oxygénée, mais nulle trace de l'épaisse puanteur de bouc de la pièce voisine. Ici aussi, il n'y avait apparemment que deux portes : celle par laquelle elle était entrée et une à l'autre bout de la pièce.

« Je ne crois pas qu'elle mène à un endroit bien excitant », commenta Clem.

Ella se retourna et rougit.

« Peut-être aux cuisines, mais tu peux être sûre qu'elle est fermée à clef. Ils ne laissent rien au hasard, tu sais. »

Alors que Clem levait les bras pour épingler un drap, Ella vit de nouveau ces stries rouges, qui partaient de la base du poignet et disparaissaient dans le tissu du corsage. Elles étaient trop fines et régulières pour être des brûlures. Et ses mains étaient gercées, à vif, la peau blanchie et flasque comme après une trop longue immersion dans l'eau. De nouveau, à croire qu'elle avait surpris son regard, Clem rabattit sa manche.

Ella s'avança pour l'aider. Au bout d'un moment, elle demanda :

« C'est qui les niaiseux ?

— Les niaiseux ? répéta Clem en la dévisageant. C'est le nom que donnent ici les femmes au pavillon des chroniques. Elles pensent que quand on y est, on n'en sort plus. À moins d'être mort, bien sûr.

— Mais ils sortent, les gens, avant ça ?

— Oui, assez souvent. Écoute, soupira Clem, bras croisés, les yeux droit dans ceux d'Ella. Il y a trois façons de sortir d'ici. Tu peux mourir. C'est facile. Les gens meurent tout le temps. Tu peux t'enfuir. Presque impossible. Ou tu peux les convaincre que tu es suffisamment saine d'esprit pour partir.

— Toi tu as choisi laquelle, alors ? »

Une rougeur empourpra fugitivement les joues de Clem, qui se pencha pour se saisir d'un autre drap.

« Pour l'instant aucune, répondit-elle. Je suis encore en train de réfléchir. »

Elle garda le silence un moment, puis ajouta :

« Tu irais où, toi, alors ? Si tu sortais ?

— Je ne sais pas. Loin.»

Ella songea à une photo qu'elle avait vue une fois, une affiche du littoral accrochée au mur de la Coop : du pays vert qui cédait la place au bleu.

«La mer.

— Tu l'as déjà vue, la mer ?»

Ella secoua la tête.

«Ma foi, *Je n'ai jamais vu de Lande,* récita Clem. *Je n'ai jamais vu la Mer – Mais je sais ce qu'est un Brisant – Et de quoi la Bruyère a l'air*[1].

— Qu'est-ce que c'est ? demanda Ella.

— Juste un poème.»

Clem haussa les épaules, se baissa et empoigna d'un geste vif l'habit suivant dans le panier.

«Et toi ? demanda Ella.

— Moi ? À l'université, répondit Clem. Et c'est une certitude. Simplement je… j'attends.»

Elle brandit le vêtement devant elle. C'était une chemise d'homme en coton, large et tachée aux poignets.

«Mon frère s'apprête à entrer à l'université, expliqua-t-elle. À Cambridge, pour étudier la littérature. Et il est tellement bête qu'il croit que Kipling est le meilleur poète qui soit. Il s'imagine probablement que Dickinson est notre épicier.»

Elle leva les yeux, un demi-sourire aux lèvres.

«Enfin, c'est bel et bien notre épicier, mais là n'est pas la question. Sais-tu, lui ai-je dit un jour, *"Certaine clarté Oblique, L'Après-midi d'hiver,*

---

1. Extrait d'un poème d'Emily Dickinson. Traduction française de Claire Malroux (*Car l'adieu, c'est la nuit,* Poésie Gallimard, 2007).

*Oppresse, comme la Houle Des Hymnes Litur-
giques*[1]". Et il m'a dévisagée avec des yeux de mer-
lan frit. »

Clem adopta alors une expression si hébétée, si
ahurie, qu'Ella ne put s'empêcher de rire.

« Il n'avait pas la *moindre* idée de ce dont je par-
lais, poursuivit-elle. Pas la moindre. »

Ella non plus, mais la sensation du rire resta, et
adoucit l'atmosphère entre elles.

« Les hommes, marmonna Clem en étudiant
l'habit qu'elle tenait. On n'arrive jamais à faire
partir les taches. Tiens. »

Elle lança la chemise à Ella, qui la rattrapa.

« Il y a donc des hommes, ici ?

— Pas *ici*, évidemment, mais de l'autre côté des
bâtiments. Cela dit on ne les voit jamais, à part le
vendredi.

— Qu'est-ce qui se passe le vendredi ?

— Tu ne le sais pas ? Il y a un bal, dans une salle
de bal. Avec une vraie estrade, et un orchestre,
avec des violons, des trompettes, et… enfin. »

Clem se baissa afin d'extraire une autre chemise.

« Tu devrais aller la voir, avant de sortir d'ici. C'est
pas mal. C'est le docteur qui dirige l'orchestre. Tu
sais… celui qui joue du piano.

— Comment on fait pour y aller ? À la salle de
bal ? Qui a le droit de s'y rendre ?

— Je ne sais pas vraiment comment ils choisissent. Ils font l'appel le vendredi, et si ton nom

1. *Ibid.*

est appelé, alors tu y vas. Celles qui ont été sages, j'imagine. »

Sois sage.

Ella étira la chemise.

Après ça, les choses changèrent entre elles. Ce n'était peut-être pas de l'amitié, mais quelque chose de similaire. Dans la salle commune, Ella choisit la place à côté de Clem, et elle marchait avec elle à la récréation, qui n'avait de récréation que le nom : une demi-heure par jour d'allers-retours piétinés dans une cour pavée étroite – en rangs par deux, comme au catéchisme – entre deux murs qui renvoyaient tous les sons en échos.

Autrement elle se tenait coite, travaillait dur et observait. Quand elle ne sortait pas des draps du tambour ou qu'elle ne les fourrait pas dans l'essoreuse, elle était dans la salle de tri, basse de plafond et tellement pestilentielle qu'elle devait s'attacher un mouchoir sur le nez et la bouche pour pouvoir supporter. Elle avait les mains à vif à cause des produits chimiques utilisés dans la blanchisserie, et la peau entre ses doigts, devenue toute molle et fendillée, la brûlait. Elle s'était cassé un ongle en essorant des vêtements. Ses pieds enflèrent tellement à cause de la chaleur et de la position debout à longueur de journée qu'il lui était difficile d'enlever ses bottines à l'heure d'aller se coucher. Mais elle ne se plaignait pas.

Dans la salle commune, les après-midi, pendant que Clem lisait son livre, Ella regardait par la fenêtre.

Elle voyait le sentier qu'elle avait emprunté dans sa course, qui traversait l'herbe rase avant de dessiner un virage autour des bâtiments à gauche. Elle se rappelait la sensation du vent sur sa peau, alors qu'elle courait à s'en faire exploser les poumons.

Le vendredi après le dîner, l'infirmière irlandaise venait égrener la liste des noms des femmes autorisées à se rendre dans la salle de bal, et Ella tendait toujours l'oreille, en retenant son souffle, à l'affût du sien, mais les semaines passaient et on ne l'appelait jamais. Cependant l'excitation des élues ne lui échappait pas : elles s'habillaient le mieux possible, lissaient soigneusement leurs vêtements, époussetaient les pellicules blanches et grasses qui s'accrochaient à leurs épaules. S'entraidaient : face à face, elles agissaient comme le miroir de l'autre. Vieille Allemagne harcelait toujours Clem jusqu'à ce qu'elle veuille bien lui brosser les cheveux et lui faire deux nouvelles couettes. Souvent, quand toutes les femmes étaient prêtes et se bousculaient, excitées, mais qu'il n'était pas encore tout à fait l'heure, Clem se levait pour aller leur jouer du piano, juste quelques mesures, et elles se prenaient par la main et dansaient sur place.

Elles lui rappelaient les femmes et les filles à la filature le vendredi soir, ce même jeu de coudes pour s'apercevoir dans le petit bout de miroir tout au fond de la salle des métiers, le même espoir fugace alors qu'elles se tournaient, se palpaient et rentraient les joues, comme si elles se recouvraient d'hameçons susceptibles d'attraper une prise.

Ella n'avait jamais voulu se voir dans ce petit bout de verre crasseux. Elle savait très bien à quoi elle ressemblait, avec ses yeux rouges et gonflés. Et puis, même si elle était arrivée à se rendre jolie, à quoi bon ? L'été, le vendredi et le samedi soir, elle avait accompagné les autres aux bals des jeunes gens sur Manningham Lane et Toller Lane – au milieu d'une foule telle que la police devait faire la circulation à grands cris. De gigantesques groupes de filles compacts, toutes bras dessus, bras dessous, qui jacassaient en jetant des regards aux garçons. Elle n'avait jamais marché avec elles cependant. Ils lui donnaient le sentiment d'être piégée, ces groupes de filles qui marchaient au beau milieu de la route.

Toutefois elle voyait bien comment les surveillantes regardaient les patientes, en ricanant parfois derrière leurs mains. L'autre jour elle avait entendu l'infirmière irlandaise qui dégoisait avec une autre de sa voix criarde de pie : *Non mais c'est-y pas que des animaux ? Pire que des animaux. Sales, tu trouves pas ? Et comment il faut les surveiller tout le temps ? Tu trouves pas ? Dis, tu trouves pas ?* Elle savait que Clem avait raison, qu'on laissait sortir les gens d'ici. Elle l'avait vu de ses propres yeux : la façon dont leur visage changeait quand elles savaient.

Mais à présent, assise là dans la salle commune au fil des vendredis, à regarder les femmes se préparer, elle avait peur. La croyaient-ils toujours folle ?

Qui connaîtrait les choses qu'elle avait en elle si elle restait dans cet endroit ? Elle n'avait personne pour prendre sa défense ici, nul être pour se faire son écho, rien pour expliquer qui elle était ou aurait pu être.

116

Charles

La nouvelle arriva un vendredi, au deuxième passage du facteur, une seule lettre dans une enveloppe épaisse portant le cachet de Londres avec une adresse : 6 York Buildings, Adelphi.

Lorsqu'il souleva le rabat, vit le nom de la Société imprimé en haut et lut la première ligne – *C'est avec plaisir que nous acceptons votre allocution pour le congrès eugénique de 1912 –*, Charles fut tellement ravi qu'il ne put s'empêcher de danser une petite gigue sur place.

«Tout va bien, Dr Fuller ? s'enquit le vieux portier qui le dévisageait avec une expression qui confinait à l'horreur.

— Oui ! Parbleu, oui ! Ça va très bien.»

La première impulsion de Charles fut d'aller porter sur-le-champ cette lettre au directeur – afin de voir, peut-être, une lueur d'approbation sur le visage de Soames. Pourtant il se retint. Il apprenait à être mesuré. Il était préférable, et de loin, de se montrer ingénieux. D'attendre le bon moment.

Dorénavant son travail prit une tournure différente. Il gardait en permanence un calepin sur lui, et lorsqu'il traversait couloirs et pavillons il y griffonnait tout ce qui en pensée ou en acte semblait pertinent par rapport à son sujet.

Il se laissa aller à un doux rêve, qu'il alimentait progressivement de petits détails. Voilà de quoi il retournait : il imaginait Churchill, Pearson,

Tredgold – même le directeur Soames – assis au congrès parmi l'assistance pendant son discours, l'oreille attentive, ses mots infléchissant leur opinion, puis Churchill qui l'approchait, et le secrétaire, le Dr Crackanthorpe, qui faisait les présentations : *Monsieur le ministre, laissez-moi vous présenter le Dr Fuller, qui dans le Nord a accompli avec la musique un travail particulièrement remarquable avec ses aliénés.*

Et Churchill de hocher la tête, la poignée de main chaleureuse, son joli visage de bébé arborant un grand sourire. *Intéressant, Fuller. Une allocution très intéressante. Qui donne du grain à moudre. Il faudrait que nous venions par chez vous afin de pouvoir le constater de visu.*

La vie était pleine d'espoir : dans l'air le tranchant de l'hiver s'était émoussé et les jours rallongeaient désormais de manière visible. L'herbe des pelouses, qui avait récemment subi sa première tonte, procurait sous les pieds une sensation douce et spongieuse. Les perce-neige avaient déjà fait leur temps et c'était au tour des jonquilles de sortir du sol en vastes bouquets. Charles avait également une nouvelle obligation : c'était lui qui, les jours de visites – mercredi après-midi, samedi et dimanche –, devait escorter les patientes depuis les pavillons des cas aigus jusqu'à la salle de réception et les surveiller. D'un côté, il se disait que ça pouvait être une bonne chose : un signe que l'incident avec la fille s'était dissipé et que le directeur lui faisait davantage confiance, mais de l'autre il aurait pu s'agir d'une tentative de la part de Soames de l'accabler de travail au point de le priver de temps libre. Quelles que fussent les motivations du directeur, cependant, ce petit rôle se révélait fort utile.

La salle des visites était une vaste pièce meublée avec parcimonie, attenante au bâtiment administratif, où Charles veillait toujours à emporter calepin et crayons : depuis son bureau au bout de la pièce, il jouissait d'une belle vue des opérations, qui lui permettait de faire des dessins et de prendre des notes à foison. La plupart des patients ne recevaient que rarement des visiteurs, lesquels dans l'ensemble faisaient peine à voir, affublés en guise de costume du dimanche d'une chose noire rapiécée et raccommodée à outrance : l'incarnation même des indigents chroniques de Tredgold. Ils apportaient parfois de petits cadeaux – un gâteau fait maison, peut-être, ou, s'ils étaient croyants, il arrivait qu'un fascicule édifiant soit passé par-dessus la table – mais en règle générale ils restaient silencieux. Souvent il se révélait difficile de distinguer l'aliéné du visiteur, mais était-ce la pauvreté ou la faiblesse d'esprit qui les avaient marqués tous les deux, c'était difficile à déterminer.

Là-bas par exemple se trouvait une jeune femme de vingt-cinq ans, une patiente chronique : malgré ses cheveux coupés ras pour l'empêcher de se les arracher, on voyait toujours des croûtes là où elle avait réussi à tirer même les mèches les plus courtes. En face d'elle était assise une femme – sa sœur ? – qui semblait avoir à peu près le même âge, et dont les cheveux, bien que ternes et gras, étaient longs et paraissaient au moins à leur place. Un enfant dépenaillé jouait par terre en silence pendant que les femmes bavardaient à voix basse.

Charles évalua la profondeur de leurs fronts respectifs alors qu'il esquissait rapidement leur portrait en marge de son calepin. Pearson était fasciné par la profondeur du front : il avait toujours insisté sur le fait que de ses mesures dépendaient les capacités mentales qu'il renfermait.

Le regard de Charles tomba ensuite sur l'une des patientes comptant parmi les cas aigus : une femme séduisante d'une quarantaine d'années. Ayant été le médecin chargé de son admission, il se rappelait fort bien les détails de son dossier : dix enfants, le dernier attardé. L'apparence du garçon l'avait rendue folle, elle avait essayé de le tuer. Le tribunal ayant décrété qu'elle n'était pas dans son état normal, elle avait échappé à la prison, pour être envoyée à l'asile. Charles en était content : après un mois de sommeil, d'alimentation et de temps loin de son travail et de sa progéniture, la femme semblait reposée et bien nourrie, suffisamment pour retourner auprès des siens. Voilà qui n'était pas inhabituel : nombre de femmes souffraient d'une démence post-partum temporaire. Après un petit séjour aux soins de l'asile, la plupart redevenaient elles-mêmes. Mais quelle serait la conséquence lorsqu'elle serait autorisée à sortir ? Encore d'autres enfants ? Son mari était assis en face d'elle, un homme à l'air angoissé, irritable. C'était là un exemple où le point de vue de Tredgold pouvait présenter quelque attrait. S'il existait une méthode de contrôle des naissances prête à l'emploi... il était persuadé que les femmes feraient elles-mêmes la queue pour se la procurer.

Il porta son regard plus loin : dans le coin tout

au bout de la pièce, particulièrement notable au milieu de cette masse de gris, de brun et de noir, se trouvait un groupe familial aux couleurs claires saisissantes ; le père était un homme de haute taille aux allures d'érudit, le fils plus râblé, plus corpulent. Charles reconnut la jeune femme devant eux, une certaine Miss Clemency Church, une jeune patiente parmi les cas aigus. Celle-ci n'était pas prise en charge par l'assistance publique, c'était évident à voir ses vêtements : aujourd'hui une robe assez seyante d'un vert amande printanier.

La voix grave et sonore du père portait loin, il était impossible de ne pas saisir des bribes de ses propos. Une discussion au sujet d'une école, de la météo, et ensuite, dans des tons plus bas, d'une visite sur la tombe d'une mère. Miss Church hochait la tête de temps à autre, l'air apathique, mais le plus souvent elle ne bougeait pas, les mains jointes sur les genoux, la tête basse. Le frère, agité, mal à l'aise, se trémoussait sur sa chaise. Une petite pile de livres était posée sur la table entre eux.

Charles se mit à dessiner, rendant l'attitude de Miss Church à l'aide de lignes rapides et simples. Un spécimen indéniablement séduisant : la naissance des cheveux haute et bien délimitée sur le front, le vert clair de sa robe complémentaire de la couleur de ses yeux. Scandinave. Certainement. Quelque chose dans ce goût-là.

C'était le frère qui parlait à présent, sa voix une version plus rugueuse de celle de son père. Il y eut un crissement aigu de pieds de chaises et Charles leva les yeux à temps pour voir Miss Church debout, en train de faire des moulinets de bras. « Paix ! l'enten-dit-il crier. *Fichez-moi juste la paix !* »

Il se leva gauchement, mais deux infirmières étaient là, et avant qu'il ait pu les rejoindre, elles avaient empoigné Miss Church chacune par un bras, qu'elles lui repliaient dans le dos. Le frère, lui aussi debout, criait en poignardant du doigt le visage de sa sœur :

« Espèce de » – un coup – « petite » – deux coups – « ingrate. » – trois coups – « *Salope.*

— Tout va comme vous voulez ? » demanda Charles en les rejoignant.

Il essayait de prendre une voix grave et raisonnable.

« Comme on veut ? »

Le visage du jeune homme était couleur puce.

« Non, je dois dire que c'est exactement l'inverse.

— Ça suffit, William. »

Le père posa un bras sur celui de son fils. William se détourna, se passant si frénétiquement les mains dans ses cheveux blonds qu'ils en furent hérissés.

« Rasseyez Miss Church », intima Charles.

Les infirmières s'exécutèrent, et le père secoua la tête, comme si le comportement de sa fille l'attristait sans le surprendre.

« Viens, William », fit-il.

Les deux hommes se frayèrent un passage entre les tables où des regards les scrutaient, le fils devant, le père plus lentement, avec la démarche sautillante d'un lion blessé.

« Allons, allons, Miss Church, dit Charles en prenant la chaise tout juste libérée par le père. Qu'est-ce que c'est que ça ? »

Les joues de la fille s'étaient violemment empourprées, elle avait le souffle court.

«Vous semblez contrariée.

— Je ne le suis pas.»

Elle avait un air de défi.

Charles consulta sa montre. Il restait encore quelques minutes avant la fin de l'heure de visite.

«Assurez-vous qu'elle ne bouge pas», ordonna-t-il aux infirmières avant de sortir à la hâte.

Grâce à Dieu, le père et le frère étaient tous deux encore dans la salle d'attente réservée aux visiteurs, en train de boutonner leurs manteaux pour partir.

«Mr Church?» lança-t-il.

L'homme avait une grosse tête, où il avait balayé ses boucles blondes argentées au-dessus du front. Il avait sans nul doute arboré dans sa jeunesse la même belle couleur que sa fille et son fils.

«Oui? répondit-il d'un ton las dépourvu de méchanceté.

— Est-ce que vous allez… bien, monsieur?»

Le frère continuait à persifler:

«Bien? Évidemment qu'il ne va pas *bien*. Vous avez *vu* cette petite comédie là-bas?

— William, soupira le père en levant une main. Je t'en prie.

— Et puis vous êtes qui? s'emporta William à l'adresse de Charles. C'est la première fois que je vois votre tête ici.»

Quelque chose chez ce jeune homme mettait Charles mal à l'aise: la peau rougeaude tendue à l'extrême sur le visage, à l'instar d'une saucisse qui rôtit à la broche.

«Fuller, répondit Charles en tendant la main. Dr Fuller. J'ai récemment été chargé de…»

Mais William, sans attendre la fin de la réponse, fit volte-face et traversa le couloir à grandes enjambées en marmonnant dans sa barbe : « Vingt shillings par semaine pour *ça*.

— Excusez mon fils, reprit le père de cette même voix grave et tranquille. La situation de sa sœur a tendance à le préoccuper. Vous le comprendrez, j'imagine ? Cela ne tient, je le crois, qu'à un excès d'amour. Au désir que nous partageons tous d'avoir notre Clemency de retour parmi nous.

— Évidemment », répondit Charles avec un signe de tête.

Le père tendit la main :

« Horace Church.

— Dr Charles Fuller. Enchanté.

— Je suis ravi de vous rencontrer, Dr Fuller. »

L'homme hésita.

« Je me demandais… si vous pourriez me dire… Je suis assez curieux de savoir quel visage présente Clemency durant la semaine. »

Alors qu'il parlait, Charles observait cette grande tête, ce front profond.

« Comment ça, monsieur ?

— Lui arrive-t-il d'être gaie ? Y a-t-il quoi que ce soit dans son comportement qui pourrait me donner espoir ? »

Il songea au visage de la jeune femme dans la salle commune quand il jouait du piano, pâle pétale porté vers la lumière.

« Elle… semble aimer la musique, monsieur.

— Ah ? »

L'homme se passa la main sur le front, l'air las soudain.

«Elle semble apprécier le piano. Et ses livres, bien sûr. »

Le père hocha la tête.

«Ma foi. Vous m'avez l'air d'un brave homme, docteur. J'apprécierais beaucoup que vous puissiez garder un œil sur elle pour moi.

— Oui, monsieur, tout à fait. Je veillerai à vous dire si elle me paraît heureuse et bien portante. »

La joie timide qui s'esquissa sur le visage du quinquagénaire fut presque plus que Charles en pouvait supporter.

Ce cas monopolisa son imagination. Cette fille avait en elle un mystère, une contradiction. Ses deux moitiés ne s'assemblaient pas : sa grâce extérieure contrastait violemment avec son emportement dans la salle des visites. Et puis il y avait cette antipathie manifeste entre son frère et elle, et autre chose aussi : cette famille était clairement supérieure à la vaste majorité de celles qui avaient des patients à l'asile. Le frère avait craché qu'ils payaient *vingt shillings par semaine* pour laisser Miss Church ici : la somme que devait verser tout patient qui ne bénéficiait pas de l'assistance publique. Il y en avait beaucoup à Sharston, mais la plupart d'entre eux faisaient partie des gens que les familles souhaitaient oublier. C'était loin d'être le cas de Miss Church.

Cependant, de toute évidence, elle n'allait pas bien, en témoignaient les cicatrices sur ses poignets, cicatrices qu'elle s'efforçait de cacher mais qui se dévoilaient chaque fois qu'elle levait les bras : non pas les larges marques d'une seule tentative de suicide, mais les hachures vives de multiples coupures. Et pourtant elle semblait en pleine possession de ses facultés.

Pourquoi n'avait-elle pas été admise dans un asile privé ? Et pourquoi, alors qu'elle était à Sharston depuis si longtemps, se trouvait-elle toujours dans le pavillon des cas aigus ?

Charles se rendit à la bibliothèque à la première occasion. Celle-ci se présenta le vendredi après-midi suivant, une heure avant le bal, pendant que les patients prenaient un dîner anticipé et qu'il jouissait d'une heure à lui avant que sa présence fût requise sur l'estrade.

La bibliothèque, à l'instar de la salle des visites, était située dans le corps principal de l'asile : une pièce de taille moyenne dans laquelle étaient conservées les annales médicales ainsi qu'une sélection de textes médicaux. Il demanda au bibliothécaire les annales des hommes et des femmes datées de l'année précédente.

Il laissa de côté celles des hommes, posa le volume contenant celles des femmes sur le lutrin, puis tourna les pages jusqu'à atteindre la photographie de Miss Church et les commentaires. Lorsqu'il y arriva, il retint un cri. Sur la page on voyait une créature sauvage, dangereusement maigre, dont les os des joues saillaient au point qu'on devinait la forme du crâne en dessous. La ligne nette des clavicules soulevait la robe. Les mains, que le photographe lui avait sûrement demandé de montrer à l'objectif, étaient placées devant la poitrine et bandées, de sorte qu'elles ressemblaient à des sabots. Mais le regard – le regard le glaça. Elle dévisageait l'objectif de l'appareil avec ces yeux pâles, des yeux qui mettaient l'observateur au défi de détourner la tête.

Il eut beau essayer de lire les commentaires, il peinait à se concentrer. Tout ce qu'il sentait c'étaient ces yeux, il sortit alors son mouchoir pour les recouvrir.

Là se trouvaient les entretiens, un réalisé avec le père, un autre avec le frère, William, qui expliquaient les détails du dossier. Suivant l'usage, le père – directeur d'une école de garçons non loin de là – avait été interrogé au sujet d'éventuels antécédents familiaux, et il y avait un récit bref de la maladie nerveuse de sa femme, la mère de la fille, désormais décédée. D'après l'entretien, elle avait été sujette à des «crises de nervosité» sans jamais être hospitalisée. Elle était morte jeune, suicide, à trente ans, quand sa fille en avait sept.

À mesure qu'il lisait, Charles était envahi par la sensation agréable des pièces d'un puzzle qui s'assemblent. Ainsi donc la tare neuropathique s'était transmise de mère en fille, la mère étant le transmetteur de l'infection. Rien que le père ou le frère, impuissants, eussent pu empêcher. Rien, d'ailleurs, que la fille elle-même eût pu faire pour échapper à son destin. Il tailla son crayon et écrivit : «Contagion d'utérus à utérus, l'essence même de l'hystérie. *Hystera* = utérus en grec.»

Tout cela était parfaitement logique : l'une des rares patientes issues de la classe moyenne, elle en présentait une maladie typique. C'était un fait étrange, mais le prolétariat avait tendance à ne pas être hystérique : avec lui la tension de la folie était enfouie sous terre, où elle devenait plus profonde, plus bizarre, plus difficile à déraciner – délirante, fantastique. Une prolétaire présentant une affection hystérique aurait été un sujet de risée.

Sous sa première remarque il écrivit : « Est-ce trop tard pour Miss Church ? »

Il songea de nouveau à son visage dans la salle commune : son visage renversé, un livre ouvert sur les genoux.

Un livre. Oui, elle était toujours avec un livre.

Il se pencha et griffonna :

Une chose me frappe immédiatement : la plus grande des nombreuses qualités que possède cette jeune femme est son amour de la lecture. Elle est autorisée à avoir un livre en permanence. Son père lui en a même laissé une pile quand il est venu lors de sa dernière visite désastreuse. Il s'agit là probablement d'un événement récurrent.

Contrairement à la musique, il a été démontré que la lecture pratiquée avec excès était dangereuse pour l'esprit féminin. Cela nous a été enseigné lors de nos tout premiers cours magistraux : les cellules masculines sont essentiellement cataboliques – actives et énergiques – tandis que les cellules féminines sont anaboliques – destinées à conserver l'énergie et soutenir la vie. Si un peu de lecture légère ne porte pas à conséquence, en revanche une dépression nerveuse s'ensuit quand la femme va à l'encontre de sa nature. Peut-être serait-il utile à Miss Church de faire une pause loin de ses livres ?

Fermant momentanément la page concernant Miss Church, il tendit le bras vers les annales masculines, et alors qu'il les faisait glisser vers lui sur la table il sentit un afflux de salive dans sa bouche, comme s'il anticipait un plaisir depuis longtemps différé. Il feuilleta lentement les pages en retenant son souffle, jusqu'à trouver ce qu'il cherchait : *Mulligan.*

L'homme le dévisageait depuis la page, menton droit, avec son fameux regard voilé et impénétrable. Le crâne était parfaitement formé, le front profond et vrai. Un peu moins de huit centimètres, peut-être ? Une barbe d'environ deux semaines ombrageait les contours du menton sans assombrir en rien ce visage d'une étonnante beauté, presque excessive, n'eût-elle été tempérée par la ligne austère de la mâchoire.

« Pearson, écrivit Charles, lien entre prouesse physique et mentale. »

Pearson l'avait longuement évoqué dans ses cours magistraux, affirmant que les meilleurs juges et avocats feraient indubitablement d'excellents athlètes. Mais cette équation fonctionnait-elle à l'inverse ? Ce remarquable spécimen pouvait-il contenir une intelligence innée ?

Vite, Charles nota les détails du dossier : Mulligan avait été interné après un séjour à l'hospice de Bradford, l'entretien d'admission ayant été mené avec un surveillant de là-bas qui l'avait décrit comme « bon travailleur » et « silencieux ». De fait, il avait « à peine prononcé deux mots depuis son arrivée ici ». Avant l'hospice, d'après ce qu'on comprenait, il était parti d'Irlande pour aller en Angleterre, où il avait occupé différents emplois, et avait eu femme et enfant, mais avait manifestement perdu et son travail et sa femme à la suite de la mort de sa fille.

Charles marqua une pause. Ainsi donc Mulligan avait perdu un enfant. C'était triste, certes, mais étrange que cela eût pu être à l'origine du détricotage de sa vie. Les enfants mouraient tout le temps, surtout en Irlande, et il semblait toujours y en avoir à foison de par là-bas.

D'après un très bref entretien conduit avec Mulligan à l'époque de son admission, les seuls mots qu'il avait prononcés étaient pour dire qu'il avait l'impression qu'«une grande malédiction pesait sur lui». Il avait vécu dehors des semaines entières avant de se présenter à l'hospice, «décharné et disetteux».

Disetteux : cette expression lui rappelait quelque chose. Un article avait récemment été publié dans la *Review* sur les dangers que représentaient les nécessiteux : un billet frappant, dont il avait recopié des passages. Il feuilleta son calepin à rebours avec des doigts fébriles :

La Société eugénique est d'avis que la disette, dans la mesure où elle est incarnée par le paupérisme (et il n'existe pas d'autre étalon), se limite en grande partie à une classe spécifique et dégénérée. Une classe défectueuse et dépendante connue sous le nom de classe indigente.

Le manque d'initiative, de contrôle, ainsi que l'absence totale d'une perception juste sont des causes bien plus importantes du paupérisme que

n'importe lesquelles des prétendues causes éco-
nomiques. Quelles solutions voyez-vous à ce
problème?

Charles leva les yeux. Cela n'avait pas été son
impression quand il l'avait recopiée, mais à présent
cette dernière phrase semblait être un défi adressé
à lui seul.

Quelles solutions voyez-vous à ce problème?

Il souligna la question.

«Je ne sais pas, murmura-t-il. Du moins, pas
encore tout à fait.»

Il y avait un dernier paragraphe:

L'indigent se révèle être une personne qui vit
en dehors des considérations qui meuvent la personne normale. Comme l'a dit le Dr Slaughter:
«Il est né sans indépendance virile… il est venu
au monde avec son ressort principal cassé.»

Charles fit claquer sa langue contre ses dents. Là
encore, c'était le *pessimisme* qui détonnait. Si l'article
avait raison, et que le paupérisme était effectivement
héréditaire, alors il était impossible pour un homme
comme Mulligan de changer. Mulligan n'avait certainement pas l'*air* d'un homme au ressort principal
cassé, cela dit il était impossible d'en avoir la certitude. Et les faits exposés dans le dossier étaient si
maigres! C'était comme lire le premier chapitre d'un
livre captivant, puis se rendre compte qu'il a été
emprunté à la bibliothèque pour une durée indéter-
minée. Il y avait quelque chose de belliqueux, à se
dévoiler aussi peu.

Récemment il s'était produit un incident entre Mulligan et un surveillant. Un sacré chameau : Jim Brandt. Ancien patient affecté d'une propension à la violence, il avait été gardé pour que les chroniques filent droit. Apparemment Mulligan l'avait attaqué, cependant Charles était certain qu'il ne s'était pas agi d'un acte gratuit. Il avait pris sur lui de s'occuper de cette affaire, mais il lui restait encore à déterminer quelle serait la punition adaptée.

Ses yeux se reportèrent sur Mulligan : ces deux éclats de silex. Le silex n'était-il pas le précurseur du feu ? Cet incident avec Brandt avait clairement montré qu'il suffisait d'attiser un peu Mulligan pour qu'il flambe. Si c'était vrai de son côté violent, pouvait-ce l'être aussi de son côté plus délicat ? Que dire de son visage, cet après-midi-là, à l'écoute du sol bémol majeur ? Et si sa réaction à Schubert constituait la première pousse verte d'un champ au printemps ? L'homme avait manifestement le goût de la musique, pourtant il ne s'était jamais rendu, du moins pas dans les souvenirs de Charles, aux bals du vendredi soir.

Et si ce Mulligan, au lieu d'être consigné au pavillon des chroniques, pouvait être amené à manifester une *amélioration* ?

Faire appel à sa virilité, son courage ou sa dignité restera lettre morte, car ça ne fera rien résonner en lui.

Quelqu'un avait-il déjà fait appel à la virilité de Mulligan ? À son courage ou à sa dignité ? D'homme à homme, pour ainsi dire ? Charles écrivit cette remarque en la soulignant : *d'homme à homme*.

« Monsieur ? »

Le bibliothécaire se tenait derrière le bureau de Charles.

« Je suis absolument navré, mais je dois fermer, maintenant. »

Charles sortit sa montre : six heures moins le quart. L'orchestre devait se réunir à la demie, or une longue marche l'attendait pour retourner à sa chambre chercher son violon.

« Merci. »

Il rapporta les deux gros volumes sur le bureau du bibliothécaire en pianotant sur le bois. Ce faisant, il se mit à sourire : une idée commençait à germer, magnifique de simplicité. Ils étaient là à s'échiner tout le jour pour proposer des soins humains, pendant que ce cabochard de Mulligan *refusait* de participer à sa propre guérison. Voilà des mois qu'il se trouvait dans le pavillon des chroniques : personne ne se souciait probablement de savoir s'il guérissait ou non. Eh bien Charles s'en souciait, lui. Et il n'était pas partisan de laisser moisir les gens. Pas du tout.

Mulligan allait danser ! Et Charles écrirait sur lui pour le congrès. Il ferait un cas d'étude de la rédemption de cet homme !

John

Son travail avait changé. Sans le moindre avertissement, Dan et lui avaient été déplacés. Fini de creuser des tombes, ils se retrouvaient désormais dans les champs.

Le temps s'était radouci : il pleuvait toujours, mais le froid était moins mordant et la terre sentait l'humidité, l'odeur du réveil des choses. Les jonquilles s'ouvraient en gros bouquets dans les massifs. Il essayait de ne pas les regarder au passage. Il y avait quelque chose chez elles, cette façon qu'elles avaient de sortir de terre, de se tendre vers la lumière. Cet espoir aveugle. Ça le mettait mal à l'aise, voilà tout.

Pour rejoindre les fermes, les hommes empruntaient un sentier qui partait des pavillons des chroniques et courait entre des enclos et une zone boisée où les arbres bourgeonnaient, leurs branches couvertes d'un délicat pelage vert. Un vieux chêne énorme marquait l'angle de ce bois, et chaque fois qu'ils passaient devant, Dan lui adressait un salut, comme s'il s'agissait d'un général ou d'un prêtre. La campagne était plus ouverte ici, à l'ouest du domaine : avec le bois dans le dos, on voyait les champs de culture se déployer au loin, céder la place aux prés puis à la légère élévation de la lande plantée de touffes d'herbe. Les champs avaient été labourés, hersés et jonchés de fumier, fumier qui avait été incorporé à la terre, et maintenant les hommes semaient en file indienne, chacun avec sa part de graines à lancer.

Petit, en Irlande, à cette époque de l'année, John avait regardé ses parents semer, un tablier noué autour de la taille, tendu par le poids des graines. Il regardait chaque plongée dans le tablier, chaque jeté du poignet, et priait pour que la récolte fût bonne, pour qu'ils eussent assez. Il n'adressait pas ses prières à la Vierge, ni à Dieu, mais à la terre, puisque c'était de toute évidence avec la terre noire elle-même qu'il fallait se colleter. Mais la terre était capricieuse, et bien qu'elle se montrât généreuse certaines années, souvent elle ne l'était pas, et ne répondait ni aux cajoleries de sa mère, ni aux heures que passait son père courbé aux bons soins de ses mottes.

À présent, aligné avec les autres hommes à jeter ses graines au sol, il ne priait pour rien. Entre creuser des trous pour la mort et semer la vie, il ne savait pas où était sa place.

Il fut convoqué auprès du Dr Fuller : visite qui n'était pas dans l'ordre des choses puisque dans les pavillons des chroniques les patients n'étaient examinés qu'environ tous les trois mois.

« Mr Mulligan ! lança l'homme tout sourire, les bras grands ouverts. Asseyez-vous donc. »

Le médecin regarda vers la fenêtre, où la pluie avait entamé un nouvel assaut crépitant.

« J'imagine que vous y êtes habitué. »

Il fit une petite moue.

« Étant donné que vous venez d'Irlande, et tout ça. Comment vont les gars du pays, ce matin ? Agités ?

— Assez, oui, répondit John en s'asseyant.

— Vous avez fini de planter, maintenant ?

— Oui-da.

— Et vous… appréciez de travailler aux champs ? »

L'homme semblait enthousiaste. Il avait le gros livre ouvert devant lui, celui dans lequel ils écrivaient tout, et John voyait sa propre photographie, à l'envers. Il se rappelait le moment où elle avait été prise : le premier jour de son arrivée. On l'avait maintenu sur une chaise tandis qu'une lumière lui explosait au visage, et il avait eu l'impression que c'était la fin du monde.

« Alors, Mr Mulligan, ah. »

Fuller tapota avec son crayon sur le bois sombre du bureau.

« Il y a eu quelque… *agitation*… au sujet de l'incident avec James Brandt. »

Il posa le crayon à plat. Il paraissait nerveux. Ce qui conférait à l'atmosphère un caractère étrange.

« Voulez-vous fumer ? Moi oui. Ne vous gênez pas si vous voulez vous joindre à moi. »

John sortit de sa poche un tortillon de tabac et du papier, puis se roula une cigarette. Fuller gratta une allumette et l'odeur de soufre emplit la pièce.

« Tenez. »

John se pencha vers la flamme. Les ongles du docteur étaient propres et coupés. Une odeur âcre de savon flottait autour de ses mains. D'une secousse, Fuller éteignit l'allumette, qui tomba dans le cendrier avec un cliquetis. Il s'adossa, tira des bouffées de sa pipe, puis fit glisser vers lui une feuille de papier libre.

« D'après Mr Brandt, lut-il, *"S'il n'avait pas été interrompu dans son geste, John Mulligan m'aurait étranglé."* »

Le médecin leva la tête, un sourcil haussé.

« Est-ce la vérité ? »

John revécut cette sensation – la torsion de la chemise, le changement du visage de l'homme – comme si sa propre part obscure risquait de l'engloutir.

Il avait voulu le faire.

Fuller fronça les sourcils.

«Vous comprenez, j'en suis sûr, qu'il s'agit là d'une affirmation particulièrement grave?»

Il reposa la feuille et se pencha en avant.

«Mr Mulligan, entre vous, moi, et ces quatre murs, James Brandt est l'homme le plus rosse que nous avons ici, et je suis sûr que votre geste n'était pas gratuit. Mais quand quelqu'un se plaint, nous devons le prendre au sérieux.»

Il ouvrit les mains.

«C'est donc présentement ce que je fais.»

Il suspendit sa pipe entre ses dents et sourit.

Quelque chose dans ce sourire rappela à John la musique. Le visage du docteur quand il avait ouvert les yeux. Comme s'ils avaient partagé quelque chose. Comme s'il avait été vu. Il ne voulait rien partager avec cet homme.

«Mr Mulligan, j'aimerais vous aider, mais je ne puis le faire à votre corps défendant. Vous comprenez? Et à cette fin, je ne saurais trop insister pour que vous essayiez de parler, c'est très important.»

John gardant le silence, Fuller posa ses mains sur la table et les contempla, le front désormais plissé, comme si les réponses à ses questions pouvaient se trouver dans ses articulations ou ses poignets. Puis il leva la tête et reprit d'une voix plus douce:

«J'ai lu votre dossier, récemment, Mr Mulligan. J'avais envie d'en savoir plus sur votre cas. J'ai appris votre... tragédie.»

Il avait les yeux écarquillés, légèrement humides.

John aspira une longue et lente bouffée de cigarette.

« Mais honnêtement, Mr Mulligan, j'ai été quelque peu surpris. »

Il se lissa la moustache.

« Je comprends que la vie puisse... nous marquer. Mais vous êtes un bel homme fort. Dites-moi, comment vous êtes-vous laissé aller à un tel abattement ? Hmm ? Ne pensez-vous pas que le monde a besoin de beaux hommes forts ? »

La fumée brouillait l'air entre eux.

« D'accord, Mr Mulligan, soupira Fuller. Puisque vous êtes là, autant que j'en profite pour procéder à votre examen. Ça fera gagner du temps plus tard dans les pavillons. »

Il se leva et contourna son bureau, de sorte qu'il était appuyé dessus et que les yeux de John se trouvaient à hauteur de sa taille, où son ventre faisait un léger renflement au-dessus de sa ceinture et semblait palpiter au rythme des battements de son cœur.

« Langue. »

John tira la langue. Fuller hocha la tête, puis se pencha et posa les doigts de part et d'autre de son cou en enfonçant légèrement la peau, avant de demander à voix basse, comme en confidence :

« Retirez votre chemise, Mr Mulligan. »

John se délesta de sa veste d'un mouvement d'épaules, puis déboutonna gilet et surchemise, qu'il ôta à leur tour, si bien qu'il se retrouva en maillot de corps.

« Vous feriez bien d'enlever ça aussi, dit Fuller en désignant le maillot. Je vais devoir écouter vos poumons. »

John s'exécuta. Il y eut un bref silence au cours

duquel il surprit le regard de Fuller : il y vit une expression, la même que celle qu'il avait vue chez les fermiers de son pays quand le bétail était conduit dans l'arène, puis le médecin se détourna et tripota son stéthoscope, qu'il plaça sur ses oreilles avant de faire glisser le métal froid sur le torse de John. L'homme était proche à présent. John discernait les poils sur sa peau, une mince couche de sueur sur l'arête de son nez, dont les narines s'évasaient au rythme de sa respiration. Une pâle trace jaune tachait les contours de sa moustache. Dehors, le temps avait changé. La pluie s'était arrêtée et un soleil éclatant brillait à travers les nuages.

« Bien, murmura Fuller. Très bien. Vous êtes véritablement en parfaite santé. »

Il se redressa et passa derrière lui. John ferma les yeux, sentant le soleil sur ses paupières, les battements de son cœur contre le disque réchauffé par sa chair que Fuller lui appuyait sur le dos.

« J'aimerais vous voir à l'un de nos bals, Mr Mulligan », fit la voix du médecin.

Une crispation en lui. John ouvrit les yeux.

« Non.

— Pardon ? »

Le stéthoscope fut brusquement écarté.

« Je n'irai pas. Non. »

Il y eut un petit rire incrédule du docteur, qui recula pour se mettre face à lui.

« Vous ne semblez pas très au fait de votre statut ici, Mr Mulligan. Vous êtes un patient. Je suis un médecin. Je vous invite à assister au bal pour votre *propre bien*. Cette invitation pourrait facilement être un ordre. Le préféreriez-vous ? Sans compter que, ajouta-t-il, sourcils froncés, en retournant derrière son bureau et en rangeant son instrument, je ne voudrais pas vous retirer certains de vos privilèges. Je ne voudrais certainement pas vous voir confiné dans la salle commune pendant tout l'été. »

Il referma son étui avec un claquement.

« J'imagine que cela ne vous siérait guère, n'est-ce pas, Mr Mulligan ? »

John gardait le silence. Que pouvait-il dire ? Que ne pas y aller était le seul choix qu'il lui restait ?

« Mr Mulligan ?

— Non. »

Du pouce, John écrasa sa cigarette dans le cendrier.

« Non. Bien. Ma foi, je suis content que nous tombions d'accord au moins sur ce point. »

Fuller inclina la tête, se mit à écrire dans son livre.

« Merci, Mr Mulligan, dit-il en le congédiant d'un geste. Ce sera tout. »

Mais lorsque John se leva, Fuller le regardait de nouveau – le genre de regard qu'ont les gens quand ils estiment vous avoir accordé une faveur. Le genre de regard qu'Annie avait vers la fin, quand seulement elle condescendait à un regard.

Il savait ce qu'on attendait de lui.

« Merci », dit-il.

Le visage de Fuller s'adoucit. Il avait retrouvé son enthousiasme.

« Mais je vous en prie, Mr Mulligan. Je vous en prie. Vous savez, à mon avis il est possible que vous vous surpreniez vous-même. Qui sait, il se pourrait même que vous vous amusiez, ajouta-t-il avec un grand sourire. Espérons que notre petit orchestre ne décevra pas. »

Il se dévisagea dans le miroir moucheté de la salle de bains.

Un autre bal, donc.

Il fut un temps où danser avait été relativement simple : les vendredis soir d'été, quand les vaches avaient été rentrées à l'étable, quand il tirait péniblement un vieux seau du ruisseau pour se laver à l'arrière de la maison. Changeait de chemise et parcourait avec ses amis les quelques kilomètres qui les séparaient de Claremorris, jouant des coudes et se bousculant le long de la route, le visage impatient, lisse, gêné, leur ombre étirée derrière eux dans la lumière crépusculaire.

Il y avait une salle, là-bas, des tas de bons musiciens, et ils dansaient, polkas, quadrilles des lanciers, quadrilles écossais, jusqu'à en avoir mal aux pieds, et toutes les discussions tournaient autour de l'Amérique, et qui y allait, qui y était allé, et qui en revenait. Il y avait plein de femmes aussi, des jeunes, celles qui n'étaient pas encore allées en Amérique, ou qui étaient trop craintives pour y aller, dont certaines tout à fait charmantes.

Maintes fois, dehors avec l'une ou l'autre, il avait ressenti l'attraction grave et bondissante du désir. Et quand elles cédaient et se pressaient contre lui il savait qu'il aurait facilement pu faire plus. Mais il ne le faisait pas. Car en faire plus c'était se faire prendre. Or il était doué, à l'époque, pour ne pas se faire prendre. Doué pour partir. Doué pour marcher loin.

Et pourtant, ce vendredi soir, le voilà qui était en train de se préparer avec le reste des pauvres benêts dans la salle de bains.

Il leva les yeux pour croiser son reflet.

Cela faisait longtemps qu'il n'avait pas regardé dans une glace.

C'était un visage méfiant qu'il avait là. Comme si son propriétaire risquait de vous asséner un coup de poing si vous le regardiez de travers.

Ella

Dans la salle de bains, Ella se débarbouilla au lavabo et se mouilla les cheveux de façon qu'ils restent en place. Mais elle évita son regard dans le miroir. Ne fit rien pour se pomponner.

C'était arrivé ce matin-là : au milieu du crépite-ment des autres noms que l'infirmière irlandaise avait lus à voix haute, le sien était apparu, « Ella Fay ». Elle avait passé la journée chamboulée et gauche, la tête loin de son travail.

À dix-huit heures trente, on faisait aligner toutes les femmes en rangs par deux comme à la récréa-tion. Ella se tenait à côté de Clem, et Clem avait les joues rouges, les yeux remplis d'excitation.

« Alors, prête à danser ? demanda-t-elle.

— Est-ce que tout le monde est obligé ? »

Ella n'avait pas pensé à ça.

Elles parcoururent les couloirs en une longue file indienne, et cette fois-ci il n'y eut pas de verrouillage et de déverrouillage de portes : elles avaient été ouvertes à la volée l'une après l'autre, tout le long du parcours, si bien qu'on voyait jusqu'au bout.

La clameur s'amplifia progressivement, à mesure que les femmes sortaient de leurs pavillons pour rejoindre la file, à tel point qu'elle sembla former une crête au-dessus de leurs têtes avant de refluer en arc de cercle, gigantesque vague roulante de son.

« Restez sur le côté, grinçait l'infirmière irlandaise en arpentant la file. *Restez sur le côté !* Je ne veux voir personne sortir du rang. »

On les fit attendre dans le couloir pendant que les premières entraient. Et quand vint leur tour de franchir les doubles portes, Ella eut le souffle coupé. La pièce faisait la taille d'au moins deux étages de la filature ; il y avait des fenêtres, mais elles étaient hautes et serties de verre coloré, comme celles qu'on voit à l'église. Il n'y aurait pas moyen de les atteindre. Formant une voûte au-dessus de leurs têtes, le plafond était peint en brun et or.

« C'est beau, n'est-ce pas ? commenta Clem en lui touchant le bras. Tu as vu la scène ? »

Elle pointa du doigt l'autre bout de la pièce, où était installé un groupe de musiciens. Le médecin était là-bas au milieu d'eux, un violon coincé sous le bras. Comme elles l'observaient, il souleva son instrument et le plaça sous son menton, puis frotta son archet sur les cordes. La foule se dispersa, et de l'autre côté de la pièce les hommes furent dévoilés. Des centaines. Au début ils n'étaient qu'une masse noire béante et fumante, jusqu'à ce que l'un d'eux au premier rang, un roux de petite taille, se lève et crie quelque chose à l'adresse des femmes avant de plonger la main dans son pantalon et de se mettre à se secouer allègrement. Un surveillant vint lui gifler le bras, puis l'isola. Des éclats de rire et des huées fusèrent.

Clem leva les yeux au ciel.

« Viens, dit-elle, on peut aller s'asseoir là-bas. »

Et elle commença à se frayer un chemin vers les bancs de devant.

« Non. Je... Je crois que je vais juste... aller un peu plus derrière. »

Ella se glissa parmi la foule et trouva un siège presque tout au fond de la salle, à côté d'un feu allumé dans un gigantesque foyer. De temps à autre, des bribes de mélodie montaient de l'estrade. Près du premier rang, Vieille Allemagne, déjà debout, frappait dans ses mains comme une gamine.

Les infirmières levaient les gens de force, à présent. Ella vit Clem se frayer un passage vers le milieu de la piste. Elle était facile à repérer, tellement plus grande et plus droite que n'importe qui. Les hommes s'agglutinaient, se bousculaient, se pressaient pour qu'elle les choisisse comme partenaires de danse, sans pourtant qu'elle paraisse s'en rendre compte : elle n'arrêtait pas de jeter des coups d'œil à la scène. Elle semblait regarder le médecin, mais le médecin ne la regardait pas, non, il parcourait la foule des yeux, on aurait dit qu'il cherchait quelqu'un en particulier – jusqu'à ce que son regard se pose sur un homme assis presque en face d'Ella dans le coin le plus reculé de la pièce.

Elle se pencha. Il faisait sombre où il était assis, mais en le voyant, une décharge la parcourut : c'était l'homme qui avait été là quand elle s'était enfuie, celui qui était venu vers elle, qui avait essayé de l'aider. Celui sur qui elle avait craché. Lui ne l'avait pas vue, cependant : il fumait, assis, les yeux rivés au sol.

Un son étrange s'éleva, un bourdonnement grave. Au début elle ne parvint pas à l'identifier, puis le bruit accéléra, s'amplifia, et alors elle comprit : c'étaient les hommes, qui tapaient du pied par terre avec leurs bottes. Elle eut une boule au ventre. C'était sauvage, ici. Dangereux. Il pouvait se passer n'importe quoi.

Les infirmières frappèrent dans leurs mains pour réclamer le silence, tandis que, sur scène, le médecin et les autres musiciens s'apprêtaient à jouer. La musique commença, une mélodie lente, et les couples se mirent à bouger, d'avant en arrière, en se percutant, la plupart hébétés par la musique et les pas. Certains bougeaient bien, cela dit : Vieille Allemagne, par exemple, qui dansait avec un homme à cravate bleue. Elle tournoyait les yeux fermés, le rythme de la musique en elle, et de loin on aurait pu prendre son corps pour celui d'une fillette.

Ella chercha de nouveau l'homme sombre, tendant le cou pour le voir à travers la forêt de danseurs. Il était toujours là, assis dans son coin, à fumer sa cigarette en lentes bouffées mesurées.

Alors que la musique touchait à sa fin, on lui tapota l'épaule.

« À toi. »

Elle se retourna : c'était une infirmière, une jeune femme au visage plaisant, qu'elle n'avait encore jamais vue.

« Tout le monde doit aller sur la piste à tour de rôle.

— Mais je... ne sais pas danser. Je ne sais pas comment on fait.

— Allez, rétorqua la femme avec un sourire. Va te trouver un partenaire. Ce n'est pas si horrible que ça. Je t'assure. »

Ainsi donc elle se leva, se faufila vers la piste. La première personne qu'elle approcha était un garçon pâle et tremblotant.

« Vous dansez ? bégaya-t-il.

— Non.

— Je ne sais pas comment on fait non plus », dit-il, et, affligé, il regarda fixement le sol.

La musique recommença, dans la cohue tous deux furent bousculés l'un vers l'autre.

« Allez. »

Ella tendit le bras et saisit les mains tremblantes du garçon dans les siennes.

« Ça ne doit pas être si difficile, pas vrai ? »

Mais si, ça l'était. Se faire tourner mutuellement en essayant de ne percuter personne. Dès que la musique s'interrompit, Ella s'écarta de l'emprise moite du garçon et retournait déjà vers les sièges des femmes quand on lui attrapa le poignet.

« Ma *dona* ! Ma reine d'Espagne ! »

Le visage de l'homme était brun et ridé, ses cheveux se hérissaient tout autour de son crâne.

« Vous avez beaucoup couru ces derniers temps ? »

Elle se souvint, alors. Lui aussi avait été là.

Il glissa ses mains dans les siennes.

« J'ai adoré vous regarder courir », fit-il, tandis que son odeur enveloppait Ella : sueur, viande, terre.

« Ne t'inquiète pas, ma fille, lui murmura-t-il à l'oreille. C'en est une rapide, mais tu n'as qu'à me suivre. »

Et quand la musique retentit, un rythme véloce, d'enfer, il bascula la tête en arrière et se mit à brailler, tantôt la tirant, tantôt la traînant tout autour de la piste.

À la fin du morceau, elle avait le souffle court, les membres écartelés et les pieds en compote, mais le gaillard ne la lâcha pas.

« Viens, lança-t-il. Je vais te présenter *mio Capitane.* »

L'homme avait la poigne ferme, elle n'eut d'autre choix que de rester dans son sillage, de retraverser la salle, loin des musiciens, jusqu'au coin le plus reculé de la pièce, où le gaillard, les doigts dans la bouche, siffla, et l'homme assis dans le coin leva la tête.

Elle se débattit pour se libérer. Elle ne voulait pas avoir à danser avec cet homme. Ne voulait pas qu'il pense que c'était elle qui avait voulu le déranger, ou qu'elle avait demandé cette présentation. Elle voulait retourner à sa place et compter les portes et s'imaginer s'y faufiler pour courir jusqu'au bout des couloirs, et s'enfuir.

Le gaillard relâcha son emprise et elle se dégagea, mais il la rattrapa, les doigts enroulés autour de son poignet.

« Allons, allons, ma reine, fit-il d'une voix grave et doucereuse. Je ne veux pas t'obliger à faire quoi que ce soit, mais on doit tous danser. Même mon vieux *chavo* là-bas. »

L'homme sombre était debout à présent, il parcourait lentement les rangs. Elle le vit nettement, alors : plus vieux qu'elle mais encore jeune. Une barbe ombrageait son menton. Alors qu'il approchait, il chercha à croiser son regard, elle détourna les yeux. Son visage. Cette façon dont il était venu l'aider, la main tendue. Cette façon dont elle l'avait houspillé, dont elle avait craché à ses pieds.

« Vous n'êtes pas obligé de danser avec moi, lui dit-elle en reportant les yeux sur lui. Pas si vous n'en avez pas envie. »

Mais en guise de réponse il se contenta de tendre les mains. Afin d'envelopper les siennes.

Charles

Le feu refusant obstinément de se laisser attiser, Charles finit par capituler et alla s'asseoir, apathique, sur son lit. Sa fatigue heureuse coutumière n'était pas là.

Son regard erra sur les portraits qui ornaient le manteau de la cheminée. *Mulligan.* C'était la faute de Mulligan. Quelque chose chez lui piquait.

Qu'était-ce ?

Sa façon de bouger.

Sa façon de danser.

Pour dire le vrai, Charles s'était attendu à ce qu'il patauge, un peu, du moins au début. Mais autant qu'il avait pu en juger, l'homme n'avait pas pataugé du tout. De fait, il avait aussi bien dansé que l'aurait pu n'importe quel homme confronté à une pénurie de partenaires décentes. Il avait bien vu aussi l'effet qu'avait eu l'Irlandais sur les femmes dans la salle. Non pas que Mulligan ait paru le remarquer lui-même. L'homme avait si bien bougé que Charles avait eu un peu honte de la musique qu'ils offraient. De fait, il dansait comme un *homme supérieur*. Mais à qui était-il supérieur ? Aux autres internés ? Guère difficile. À Charles lui-même ? Bien sûr que non. Où donc, alors, cet homme se situait-il sur l'échelle de la création ?

Penser à Mulligan c'était comme jongler avec une chose glissante susceptible de piquer : une de ces méduses que petit il poussait du bout d'un bâton sur la plage. Il avait été excité par la perspective de l'Irlandais dans la salle de bal, or à présent il se sentait... quoi ? C'était la même sensation qu'il avait eue en lisant le dossier de cet homme. Contrarié.

Peut-être, en toute franchise, avait-il souhaité davantage. Pas beaucoup : un regard, un coup d'œil, une reconnaissance. Mais rien. L'Irlandais n'avait pas levé les yeux une seule fois vers la scène. Et ce malgré le fait que Charles lui-même était la raison de sa présence ! Avait-il la moindre idée de la manière dont il avait intercédé en sa faveur ?

Goffin se déplaçait dans la chambre voisine : il traînait des pieds en chantonnant quelques mesures de la valse de Strauss qui avait achevé la soirée. Charles grimaça. La musique aussi lui était restée sur le cœur : Strauss. Lehár. Si raide, si droit, si peu de place pour *bouger*. Joueraient-ils éternellement ces morceaux ? On était au XXe siècle, bon sang, il fallait du changement. Il était le chef d'orchestre. Ça ne tenait qu'à lui.

Il se tourna vers le miroir, se contempla dans la pénombre : la courbe de son crâne, le double menton naissant. Il projeta la tête en avant, tira sur sa peau de façon qu'elle lui enserre la ligne de la mâchoire. *Retirez votre chemise.* Le torse de Mulligan flottait devant lui, la musculature délicatement dessinée, le sillon en forme de V à l'endroit où l'estomac rencontrait l'aine – le ligament inguinal –, juste la place pour loger le pouce.

« Ligament inguinal. » Charles prononça ces mots à voix haute tout en déboutonnant ses manchettes et en passant sa chemise par-dessus sa tête, avant de la poser sur la chaise puis de retirer son maillot de corps, si bien qu'il se retrouva torse nu.

Il se tourna de droite à gauche en s'observant d'un air sévère. Sa propre poitrine tendait vers le concave, ses épaules se voûtaient à cause de la pratique intensive du violon, et ses rondeurs de garçonnet s'accrochaient toujours à ses hanches en masses spongieuses. Des poils clairs touffus poussaient en un petit tas au-dessus de sa ceinture. Pas de ligament inguinal en vue. Un souvenir glacial se glissa dans son esprit : debout au bord d'une rivière, huit ans et quelques, écolier. Les mains enfouies sous les aisselles, les dents qui claquent, les camarades qui plongent, et lui, incapable d'en faire autant, debout, impuissant, à regarder l'eau glisser sur leurs corps lisses et humides, à regarder leurs bouches ouvertes sur un éclat de rire.

Tu viens, Fuller ?

Et lui, tremblotant. Essayant de ne pas pleurer. Non. Non. Il ne savait pas nager.

Il se confronta à son reflet, vit ses yeux noisette, la mollesse de sa silhouette, et une pâle révulsion l'envahit.

Il était là, déterminé à créer un monde meilleur, et se croyait, alors qu'il mangeait du Yorkshire pudding et des gâteaux vapeur, en bonne voie pour devenir un homme supérieur. C'était risible. Il avait honte de lui. Si c'était son devoir d'écrire une allocution pour ce congrès, ça l'était tout autant de modifier sa silhouette, d'incarner l'homme supérieur sous *tous* ses aspects : comme l'avait dit Pearson, les plus beaux esprits doivent résider dans l'écrin des plus beaux corps. Il y avait un nouveau corps latent, assurément, sous cette couche de chair. Il lui suffisait de sculpter sa liberté.

Il se rua sur son calepin et griffonna :

1. Exercice physique.
2. Musique. Nouveauté.
3. Mulligan ???

Il posa sur son bureau le *Yorkshire Evening Post* et le parcourut. Sur la deuxième page figurait une publicité pour des haltères. Il sortit son carnet de chèques et les commanda sur-le-champ.

DEUXIÈME LIVRE

1911

Printemps – Été

John

Les oiseaux apparurent. D'abord juste deux, dans le gris sombre du matin, le brusque éclair blanc sur leur jabot papillotant et disparaissant avant même qu'on soit sûr de ce que c'était, puis le ciel en fut rempli.

À leur vue, le ventre de John se serra.

« Comment ils les appellent, alors ? » demanda-t-il à Dan : il ne connaissait que le nom que leur donnait son père, le mot irlandais, *fáinleog*.

« Des hirondelles, *mio Capitane* », répondit Dan tandis que l'une d'elles fondait en piqué au-dessus de leurs têtes. « Un *bona* présage. »

Dan se lécha le bout du doigt puis le brandit dans la brise.

« Sens ça, *chavo*. La direction a changé. Le vent vient de l'ouest. »

Son visage se plissa en un sourire.

« L'été arrive. »

John levait des yeux dubitatifs alors que les oiseaux tournoyaient dans le ciel. Pour lui, ils n'étaient pas de bons présages.

« Là. »

Dan s'immobilisa au milieu de l'herbe à hauteur de mollet et déboutonna sa chemise.

«T'as vu ça?»

Il désigna un oiseau bleu minuscule tatoué sur son sein droit.

«Pour mes premiers cinq mille milles. Et là.»

Il écarta l'autre pan de sa chemise afin de révéler un deuxième volatile, face au premier.

«J'ai contourné la Corne de l'Afrique pour cette petite beauté. Quand on est en mer et qu'on voit les hirondelles, c'est que la terre est proche.»

Ils étaient dehors presque tous les jours à présent. Parfois John était chargé d'aider aux soins des chevaux, ou bien ils portaient des bidons de lait tout chaud ou des sacs de grains en cuisine, ou sortaient les carcasses de l'abattoir et lavaient à grande eau les établis ensanglantés, mais le plus souvent ils étaient dans les champs, à planter et à biner, à retourner la terre. Le temps semblait au beau fixe, cependant quand les hommes étaient courbés à la tâche, les fermiers se rassemblaient en petits groupes compacts et jetaient des regards inquiets vers le ciel. John savait le sens de ces regards : l'équilibre du tout. Ce n'est jamais bon d'avoir d'aussi longues périodes de beau temps en mai : pour que les cultures poussent, les paysans veulent de la pluie.

C'était un sentiment étrange et léger que d'observer cela sans avoir à en porter le poids – sans se faire de souci. Sans avoir toujours à penser à la météo, à pas assez ou trop de pluie.

À l'heure du déjeuner ils avaient le droit de prendre leur pause à l'ombre des arbres, et s'ils étaient suffisamment près, Dan et lui s'allongeaient sous le vieux chêne sentinelle au coin du bois.

« Ça va, mon gars ? »

Dan le saluait comme un vieil ami désormais, en caressant délicatement les nouvelles pousses éclatantes.

« C'est comme redevenir enfant, pas vrai ? Redevenir tout neuf. »

Dan aussi paraissait plus jeune avec l'arrivée des beaux jours, son visage ressemblait à du cuir tanné, la calvitie au sommet de son crâne luisait tel un marron. Ses histoires huilées, fluides, ruisselaient de sa bouche dans la chaleur.

Ça me rappelle les tropiques, mio Capitane. Je t'ai déjà parlé des filles de Maui ?

L'un des derniers grands baleiniers. Six mois dans le Sud glacial, la poursuite, et après le sang, la chair, l'huile, l'argent, les douces mers du Sud avec de l'eau comme du verre, et les douces filles du Sud, qui se baladent toutes sur les plages de sable sans rien pour se couvrir la poitrine.

Rien, mio Capitane. Rien.

Le crépitement de son rire chargé de glaires était comme l'éclair qui frappe la terre.

Assis là à côté de lui, sur son propre petit bout de terre tiède, John n'écoutait qu'à moitié. Sa peau tendue palpitait dans la chaleur. Une marque blanche indiquait l'endroit où s'arrêtaient ses manches roulées, et, en dessous, ses mains et ses avant-bras étaient bruns. Le Dr Fuller avait raison : *On dirait bien qu'on a déjà là un assez bel été, vous ne trouvez pas ?*

Pourtant les femmes étaient pâles.

Il s'était rendu dans la salle de bal tous les vendredis. Les danses étaient relativement faciles : semblables à certaines qu'il avait apprises chez lui, mais dans des versions simplifiées, avec au lieu du beau tissage des quadrilles à quatre mains, où l'archet des violonistes frottait fort dans les tons graves, il y avait le Dr Fuller, qui dirigeait un genre de jeu d'ensemble plus régulier, plus anglais. Cependant les danses restaient malgré tout assez similaires : une polka, un quadrille, une marche.

C'étaient les femmes, là-bas, qui le perturbaient : celles dont les visages surgissaient, terribles, dans la lumière de la lampe ; les femmes chétives qui gloussaient et serraient les bras contre elles comme des fillettes ; les femmes qui jacassaient comme des perroquets et avaient des yeux durs et brillants pareils à ceux des oiseaux. Les femmes à la peau jaune qui l'empoignaient trop fort, dont l'haleine aigre était un nuage toxique auquel il avait hâte d'échapper. Les femmes silencieuses recouvertes d'un voile pâle semblable à de la cire, si renfermées sur elles-mêmes qu'elles semblaient à peine se rendre compte de sa présence.

Elle était là aussi – la fugueuse –, pâle et vigilante au milieu de tout ça.

Cette première fois, quand Dan les avait réunis, John s'était montré prudent, la touchant avec méfiance, comme en présence d'un animal susceptible de mordre. Pourtant elle n'était plus la chose sauvage et postillonnante qu'il avait vue ce fameux jour. Ses yeux, avant si rouges et si gonflés, étaient désormais plus clairs. La plaie sur sa joue avait guéri, et seule une mince cicatrice argentée indiquait son emplacement. Il fallait vraiment bien regarder pour la voir. La fille bougeait avec maladresse, à l'évidence elle ne connaissait aucun des pas. Cela éveillait une tendresse en lui, ces mouvements gauches, et quand la musique s'était terminée il s'était penché à son oreille :

« Alors, comment vous appelle-t-on ?

— Ella », avait-elle répondu, l'air de lui présenter quelque chose qu'elle doutait qu'il prenne.

Plus tard, alors qu'assis il observait de loin, il l'avait cherchée dans la foule. Presque en face de lui, elle dardait les yeux en tous sens, comme si le danger pouvait surgir de n'importe où.

D'où était-elle venue ce jour-là, le regard sauvage fixé sur l'horizon, quand soudain elle l'avait vu et était tombée ? Il avait eu l'impression de le sentir encore, quand ils avaient dansé ensemble, ce désir de courir, en torsades serrées, qui palpitait toujours contre sa peau.

Assis maintenant à côté de Dan, adossé contre le tronc du chêne, John se pencha pour se rouler une cigarette.

« Tu as du feu sur toi, Riley ? »

Dan, les yeux toujours fermés, sortit de sa poche une boîte d'allumettes et la lui jeta. John alluma sa cigarette et contempla l'étendue verte du bois.

« Les femmes ne sortent-elles donc pas ?

— Tu dis quoi ? »

Dan ouvrit paresseusement un œil.

« Elles ne vont donc pas du tout dehors, les femmes ? Ils ne les laissent pas sortir ?

— Non. Ils gardent ces demoiselles blanches comme neige.

— Mais elles ne prennent jamais l'air ? s'impatienta John. Elles sont enfermées toute la journée ?

— Autant que je sache. Oui-da. Pourquoi ? »

La bouche de Dan esquissa un sourire tordu.

« Il y en a une à qui tu penses, *mio Capitane* ? »

John secoua la tête au moment où un sifflet retentit : ils se relevèrent laborieusement et retournèrent à l'arpent de pommes de terre qu'ils désherbaient.

Pendant son travail, l'idée qu'elle et les autres femmes étaient piégées à l'intérieur était comme un caillou dans sa chaussure, un gravillon, de ceux avec lesquels on peut marcher plusieurs kilomètres sans que la foulée s'en trouve entravée, mais là néanmoins, impossible à oublier.

C'est avec étonnement qu'il se mit à penser à elle quand il posait le pied dehors dans la fraîcheur des matins, matins qui charriaient le parfum sucré, froid et humide de la rosée, précurseur de la chaleur. Une odeur qui lui mettait du baume au cœur et lui rappelait l'époque passée sur les routes, quand il marchait la nuit entière, que le soleil se levait et que les gens sortaient sur le pas de leurs chaumières juste pour accueillir le jour.

Il se mit à remarquer les choses plus en détail : l'éclat des feuilles nouvelles du vieux chêne, la façon dont les hirondelles voletaient dans le soleil, plus sûres maintenant, comme si elles s'en glorifiaient, le jabot scintillant tel de l'argent lorsqu'elles tournoyaient, serpentin de lumière.

Il ne semblait pas juste qu'il pût voir ces choses alors qu'elle, et les autres femmes, non.

Ainsi donc il se mit à emmagasiner les images qu'il voyait de façon à avoir quelque chose à lui dire le vendredi, dans la salle de bal, quelque chose qu'il déroberait au monde lumineux pour l'introduire discrètement dans les couloirs obscurs.

Mais quand ils dansaient ensemble il était tard, elle semblait fatiguée, elle sentait le savon âcre et les espaces confinés, ses yeux méfiants étaient cernés. Quand ils dessinaient leurs cercles rabougris sur la piste, les mots séchaient sur sa langue, il restait muet et inutile, sans rien lui dire. Une fois qu'ils avaient terminé, il allait s'asseoir dans le coin le plus éloigné, faisait tourner sa casquette dans sa main et ne relevait plus les yeux.

Inutile.

Inutile.

Est-ce donc tout ce que tu sais faire ?

Cette nuit-là il rêva d'Annie, dans son rêve elle tenait leur fille dans ses bras, et toutes deux étaient usées, tel un vêtement mangé aux mites.

Il tendit les mains vers sa fille, mais elle n'avait pas de visage, il avait été grignoté, il pouvait voir l'immensité à travers et l'espace hurlant derrière. Quand il se réveilla, trempé de sueur, il se tourna sur le côté, le souffle court dans l'obscurité.

Il voyait sa fille morte, allongée dans sa boîte.

Si peu de gens étaient venus la veiller. Ceux qui l'avaient fait avaient pénétré furtivement dans la pièce, où ils étaient restés plantés, mal à l'aise, sans prendre les chaises qu'il avait disposées, ni le whisky qu'il avait apporté, et étaient repartis le plus vite possible. Il n'y avait pas eu de tabac à priser à côté du corps. Pas de pipes en terre à fumer. Annie n'avait rien voulu de tout ça : c'était irlandais, avait-elle dit, ça faisait partie de sa malédiction. Ainsi il n'y avait eu ni musique ni lamentations. Où étaient les femmes qui auraient pu se lamenter pour lui, qui auraient pu chanter leurs *caoines* au-dessus du corps de son enfant ? Elles étaient restées en Irlande, il les avait quittées, quitté la terre qu'il avait promis à son père de protéger.

Quand les rares personnes étaient parties, Annie s'était levée. Il lui avait saisi le poignet au passage.

« Ne me touche pas. »

Et d'une gifle, elle lui avait écarté la main.

Alors il était resté assis à boire le whisky. C'était la première fois qu'il se retrouvait seul avec la mort. En Irlande, la mort n'était pas un moment pour être seul. Il avait tendu la main vers sa fille. Laissé son doigt tracer le contour de son oreille. S'attarder sur sa bouche. Il s'était rappelé la sensation de ses gencives chaudes, quand parfois elle pleurait et qu'Annie dormait, et qu'il lui donnait l'articulation de son doigt à sucer.

Tout en buvant, il la sentait : l'attraction poisseuse de la terre, qui cherchait à l'atteindre, même d'aussi loin, les tirant, lui et sa petite famille, vers le retour, parce qu'il avait rompu sa promesse. Tourné les talons. Il n'était pas un homme.

Au bout de son whisky se trouvait le néant. Au fond de la bouteille se trouvait un matin froid et nu où sa femme était partie, blottie dans une arrière-chambre de la maison de ses parents, comme si leur mariage n'avait jamais existé.

Il avait enterré sa fille et était parti dans la campagne, cherchant à travailler la terre, mais les récoltes étaient terminées, et les emplois rares. Il s'était retrouvé en périphérie des villes, ces endroits usés où des hommes usés faisaient la queue pour attendre ceux qui pourraient les embaucher à la journée.

Il cherchait son père partout où il allait. Parfois, l'espace d'une seconde, il croyait le voir : cette façon qu'il avait d'enfoncer les mains dans les poches de son pantalon, ou de secouer ces mêmes poches en quête de monnaie pour boire un coup. Chaque fois son cœur faisait un bond : il voulait lui dire qu'il était désolé. Mais quand il regardait mieux, ce n'était jamais lui.

De temps à autre, il trouvait un jour de travail. Parfois, quand il avait de la chance, une semaine à creuser dans la boue épaisse de novembre. Mais une fois rentrés les navets et les rutabagas du paysan, une fois la récolte de carottes rouges bien au chaud pour l'hiver, les saisonniers étaient mis au rebut. Il était tombé malade, trop fiévreux pour quitter la grange où il dormait, jusqu'à ce que le fermier le jette dehors en lâchant les chiens.

Il s'était mis à errer, alors, trop faible pour travailler, dégottant la nourriture qu'il pouvait. Volant s'il le fallait, tandis que la maladie prenait racine.

Longtemps après il s'était rappelé très peu de choses. Il savait qu'il avait été emmené dans un hospice, où il avait transpiré sur un matelas dans le coin d'une pièce remplie de centaines d'autres hommes, pareils à des fantômes vivants. Quand il avait recouvré la santé, il s'était rendu compte qu'il n'arrivait pas à parler, comme si tous les mots en lui avaient été poussés au fond d'un puits noir.

Un jour, des médecins étaient venus, avaient examiné les hommes. En avaient emporté beaucoup d'un coup dans des charrettes. Ils l'avaient dévisagé en lui posant des questions, mais il n'avait absolument rien à dire au monde.

Ils n'arrêtaient pas de répéter le même mot. *Mélancolie*, lui disaient-ils, *mélancolie* : une litanie, une incantation, encore et encore et encore.

Allongé à présent, enroulé autour de ses souvenirs, il réfléchissait aux choses qu'il aurait voulu dire à Annie : ce qu'il avait ressenti à la naissance de leur fille, comme si une part de lui aussi était née une seconde fois. Comment il aimait les regarder quand tout était calme. Comment, quand leur fille tétait, il fermait les yeux et sentait sa présence, pareille à un feu follet éclairant la pièce.

Il se rappelait comment, à l'approche du terme, Annie souhaitait que l'enfant sorte d'elle – hurlait pour qu'il sorte. À présent, allongé là sur son lit étroit, entouré par ces hommes endormis, il avait la même sensation : à l'intérieur de lui il sentait les mots qui vociféraient pour sortir. Il avait été trop plein pendant trop longtemps.

Il savait pourquoi Annie était venue : elle était venue le hanter. Parce qu'il avait envie de parler à cette fille.

Il se tourna sur son lit. Repoussa l'image de sa femme.

Il lui écrirait. À cette Ella. Cette étrange fille solitaire. Il lui écrirait ce qu'il voyait dehors.

C'était un petit geste bon qu'il pouvait faire. Et si elle ne voulait pas le lire, il l'écrirait quand même. Fut un temps où il avait eu un livre. Un livre banal. Il l'avait perdu quelque part en chemin.

Ella

Derrière la fenêtre la saison changeait. L'herbe était éclatante, et le soleil, qui inondait la salle commune l'après-midi, remplissait Ella d'une envie qui lui laissait un goût amer dans la bouche. Mais à l'intérieur, rien ne bougeait. Chaque lundi le docteur continuait à jouer de son piano et les chiens de garde venaient emporter quelqu'un. La semaine précédente ils avaient pris la femme au visage marqué de rouge – elle avait crié à propos de ses filles, de ses filles qui allaient venir la chercher, et qui n'arriveraient plus à la trouver désormais.

Dans la blanchisserie il faisait toujours chaud, et ça puait toujours, au point de vous arracher des larmes. Mais là-bas au moins il y avait eu du changement : il avait commencé à y avoir des taches d'herbe sur les vêtements de certains hommes. Un petit nœud de colère se logea dans la poitrine d'Ella en les voyant et elle leva les yeux vers la forme ovale que le soleil brûlait sur le mur.

Étaient-ils dehors à présent, ces hommes ? Pourquoi fallait-il qu'ils soient dehors quand elle était enfermée ici ?

Elle songea à l'homme sombre, celui qui était venu vers elle quand elle s'était enfuie. John. Il lui avait demandé son prénom et dit le sien, mais à part ça il ne parlait pas. Il gardait quelque chose, songea-t-elle, un secret, ou beaucoup de secrets. Autour desquels il se refermait comme la coquille dure d'une noix.

Elle enfonça une brassée de linge sale dans le tambour rempli d'eau, ajouta un seau de savon, puis remua la lessive à l'aide d'un bâton. Alors que les habits s'enfonçaient, la manche d'une chemise jaillit, soudain animée de la grâce d'un danseur. Ella la regarda retomber, aspirée par le nœud des vêtements. Elle n'avait pas cette grâce quand elle bougeait. Elle n'était pas la pire – il y en avait plein qui arrivaient à peine à mettre un pied à côté de l'autre – mais il y en avait aussi plein qui semblaient savoir exactement quoi faire : Vieille Allemagne, par exemple, et John, qui, malgré son silence, dansait avec légèreté et facilité. Clem était peut-être la meilleure de tous : jamais elle ne faisait d'à-coups ni ne trébuchait, elle se mouvait comme l'eau et semblait connaître tous les pas. Beaucoup d'hommes se battaient pour danser avec elle, et quand ils y parvenaient, même s'ils faisaient de leur mieux pour gagner son attention, ils ne paraissaient pas l'atteindre. Leurs regards lui glissaient dessus. Ella pensait savoir pourquoi : c'était le docteur que Clem aimait bien, celui qui jouait du piano dans la salle commune et du violon dans l'orchestre. Elle avait vu la façon dont les yeux de Clem le cherchaient.

Elle le surprenait parfois – le docteur –, du haut de l'estrade, à jeter à Clem un bref sourire absent. Et elle voyait Clem le recueillir comme elle l'aurait fait d'un trésor, le ranger dans un endroit sûr. Ella l'imaginait le sortir plus tard, le tourner d'un côté puis de l'autre en se demandant ce qu'il signifiait. Mais en voyant ce sourire se faner dès que le regard du médecin glissait, Ella se disait qu'il n'avait pas le sens que Clem aurait voulu. Et ça aussi c'était un secret.

La seule fois où elles avaient le droit de sortir c'était à la récréation, où il n'y avait hélas pas grand-chose à regarder : seuls les hauts murs de la cour résonnante d'échos, seules les autres femmes qu'on obligeait à rester en rangs et qui se querellaient, seule Clem, qui marchait son livre ouvert devant les yeux de façon à pouvoir continuer à lire. Bien qu'elle en eût un nouveau chaque semaine, elle en lisait deux en boucle : le petit à la couverture rouge qu'elle avait ce premier jour-là à la blanchisserie et qu'elle emportait partout avec elle, et un autre, plus épais, brun, avec une écriture dorée sur le dos.

Une fois plongée dans sa lecture, Clem ne relevait jamais la tête : elle disparaissait de manière aussi définitive que si un trou s'était matérialisé et qu'elle s'y était faufilée, et en l'observant Ella se disait qu'elle aussi aurait bien aimé disparaître. À défaut elle lisait le visage de Clem, en s'imaginant qu'il était possible de deviner la teneur de l'histoire comme ça, à la façon dont Clem se mordillait le bout des ongles ou la peau autour. À sa façon de tourner vite les pages ou de ralentir, les yeux agités d'un mouvement craintif, presque comme si elle ne voulait pas arriver à la fin.

Un après-midi, alors que Clem était près de la dernière page, Ella vit des larmes silencieuses reposer sur ses joues.

«Qu'y a-t-il?»

Clem se frotta le visage d'un revers de manche et eut un petit sourire contrit.

«C'est juste que c'est tellement triste. Je l'ai lu je ne sais combien de fois, et pourtant je crois toujours que la fin va être différente. Mais elle ne l'est jamais.

— Pourquoi, qu'est-ce qui se passe?

— Oh… elle aime le mauvais homme. Ou plutôt le bon, mais au mauvais moment. Il la persuade de l'épouser, et ensuite il la quitte. Et à la fin, elle est allongée là, allongée comme un… un sacrifice, et… ça n'a pas l'air de la déranger.»

Elle contempla le livre dans ses mains.

«Quand j'irai à l'université, poursuivit-elle, si j'écris une dissertation dessus, je parlerai de la fin. J'expliquerai que je la voudrais différente. Mais qu'après tout c'est quand même celle qu'il faut.»

Clem garda le silence pendant toute une longueur de la cour, puis:

«Tu as déjà eu envie de te marier?» demanda-t-elle en se fourrant le livre sous le bras.

Ella partit d'un petit rire choqué.

«Non.

« — Pourquoi ? Personne n'a jamais demandé ta main ? »

Ella fit non de la tête.

Clem inclina la sienne sur le côté.

« Ma foi, je peux comprendre qu'on ne veuille pas se marier, mais pas qu'on n'ait jamais demandé ta main. Tu es quelqu'un de si frappant. Surtout maintenant que tes yeux se sont éclaircis. »

Tu es quelqu'un de si frappant.

« Et toi ? On t'a déjà demandée en mariage ? interrogea Ella.

— Une fois.

— Et qu'est-ce que tu as dit ?

— J'ai dit non. »

Clem plissa le nez.

« Même si j'avais voulu me marier, je ne l'aimais pas. Je ne l'appréciais même pas. Et puis il était vieux.

— Quel âge ? »

Clem haussa les épaules.

« Un professeur de l'école de mon père. Il était jeune quand j'étais enfant. Il m'a vue grandir. Il m'emmenait me balader, juste après la mort de ma mère. Et mon père le laissait faire. »

Elle serra son livre contre sa poitrine.

« Un soir, quand j'avais dix-sept ans, il est venu dîner à la maison. On était tous assis autour de la table – mon père, mon frère, et lui et moi – et tous les hommes n'arrêtaient pas de me regarder en s'échangeant des sourires. Je me souviens du visage de mon frère. Comme il était rose. Il avait bu du vin, et j'avais pensé qu'il ressemblait à un cochon.

» Le lendemain, mon père m'a appelée dans son bureau. Il m'a expliqué que le professeur l'avait approché, que c'était un homme bon. Mais moi je savais bien que non... il y avait de la cruauté en lui. Je l'avais vu frapper les enfants les rares fois où je me rendais à l'école. Et quand j'étais petite, quand on marchait ensemble... »

Elle s'interrompit, une chose effilochée et dangereuse planait en bordure de ses mots.

« Bref, je savais que si je l'épousais, je serais malheureuse.

— Tu l'as expliqué à ton père ?

— J'ai essayé. Il ne m'a pas écoutée. Je crois qu'il était content de ne plus m'avoir sur les bras. Je crois qu'il se disait que personne ne voudrait m'épouser à cause de ma façon d'être.

— Pourquoi ? C'est quoi, ta façon d'être ?

— Oh. Toute de travers, répondit Clem avec un sourire fugitif. Je suis toute de travers. »

Ella la dévisagea. Clem était grande et blonde. Elle savait danser et jouer du piano. Sa bouche qui remontait aux commissures semblait faite pour sourire. Si elle était toute de travers, alors comment ils étaient, les autres ?

« Qu'est-ce que tu as fait ?

— J'ai arrêté de manger, répondit Clem, un soupçon de fierté dans la voix. Pendant des semaines. Jusqu'à ce qu'ils pensent que j'allais mourir. Jusqu'à ce que je pense que je pourrais mourir. Je ne me rappelle pas grand-chose. C'est à ce moment-là qu'ils m'ont amenée ici. On m'a nourrie avec le tube. On me l'a infligé tous les jours. »

Ella se rappela alors que Clem avait parlé de ce

tube le premier matin, et la morosité dans sa voix. Mais sa voix n'était plus morose à présent : elle était féroce, éclatante.

« Deux fois par jour ils venaient. Quatre, cinq, six infirmières et deux médecins. Il y en avait une qui me plaquait les mains sur les hanches. Deux qui m'écartaient les lèvres avec un ouvre-bouche. Le médecin brandissait le tube en caoutchouc rouge. Alors, je me débattais. Je me débattais, je luttais, mais ils l'introduisaient de force. J'ai engraissé. Ils me donnaient du lait et des œufs. Je ne sentais pas vraiment le goût, mais j'avais la sensation. »

Elle grimaça.

« Je restais allongée sur le ventre après. Je me faisais vomir pour que tout ressorte. Mais ensuite ils se sont mis à rester à côté de moi. Ils restaient une heure après le traitement, et si j'essayais de rendre, ils me plaquaient de nouveau sur la chaise. Alors j'ai fini par arrêter. »

Elle se tut. Ella se rappela ses mots dans la blanchisserie. *Il y a trois façons de sortir d'ici. Tu peux mourir… Tu peux t'enfuir… Ou tu peux les convaincre que tu es suffisamment saine d'esprit pour partir.*

« Alors… *pourquoi* ? demanda Ella. Pourquoi tu restes ici ? »

Clem se tourna vers elle.

« J'y ai réfléchi depuis la dernière fois que tu m'as posé la question. Si je reste c'est parce que je ne suis là que le temps de m'interroger sur la suite. Je vais sortir un jour prochain, et j'irai à l'université. Mais pour l'instant je vais rester là. Et ce sera mieux que d'être à la maison ou d'être mariée à…

cet *homme*. Tu as entendu parler des femmes à l'asile de Holloway ?

— Non.

— Eh bien, elles aussi sont derrière des barreaux. Nourries avec des tubes. Et chaque fois que la situation empire ici, je pense à elles. Enfermées aussi, parce qu'elles veulent autre chose, parce qu'elles veulent plus. Et je me dis, si elles arrivent à le supporter, je le peux aussi. Je vais rester ici et n'appartenir qu'à moi-même. Ni à mon père, ni à mon frère, ni à aucun homme. Alors c'est ce que je fais, je reste là. Et ma famille paie pour me garder ici, et j'ai mes propres vêtements, et mes livres, et chaque fois qu'on me laisse sortir je m'entaille les poignets pour qu'ils me renvoient ici. »

Clem roula ses manches, de sorte que ce qui avait été caché était désormais exposé, insigne livide de courage.

« J'ai un rasoir, expliqua-t-elle. Je l'ai pris chez mon père. Je le garde cousu là. »

Elle désigna sa manche tout en la déroulant.

« Personne ne le sait. À part toi. »

Son expression hésitait entre la supplique et la fierté.

« Mon père pense que je vais craquer. Mais je ne craquerai pas. Et maintenant que tu es là, ajouta Clem, qui souriait à présent, je peux d'autant mieux le supporter. »

Cette nuit-là, quand le pavillon fut silencieux, Ella se glissa hors de son lit.

Derrière se trouvait la fenêtre, qui descendait jusqu'au sol. Elle s'agenouilla sur le carrelage froid, et, le bras tendu, tâta le rebord – l'endroit où le verre rencontrait le châssis –, s'imagina l'ouvrir en faisant levier, l'odeur tiède de la nuit dehors, sortir et poser le pied sur l'herbe.

Elle voyait son reflet dans les minuscules panneaux : ses cheveux noirs et raides au milieu du crâne faisaient de la raie une vive balafre blanche, et elle avait dans ses grands yeux un regard sérieux. Cependant Clem avait raison sur un point : ils s'étaient éclaircis. Aussi loin que remontaient ses souvenirs, c'était la première fois qu'il n'y avait aucun signe de leur gonflement habituel, et cela faisait des semaines qu'ils ne l'avaient pas démangée.

Elle porta délicatement le bout de ses doigts sur ses paupières, puis fit glisser l'index jusqu'à sa bouche et le fit courir sur ses lèvres, serrées en une ligne étroite.

Elle descendit encore les mains, les posa en coupe sous ses seins, qu'elle caressa avec ses pouces, se sentant raidir sous le tissu rêche de sa chemise de nuit.

On l'avait déjà touchée, avant, et chaque fois son corps en avait porté les stigmates. Petite, au travail, quand elle ne nouait pas assez fort l'extrémité des fils cassés, elle recevait des coups de martinet, cette épaisse lanière en cuir brun qu'agitaient les contre-maîtres pour écarter les peluches devant eux. Sa mère cependant – sa mère l'avait touchée avec délicatesse. Lui avait caressé les cheveux. Elle s'en souvenait, à peine.

Elle chuchota son prénom à la fille dans la glace.

Ella.

Il lui parut étrange. Elle n'était pas sûre qu'il correspondait à la personne en face d'elle.

Pour une fois, le pavillon était silencieux, perturbé par les seuls bruissements doux des femmes qui ronflaient ou se retournaient dans leur sommeil. Elle pensa à Clem. L'expression de son visage quand elle lui avait montré ses cicatrices, le secret qu'elle avait partagé. Ella sentait en elle la connaissance de ce rasoir, discret petit poids argenté.

Maintenant que tu es là aussi, je peux d'autant mieux le supporter.

C'était la toute première fois que quelqu'un lui disait avoir besoin d'elle. Une étrange chaleur nouvelle l'avait envahie quand Clem avait prononcé cette phrase. Et pourtant elle n'était pas sûre de vouloir qu'on ait besoin d'elle. Pas ici.

Derrière le verre, la lune gisait sur le côté, jaune et à demi pleine. Un oiseau invisible lançait des appels dans l'obscurité.

De l'autre côté de ces bâtiments se trouvaient les hommes. Il devait être là.

John.

Dormait-il ? Ou était-il éveillé comme elle ? Qu'est-ce qui l'avait conduit ici, avec ses secrets et ses silences ? Le vendredi précédent, quand ils avaient dansé ensemble, elle avait eu une impression de changement, une fissure dans sa coquille : presque comme s'il s'apprêtait à parler.

Tu es quelqu'un de si frappant.

Était-ce vrai ? Elle se détacha les cheveux, ils lui tombèrent sur les épaules, où ils restèrent, lourds et noirs. Elle en avait trop, trop pour travailler, du moins, alors elle les avait toujours tirés en une même sempiternelle natte serrée qui lui descendait dans le dos. À la filature, les filles coiffaient les leurs en un chignon haut, qu'elles agrémentaient parfois de rubans colorés, ou venaient travailler le matin les cheveux noués dans des chiffons humides pour qu'ils bouclent. Elle n'avait jamais rien fait de tout ça. Elle les souleva alors et les tressa, mais de manière plus lâche, de façon que sa coiffure soit moins raide. Ça ne rendait pas bien, elle recommença, encore plus lâche, jusqu'à ce que des mèches encadrent le rond pâle de son visage.

Elle avait une sensation étrange dans le ventre, on aurait dit qu'un poisson y était piégé et se débattait à coups de nageoires.

Charles

Quelle splendeur, le temps, en ce début de mois de mai! Les journées de douce chaleur se succédaient, chacune apportant un changement agréable dans le paysage. Et comme tout semblait verdoyant! On aurait dit que la sève elle-même chantait : que la saison était passée de l'hiver à l'été en un saut vertigineux.

On était vendredi, Charles s'était levé tôt, comme à son habitude (comme le voulait presque, songeait-il, son *devoir*, quand les matins étaient aussi légers et beaux que celui-ci), ainsi donc il n'était pas encore sept heures lorsqu'il descendit l'allée principale fraîchement ratissée. En tournant à droite, il se retrouva sur un sentier qui serpentait au milieu d'épaisses herbes folles où s'épanouissaient cerfeuil sauvage et chardons, et conduisait à une barrière en fer aux gonds mangés de rouille. Il la franchit puis pénétra dans une zone boisée touffue. Si à l'extérieur tout n'était que lumière et chant, à l'intérieur le monde était d'un vert foncé opaque.

D'une taille plaisante, ce bois était l'un de ses endroits préférés : pas assez petit pour qu'en son sein on en voie la lisière, pas assez grand pour porter un nom. Aucun patient n'étant autorisé à y pénétrer, et aucun autre membre du personnel ne semblant s'y promener, il était rare qu'il n'en jouît pas pour lui seul. Au bout de quelques minutes il déboucha dans une clairière, où il se jucha sur une bûche avenante afin de bourrer sa pipe.

Il y avait tellement d'événements réjouissants à venir, dont, et ce n'était pas le moindre, le jour du couronnement, qui approchait à grands pas, et au cours duquel, parmi d'autres festivités, une compétition sportive serait organisée : un après-midi de divertissements entièrement déguisé, parachevé par un tir à la corde qui opposerait l'équipe médicale aux hommes. Goffin avait été chargé de constituer l'équipe, ce qui avait déjà donné lieu à d'amusantes discussions dans la salle du personnel à propos du genre de costumes qu'ils pourraient dégotter pour cette tâche. Charles nourrissait l'espoir grandissant de faire partie de la sélection. Il se trouvait plus athlétique de jour en jour.

Debout à présent, il s'étira en allumant sa pipe

et partit se promener dans la lumière pommelée du soleil en laissant dans son sillage l'odeur sucrée du tabac.

Ses haltères étaient arrivés la semaine précédente. Ils étaient là quand il s'était arrêté au bureau du portier afin de vérifier son courrier.

« Ah, Dr Fuller, avait lancé l'homme en désignant une grande boîte en carton derrière son bureau. Un colis est arrivé pour vous aujourd'hui. »

Au début, Charles n'avait eu aucune idée de ce qu'il pouvait bien contenir, sa commande remontant à plusieurs semaines, puis, le souvenir revenant, il s'était frayé un passage jusqu'au carton, qu'il avait essayé de soulever. C'était parfaitement impossible. Il avait recommencé, mais, se sentant rougir, il s'était redressé.

« Vous serait-il possible de l'envoyer dans ma chambre ?

— Bien sûr, monsieur, tout de suite. »

Le temps qu'il finît ses rondes, le colis l'attendait devant sa porte. Il lui avait fait franchir le seuil en le poussant avec l'intérieur du pied, avait ouvert le carton et glissé un œil à l'intérieur. Les haltères paraissaient assez terrifiants, tapis là. La première paire avait été relativement facile à soulever – une fois – mais il avait eu besoin de ses deux mains pour extraire la deuxième.

En farfouillant encore un peu, Charles avait découvert, nichée tout au fond du carton, une notice fort utile montrant le pictogramme d'un homme qui rabattait les haltères vers l'épaule. Les biceps de l'homme formaient un renflement

alarmant, semblable au dessin qu'il avait vu
naguère d'un serpent digérant un rat. Après s'être
délesté de sa veste et de son gilet, il avait emporté
ce bout de papier ainsi que la plus petite des deux
paires vers le miroir. Devant la glace, il s'était mis
à s'exercer, timidement d'abord :

Un

Deux

Trois

Quatre

Cinq

Certes son bras ne formait guère de renflement,
mais il le brûlait assez agréablement quand il avait
reposé les poids. Au bout d'un moment il s'était
penché pour les reprendre : dix de chaque côté,
cette fois-ci. Sous la fatigue de ses membres il avait
senti quelque chose s'éveiller. Quelque chose
d'encore informe, mais néanmoins excitant. La
force. La volonté. Depuis, il était monté jusqu'à
vingt. Peut-être bien qu'il allait pouvoir y participer, à ce tir à la corde, après tout !

À la lisière de la forêt il déboucha dans la lumière
éclatante du soleil et se dirigea vers la ferme doma-
niale, où les premières cultures pointaient visible-
ment dans les parterres de légumes ratissés, les
agneaux paissaient dans les prés, et tout autour des
étables flottait la douce odeur de l'herbe, du fumier
et du lait. Les gazouillis de soprano des oisillons
l'entouraient et, non loin de là, un pigeon ramier
émettait des notes graves dans un lent roucoulement
insistant. De loin, de très loin au début, Charles
entendit de la musique, si vive et claire qu'il lui fallut
un moment pour comprendre que c'était de lui

qu'elle émanait. Elle s'intensifia, et il la reconnut, impossible de se tromper, les premières mesures pétillantes du dernier mouvement de la Sixième de Beethoven, cette mélodie délicieuse où se relayaient cordes et vents, une musique qui semblait monter de la terre, trempée d'écume printanière et de rosée.

« Da *da* da ! Da *da* da ! Da *da*-da *da*-da *da* ! »

Il se mit à fredonner en battant la mesure au sol à l'aide de sa canne sans cesser de marcher.

Il était loin d'être le premier debout : partout des hommes étaient occupés à ratisser, semer, planter, et partout régnait l'optimisme de la saison nouvelle, tout semblait concourir magnifiquement à un même objectif harmonieux, et, soulignant l'ensemble, il y avait cette musique glorieuse qui enflait. Si seulement Churchill avait pu assister à cette scène ! Charles le voyait presque cheminer à ses côtés :

Voyez, monsieur. Si le gouvernement devait voter contre la stérilisation obligatoire, comme je pense qu'il doit le faire, alors avec un investissement adéquat et une bonne gestion nous pourrions fonder davantage de colonies comme celle-ci.

Il longea des prés de vaches, les génisses flanquées de leurs veaux :

Il y a ici quatre fermes, et plus de six cents arpents de terre. Nos troupeaux importés de génisses Ayrshire produisent huit cents litres de lait par jour. Nos hommes aussi sont rarement oisifs. Voyez plutôt ! Ici nous n'avons guère l'usage de la menotte et de la corde : les chaînes de Bedlam ont été bannies, ou presque. En lieu et place nous avons nos binettes et nos bêches.

Le travail sur son allocution s'était poursuivi en

secret. Charles n'avait rien dit à personne, mais à mesure que ses notes sur les patients s'empilaient, son sentiment de transgression avait été tempéré, remplacé par une belle excitation grandissante. La transformation de Mulligan, qui avait indubitablement lieu : de mélancolique taciturne il était passé à... euh, à quoi, ce n'était pas encore tout à fait clair, cette transformation était censée constituer l'objet principal de son intervention. Il avait dessiné différents croquis du patient en train de danser. Il se disait qu'ils pourraient accompagner utilement son discours.

Ici, dans notre colonie, nous organisons un bal hebdomadaire. Laissez-moi vous le décrire...

Quand il prononcerait son allocution au congrès, il y aurait très certainement dans la foulée du temps pour les questions : il serait certainement interrogé sur la manière précise dont un bal hebdomadaire contribuait à une ségrégation saine et aidait à la promouvoir. Il devrait avoir une réponse toute prête. Dans son cœur, il savait que c'était une bonne chose, mais comment quantifier cet effet positif ? Comment le *mesurer* d'une façon scientifiquement vérifiable ? Qui persuaderait Churchill et l'assistance qu'un bal participait en définitive à une approche *efficace* des soins apportés aux malades mentaux ?

Qu'aurait dit Pearson ?

Allons, allons. Nous devons nous occuper uniquement de ce qui est mesurable.

Des chiffres.

Des statistiques.

Certes.

Il aurait aimé qu'existe une sorte de formule – d'équation mathématique – adaptée à sa démonstration :

Soit x *l'état d'esprit des patients un vendredi soir.*

Soit y *le plaisir qu'ils ressentent dans la musique, la danse et l'échappatoire à la routine monotone.*

Soit z *le bien combiné d'un bal hebdomadaire.*

Mais une telle équation n'existait pas. Tout ce qu'il pouvait dire c'était qu'il *croyait* que c'était une bonne chose. Or ce n'était pas suffisant. Il était un scientifique, oui ou non ? Il devait être capable de *prouver* la valeur de son affirmation.

Cette pensée épineuse menaçait de perforer son humeur, quand il aperçut au loin la silhouette familière de Mulligan, dans un enclos, avec l'un des chevaux de trait, qu'il faisait tourner lentement autour du pré. Charles bifurqua pour venir se planter devant la petite clôture en bois à trois lattes.

L'animal se révélait boiter. De temps à autre, Mulligan reculait afin d'observer sa foulée. Il n'y avait qu'un seul surveillant à proximité – occupé avec un autre animal en haut du pré. Autrement, l'Irlandais était seul. Il n'avait pas vu Charles : de fait, il ne semblait pas voir grand-chose à part le cheval lui-même. Au bout d'un moment, il l'appela avec un sifflement grave, la bête tourna la tête et vint directement vers lui, sur quoi il s'empara de sa bride, se pencha et posa la main à plat contre la joue de l'animal. À présent l'homme et la bête étaient face à face, nez contre nez. Mulligan semblait murmurer à son oreille. De l'autre main il se mit à lui caresser doucement l'encolure.

Charles se pencha en avant – réflexe idiot,

puisqu'il était impossible d'entendre quoi que ce fût de là où il se trouvait. Les Irlandais avaient une affinité pour les chevaux, c'était bien connu, en particulier les membres inférieurs de cette race, toutefois il se jouait là autre chose : une rare concentration, voire de la tendresse. C'était la même concentration que l'homme apportait à la danse, avait remarqué Charles. D'une qualité qui le laissait perplexe. Dans quelle case Mulligan rentrait-il ?

« Bien le bonjour ! »

Mulligan leva la tête.

De sa main gantée, Charles lui fit signe d'approcher. Mulligan se retourna et attacha le cheval à un poteau proche avant de traverser le pré pour le rejoindre. L'Irlandais, qui s'était délesté de sa veste, se tenait en gilet et manches de chemise, celle-ci ouverte au niveau du col. Il paraissait plus costaud dehors au milieu des éléments : presque élémentaire lui-même.

« Alors, commença Charles, soudain inexplicablement gagné par la timidité. Quelle plaisante matinée, n'est-ce pas ? »

Mulligan s'essuya le front d'un revers de manche. Le pouls de l'homme palpitait au milieu du petit taillis de poils à la base du cou.

Charles souleva son chapeau, sentit le soleil lui réchauffer le sommet du crâne.

« On dirait que l'été est arrivé. »

Il avait conscience, en souriant, de la tension de ses joues. Quelque part au loin, le dernier mouvement de la *Pastorale* livrait son crescendo avec le raclement des cordes.

Le regard de l'Irlandais se reporta sur le cheval, Charles ressentit alors un pincement d'irritation : d'une certaine façon, l'homme ne respectait pas sa part du marché.

« Dites-moi, Mulligan, comment avez-vous trouvé les bals ? »

L'expression de l'homme changea à peine.

« Bien.

— Soyez franc, maintenant. »

Charles baissa la voix et se pencha de nouveau par-dessus la clôture avec un air de conspirateur :

« Que pensez-vous de la musique ? »

Mulligan croisa les bras sur sa poitrine. Ses yeux couleur silex au même niveau que ceux de Charles.

« Oh, pas mal, je dirais. »

Charles partit d'un rire bref en pointant l'homme du doigt.

« Je vois que vous êtes poli, mais je ne vous crois pas franc. Si je demande, voyez-vous, c'est que j'en ai moi-même été quelque peu... frustré. Je n'arrive pas à me départir d'un sentiment de... constriction. »

Il porta ses doigts à son cou.

« Pas d'espace pour respirer. »

Mulligan se planta jambes écartées, jeta un regard entre ses pieds, puis releva la tête, les mains désormais serrées sous les aisselles.

« Franchement ? »

Charles sourit. Il semblait qu'il jouissait enfin de toute l'attention de l'homme.

« C'est ce que j'ai demandé.

— Ma foi, je dirais que c'est... de la musique très anglaise.

— Je vois, répliqua Charles. Eh bien, ça n'en est pas, je peux vous l'assurer. De fait, elle est principalement allemande. Mais... »

Il eut un rire proche de l'aboiement.

« Voudriez-vous que nous dansions comme des Irlandais, Mr Mulligan ? Voudriez-vous que nous jouions des gigues ?

— Je n'irais pas jusque-là. »

Était-ce la lueur d'un sourire sur le visage de l'homme ? Quoi qu'il en soit, ç'avait déjà disparu, mais Charles sentit pointer une petite victoire.

Au loin, la cloche du clocher sonnait la demi-heure.

« Ma foi, Mr Mulligan. »

Il souleva de nouveau son chapeau, s'inclina légèrement.

« Je vois que vous avez du travail à poursuivre, moi de même. Ainsi donc je vous souhaite le bon jour. »

Ce sourire avait beau avoir été infinitésimal, jamais il n'était encore parvenu à tirer autant de cet Irlandais de pierre, et, alors qu'il s'en retournait vers les bâtiments de l'asile, Charles se rendit compte qu'il s'était logé dans sa poitrine tel un tesson de soleil de mai.

Ella

Ce vendredi-là, dans la salle de bal, elle était assise au deuxième rang, juste à côté de Clem.

Tout était plus proche ici, plus fort, et la présence massive des hommes n'était qu'à quelques mètres, de l'autre côté de la piste. Leurs regards se collaient à elle pareils à des flocons de peluches brûlantes. Elle porta les mains à ses cheveux. Se lécha un doigt pour frotter une tache sur sa jupe mal ajustée.

Sur la scène, les musiciens s'apprêtaient à jouer. Elle le chercha du regard et le trouva dans sa position habituelle, au fond, tête basse, comme s'il eût préféré être n'importe où sauf là, et elle fut emplie d'une étrange déception.

La première danse passa comme un rien, Ella ne bougea pas. John restait dans son coin, sans lever les yeux. Mais quand la deuxième danse fut annoncée, elle le vit se lever, serpenter entre les bancs des hommes, et lorsqu'il atteignit le premier rang, il leva la tête et croisa son regard.

Elle se sentit rougir. Hésitante, elle se leva, mais quelqu'un s'était glissé devant elle : Vieille Allemagne, qui tirait John par la manche et lui demandait de danser plutôt avec elle.

« Ça va, ma fille ? »

Ella se retourna. L'homme tatoué lui avait posé sa main lourde sur le bras.

« Tu veux danser avec moi ? Je suis un piètre lot de consolation, je sais. »

Alors qu'elle tournoyait sur la piste avec le gaillard, elle cherchait John du coin de l'œil. Vieille Allemagne avait les yeux fermés. Il la tenait fermement.

« Tu l'aimes bien, alors ? » fit son partenaire.

Elle leva brusquement la tête.

« Lui, précisa-t-il, en inclinant la tête vers John. *Mio Capitane.*

— Non. »

Elle secoua la tête. La chaleur lui mettait le feu aux joues.

Le gaillard se pencha à son oreille.

« Tu sais qu'il faut jouer, pour obtenir ce que tu veux, hein ? Alors qu'est-ce que tu es prête à perdre ? »

Sans lui répondre, dès la fin de la musique, elle se dégagea et retourna le plus vite possible vers les bancs du fond, où elle s'aperçut dans le miroir au-dessus du feu : les joues écarlates, les cheveux en désordre. Elle avait été vue. Vue dans son désir. Et si cet homme l'avait vue, qui sait qui d'autre encore ? *Stupide*. Stupide de penser qu'elle valait la peine qu'on danse avec elle. Stupide de penser qu'elle valait la peine d'être touchée. Stupide de s'être coiffée comme ça. Elle dénoua ses cheveux et les resserra d'un geste sec, si fort qu'elle en eut une douleur cuisante, puis elle se pelotonna entre ses bras et ne releva plus la tête, les yeux rivés sur la portion de sol sous ses pieds, jusqu'à connaître chaque volute et chaque nœud du bois, jusqu'à ce que volutes et nœuds se transforment en araignées qui dansaient au rythme de la musique, jusqu'à ce que, à la fin de la soirée, dans un fracas de bancs, tout le monde soit obligé de se lever, elle comme les autres, voulant désespérément retourner au pavillon, où personne ne pourrait la voir ni croire qu'ils l'avaient vue.

Mais les patients étaient alignés pour une dernière danse, une danse collective, impossible d'y échapper. Quand elle prit place, elle le vit debout, sa présence sombre plus loin dans la rangée d'hommes en face. Il croisa son regard et son estomac fit un bond : elle savait qu'avec cette configuration il danserait bientôt avec elle. Il était trop tard pour changer de groupe, la musique commençait déjà, le violon du docteur en suspens, vertigineux, ricochait dans l'air chaud et dense.

Ce fut d'abord au tour du vieil homme avec une cravate bleue nouée sous le menton : il lui fit faire délicatement le tour de la foule qui tapait dans ses mains, maintenant trois danseurs la séparaient de John. Ensuite, un jeune homme à l'odeur de lait caillé lui prit le bras, tremblant, et n'arrêta pas de trembler tout le temps du cercle, et deux danseurs les séparaient. Puis vint un homme qui la serrait trop et lui pinçait la taille, alors elle lui marcha sur le pied et il l'injuria, et un danseur les séparait, et elle avait la peau si chaude qu'elle crut qu'elle allait cloquer, et le dernier homme fut une masse brune confuse qui sentait l'humidité, et alors ce fut à lui, et il la fit tourner autour des autres danseurs, la main au creux des reins, et il parlait, mais ça ne lui ressemblait pas, ça ne lui ressemblait pas de dire des choses, et tout le monde frappait dans les mains, et elle n'entendait rien, et peut-être que c'était son imagination, mais ensuite, au moment de se séparer, il se pencha à son oreille :

« Vous êtes trop pâle, dit-il. Ce n'est pas juste. »

Il la relâcha et elle retourna en tournoyant, essoufflée, dans son rang : elle avec les femmes et lui avec les hommes, et la danse qui continuait toujours, un autre partenaire à droite, et l'homme suivant qui venait vers elle comme dans un rêve. Elle jeta des regards en tous sens, essaya de le repérer parmi les autres danseurs. Elle était près de l'extrémité de la rangée à présent. La danse allait bientôt se terminer, elle pourrait se ressaisir. Mais il y eut des cris de joie, des applaudissements, une vague sur la piste, et là-haut sur la scène le docteur, le sourire jusqu'aux oreilles, soulevait son archet pour signifier que *la musique allait continuer*. Son estomac se retourna. Il allait y avoir un autre tour, elle allait de nouveau danser avec lui.

Cette fois-ci, quand il l'empoigna, il fut vif, se pencha et lui murmura à l'oreille :

« Que voyez-vous ? »

Sa voix la parcourut en lui soulevant la peau comme le vent sur l'eau.

« Quand vous regardez par votre fenêtre. Dites-moi, vite, quelle est votre fenêtre ? Que voyez-vous ? »

Elle avait la langue pâteuse, le cerveau au ralenti.

« Je… ne sais pas.

— Fermez les yeux. »

Il avait le regard féroce.

« *Fermez les yeux.* »

Elle s'exécuta et il resserra son étreinte, sa main descendant le long de son dos.

« Maintenant, reprit-il, vous êtes dans votre salle commune. Vous regardez par la fenêtre. Dites-moi ce que vous voyez.

— Deux gros arbres.

— Oui ?

— Côte à côte au pied de la colline.

— Et ?

— Leurs branches s'entremêlent.

— Devant votre fenêtre ? »

Le cœur de John battait contre son dos, contre son propre cœur, qui lui semblait enflé, trop gros pour elle, à présent.

« Oui, oui, mais assez loin.

— D'accord, fit-il quand elle rouvrit les yeux. Je trouverai. Je vais écrire une lettre et vous l'apporter. Guettez-moi. Je viendrai. »

Il la relâcha. Sa robe était humide à l'endroit où sa main avait appuyé. Étourdie, trempée, elle se décala à droite en trébuchant.

Plus tard, dans le pavillon, quand le gaz fut éteint, elle songea à cette chose qu'il lui avait dite, la sortit, et la fit tourner comme s'il s'agissait d'un objet incandescent dans l'obscurité.

Il y avait de la gentillesse en lui. C'était un homme différent de son père. Un homme dont les paumes étaient toujours ouvertes. Dont les mains touchaient délicatement les choses, comme s'il savait qu'elles risquaient de se briser. Elle l'avait senti à sa façon de la tenir. L'avait vu dans la salle de bal, à sa façon de danser avec les autres femmes, avec les vieilles, comme Vieille Allemagne. Comme si pour lui elles avaient tout autant de valeur que n'importe quelle partenaire. Alors oui il se montrait gentil avec elle, et après ? Cela avait-il le moindre sens ?

Et puis l'autre homme : le gaillard, avec les tatouages sur les bras. *Il faut jouer pour gagner.* Qu'entendait-il par là ?

Elle n'avait rien à perdre dans ce monde.

Deux lits plus loin lui parvenait un doux gémissement. Un lit raclant contre le mur. Le bruit de frottement d'allumette des doigts dans les poils, jusqu'à ce que le raclement s'arrête avec un soupir.

« Jésus te punira, chevrota Vieille Allemagne. Il te punira pour ça.

— Va te faire foutre. »

La voix de l'autre femme était pâteuse et lourde, déjà à moitié endormie.

Ella se retourna dans son lit, envahie par un malaise grandissant. À qui cette femme pensait-elle quand elle se touchait comme ça ? À l'un des hommes ? À John ? C'était possible, ç'aurait pu être à lui. Sa peau la démangeait. Son sang bouillait. L'air avait déjà été respiré par cent femmes.

Alors que l'aube commençait à poindre et qu'elle n'avait toujours pas dormi, elle se tourna vers la fenêtre, où le bleu foncé de la nuit s'éclaircissait, et où de petits oiseaux plongeaient et s'élevaient à travers un ciel rayé de rose.

Elle aurait dû être là dehors. Pas attendre ici à l'intérieur. Il ne servait à rien, de toute façon, de recevoir une lettre de lui.

Il ignorait qu'elle ne savait pas lire.

La journée était lourde et moite. Derrière les barreaux en fer, la fenêtre de la salle commune était à peine entrouverte, mais aucune brise ne se glissait dans l'interstice. La chaleur jouait des tours, elle montait du sol en lignes sinueuses, qui dansaient comme des êtres humains.

Les seules choses qui bougeaient véritablement étaient deux oisillons qui avaient leur nid juste au-dessus de la fenêtre : un cône rond boueux avec une ouverture pareille à une bouche étonnée. Le temps ne semblait pas les perturber le moins du monde ; infatigables, ils effectuaient des trajets sans fin, revenant chaque fois avec quelque chose de nouveau : un bout de brindille, le bec rempli de terre.

Une fois, au milieu de l'après-midi, il y eut bien la silhouette d'un homme qui franchissait la lisière des champs, tremblotante au loin, et Ella se leva d'un bond, les mains pressées contre la vitre. Mais l'homme ne se retourna pas ni n'approcha des bâtiments, et, voyant qu'il poussait un rouleau, elle comprit qu'il était chargé d'aplatir l'herbe.

Elle glissa les pouces dans ses paumes pour les compresser. Derrière elle, le chœur des femmes était plus assourdissant que jamais :

« *Mettezmoilefeu ! Mettezmoilefeu ! Lefeuarrive. Ilarrivearrive.* »

« *Etlediableestlà.* »

« *C'estcequ'ondit. Brûlez le diable. Brûlez-le brûlez-le.* »

« *Oh ! Oh je vous en prie ! Oh je vous en prie aidez-moi.* »

« *Et pourquoi non ? C'est non ?* »

Ella se plaqua les mains sur les oreilles et appuya si fort qu'elle n'entendit plus que le chuintement de son sang.

Elle était comme elles. Elle avait tout inventé : sa main sur son dos, sa bouche. Les mots qu'il avait prononcés. Elle était restée ici trop longtemps et maintenant elle était folle. Elle inventait des choses pour enjoliver la situation, et personne n'allait venir la trouver du tout.

Vous êtes trop pâle. Ce n'est pas juste.

Il n'avait dit ça que parce qu'il avait pitié d'elle, parce qu'elle était piégée.

L'après-midi lourd avançait, à la fois mou et tendu jusqu'au point de rupture. Elle finit par appuyer la tête contre la vitre brûlante et s'assoupit.

Elle se réveilla au bruit d'un grattement à la fenêtre. Il était là : plaqué contre le mur avec lequel il ne faisait presque qu'un, tendant vers elle un morceau de papier plié. Elle en eut le souffle coupé. Leurs doigts se frôlèrent quand elle le lui prit des mains. Elle ne dit rien, il ne parla pas non plus, mais il se toucha une fois le front, et il était parti, courant courbé le long des bâtiments jusqu'à disparaître de sa vue.

Elle enfonça la lettre dans son corsage, le cœur battant. Derrière elle, tout dans la pièce était comme avant : Clem lisait son livre, la plupart des autres femmes chiffes molles, affaissées dans leurs fauteuils, bouches ouvertes, endormies. Quand elle se leva, elle eut l'impression d'avoir les jambes remplies d'un étrange liquide gélatineux, plus lourd que le sang. Elle rejoignit bon an mal an l'infirmière de service.

«Je peux aller aux toilettes, s'il vous plaît ? »

Ses mots semblaient rester en suspens, pesants et dangereux dans l'air, mais l'infirmière se contenta de les écarter d'une main paresseuse.

Le bloc des toilettes était désert. Quand elle le sortit, le mince papier de la lettre avait déjà pris l'humidité de son corps. Elle le déplia, quelque chose tomba dans sa paume : une fleur jaune, d'une couleur saisissante, tel un messager d'un autre monde. Elle la porta à son nez. Caressa les pétales d'avant en arrière du bout du doigt, puis la posa sur ses genoux et ouvrit correctement la lettre, le sang cognant à ses oreilles tandis qu'elle fouillait la page du regard. Il y avait son prénom, Ella, écrit en haut, et les lettres qui composaient son prénom à lui en bas, mais elle ne comprenait rien du cafouillis entre les deux. Elle posa la tête dans ses mains, sentit les palpitations sourdes de son cœur.

Elles étaient cent par classe, et elle était toujours si fatiguée, travail le matin et école l'après-midi, ou école le matin et travail l'après-midi. Assise dans le fond, elle avait une mauvaise vue, et tout ce dont elle avait jamais envie c'était de fermer les yeux et de dormir.

Personne ne lui prêtait grande attention.

Elle se malaxa les yeux avec ses poings. Quand elle leva la tête, elle sut ce qu'elle avait à faire.

Elle retourna dans la salle commune et se fraya un passage jusqu'à Clem.

« Clem ?

— Hmm ?

— Tu voudrais bien me lire quelque chose ?

— Dans ce livre ? demanda Clem en tournant sa page d'un coup sec.

— Non, une lettre. »

Clem la considéra du coin de l'œil.

« Une lettre à *toi* ? »

Ella hocha la tête.

« De qui ? D'un membre de ta famille ?

— Non… de quelqu'un d'autre.

— Ben… pourquoi tu ne la lis pas toi-même ?

— Je ne peux pas. »

Clem la regarda alors vraiment.

« Ah, fit-elle en fermant son livre et en le fourrant sous son bras. Je vois. »

Elle pencha la tête sur le côté, comme si Ella avait l'air différente, en somme.

« Tu ne sais pas lire du tout, ou juste un peu ?

— Pas beaucoup. »

Ella haussa les épaules.

« Mon prénom. Deux ou trois autres mots. Presque rien, en réalité. »

Le visage de Clem se contracta, comme en proie à une sorte de douleur.

« Bichette, fit-elle, avant d'ajouter : Bien sûr. Donne-la-moi donc. »

Ella sortit de sa manche, où elle l'avait caché, le carré de papier soigneusement plié.

« Merci. »

Elle le glissa dans la paume de Clem.

« Mais… s'il te plaît. »

Elle toisa les surveillantes de service.

« S'il te plaît, juste… mets-la dans ton livre. Vite, pour que personne ne voie. »

Clem hocha la tête et obtempéra en lissant la lettre des deux mains et en refermant légèrement le livre pour la cacher pendant sa lecture.

Ella s'installa à côté d'elle : penchée en avant, elle observait les yeux de Clem, la façon dont ils se déplaçaient d'un côté de la page à l'autre, et sa lèvre inférieure, qu'elle serrait entre ses dents, et qu'elle faisait rouler d'avant en arrière en lisant.

Elle aurait voulu que ce soit elle qui prenne son

temps comme Clem le faisait, qui laisse ses yeux se promener à leur guise sur la page.

Quand Clem eut fini de lire, elle ne leva pas tout de suite les yeux, non, elle fixa le bas de la lettre un long moment, comme pour essayer de comprendre ce qui se trouvait là.

« Quoi ? s'impatienta Ella, qui ne pouvait plus attendre davantage. Qu'est-ce que ça dit ? C'est grave ?

— Elle a été écrite par un certain John. »

Clem leva la tête, les yeux étrécis.

« De quel John s'agit-il ?

— Pourquoi ? Dis-moi. C'est grave ? »

Clem secoua la tête.

« Non, ce n'est pas grave. C'est juste… »

Elle eut un sourire bref.

« … surprenant, c'est tout.

— S'il te plaît, insista Ella, qui arrivait à peine à reprendre son souffle. Est-ce que tu pourrais juste… me la *lire* ?

— D'accord. »

Et Clem se mit à lire :

Chère Ella,

Je n'ai pas trop su comment commencer cette lettre alors je commence en disant que je me sens mal que les autres hommes et moi on soit dehors par ce temps alors que vous et les femmes non.

Il y a là une fleur comme vous le voyez. Elles sont sauvages ces fleurs elles ne poussent pas dans les parterres qui sont entretenus et taillés si soigneusement non elles poussent dans l'herbe qui sera coupée pour faire du foin. Elles font un magnifique tableau dans les champs tellement qu'on croirait presque les champs en or. Hier Daniel Riley qui est en quelque sorte un ami à moi (vous devez le connaître je pense un gars brun costaud – la peau couverte d'encre) a enlevé ses chaussures dans la matinée. Il a défait ses lacets et a posé ses pieds nus sur l'herbe et il a rigolé – il a un rire qui vous brûlerait les cheveux de la tête si vous l'attrapiez par le côté – et moi je l'ai suivi et j'ai fait pareil.

La sensation m'a fait penser à quand j'étais petit et que je marchais avec mes croquenots sous le bras pour ne pas qu'ils s'abîment sur la route.

On a marché nos croquenots à la main et les pieds dans la rosée. Les surveillants n'ont rien fait. Ils sont paresseux par cette chaleur je crois. Bientôt viendra le moment du premier fauchage du foin. L'herbe est déjà haute et comme je le disais dorée. C'est sûr il y a aussi d'autres couleurs mais l'or est la plus jolie. Je crois que là où elles sont les plus belles c'est juste avant de tomber.

Maintenant je vais m'arrêter et vous envoyer mes bons vœux.

JOHN

Ses mots coloraient l'air. Elle voulait les entendre encore, plus lentement cette fois. Elle voulait s'imaginer ses propres pieds brûlants sans chaussures dans le vert humide de la rosée. Mais Clem repliait déjà le papier.

« Ouvre la main. »

Clem y déposa le carré serré de la lettre.

«Alors, lança-t-elle en fermant la main d'Ella d'un geste sec. C'est lequel, John?

— Il est… irlandais. Il… danse bien.

— Mon Dieu.»

Clem la relâcha.

«Tu caches bien ton jeu.»

Elle devint songeuse.

«C'est vrai que c'est un bon danseur, murmura-t-elle, mais qui aurait cru qu'il aurait pu écrire comme ça?»

Ella sentit alors une brûlure, à la base de la colonne vertébrale, et toisa le visage de Clem, mais à cet instant elle se souvint du docteur, et de la façon dont Clem le regardait, la façon dont son visage rougissait quand il s'adressait à elle, et la brûlure s'apaisa.

«Clem?

— Mmm?

— Tu m'aideras?

— T'aider à quoi?

— À répondre?

— Oui, fit-elle, les yeux pétillants de malice. Oh oui. Je pense que je devrais pouvoir y arriver.»

John

La faucheuse – un machin étrange et disgracieux – était harnachée à deux des chevaux de trait. Un fermier se hissa péniblement sur la selle de l'engin, et celui-ci partit en cahotant, ses lames tournant derrière lui. L'insurrection de couleurs qu'était devenue la prairie – boutons-d'or, bleuets, coquelicots – fut terrassée en quelques secondes, les hommes suivirent avec leurs râteaux. John parcourut ainsi les andains en répartissant les herbes coupées dans le champ pour qu'elles sèchent.

Il avait été bête.

Ce n'était pas le fait d'avoir écrit la lettre. Ça, ça allait, enfin ça allait plus ou moins une fois qu'il l'avait commencée. Il lui avait fallu plusieurs tentatives – quelques ratures et gâchis du papier qu'il avait arraché à la fin de livres –, mais une fois qu'il avait réussi à débuter c'était venu assez facilement. Non, ce n'était pas la lettre. Ç'avait été sa livraison qui avait été une folie.

Que voyez-vous ? lui avait-il demandé – comme si c'était la chose la plus simple au monde pour lui d'aller où bon lui plaisait. Comme s'il était le facteur en personne.

Et pourtant son expression quand il avait dit qu'il le ferait. Surprise, comme abasourdie que quiconque veuille faire une chose pareille pour elle.

Et bête ou pas, il n'avait plus pu reculer.

Il l'avait fait à l'annonce d'une pause. Il lui avait fallu demander le chemin à Dan, qui avait haussé les sourcils et le lui avait expliqué, un sentier à travers le bois, puis une allée isolée, et ensuite le bosquet d'arbres qui bordait les terrains de sport.

De là tu vois le côté des femmes.

John avait emprunté le sentier et, caché derrière un gigantesque sycomore, les poumons en feu d'avoir couru, il avait vu l'aile des femmes pour la première fois – l'image en miroir de la sienne, qui se déployait en largeur sur une petite centaine de mètres. Sans trop savoir comment, il avait réussi : il avait trouvé les arbres dont elle parlait, l'avait trouvée, elle, dans l'encadrement de sa fenêtre, était parvenu à glisser la lettre à travers le minuscule interstice, à la lui remettre dans la main, à revenir en courant sans être vu.

Dix minutes. Pas plus. Mais elle était encore là, la sensation de la course dans ses poumons et dans ses membres. Le choc.

La bêtise.

Alors qu'il ratissait l'herbe, il vit qu'il n'y avait pas eu assez de pluie, finalement. Le peu de verdure que contenaient les tiges capitulait vite au soleil, et ce qui restait était mince et cassant. Les chevaux ne mangeraient pas bien cette année. Il énuméra les noms des herbes dans sa tête – les feuilles épaisses du *féar caorach*, les moignons de queues de chats du *féar capaill* et le *féar garbh*, avec ses plumes rougeâtres – mais son esprit refusait toujours de se calmer.

Il y avait cette affaire de fleur. Il n'aurait jamais dû la mettre. Il était bête pour ça aussi. Quand un homme offre une fleur à une femme ça signifie qu'il la courtise, or il ne la courtisait pas et ne voulait pas qu'on se méprenne en croyant le contraire.

Il suffit d'un jour pour qu'un côté de l'herbe sèche, puis elle fut retournée et laissée un autre jour au soleil avant d'être pelletée en petits tas, et une fois ceux-ci complètement secs, les hommes s'attelèrent à les rassembler en meulons. John et Dan travaillaient ensemble. Rapides, ils connaissaient les gestes, comment monter bien haut et large les meulons dans les prés, une fois et demie la taille d'un homme, comment vriller et tirer les *sugans*, les cordes à foin, pour les arrimer, lester ces tas odorants avec de lourdes pierres au cas où le vent se lèverait. Mais nul vent ne vint. Les journées sèches manquaient de souffle.

Il s'abandonna à son travail, et son esprit se tranquillisa.

Il était chez lui, ici, sur la terre : il effectuait depuis tout petit ces mêmes mouvements, si profondément en lui qu'ils étaient naturels. Il avait arpenté les champs sous le soleil, le vent et la pluie, les mains gercées et calleuses à cause de la faux et des cordes. En Irlande, il n'aurait cessé de surveiller le ciel en quête des nuages venus de la mer, mais ici c'était inutile. Le sol était desséché et les vaches agitées, leurs pis flasques. L'air empli de l'odeur de brûlé sucrée des prés fauchés.

La chaleur s'amplifia, et la faucheuse déterra des choses qui s'étaient cachées parmi les herbes hautes. Il fallait être vif, pour sauver ce qui avait besoin de l'être : une pièce d'un shilling, qui scintillait fugitivement au soleil de l'après-midi, un nid de grive rempli de cinq œufs bleu clair. Des créatures fuyaient la machine dans tous les sens : souris, serpents, lapins, rats. Mais la plupart se réfugiaient dans les zones d'herbe qui allaient diminuant, et lorsqu'il ne resta plus qu'une seule zone, les fermiers lâchèrent leurs chiens. Les terriers s'élancèrent avec des cris et des jappements de joie, puis émergèrent du taillis la truffe ensanglantée, surexcités par le massacre.

Une fois, par un après-midi caniculaire étouffant,

John tomba sur une créature qui ne s'était pas enfuie à temps, un lièvre éventré, ses yeux écarquillés rivés sur son flanc battant de peur. John s'agenouilla à côté de l'animal agonisant, ses entrailles chaudes répandues sur le sol. Il le caressa brièvement du bout du doigt, puis lui brisa le cou.

Il y avait plein d'hommes dehors, à présent – tous ceux qui pouvaient être utiles, manifestement –, et tandis que Dan et lui travaillaient, fourchant du foin ou lançant et arrimant les cordes, Dan jetait des coups d'œil aux autres en jonglant avec les noms :

« Celui qui se prend pour Jack l'Éventreur, celui qui boitille, le gros du pavillon des épileptiques... ce seraient de bons tireurs, *chavo*, qu'est-ce que t'en dis ?

— Oui-da, répondit John. Pas mal. »

Une compétition sportive allait bientôt avoir lieu. Le jour du couronnement. Il était prévu que les hommes affrontent le personnel masculin au *tir à la corde*. Dan, qui s'était déjà autoproclamé général de cette guerre [1], ne parlait presque que de ça. Quand il avait terminé ses listes, il chantait, des chansons de mer, des chants de marins, pour accompagner l'effort :

> *C'est en passant sur l'pont d'Torbay*
> *Haul away ! Old fellow away !*
> *La belle Hélène j'ai rencontrée*
> *Haul away ! Old fellow away !*

1. Le tir à la corde se dit en anglais *tug of war*, soit littéralement le tir de la guerre.

Bien humblement j'l'ai saluée
Haul away ! Old fellow away !
D'un beau sourire elle m'a r'mercié
Haul away ! Old fellow away !

Par un long après-midi, Brandt apparut, plus sombre depuis leur dernière rencontre. Le visage brûlé par le soleil.

« C'est donc là qu'ils te gardent. Salaud. »

Les yeux du surveillant étaient des fentes jaunes dans la lumière. La violence bourdonnait autour de lui pareille à des abeilles dans l'air étouffant.

« Un manouche et un salaud. »

Brandt s'avança pour pousser leur meulon avec son bâton et secoua le foin au-dessus du sol, mais leur tas, stable, ne s'écroula pas.

John essuya la sueur de son front.

« Ohé, le manouche, lança le surveillant à Dan. J'ai entendu que tu racontais que vous alliez gagner le tir à la corde. »

Dan sourit jusqu'aux oreilles.

« M'est avis que oui. C'est ce que je pense. On va vous faire franchir la ligne à vous autres femmelettes, comme un rien, répliqua-t-il en claquant des doigts.

— C'est pas ce que j'ai entendu, rétorqua Brandt. J'ai entendu qu'ils l'organisaient uniquement pour se payer une tranche de rigolade à vos frais.

— *Mio Capitane ?* fit Dan à John. Et si on montrait à ce *cartso* ce qu'on sait faire avec une corde ? »

John lui lança alors la lourde corde à foin en un bel arc de cercle, Dan s'en saisit d'une main et la tendit fermement en l'arrimant à l'aide d'une pierre.

Brandt se retourna, cracha par terre.

« Je t'ai dit que t'allais payer. »

Il brandit son bâton en direction de John.

« Et tu paieras. Toi aussi, le manouche. »

Dan siffla entre ses dents en le regardant s'éloigner.

« On l'aura, ce connard, *chavo*, dit-il en venant se placer à côté de John. Attends et tu verras. Qu'est-ce qu'il croit ? Il croit que les manouches, les clochards, les Irlandais, ça sait pas manipuler les cordes ? Il va voir. »

Il lança alors à l'adresse de Brandt :

« Sûr qu'il va voir ce qu'on sait faire avec une corde. »

Le vendredi arriva.

Dans la salle de bal, il s'installa à sa place et la chercha du regard, des fourmis sous la peau.

De temps à autre il ne pouvait s'empêcher de jeter un œil vers elle, et ce faisant il voyait qu'elle avait la joue empourprée. Qu'elle bougeait, peut-être, avec un petit peu plus de grâce qu'avant. Et alors qu'il la regardait tourner avec d'autres hommes, il fut pris d'une faim douloureuse et nouvelle.

Quand la chaleur de la soirée et celle du bal furent à leur comble, il se dirigea vers elle. Dont le visage tout mouillé de chaud semblait briller à la lumière de la bougie. À sa vue, il sentit en lui un mouvement, quelque chose qui tombait, trouvait une nouvelle place.

Quand ils dansèrent, il ne voyait que la bande blanche de la raie de ses cheveux et la pâleur de son front en dessous. Il percevait son odeur aigre-douce tandis qu'ils tournaient. Il aurait voulu lui demander si la lettre lui avait plu. Si ça avait été le genre de choses qu'elle souhaitait entendre. Mais il se sentait balourd, son corps était devenu un objet difficile à manier. Maintenant c'était lui qui était gauche, lui qui oubliait les pas.

Elle ne lui dit rien, il ne parla pas, ressentant seulement une déception croissante, et lorsque la musique s'affaiblit il relâcha son emprise.

«Tenez», fit-elle en levant son visage vers le sien.

Avec un sourire fugitif elle tira de sa manche un morceau de papier plié, qu'elle lui fourra furtivement dans la paume.

Il l'ouvrit dans le pavillon, quand il n'y eut plus que la petite lampe qui brûlait au-dessus de la couche du surveillant.

À John,

Merci pour votre lettre. J'ai aimé l'entendre.

Quand je regarde la prairie, moi aussi j'ai envie d'être dehors. Mais je n'ai pas envie d'être dehors et de revenir ici le soir. J'ai envie de liberté, c'est tout.

C'est vrai que les gens se comportent bizarrement dans cette chaleur. Mais j'aimerais que ce soit encore pire. Quand on est une femme et qu'on travaille à la blanchisserie, personne ne nous laisse enlever nos chaussures. On garde tout sur nous et on garde nos chaussures jusqu'au moment d'aller se coucher, quand nos pieds sont enflés et qu'ils font mal.

Je crois qu'il y a des règles pour les hommes et des règles pour les femmes, ici.

Bien à vous,

ELLA

Il la replia et la glissa dans sa poche, d'où il la sortit plusieurs fois le lendemain pour la lire. Une chose le soulageait : ça ne ressemblait pas à la lettre d'une femme qui avait été courtisée, ce en quoi il était content.

Mais quand même.

Il aurait aimé savoir ce qu'elle avait pensé de la fleur.

Tard un après-midi, quand le soleil s'inclinait au-dessus du champ, John découvrit une plume au milieu du foin, bleu nuit et blanche.

Il savait de quel oiseau elle venait, d'une *fáin-leog*, une hirondelle. Et il savait très bien ce que ça signifiait : ça signifiait son père, et une promesse rompue, et tout ce qui s'en était suivi.

Il pensait à son père, maintenant, à la complicité qu'il partageait avec lui petit, quand ils s'asseyaient côte à côte à l'avant de la charrette, lors des trajets jusqu'au littoral, afin de ramasser des algues et du sable pour leurs champs. Traverser la ruée bleue des ruisseaux vers la mer. Arpenter le rivage à ses côtés, tirer sur le varech noueux, la mousse, les algues visqueuses. Son père qui chantait pendant qu'ils œuvraient, des chansons irlandaises, pleines de mots interdits à l'école, où parler irlandais vous valait une raclée. Dormir sur la plage près des mulets et du bruit des vagues.

Et puis, un soir de printemps, quand les champs de la ferme avaient été hersés, ratissés et fumés avec l'algue verte, son père qui l'avait appelé pour lui annoncer son départ.

« En Angleterre. Et tu seras content que je parte. Et s'il fait trop beau ici et que le foin ne vient pas bien, je reviendrai. Mais ce ne sera pas bon pour toi, parce qu'il n'y aura rien pour les commissions et rien pour ta mère ni pour tes sœurs, et rien pour les cochons, et tu finiras sur les routes, ou bien moi. Donc prie pour les averses, prie pour la pluie, car il y aura alors du travail et pas qu'un peu. »

Son père l'avait conduit dehors et avait pointé le ciel, rempli d'oiseaux, des petits à la queue fourchue.

« Tu les vois ? Les *fáinleog* ? Elles s'en vont très loin. Et elles reviennent. Chaque année elles reviennent. Et c'est ce que je vais faire. Mais il faut que tu t'occupes de la ferme pendant mon absence. »

John avait balayé du regard la ferme basse au toit de chaume, la cour pleine de nids-de-poule, les dépendances, la terre qui se déployait jusqu'au marais, où l'herbe était coupée.

« Dis-le, avait insisté son père en l'empoignant. Dis que tu promets. Je veux t'entendre le dire.

— Je le promets.

— En irlandais. Dis-le en irlandais, mon garçon.

— *Gellaim duit.* »

Il avait regardé son père partir en même temps

qu'un grand groupe d'hommes, tous avec la lame de leur faux aiguisée qui étincelait dans le pâle soleil printanier. Tous partant à pied pour embarquer sur le bateau à destination de Liverpool. Et il avait semblé à John que son père faisait partie d'une vaste armée d'hommes, et il était fier de lui, et son père avait soulevé son chapeau et agité la main tout en s'éloignant.

À la fin de l'été, John avait guetté le retour de son père. À genoux, en coupant l'herbe sur le terrain à l'arrière de la chaumière. En lavant les cochons. Assis dos à l'arbre noueux et difforme devant la maison quand le travail était terminé, il ne quittait pas des yeux le virage de la route.

Les autres hommes étaient revenus, mais son père n'était pas parmi eux.

Certains étaient entrés dans la chaumière, où ils avaient mis les mains sur les bras de sa mère et murmuré des paroles que John n'avait pas très bien entendues.

Sa mère avait pleuré, arrondi le dos et porté du noir. Le prêtre était venu et ils s'étaient agenouillés, sa mère, ses sœurs, et lui, récitant des chapelets pour l'âme de son père. Il n'y avait pas de corps à veiller, mais les voisins étaient tous venus prendre leur tabac à priser, et les hommes étaient restés là à lui toucher l'épaule.

« C'est toi l'homme, maintenant, sûr, c'est toi l'homme, c'est toi qui t'occuperas de la maison. Tu t'occuperas de ta mère, maintenant. »

Mais il n'avait pas cru à la mort de son père.

Il avait continué à le guetter. Assis entre les racines du chêne noueux il avait contemplé la route, jusqu'à ce que les *fáinleog* soient parties depuis longtemps, que l'air cingle, que le gel recouvre l'herbe noircie.

En grandissant, s'il avait tenu sa promesse, il en était venu à en détester le poids. Souvent, il s'imaginait se glisser à confesse, le grillage noirci, l'haleine aigre du prêtre : *Bénissez-moi, mon père, car j'ai péché. J'ai envie de tout faire cramer.*

Il épuisait sa haine en marchant, et il pouvait marcher loin, trente kilomètres par jour en été : il croisait des femmes pieds nus, qui charriaient des mottes de terre sur le dos, des gamins à leurs trousses. Longeait des champs de terre noire bornés par des murets de pierres sèches, où de grands rubans de moutons bloquaient les routes.

Parfois, pour ainsi dire au milieu de nulle part, quand il n'était entouré que de bruyère, de marais et de montagnes, il débouchait d'un virage et il y avait un groupe de gens, le dos courbé, qui cassaient des pierres.

Il y avait plein de jeunes hommes parmi eux, dont certains qu'il reconnaissait vaguement des danses à Claremorris, ou des visages dans la foule aux foires aux chevaux. Un chef d'équipe circulait dans les rangs en les pressant à grands cris. Et la voix de son père résonnait dans sa tête : *Tu finiras sur les routes, ou bien moi.*

Mais il voyait la beauté aussi, quand il marchait : voyait les ajoncs, qui chantaient jaune après les pluies. Ressentait un tiraillement : mélange mouvant de bonheur et de tristesse composé de lumière, d'obscurité, de matin, et tout cela enflait en lui. Parfois il y avait des femmes, ou des filles, sur le pas de leur porte, le regard au loin. Il les voyait et avait l'impression de comprendre leur solitude et leur désir.

Une fois il en avait approché une, il était allé droit vers elle et lui avait demandé un verre de lait.

« J'ai grand-soif. »

Elle était magnifique, vêtue d'un simple jupon et d'un châle. Elle était allée lui chercher une tasse et avait attendu qu'il boive, son pouls battant la mesure à son cou, ses pieds nus sur le sol en terre. Il se l'était imaginée le faisant entrer dans la chaumière, s'allonger sur le lit. Et lui donner du plaisir dans l'obscurité. Lui déverser à l'oreille les choses qu'il avait vues. À quel point la beauté de la vie et du monde le frappait comme une fièvre parfois, mais à quel point tout était entaché par la haine. Pourtant il n'avait dit ni fait aucune de ces choses, se contentant, le lait bu, de rendre la tasse, de remercier et de continuer son chemin.

Il suivait la route jusqu'à la mer, le regard rivé sur la ligne où l'horizon se brouillait et où l'ouest continuait jusqu'en Amérique.

Au-delà.

Il pourrait y aller en bateau, au départ de Ballina, de Sligo, mais il fallait de l'argent. La meilleure façon d'aller là-bas serait de passer d'abord par Liverpool – il avait entendu dire qu'il y avait plein de travail sur les docks, là-bas – et d'économiser de l'argent pour la traversée.

Tel était donc le souhait qu'il formulait, à l'endroit où la terre cédait la place à la mer. Mais une fois qu'il l'avait exprimé, il faisait toujours demi-tour. Il l'avait promis à son père.

Jusqu'à ce que sa mère meure et que les hommes se mettent en grappe autour de lui, leurs voix un essaim grave et insistant. « C'est ta ferme, maintenant, John Mulligan : il va falloir songer à te marier, maintenant. » Leurs filles le dévisageaient par-dessus le cercueil. Nuage étouffant de lait fermenté, et pendant tout ce temps ses pieds qui le démangeaient de reprendre la route. Il avait dû se cramponner à son fauteuil pour s'empêcher d'en sortir d'un bond. N'avait cessé de prendre des pincées du tabac à priser à côté du cercueil de sa mère, la semelle battant le sol.

Il avait creusé sa tombe lui-même. Avait veillé à ce que les parois soient lisses et taillées au cordeau. Il avait lancé sa motte de terre sur le dessus de la boîte et, cela fait, ils étaient retournés boire et manger. Il s'imaginait ses sœurs à l'intérieur de la maison. Savait qu'elles balaieraient le sol, qu'elles remettraient la pendule en route, déplaçant les aiguilles dont la course avait été arrêtée à la mort de sa mère. Il n'avait pas envie de faire partie de ce temps lent et vaseux.

Alors il avait marché.

Marché loin de sa maison. Loin de la terre de son père. Loin de sa promesse. Marché jusqu'à Kiltimagh et Claremorris, et de là avait suivi la route jusqu'à Dublin. Il pourrait aller à Liverpool, et de là en Amérique.

Il y avait un grand élan en lui. Devant, il n'y avait que la route.

Il raconta cette histoire à Ella. Du moins en partie. Pas les femmes, ni ses fantasmes, ni la promesse rompue. Il écrivit ce qu'à son avis elle aimerait entendre. Elle était pareille à ces femmes, songea-t-il : debout sur le seuil de leur chaumière, dans leur ténacité et leur solitude. Le regard au loin.

Il se sentit plus léger après l'avoir écrit. Quand il eut terminé, il glissa la plume dans la lettre pliée. Car les plumes n'étaient pas toutes teintées de sang, n'est-ce pas ? C'était une chose bien légère, pour supporter autant de poids. Une plume ne pouvait-elle pas simplement être une plume, après tout ?

Charles

Charles se dirigea vers le nord en remontant Bishopsgate, où il zigzagua afin d'éviter une foule d'ouvriers devant un pub. À en croire leur attitude et leur allure, ils venaient juste de débaucher du samedi matin et buvaient avidement dans la chaleur de l'après-midi.

C'était une belle journée, radieuse comme on n'en rencontre qu'au début du mois de juin, et il aurait préféré marcher sur la lande plutôt qu'à Leeds, mais c'était l'anniversaire de sa mère, il devait s'acquitter de sa visite obligatoire à Roundhay pour le déjeuner.

Nombre des buveurs s'étaient délestés de leur chemise, leurs torses ainsi exposés commençaient à griller, et leurs rires résonnaient bruyamment dans l'air de la ville.

Le soleil avait un effet étrange sur les gens. Il les faisait régresser. Il était évident, au vu des quelques semaines précédentes de chaleur, qu'il était plus difficile pour tout le monde de se concentrer sur le travail. Il portait un pantalon en flanelle légère, une veste et un canotier, et le coton de sa chemise lui prodiguait une sensation de fraîcheur délicieuse sur la peau. Quel soulagement ! On interdisait au personnel de l'asile de retirer la moindre épaisseur de leurs uniformes noirs et raides, quelle que fût la température. Ces derniers jours, Charles s'était mis à relever cette dernière sur le thermomètre cloué au mur du potager. Si la colonne dans son calepin s'allongeait, les chiffres, eux, restaient remarquablement stables : les deux semaines précédentes, le mercure n'était guère descendu en dessous des vingt-six.

Avoir une approche scientifique de la météo l'aidait à réprimer son propre agacement vis-à-vis de la chaleur : quand on approchait les trente degrés, les gens d'ordinaire tranquilles devenaient hargneux, moins dociles. Les trublions plus extrêmes. Il régnait dans les pavillons une puanteur méphitique. Le temps allait sûrement bientôt tourner à l'orage, non ?

Ne se comptaient-ils pas sur les doigts d'une main, les grands empires jaillis d'endroits où le soleil brillait ? Les Africains, les Indiens, les Aborigènes d'Australie… qu'avaient ces races en commun ? Elles étaient moins guidées par la raison. Cela devait sûrement être lié au fait que plus on est près du soleil, plus notre nature animale est exaltée, non ? En tout cas c'était ce qui semblait se passer à Leeds aujourd'hui, où ces hommes, musclés et rouges, qui levaient le coude, avec leurs voix braillardes et leur peau si ouvertement exposée, ne se différenciaient guère du bétail.

Le travail sur son allocution se poursuivait, même si, dans la chaleur, c'était avec un peu moins d'urgence, il devait bien le reconnaître. Il avait fait la demande d'une copie de l'essai du Dr Sharp sur la stérilisation des dégénérés, *On the Sterilization of Degenerates*, dans l'idée de se familiariser avec les arguments en faveur de la stérilisation afin de pouvoir les réfuter au mieux dans son propre travail. Le Dr Sharp était le médecin en chef de l'institution Indiana Reformatory, un homme qui avait déjà stérilisé plusieurs centaines de patients. On disait que le ministre de l'Intérieur Churchill le tenait en très haute estime. Mais le pamphlet – tout mince qu'il fût – était resté une semaine sur son bureau sans être ouvert.

Charles sortit sa montre à gousset tandis qu'il remontait Kirkgate : il lui restait un peu de temps, or il s'était dit qu'il ferait bien un saut chez Spence, le magasin de musique. Depuis qu'il avait dressé sa liste au printemps, il n'avait pas eu le temps de s'occuper de l'incessante ronde de Strauss.

La clochette tinta à son entrée, mais le magasin semblait désert. L'intérieur était néanmoins accueillant et frais, tout de bois brun foncé et de persiennes. Il resta un moment sur le seuil, laissant ses yeux s'habituer à la pénombre. Un côté de la boutique était occupé par des instruments, en majorité des violons, tandis que contre les autres murs s'alignaient des casiers à partitions. Il n'y avait personne derrière le comptoir et un seul autre client, un homme âgé penché au-dessus d'une partition de l'autre côté de la pièce. Un couloir sombre conduisait à l'arrière-boutique. Charles se dirigea tranquillement vers les étals et se mit à farfouiller, passant distraitement en revue une pile de partitions pour piano – Mozart, Chopin, Liszt – avant de les écarter avec mauvaise humeur. Quoi qu'il cherchât, ce n'était certainement pas ça. Pas aujourd'hui.

Un appel discret lui parvint de derrière le bureau, il se retourna : un jeune homme âgé d'à peine vingt ans, avec une chevelure blond vénitien d'une épaisseur impressionnante.

« Bien le bonjour, dit le jeune homme. Vous voyez assez clair ? J'ai fermé les rideaux pour garder un peu de fraîcheur. »

Charles hocha la tête.

« Très clair, merci. »

Il avait reconnu l'intonation de l'habitant du Yorkshire cultivé, un accent assez similaire au sien. En le regardant, la plus étrange des pensées se glissa dans son esprit : cet homme était l'inverse de Mulligan, la lumière face à l'obscurité ; là où Mulligan, malgré sa jeunesse relative, était taillé dans un vieil objet dur, ce jeune homme était fait d'une matière plus molle, plus neuve, en somme.

Le jeune homme présenta ses excuses, il venait juste de trier une livraison. Pouvait-il être utile en quoi que ce soit ? Il avait un grand sourire naturel. Le bruit d'une clochette retentit, Charles se retourna : la porte se refermait sur l'autre client.

Brusquement, sans raison, il se sentit nerveux maintenant qu'ils se retrouvaient seuls, et trébucha dans sa requête, qui constituait simplement à expliquer qu'il jouait dans un petit orchestre et qu'il se demandait s'il y avait du *nouveau* sur quoi danser.

Derechef ce sourire. Le jeune homme pensait avoir exactement ce qu'il fallait. On leur avait envoyé d'Amérique une fournée toute fraîche de mélodies, précisément l'envoi qu'il était en train de déballer quand Charles était arrivé. Peut-être aimerait-il voir ?

Charles le suivit dans une petite pièce en désordre à l'arrière, où s'empilaient des partitions du sol au plafond, et avec un piano droit tout au fond.

« Vous allez nous trouver très désordonnés. C'est une affaire familiale, voyez-vous, mais mon oncle est tout aussi mal organisé que moi, alors ça va. »

Sans cesser de bavarder, le jeune homme se dirigea vers un paquet enveloppé de papier brun en expliquant qu'il y avait une mélodie en particulier qui était déjà devenue un gros succès à Londres. Il sortit une feuille de papier pliée du paquet, l'apporta au piano et se mit à jouer.

Charles se tenait sur le pas de la porte, un pied dedans, un pied dehors, cramponné à son chapeau. Il sentit sa respiration changer. Cette musique était extraordinaire : c'était comme entendre un air venu d'un rêve. Si Strauss était l'asphyxie, ce morceau était l'oxygène. Il bouillonnait de vie. L'indication de la mesure était fractionnée, pourtant ce qui aurait dû être perturbant était enivrant, frais.

Lorsque le jeune homme eut terminé, il pivota sur son siège.

« Ça vous plaît ? »

L'espace d'un instant, il eut l'air encore plus jeune, incertain.

« Oui, parvint à articuler Charles en avançant d'un pas. Beaucoup. »

Le sourire était de retour, plus large à présent.

« Et si vous essayiez ? »

Le vendeur se leva d'un bond, laissant la place libre, faisant signe à Charles de s'asseoir.

« Si ça ne vous embête pas », répondit Charles.

Il posa son canotier sur le piano et vit que la paille avait creusé des sillons douloureux dans sa paume, où il l'avait agrippé. Il s'installa sur le tabouret. Il sentait la présence du jeune homme derrière lui, son odeur de tabac, mais agréable, et autre chose, plus vivifiant. Il songea à la mer.

Quelque peu étourdi, il leva les mains et essaya deux ou trois mesures, mais il avait les doigts gourds : le jeune homme avait joué un rythme syncopé, or Charles semblait coincé dans un rythme militaire à quatre temps. Comme il retirait ses mains, il partit d'un petit rire gêné.

« Je n'arrive pas à saisir le truc, on dirait. »

Il se tourna, s'apprêta à se lever, mais le jeune homme lui toucha délicatement l'épaule, lui faisant comprendre d'un geste qu'il fallait qu'il lui laisse de la place sur le tabouret, ce qu'il fit, se décalant sur la gauche, jusqu'à avoir pratiquement une fesse dans le vide, sans presque oser respirer, incapable de déterminer si cette expérience était agréable ou douloureuse, tandis que le jeune homme rejouait les premières mesures.

« Il y a aussi des paroles », annonça-t-il, le sourire

jusqu'aux oreilles, avant de se mettre, sans gêne
aucune, à chanter :

> *Oh ma honey ! Oh ma honey !*
> *Better hurry and let's me-an-der,*
> *Ain't you goin' ? Ain't you goin' ?*
> *To the leader man, ragged meter man...*

« Il faut *swinguer*, vous voyez. »

Le jeune homme leva les mains et se tourna vers
Charles.

« On dit que ce sont les Noirs qui le jouent le
mieux. Là-bas à La Nouvelle-Orléans. »

Cette dernière phrase fut prononcée avec une
approximation d'accent américain, et Charles,
comprenant que c'était censé être drôle, hocha la
tête et rit.

« Oui, opina-t-il. J'imagine. »

Le jeune homme fronça le nez comme pour
signifier qu'il savait pertinemment qu'il faisait un
piètre acteur, et Charles se surprit à lui rendre son
sourire.

C'est alors que la clochette de la boutique retentit. Charles se releva maladroitement et se cogna le
genou sous le piano.

« Mince alors. Ça va ? » demanda le jeune homme,
main tendue.

Ce faisant, il effleura le bras de Charles.

« Oui, je... »

Charles recula d'un pas.

« ... Ça va. »

Le jeune homme hocha la tête.

« Ma foi, il semblerait que j'aie un client. Je vous

en prie, ajouta-t-il en désignant le piano. Restez donc. Prenez votre temps. »

Il disparut dans la boutique, d'où sa voix retentit bientôt, à côté de celles d'une femme et d'un enfant. Charles dévisagea la partition, le genou palpitant, des picotements dans les doigts. L'air semblait réarrangé. Le rire du jeune homme résonna derrière lui. Puis celui de la femme aussi. Quoi qu'il ait dit, elle semblait contente. Il était gentil. Un gentil jeune homme. Doué dans son travail. Point final.

Il se força à respirer. Resta là, oscillant légèrement, jusqu'à sentir qu'il se contrôlait. Puis il retira la partition du pupitre et l'apporta dans la boutique.

La femme et son enfant étaient courbés : l'enfant essayait des violons pour trouver la bonne taille. Le jeune homme se tenait à côté d'eux.

« Je vais la prendre, annonça Charles.

— Ravi de l'entendre », répondit le jeune homme en levant la tête avec un sourire.

Il emporta la partition derrière le comptoir, où il la glissa dans un sac en papier brun avant de l'enregistrer avec un *ting* dans le tiroir-caisse.

« Comment dois-je l'appeler ? » demanda Charles.

Ses paumes étaient glissantes quand il tendit ses pièces.

« Ragtime. C'est un ragtime. Peut-être pourriez-vous revenir me dire comment vous vous en tirez ? »

Charles hocha la tête, à moitié grisé tandis qu'il retrouvait le chemin de la sortie.

Il sentait ce ragtime lui brûler les doigts alors qu'il traversait la ville en tram pour se rendre chez ses parents. *Oh ma honey! Oh ma honey! Better hurry, and let's me-an-der.* C'était comme s'il faisait passer en douce un produit de contrebande rare et osé.

Endurant un déjeuner particulièrement long et pénible, c'est tout juste s'il parvenait à tenir en place. Il était assis en face de sa mère, qui chipotait dans son assiette sans cesser de tirer sur le col de sa robe. Il songea alors que dans ces gestes inconscients et répétitifs, elle ressemblait en tout point aux patients de l'asile. Incapable de dissimuler sa transpiration, elle sortait seulement de temps à autre son mouchoir avec lequel elle se tamponnait. Son odeur, qui parvenait à Charles par bouffées intermittentes, était un miasme de corps féminin et d'eau de lavande : impossible d'être plus loin du parfum frais du jeune homme de chez Spence.

Son père, vêtu comme d'habitude d'un costume d'étoffe noire, paraissait boudiné et mal à son aise, la peau couleur de graisse fumée. Même la viande dans son assiette semblait à Charles repoussante, tout évoquait la mort et la décomposition : la pièce elle-même, la table d'angle, les aspidistras, les innombrables bibelots qui occupaient le moindre espace disponible – chiens en porcelaine et filles en porcelaine, protégées par de minuscules ombrelles en porcelaine – et encore de la porcelaine, de la porcelaine partout, sans qu'aucun objet ait la moindre utilité pratique.

Purge.

« Purge, dit Charles.

— Comment ? fit son père en relevant brusquement la tête.

« — Pardon ?

— Tu as dit quelque chose.

— Vraiment ?

— Ça ressemblait à "purge". »

Charles secoua la tête.

« Je suis désolé. Ça m'a échappé. »

Le silence retomba, ponctué par la mastication rigoureuse de son père et les efforts plus doux et plus laborieux de sa mère.

Charles tira sur sa cravate. C'était vrai : il aurait aimé que quelque chose vienne nettoyer cette maison, se glisser dans les coins et faire briller une lumière. Il imaginait une gigantesque lampe électrique au milieu du plafond, il imaginait le jeune homme de chez Spence la brandir : comment tous ces coins féminins assombris et troubles seraient éclairés par la lumière sûre et infaillible de l'avenir. Comment ses parents se protégeraient les yeux d'une main et rétréciraient jusqu'à disparaître.

Sa mère disait quelque chose.

« Pardon ? »

Il se força à revenir dans la pièce.

« Le couronnement ? s'enquérait-elle. Quels sont tes projets ? À… l'asile. Y aura-t-il une fête quelconque ? »

Il recouvrit d'une feuille de chou sa viande à moitié mangée puis posa couteau et fourchette côte à côte sur l'assiette.

« Bien sûr. Il y aura certainement un repas spécial. Une compétition sportive également. Nous allons organiser un tir à la corde. Les patients contre les hommes. Je crois qu'il se pourrait que je tire moi-même. »

Cette dernière phrase était fausse. De fait, c'était un mensonge éhonté. L'équipe avait été constituée, et Charles avait été extrêmement déçu de voir que son nom ne figurait pas sur la liste. Il avait été inscrit « arbitre » à la place.

Son père ricana.

« J'aimerais bien voir ça. »

Charles s'empourpra.

Sa mère fit l'un de ses rictus en guise de sourire.

« Ma foi, commenta-t-elle, cela ne serait-il pas charmant ? »

Charles ne dit mot. À une autre époque, très récemment, même, il se serait peut-être braqué, aurait abreuvé sa mère de descriptions hautes en couleur de la journée à venir, des gâteaux et des tourtes magnifiques qui sortiraient directement des cuisines, confectionnés par les mains des patients, des déguisements sur lesquels le personnel allait travailler, mais ce jour-là était différent, ce jour-là était... réarrangé. Ce jour-là, tout ce qu'il entendait c'était une mélodie dans sa tête : *Alexander's Ragtime Band*.

Une fois les cuillères à dessert débarrassées, il se leva d'un bond, se dirigea vers le vieux piano droit dans un coin, souleva le couvercle et sélectionna quelques accords de choix d'*Alexander* en fredonnant la mélodie.

« Arrête ! hurla son père en assénant un coup de poing sur la table. Arrête ce bruit infernal ! »

Mais Charles n'arrêta pas. Il joua autant que le lui permit sa mémoire, noya la voix de son père. Quand il eut terminé, il se retourna, le souffle court, vers la table, et vit que son père avait quitté la pièce.

«Mais», articula sa mère, dont l'expression était en tout point similaire à celle qu'elle aurait eue si le chat de la maison avait déposé un colis douteux à ses pieds, «qu'est-ce que c'était que *ça* ?

— Un ragtime, mère ! répondit Charles en se levant d'un bond, manquant de renverser l'aspidistra de son perchoir sur la table d'appoint. *Un ragtime !* »

Et soudain une révélation dorée l'assaillit : il se fichait que son père désapprouve. Se fichait de ce que pensait sa mère. Ils verraient très vite de quoi il était capable. Il songea à la lettre envoyée par la Société, qui l'attendait dans sa chambre à l'asile, glissée dans son tiroir. Il songea à la tête qu'ils feraient quand ils apprendraient *ça*. Il songea à l'allocution qu'il devait écrire, à la façon dont il devait persuader Churchill des mérites de la ségrégation, et de la musique, et de la danse, et du travail ; à celle dont il devait sauver Miss Church d'elle-même et de ses livres et la remettre à sa famille, et puis – cerise sur le gâteau – il songea au visage de John Mulligan dans la salle de bal, quand l'orchestre jouerait *Alexander's Ragtime Band*. Car c'était cela même, à cet instant précis, qu'il avait résolu de faire.

Son allocution.

La musique.

L'avenir.

Il quitta la maison en fredonnant *Alexander*, et la mélodie le porta sur tout le trajet du retour, en tram, en train puis à pied, le long des petites routes nocturnes bordées de fourrés odorants, jusqu'à Sharston.

Ce fut tard le mercredi soir, vers la fin de la répétition, qu'il amena la musique vers le ragtime.

Lorsqu'il avait été nommé chef d'orchestre, il avait veillé à ce que le groupe répète dans l'un des espaces disponibles les plus agréables : une salle de réunion claire et spacieuse exposée à l'ouest, avec vue sur le domaine. À mesure que la soirée avançait, les hommes avaient ôté leur veste et étaient désormais en bras de chemise, les portes grandes ouvertes pour laisser passer l'air estival du soir. Les derniers rayons du soleil éclairaient le faîte des arbres au loin, transformant le vert en or.

Leurs répétitions se déroulaient toujours suivant le même schéma : chacun d'eux suggérait à son tour un morceau, qu'ils déchiffraient ensuite laborieusement. Ce soir-là ils avaient commencé, comme d'habitude, par quelques mesures de Strauss et de Lehár, puis s'étaient arrêtés après les deux ou trois premiers morceaux pour une pause cigarette. Jeremy Goffin avait pris l'initiative d'allumer des bougies, renonçant aux lampes à gaz habituelles, ce qui conférait à toute la scène un air intemporel et enchanté.

Charles posa son sac à partitions sur ses genoux, tripota les papiers à l'intérieur. Durant la semaine, il avait recopié chaque partie instrumentale d'*Alexander*. Elles avaient été agréablement ardues à transposer, et c'est avec satisfaction qu'il avait contemplé les points s'amasser sur toute la page et imaginé les sons de chaque instrument se combiner pour créer un ensemble. Au cours de son travail, la voix du jeune homme avait résonné dans sa tête : *Il faut le faire swinguer.* Cet étrange petit accent qu'il avait adopté, comme s'il exécutait un spectacle à la seule intention de Charles. *On dit que ce sont les Noirs qui le jouent le mieux. Là-bas à La Nouvelle-Orléans.*

Charles avait essayé de swinguer, en bougeant d'avant en arrière sur sa chaise :

> *Oh ma honey ! Oh ma honey !*
> *Better hurry and let's me-an-der.*

Ça n'avait aucun sens, et pourtant c'était empreint d'une espèce de sens délicieux. Et puis ça allait avec le temps, aussi, quelque chose à propos de la paresse des grandes chaleurs : *meander*, flâner. Quel mot merveilleux !

> *Ain't you goin' ? Ain't you goin' ?*
> *To the leader man, ragged meter man ?*

Ragged meter man : voilà qui désignait certainement l'indication de la mesure, *a ragged meter*, une mesure irrégulière, ni stricte, ni carrée.

> *Let me take you by the hand,*
> *Up to the man, up to the man,*
> *Who's the leader of the band !*

Et ça c'était lui : *the leader of the band*, le chef du groupe. Fabuleux. C'était fabuleux !

Les hommes avaient maintenant terminé leurs cigarettes et leurs pipes dehors, et alors qu'ils rentraient lentement prendre place dans le petit demi-cercle de chaises, Charles se racla la gorge et lança :

« J'ai là quelque chose qui devrait vous plaire. »

Sa main n'était pas dénuée de tremblements lorsqu'il distribua les partitions. Il y eut quelques marmonnements quand il fredonna avec hésitation les deux ou trois premières mesures. Après quoi ses condisciples le dévisagèrent comme s'il avait perdu la tête, et le courage menaça de lui manquer. Il pensa alors au jeune homme de chez Spence et au swing délié de son jeu, et, enhardi, marqua la syncope sur le dessus de son pupitre. Un par un, les hommes se saisirent de leurs instruments.

À la fin de la séance, alors que les papillons de nuit se brûlaient les ailes en voltigeant autour des bougies et que le visage des hommes, rose, tremblotait à la lueur des flammes, ils avaient défriché assez convenablement le morceau.

C'était, cependant, un défrichage très *anglais*, songea Charles à la fin de la répétition en repliant les pupitres. Raide et empesé : on aurait dit qu'un club de gentlemen avait été propulsé sans cérémonie sur un bateau à aubes du Mississippi. Ils étaient loin de saisir le véritable *esprit* de la musique, la sensation de fluidité du swing.

On dit que ce sont les Noirs qui le jouent le mieux.

Charles voulait bien le croire. Il y avait quelque chose de si foncièrement étranger dans ce son. Il devrait essayer de s'en procurer un enregistrement. Peut-être un disque pour gramophone, s'il en existait un ? Peut-être devrait-il demander au jeune homme de chez Spence où il pourrait en trouver un ? Ou s'il voulait bien le rejouer pour lui ? Il y retournerait certainement, sous peu, pour acheter d'autres partitions comme celle-ci. C'était d'une fraîcheur si… enivrante.

Il se déplaçait dans la pièce pour ranger les derniers pupitres en fredonnant, mouchant les bougies. Quand il arriva à la hauteur du dernier, il marqua une pause à la vue de son reflet dans le carreau de la fenêtre : à la lueur de la bougie son visage semblait différent. Les joues creusées, les yeux plus durs, comme éclairés par un feu intérieur.

Parfait.

Que le feu vienne. Qu'il le transforme. Qu'il le trempe.

L'avenir arrivait. Même ici. Même ici sur cette île bateau chargée d'âmes, naufragée sur les mers verdâtres de la lande, même ici il se fraierait un passage.

Ella

Chère Ella,

Voilà une plume d'hirondelle. Elle a dû arriver d'Afrique je pense. Du moins c'est ce que dit Dan Riley qui connaît ce genre de choses puisqu'il a voyagé sur des bateaux et que ce lieu comme il dit se trouve à des milliers de kilomètres d'ici et est gigantesque et inconnu. Un lieu de jungle et de chaleur. Et pourtant c'est ici qu'elles choisissent de construire leur nid et de retourner chaque année.

Elles me font penser à la liberté. Mais aussi à chez moi. Elles me mettent dans la tête ma maison qui était dans l'ouest de l'Irlande qui est rocheuse et pleine de mer grise et de ciel gris. Mais parfois la terre a aussi là-bas une grande douceur et une grande verdure.

Il y a quelque chose chez ces oiseaux qui me fait penser à vous. J'espère que vous ne m'en voudrez pas de le dire. Quelque chose de petit mais sauvage. Quelque chose fait pour voler.

Maintenant je vais m'arrêter,

Et vous envoyer mes bons vœux,

JOHN

Ella tenait la plume dans sa main. Elle était d'une couleur bleu nuit, presque noire, avec un point blanc dessus. Quand elle la caressait dans un sens, elle était lisse, presque grasse, l'autre sens était plus rêche au toucher.

Elle leva les yeux pour regarder Clem qui relisait la lettre en silence.

«Ce sont lesquelles, les hirondelles?» demanda-t-elle.

Clem replia le papier et se leva d'un bond en lui rendant la lettre.

«Attends une minute.»

Elle se dirigea vers les rayonnages alignés contre le mur. Là, sur les plus grosses étagères du bas, était disposée une rangée de livres, chacun de la même épaisseur imposante, de la même forme et bordé d'or. Clem fit courir son doigt sur leur tranche.

« Ça, expliqua-t-elle, c'est l'*Encyclopaedia Britannica.* »

Ella alla la rejoindre.

« Ça parle de quoi ?

— Oh... de tout, répondit Clem. C'est justement l'intérêt. C'est déjà extraordinaire qu'ils l'aient ici, vraiment. Je dois être la seule à jamais l'ouvrir. Les entrées sont classées par ordre alphabétique, donc..., poursuivit Clem en ralentissant la course de ses doigts avant de s'arrêter sur l'une des tranches, voilà le H... mais ce volume s'arrête à Hiérophante, et même si j'adorerais savoir ce que ça veut dire, pour ce qui nous occupe, il nous faut le livre suivant, qui commence par Hi-han et se termine par Igloo, donc Hirondelle devrait se trouver là, tu comprends ?

— Je crois. »

Clem retira le livre de l'étagère et l'emporta vers la table. Elle souleva la couverture, fit défiler les pages entre ses mains comme une sorte de prestidigitateur, les mots et les images s'envolaient, jusqu'à ce que :

« Ça, c'est une hirondelle », annonça-t-elle d'un air triomphant en s'arrêtant devant le dessin d'un oiseau à la gorge blanche et à la queue fourchue.

« Je les connais, ces oiseaux ! s'exclama Ella en posant la main sur la page. Il y en a deux au-dessus de cette fenêtre, là-bas.

— On en voit partout à cette époque de l'année, opina Clem. Je lis ce qui est écrit ?

— Oui !

— *L'hirondelle est l'oiseau reconnu pour être, parmi tous les autres, le présage de l'été dans l'hémisphère Nord.* »

Clem plissa le nez.

«Présage, ça veut dire… une espèce de messager, donc c'est l'oiseau qui t'annonce l'arrivée de l'été. *En été il parcourt l'Europe entière, alors qu'en hiver il migre vers le sud, allant jusqu'en Inde, en Birmanie, sur la péninsule malaise et l'ensemble de l'Afrique.* »

Clem se remit à feuilleter le livre.

«Là, fit-elle en l'ouvrant à la première page, qu'elle lissa. C'est une carte du monde. Tu en as déjà vu ?»

Ella hocha la tête. Elle voyait une salle gigantesque, un mur occupé par une carte : on les y rassemblait une fois par an pour écouter le discours du propriétaire de la filature. Il indiquait où se situait Bradford, puis tous les nombreux endroits où était expédiée leur laine, délimités par une boucle de fil rouge.

«Tu sais où on est, alors ?»

Ella se pencha sur la carte, trouva la Grande-Bretagne.

«Là, pointa-t-elle.

— C'est ça. Bon, maintenant, imagine-toi un oiseau… Un oiseau avec une envergure pas plus grande que *ça*… »

Elle empoigna la main d'Ella, la retourna et lui ouvrit les doigts, puis elle prit la plume et, le plus légèrement du monde, traça une ligne du pouce jusqu'à l'extrémité de l'auriculaire.

«… qui traverse toute l'Europe, descend en Afrique, voire jusqu'en Inde et encore plus à l'est.»

Fait pour voler.

Ella sentit sa peau se soulever comme sous le souffle du vent.

Toutes deux restèrent un moment sans bouger, jusqu'à ce qu'Ella referme délicatement le poing sur la plume et retire sa main.

« J'adorerais visiter l'Inde, confia Clem en retournant vers le livre. Les plus hautes montagnes du monde sont là-bas. »

Ses mains planaient au-dessus de la carte.

« Cet oiseau en a probablement vu davantage en l'espace de quelques semaines que je n'en verrai jamais de toute ma vie. Tu t'imagines : être née ici, juste ici, dans les terres de ce pays, et ensuite passer l'hiver en Inde, ou en Afrique, et puis revenir ici, à l'endroit même où tu es née, pour trouver un mâle ? Comment *diable* s'y prennent-elles ? »

Plus tard, Ella guetta les deux hirondelles sous les avant-toits à l'extérieur de la fenêtre afin de les observer encore de plus près à présent. L'idée qu'elles parcouraient tout ce chemin en volant, franchissaient les montagnes et les mers avant de revenir ici, parce que c'était chez elles – l'idée qu'elles savaient retrouver leur chemin –, changeait les choses. C'était une nouvelle façon de voir : cet endroit n'était plus seulement celui où femmes et hommes étaient enfermés, mais aussi le foyer d'autres créatures, des créatures qui avaient voyagé loin et avaient malgré tout choisi ce lieu, parce que c'était là, plus que n'importe où ailleurs, qu'elles devaient mettre leur famille au monde.

Lors de leur rencontre suivante, ils continuèrent à se mouvoir en silence, sans presque se regarder, mais c'était un homme différent avec lequel elle dansait, désormais. Quelqu'un dont l'intérieur, elle le savait, se déployait sur des kilomètres, même si son extérieur était aussi fermé et barricadé qu'avant.

Face à lui dans la salle de bal, ses yeux n'arrivaient qu'à la hauteur de son menton, alors elle laissa son regard se promener sur son cou, suivre les poils noirs au niveau du pli mou de son col, la ligne nette où s'arrêtait le brun du soleil et où commençait le blanc du reste de son corps. Il restait des marques des champs sur lui : un brin d'herbe égaré, une trace de poussière. Sachant qu'on ne pouvait pas la voir, elle ferma les yeux et but son odeur : la douceur lourde du tabac qui imprégnait sa veste, la fraîcheur de l'air extérieur, et sa propre senteur en dessous, plus capiteuse, légère au niveau du cou, plus forte quand il levait les bras, mais jamais mauvaise.

Lorsque la musique s'arrêta, il lui tendit un morceau de papier plié, qu'elle cacha dans sa manche.

Après le bal, tandis qu'elles retournaient au pavillon en file indienne, Clem vint la trouver à la première occasion.

« Tu l'as ? »

Les yeux écarquillés, elle respirait vite.

« La lettre suivante ? Je peux voir ? »

Ella secoua la tête.

« Attends. Pas ici. Pas encore. »

Elle voulait dormir avec la lettre à côté d'elle, juste une nuit, avant de la donner à lire à Clem.

La lettre contenait une feuille : d'un vert profond, charnue, cireuse au toucher. Ella suivit du doigt l'arête de sa nervure et les lignes minces qui en partaient. Quand elle la brandissait à la lumière, la feuille changeait, le fin réseau des lignes apparaissait encore plus clairement.

Elle la plia dans sa robe aux côtés de la plume, enveloppée dans un mouchoir qu'elle avait dérobé à la blanchisserie. Il était apparu un jour au milieu du linge gris, un carré blanc orné de fleurs colorées cousues dans un coin, tellement ravissant qu'elle n'avait pas pu s'empêcher de le fourrer dans sa manche. Le bouton-d'or, qui virait au brun, elle le glissa entre les pages de l'encyclopédie, dans le livre des B.

L'après-midi suivant, dans la salle commune, elle tendit la lettre à Clem.

Chère Ella,

Tout au bout du champ on vient juste de faucher car le foin est une forêt. Je crois que vous ne pouvez pas le voir de votre fenêtre. Je vais essayer de l'écrire pour que vous puissiez vous le représenter. Les arbres sont hauts. Le vent soulève les feuilles et le bruit est celui de l'eau sur les rochers.

À côté de ce bois se trouve un chêne. Il a des branches basses qui offrent une belle ombre et si on nous y autorise alors on se repose dessous.

Dan Riley a des façons étranges avec les arbres et celui-ci est son préféré : si gros qu'il faudrait dix hommes main dans la main pour en faire le tour. Il lui fait une révérence. Il enlève son chapeau et semble attendre une sorte de signal avant de s'asseoir.

Tu sais quoi dit Dan ça c'était la terre des chênes *mio Capitane* et ce chêne était le grand dieu de ces terres et cette terre était couverte de chênes comme celui-ci avant qu'on les coupe pour fabriquer des bateaux.

Et je me rappelle alors comment en Irlande dans le village où j'ai grandi il ne restait plus beaucoup d'arbres mais qu'un troubadour qui passait par là de temps en temps chantait la terre et les arbres qui avaient été coupés. Il y avait un bosquet non loin de là. Il y avait là des arbres dont on pouvait prendre les branches pour bénir un mariage ou ceux où les femmes nouaient des amulettes si elles voulaient un enfant ou n'en voulaient pas. Ou si elles voulaient un homme ou n'en voulaient pas. Et beaucoup d'autres choses aussi. Les arbres étaient couverts de ces vœux en suspension qui attrapaient la lumière et le vent.

Écoute.

Dan colle son oreille contre l'écorce et ferme les yeux jusqu'à ce qu'un sourire apparaisse sur son visage. Écoute, dit-il. Nous avons tous oublié d'écouter.

Je colle mon oreille contre l'écorce. Je sens le bois tiède la douce caresse de la mousse.

Tu l'entends ? demande Dan. Le bois sauvage.

Dan dit qu'il sait parler aux arbres. Mais qu'il leur faut très longtemps pour répondre. C'est pour ça qu'il faut apprendre à écouter. Si on écoutait il dit on ne pourrait pas couper nos amis. Leurs blagues sont trop drôles pour ça.

Ensuite il éclate de son grand rire et je ne sais plus s'il raconte des histoires ou pas.

Bien à vous,

JOHN

233

Ella se tenait à côté de la fenêtre, les mains pressées contre la vitre brûlante. Devant elle se trouvait le bosquet de grands arbres, les deux avec les branches qui s'entremêlaient. Elle les avait observés qui verdissaient de jour en jour, et à présent ils étaient dans la pleine gloire de leurs feuilles.

Elle n'avait jamais vu de forêt. Des arbres derrière des arbres. Quel effet ça ferait de s'allonger sur la terre : de n'avoir rien d'autre à faire que de s'allonger sur le dos et de contempler le vert ?

Il y eut un petit bruit, elle se retourna : Clem était venue se mettre à côté d'elle. Elle leva les mains de façon qu'elles soient en miroir avec celles d'Ella : les paumes à plat sur la vitre. Elle resta longtemps juste comme ça, sans parler, puis :

« Si je te raconte quelque chose, glissa-t-elle à voix basse, tu me promets que tu n'en souffleras pas un mot ? »

Ella se tourna à demi vers elle.

« *Tu promets ?* insista Clem, le visage tendu.

— Je le promets.

— Le médecin…, commença Clem. Celui qui joue du violon, et du piano dans la salle commune… Qu'est-ce que tu penses de lui ? »

Ella reporta son attention sur l'herbe brunie derrière la fenêtre.

« Il… joue bien du piano.

— N'est-ce pas ? approuva Clem, puis son visage se contracta. Il souffre de solitude. Je le sais. Je le sens quand il joue. Parfois, quand il a terminé, il reste assis un moment les mains sur le clavier et c'est tout juste si j'arrive à me retenir d'aller le voir. Rien que pour le toucher. Lui dire que je suis là. Que je vis moi aussi. Qu'il n'est pas seul. »

Elle se tut, et il n'y eut plus que le bruit aigu et rapide de sa respiration avant qu'elle reprenne :

« As-tu déjà été avec un homme ?

— Non.

— Moi non plus. »

Ses mains blanchirent.

« Je n'ai même jamais été seule avec un homme. Sauf avec le professeur quand j'étais petite, et je ne veux pas y penser. »

Elle se pencha, son souffle faisait de la buée sur la vitre.

« Pourtant, parfois, quand je suis dans la salle de bal et qu'il y a quelqu'un qui m'a touchée avec douceur, et qui sait danser – le gaillard avec les tatouages, c'était avec lui l'autre jour. Je l'ai regardé et je me suis dit : comment ce serait ? Comment ce serait d'être avec vous ? Et je l'imagine. À cet instant-là je l'imagine. Et ce n'est pas affreux, ajouta-t-elle. Vraiment pas. »

Ella se tourna vers elle.

« Mais la plupart du temps, poursuivit Clem, je pense à lui. Au médecin – à sa solitude. Et après je me dis : qu'est-ce que je fabrique à penser à *lui* ? Il y a des choses meilleures, plus belles à faire avec la vie que de penser aux *hommes*. »

Sa voix buta et s'éteignit.

« Mais il y a des femmes qui meurent, n'est-ce pas, reprit-elle, sans même jamais savoir ce que ça fait. Des femmes ici, dans les pavillons des chroniques, qui mourront sans jamais connaître ça. Parfois je me dis que ce sera mon cas. Que je vais flétrir et pourrir avant que quiconque connaisse la moindre partie de moi. »

Ella approcha sa main de celle de Clem sur la vitre, jusqu'à ce que les extrémités de leurs auriculaires se touchent.

« Ce ne sera pas ton cas, Clem. C'est impossible.

— Mais si, ça se pourrait. »

Clem se tourna alors vers elle.

« Et John ? Tu penses à lui ? Tu imagines comment tu pourrais être avec lui ?

— Je ne sais pas.

— *Menteuse.* »

Clem leva la main et la rabattit pour piéger celle d'Ella contre la vitre.

« Tu mens. Ne mens pas.

— Oui. Oui, j'y pense.

— Je sais que tu y penses. Je le sais. »

Clem appuya plus fort.

« *Écoute*, Ella, écoute-moi. Tu devrais aller le voir. Tu devrais le retrouver.

— Comment ? »

Elle essaya de se dégager, mais Clem serrait trop fort.

« Comment je pourrais faire ?

— Tu trouveras un moyen. »

Clem avait les yeux écarquillés, une tache écarlate lui brûlait le côté du cou.

« Il le faut. C'est le couronnement la semaine prochaine. Le solstice d'été. On sera dehors. Tu pourras trouver un moyen d'aller vers lui, alors. D'être avec lui. De le goûter. De lui faire savoir qu'il n'est pas seul. »

Ella contempla sa main, pressée dans celle de

Clem, et sentit passer entre elles une sauvagerie verte, au courant débridé et dangereux, et elle ne savait pas si c'était elle, ou Clem, ou la lettre, ou l'été lui-même à l'extérieur des murs qui l'avait déchaînée en premier.

John

De grandes lignes droites avaient été tracées à la craie sur le terrain de football. John se tenait derrière l'une d'elles, lui et mille autres hommes, parqués comme du bétail derrière des cordes, à attendre en suant dans la chaleur. Sa chemise lui collait dans le dos, or ils n'avaient même pas encore commencé à bouger. De temps à autre, une bruine légère éclaboussait le sol. Le soleil n'était visible que sous la forme d'un disque gris clair derrière les nuages.

À côté de lui, Dan, cramponné à la corde, s'entraînait au tir. Il portait sur la tête une grande gerbe de lierre façonnée en couronne, où s'entortillaient des feuilles prises au chêne sentinelle. «Jour du solstice d'été», avait-il déclaré avec un clin d'œil en se la mettant sur la tête.

John, les yeux rivés sur le champ bouillant, attendait le moment où les femmes apparaîtraient.

Un mouvement au sommet de la petite colline signala leur arrivée, puis une gigantesque ligne irrégulière de femmes se déversa des bâtiments de l'asile, descendit la pente qui menait aux terrains de cricket, et traversa l'étendue d'herbe sous les cris de leurs surveillantes, qui les déployaient de façon qu'elles prennent place derrière une corde, de l'autre côté du terrain de football, face aux hommes. Leurs corps étaient légèrement voûtés, leurs mouvements saccadés et incertains, comme si elles n'avaient pas l'habitude de ces choses telles que l'espace et le ciel. Il crut l'apercevoir brièvement, qui marchait en compagnie d'une grande fille blonde, avant qu'elle soit engloutie par le roulis de la foule et dissimulée à sa vue. Il toucha le rebord de la lettre dans sa poche.

Il y aura beaucoup de gens là-bas.
Peut-être qu'on pourrait se retrouver alors ?

Il n'y avait aucune chance maintenant, tant que les cordes étaient tendues, mais plus tard, quand les jeux commenceraient, peut-être y arriveraient-ils.

À côté de lui, Dan émit un sifflement grave.

« Les voilà. Regarde-moi ces bouffons. »

Une poignée de surveillants traversaient ensemble le gazon dans le sillage des femmes : déguisés, ils s'efforçaient d'afficher un air enjoué. Jim Brandt conduisait la meute, vêtu en policier, une matraque à la main. D'autres s'étaient noirci le visage et arboraient des perruques frisées. Des clowns avec un petit chapeau de guingois portaient des déguisements couverts de pois rouges ; des tambours en uniforme complet frappaient leurs instruments suspendus autour du cou. Il y avait des Chinois à chapeaux pointus, des hommes grimés pour ressembler à des singes, et vers la fin du cortège le Dr Fuller, paré d'un étrange déguisement composite, portant haut-de-forme et redingote, le visage maquillé en clown, mais habillé en cheval en dessous de la taille, sa moitié inférieure vêtue de marron. Quand il marchait, d'étranges petites jambes d'homme battaient, inutiles, de part et d'autre des flancs de l'animal.

Un chœur de huées et de sifflets s'éleva du côté des hommes.

« Ça va-t-y, docteur ! rugit Dan. En quoi vous êtes-vous donc déguisé ?

— Bonjour, messieurs ! »

Fuller s'arrêta devant eux, son maquillage semblait déjà huileux.

« Joyeuse fête ! »

Il les salua du chapeau, dévoilant ses cheveux plaqués sur son crâne par la sueur.

« Alors, on est prêt pour nos petits divertissements ? Un peu de folie estivale avant notre dîner ? Je vois que vous êtes déjà sacré, Mr Riley ? »

Dan remonta ses manches et tendit son gros bras par-dessus la corde, main ouverte, d'un air de défi.

« Ces types à Londres ne sont pas les seuls à pouvoir porter une couronne, hein, docteur ? »

Fuller ignora sa main, s'affairant en lieu et place avec ses papiers.

« Je vois que vous deux, messieurs, êtes inscrits au tir à la corde. Espérons que le temps se maintiendra jusque-là, hein ?

— Oui-da, répondit Dan, qui replia ses doigts en un poing. Espérons-le. »

Alors que Fuller parcourait la rangée de patients, le visage de Dan changea.

« Ce n'est pas un cheval, lança-t-il derrière lui. C'est un âne, oui. Un cul d'âne. »

Les hommes poussèrent des cris enjoués devant cette sortie. John vit Fuller marquer un temps d'arrêt avant de rassembler sa dignité et de poursuivre en direction d'une chaise haute sur pieds face au gazon, où il appela le nom des inscrits à la course à l'œuf.

« Solstice d'été, fit Dan en se tournant vers John. Ils allumaient des feux de joie, là-bas, en Irlande, *chavo* ? À la veille du solstice ?

— Oui-da.

— Il ferait un bon épouvantail, non ? fit Dan en désignant Fuller d'un mouvement d'épaule. Pour faire flamber au milieu ? »

Fuller lança un coup de sifflet strident et les jeux commencèrent, les premiers hommes se frayant un passage dans la cohue pour prendre place sur le gazon.

Le regard de John glissa de nouveau vers les femmes : avec un sursaut il la vit face à lui en lisière de la foule, son pâle visage calme et concentré. Le ciel s'éclaircissant un peu, elle bascula la tête en arrière pour accueillir un rayon de soleil. Son cœur se serra devant cette image : en la regardant maintenant, le visage lumineux, il n'arrivait pas à croire qu'il avait jamais pu lui trouver un drôle d'air, il n'arrivait pas à croire qu'il avait jamais pu la trouver quelconque. Elle était magnifique. Elle rayonnait. Il aurait voulu la rejoindre, passer par-dessus cette corde et traverser la pelouse, pendant que ces imbéciles paradaient dans leurs costumes. Le désir enfla en lui, une vague qui le propulsait, et il faillit s'élancer, mais la houle se brisa dans sa poitrine et reflua en lui égratignant le

240

ventre : il resta à sa place, frémissant dans le sillage de cette lame.

«Tout va bien, *chavo*?»

Un sourire plissait le visage brun de Dan.

John baissa vite la tête, se roula une cigarette.

«Va te faire foutre, Riley, et file-moi une allumette. »

Le temps se maintint, tout juste, un crachin tombait parfois, sans jamais que la pluie se renforce. Il n'y avait pas de vent. C'était comme s'ils mijotaient sous le gigantesque couvercle gris du ciel, pareils à de l'eau au bord de l'ébullition. L'après-midi traînait en longueur : course après course, toutes aussi insipides que des jeux d'enfants. Il n'aurait pas dit non à une partie de hurling[1] : lancer la balle et courir, laisser son corps le conduire à sa guise, mais ça, ça n'avait rien à voir, ça c'était être poussé, secoué, parqué en lignes, et puis sifflets, courses, et pas la moindre liberté.

Il se concentra alors plutôt sur elle. Sans jamais la perdre de vue. Ce n'était pas difficile, puisqu'elle restait au même endroit, toujours pile de l'autre côté du gazon, mais à mesure que l'après-midi s'étirait, s'affaissait, il se mit à douter de sa réalité : elle semblait presque immatérielle dans sa pâleur, tandis que des vagues de chaleur montaient de la terre et brouillaient sa silhouette, créature changeante, faite d'eau, non de chair et de sang. S'il traversait la pelouse pour la rejoindre, s'il essayait de la toucher, lui glisserait-elle entre les doigts avant de disparaître ?

---

1. Sport irlandais ressemblant au hockey sur gazon.

Quand les courses furent terminées, le sol poussiéreux, et que le mégot de l'après-midi ne demandait qu'un talon pour s'éteindre, il fut l'heure du tir à la corde. Dan, qui somnolait sur l'herbe miteuse, se releva d'un bond dès l'annonce du jeu, de nouveau général, faisant signe aux hommes qu'il avait choisis de sortir de l'enclos, les positionnant sur la corde, les déplaçant comme on bat un jeu de cartes, marmonnant dans sa barbe.

John fut le dernier à être placé, tout devant, face à Brandt.

« Je savais que tu aurais voulu être là, *mio Capitane* », expliqua Dan.

John acquiesça d'un bref signe de tête. Brandt le dévisageait avec un sourire narquois.

« Je nous maintiendrai fermement, *mio Capitane*, fit Dan en empoignant John par l'épaule. Toi devant, moi derrière. On va leur montrer. On va leur montrer à ces salauds, je te le dis. »

Dan alla se placer en trottinant au bout de la ligne et, une fois arrivé, il s'enroula trois fois l'extrémité de la corde autour de la taille avant de prendre place à l'arrière. Il lança un sifflement sonore pour signifier qu'il était prêt.

La foule s'était animée d'un bourdonnement, d'un brouhaha. Le Dr Fuller fit se dandiner son cheval jusqu'au milieu du champ et, d'une main, intima le silence.

« Mesdames et messieurs, s'écria-t-il, à mon signal, les hommes commenceront à tirer. »

Elle regardait. Cette certitude lui hérissait la peau.

Un souvenir l'envahit : jouer au hurling, ou au lancer, à la croisée des chemins, les femmes assises dans les champs au bord de la route, enveloppées dans leurs châles, leurs jupons rouges éclatants sur l'herbe verte, leurs bavardages aigus pareils à des gazouillis d'oisillons. Chaque jeune homme grandissait un peu sous leur regard.

Un genre de chaleur différent monta en lui alors que les fibres du chanvre se tendaient dans ses mains.

Fuller s'avança au milieu de la corde. Son maquillage avait coulé, faisant de sa bouche une horrible balafre dégoulinante.

«La première équipe qui tirera le premier homme de l'équipe adverse de l'autre côté de *cette* ligne, expliqua-t-il en se penchant pour dessiner au sol un trait vif à la craie sur l'herbe brunie, sera déclarée vainqueur. Êtes-vous prêts, messieurs ?»

Brandt hocha la tête. John hocha la tête. Fuller souffla dans son sifflet et recula. Aussitôt, John sentit la traction de l'autre côté. Il se pencha en arrière, comme sous la poussée d'un vent puissant.

«*Allez**[1]*, *chavos !*» lança Dan depuis l'arrière de la ligne, la voix crispée par l'effort.

John planta les talons dans la terre calcinée, les fibres sèches de la corde vrillaient dans ses mains. Il trébucha légèrement, il était incliné si près du sol que l'espace d'une seconde atroce il craignit de tomber, mais il retrouva son équilibre et resta debout. Ses paumes le démangèrent, puis le brûlèrent. La sueur tombait de son front, piquante, aveuglante. Il était penché loin, très loin en arrière

---

1. Les mots et expressions en italique suivis d'un astérisque sont en français dans le texte.

à présent. Les tireurs s'immobilisèrent, l'immobilité de l'effort titanesque, de la force uniformément répartie. La foule silencieuse de spectateurs se figea. L'air était désormais tendu lui aussi. Peu de terrain cédé de part et d'autre. Rien de notable.

« *Allez* *, *chavos !* »

Le rugissement de Dan Riley fendit l'air.

« *Tirez ! Tirez donc !* »

John gronda sous l'effort, sentit la corde venir à lui, un peu, un peu plus. Le sourire de Brandt avait disparu, l'homme avait le visage convulsé par la traction, John le tenait : il commença à reculer, lentement, lentement reculer, et il grognait, tous grognaient, meuglant comme du bétail sous l'effort, et ses avant-bras explosaient, mais il sentait la force des hommes derrière lui, il sentait Dan, même s'il ne pouvait pas le voir, qui maintenait fermement l'arrière, et Brandt se rapprochait de la ligne, grimaçant, jurant à chaque pas, dernier battement de nageoire d'un poisson noir infect, près d'être pêché.

Se payer une tranche de rigolade.

Brandt était presque à la hauteur du trait de craie blanche, son visage celui d'un perdant, quand soudain retentit un sifflement aigu du côté de Fuller, et dans sa stupeur, John sentit la corde brusquement lui échapper des mains, il la regarda, impuissant, frétiller et se détendre tel un être vivant, et ses mains étaient vides, et il était à terre.

Il se releva péniblement. Brandt se dirigeait vers le médecin, qui avait mis les mains sur sa tête comme pour se protéger d'un coup. Puis, après un nouveau bref coup de sifflet, Fuller tendit le bras vers l'équipe du surveillant.

« Les membres du personnel ont gagné ! »

Un grand mugissement retentit à l'arrière de la ligne, et Dan doubla John à toute vitesse : il se dirigeait droit sur Brandt.

John se pencha pour reprendre son souffle. Il regarda du côté des femmes, vit avec un sursaut qu'Ella s'était déplacée, que d'une manière ou d'une autre, dans la cohue, elle avait réussi à se libérer du rang et attendait près d'un bosquet de grands pins qui dessinaient une courbe non loin de là où il se trouvait. Elle était seule, à moins de six mètres de lui. Comme il l'observait, elle disparut dans les arbres. Son cœur battait dans sa poitrine. Il s'éloigna du grabuge, doucement d'abord, puis couvrit la distance avec des enjambées de plus en plus grandes.

« Mulligan ! claqua un cri derrière lui. Arrêtez ! Arrêtez-vous tout de suite ! »

Il ignora la voix, continua jusqu'à ce qu'un coup maladroit, asséné en travers des épaules, le fige.

« Où croyez-vous aller ? »

John se retourna, haletant. C'était Fuller. Le docteur plaquait la main sur sa poitrine comme en proie à la douleur, comme si lui-même était surpris par ce qu'il avait fait. « *Où croyez-vous aller ?* » L'homme avait une voix criarde. Une veine palpitait à son cou.

John le dévisagea. Lui et son maquillage ridicule, à moitié barbouillé, et la tête de son cheval, affaissée par la chaleur, qui pendouillait sur le côté.

« J'ai besoin de pisser », répondit-il d'une voix rocailleuse.

Les yeux de Fuller s'exorbitèrent.

«Pardon?

— J'ai besoin de pisser.»

John désigna d'un geste le bosquet d'arbres.

«Vous préféreriez que je le fasse plutôt là, sur la pelouse?

— *Non*, aboya Fuller, le cou cramoisi. Non, certainement pas.»

John s'essuya le front d'un revers de manche. Là-bas, au tir à la corde, les surveillants regroupaient les patients. Dan beuglait toujours. Brandt lui tordait un bras dans le dos. L'après-midi était terminé. Ces salauds avaient triché, et ils avaient gagné. Tout comme ils tricheraient toujours et gagneraient toujours. Les dés étaient pipés depuis le début.

John jeta un œil en direction des arbres, il ne la vit plus. Il avait un goût aigre dans la bouche, comme si une lie amère s'y était déposée. Il déglutit. Fuller et lui semblaient seuls au milieu de ce champ décapé par la chaleur. Une étrangeté flottait dans l'air entre eux. Il la reconnut, sans toutefois pouvoir la nommer.

«Vous savez quoi?»

John tripota son pantalon.

«Y a du chemin jusqu'à ces arbres. Je crois que je vais le faire là, finalement.»

Il entendit l'inspiration choquée de l'homme.

«*Mulligan…*»

Mais la pisse le coupa net, fendant le sol assoiffé, formant un arc de cercle puis une flaque entre leurs pieds.

«Mulligan! Je ne le permettrai pas. *Mr Mulligan! C'est le JOUR DU COURONNEMENT!*

— Voilà ce que j'en pense de vos règles. »

John s'amusait à présent.

«Voilà ce que j'en pense de votre *couronnement*. Et voilà ce que j'en pense de votre *putain* de roi. »

Sa pisse chaude éclaboussait les bottes du docteur.

Fuller regarda ses pieds, pantelant, mais il ne bougeait toujours pas. À croire que quelque ensorcellement l'avait pétrifié.

Quand John eut terminé, il prit son temps, se secoua, se rajusta. Il y en avait eu une bonne quantité. Il en avait vraiment eu besoin, finalement.

Charles

Il ne pouvait pas y penser, et pourtant il ne pouvait presque penser à rien d'autre. Ça colonisait ses réflexions. Y avait-il eu des témoins ? Il ne le croyait pas, mais impossible d'en avoir la certitude.

Après la compétition sportive, un dîner festif était prévu, où Charles avait comme projet d'introduire *Alexander* pendant le repas des patients : une dernière répétition devait se tenir à quinze heures. Mais dès qu'il pénétra dans la salle, Charles comprit que cette séance n'était guère judicieuse : il manquait la moitié des instrumentistes, et les présents, tout mouillés de chaud, étaient surexcités après leurs exercices. Goffin arriva encore vêtu de son équipement sportif, ses cuisses volumineuses offertes à la vue de tous.

En s'efforçant de maintenir une atmosphère légère, en s'efforçant de rejeter la scène qui menaçait sans cesse de s'insinuer sous ses yeux, Charles sortit les partitions avec un sourire et les distribua.

« Exactement ce qu'il nous faut pour ce genre de temps ! claironna-t-il. On dit que ce sont les Noirs qui le jouent le mieux, ajouta-t-il avant de s'essayer à l'accent américain. *Là-bas à La Nouvelle-Orléans !* »

Il y eut un silence étrange et tendu après cette sortie, puis Goffin, assis à la gauche de Charles, sa trompette appuyée contre une de ces fameuses cuisses, rétorqua dans un ricanement :

« Oui, bah, j'imagine qu'être nègre, ça aide. »

Charles essaya de rire pour montrer que lui aussi avait de l'humour, mais son rire sonna creux et maussade.

« En fait, dit-il après que l'orchestre eut bataillé une fois jusqu'au bout du morceau, je ne me sens pas bien du tout. Cette chaleur m'a donné la migraine. Toute cette syncope me rend nauséeux. Il serait peut-être mieux de s'en tenir à quelque chose de simple. Le Trio tiré de *Pomp and Circumstance* fera l'affaire. »

Et il en avait été ainsi. Une indication de mesure régulière à deux-quatre. Elgar pour le dîner du couronnement.

Plus tard, quand les patients avaient été couchés et les membres du personnel réunis dans leurs quartiers, quelques bouteilles de bière furent ouvertes et on porta encore un toast au nouveau roi et à la nouvelle reine. Il était vingt et une heures et dehors, il faisait aussi clair qu'à midi. La grisaille de la journée avait cédé la place à une belle soirée, un petit groupe remuant composé des hommes les plus jeunes s'était formé et s'apprêtait à traverser les champs pour se rendre au pub du village de Sharston.

«Fuller! Hé, Fuller!»

Charles leva les yeux.

«Alors, vous venez avec nous?»

C'était Goffin, lavé de frais, qui avait troqué sa tenue de sport contre un costume pâle en coton. Les joues roses, le sourire jusqu'aux oreilles comme s'il ne s'était rien passé de fâcheux, il dégageait l'impression que donnent les jeunes gens quand ils ont goûté à l'alcool et qu'ils savent qu'il y en aura encore davantage. Charles sentit à nouveau un picotement lui envahir les joues. Il fit un geste de la main.

«Merci. J'ai du travail.»

Il se saisit de son *Times* qu'il ouvrit aux dernières pages, où le journal avait récemment commencé à publier une colonne intitulée «Les morts de la canicule».

Où était le jeune homme timide qui avait été si heureux d'être intégré à l'orchestre? Envolé dans la chaleur du triomphe athlétique et de deux ou trois bières. Or en réalité, songeait Charles, le mérite de cette victoire était contestable. C'était sans doute sa faute s'il y avait eu injustice. Les patients allaient gagner, mais il avait sifflé trop tôt. La confusion avait régné. Peut-être aurait-il dû se montrer plus ferme, au lieu de déclarer le personnel vainqueur. Cependant les tensions étaient grandes, et Brandt était un bougre menaçant, à tout le moins. Il avait agi comme il lui avait semblé être le plus raisonnable et réglementaire.

Il leva la tête et vit Goffin devant lui, le visage quelque peu brouillé par la boisson et la chaleur.

« Vous êtes sûr ? insista ce dernier en lui agitant une bouteille de bière devant le visage.

— Oui. Merci. J'ai, comme je le disais, du travail. »

Charles se sentait soudain fragile, près de craquer. « Ahh, mais… »

Goffin semblait quelque peu instable sur ses pieds.

« C'est quand même dommage. Dommaaaage de travailler par une soirée pareille. »

Il désigna les fenêtres d'un geste.

« Oui, bah, répliqua Charles, c'est comme ça. »

Alors qu'il montait les escaliers qui menaient à sa chambre, il entendit les jeunes hommes chanter :

C'est un amoureux et sa belle,
Avec leur eh !, et leur oh !, avec leur je ne sais trop.
Qui passent dans le blé en herbe[1]...

Dans ses quartiers, le soleil claironnait toujours par la fenêtre, implacable. Dehors, il tombait sur l'herbe brûlée. C'était une vague de chaleur officielle, à présent, vingt jours d'affilée sans véritable pluie (on ne pouvait guère compter les quelques gouttes éparses de la matinée). Il avait envie d'obscurité, d'ombre. Même s'il savait qu'elle ne s'ouvrirait jamais en grand, il tendit le bras pour exercer une vaine pression sur sa fenêtre.

1. Extrait de la pièce *As You Like It*, de Shakespeare. Traduction française d'Yves Bonnefoy (*Comme il vous plaira*, Le Livre de poche, 2003).

Il vit Goffin et la poignée d'hommes en dessous, qui se bousculaient et se taquinaient tandis qu'ils entamaient la traversée du domaine. Quelques-uns d'entre eux avaient manifestement fait une razzia dans les granges pour confectionner des torches grossières, qui éclairaient leur marche d'une flamme vive, en projetant de longues ombres dansantes derrière eux. Charles cilla à la vue de cette scène : on aurait dit que des géants étaient de sortie.

Nuit du solstice d'été, pourtant il ne ressentait aucune joie : tout lui semblait sens dessus dessous. Il entraperçut son reflet dans le miroir, vit qu'en dépit d'une toilette hâtive effectuée un peu plus tôt dans la journée des vestiges de son maquillage de clown s'accrochaient toujours à son visage. Il se pencha au-dessus du lavabo et se frotta jusqu'à faire disparaître les taches et mettre sa peau à vif, puis il tira un peu les rideaux, délaça ses chaussures et s'assit sur le rebord du lit. D'un geste apathique, il s'empara du *Times* en tirant sur son col, et lut l'offrande du soir dans « Les morts de la canicule » : un jeune couple dont l'automobile avait dérapé sur du goudron fondu avait fini ses jours empalé sur des glissières de sécurité. Il était content de ne pas avoir été le médecin présent sur les lieux. Il feuilleta le journal en quête d'un peu de légèreté, en vain : dans l'industrie, l'agitation montait, mineurs et dockers étaient en grève. Les marins s'étaient de nouveau arrêtés pour les rejoindre. Le ministre de l'Intérieur Churchill devait avoir du pain sur la planche.

Où était-il donc, le ministre, à cette heure ? Pas coincé dans une chambre minuscule, seul à méditer. Il devait être sorti. À son club peut-être, afin de se détendre après les exercices physiques de la journée, entouré par le puissant et le bon, un cigare dans une main, dans l'autre un verre de champagne, ou de vin du Rhin, ou d'un autre breuvage dont Charles n'avait jamais entendu parler mais que Churchill connaissait intimement, un blanc français, sec et clair, pour faire passer la moiteur de la journée. Il devait prendre la bouteille lui-même, remplir les verres de ses compagnons. Entamer un discours. Porter un toast au roi.

Et les autres, au pub de Sharston? Leurs visages rieurs, leurs poings entrechoquant des chopes de bière mousseuse. Il aurait dû y aller, c'était la nuit du solstice d'été, après tout, un moment pour sortir. C'eût été la meilleure chose à faire. Leur montrer qu'il n'y avait aucun ressentiment de sa part. S'assurer qu'ils ne le considéraient pas comme un donneur de leçons. Mais bizarrement cette journée l'avait lessivé.

J'imagine qu'être nègre, ça aide. Il tira de sous sa peau le commentaire de Goffin comme on enlève une écharde.

Ce qu'il souhaitait, avec plus de ferveur que n'importe quoi, c'était revoir le jeune homme de chez Spence, pénétrer dans la fraîcheur de la boutique, sentir la proximité du vendeur, saisir son parfum éthéré. La fluidité avec laquelle il jouait. Sa légèreté. Que n'aurait-il pas donné maintenant pour une brise de cette légèreté?

Avaient-ils vraiment voulu qu'il les accompagne au pub, ces hommes, ou s'étaient-ils simplement montrés sympathiques? Ou pire: avaient-ils souhaité l'humilier davantage ? Et pourquoi ne parvenait-il pas à distinguer la différence entre les deux ?

Et Mulligan. *Mulligan.* Après tout ce qu'il avait fait pour lui : la musique, les bals, son affectation au travail des champs, tout l'espoir qu'il avait investi dans sa guérison.

Dieu tout-puissant.

Charles gémit. Puis il finit par lui céder. Au souvenir, à la vue de l'organe de l'Irlandais : le bout rouge, à moitié engorgé, l'arc du liquide, long d'un mètre, qui lui trempait les chaussures. Il considéra ces dernières. Il les avait rincées abondamment, il n'y avait là aucune trace des déprédations de l'homme. Mais ce n'était pas sur le cuir que se trouvait la tache. Ç'avait été une saturnale, là-bas, sur le terrain de cricket. Pas seulement Mulligan, Riley aussi, avec sa couronne verte ridicule, qui donnait des ordres à ses troupes, pareil au Prince des Sots. La colère enfla en lui, et c'est alors qu'il comprit : *voilà* pourquoi il avait sifflé, la force de Mulligan, le grand sourire malicieux de Riley alors que la corde se rapprochait de la ligne. Ça ne devait pas être autorisé.

Il s'allongea sur son lit et ferma les yeux, mais une énergie fiévreuse envahissait ses membres. Il se leva dans un mouvement de balancier, se dirigea vers son bureau, sortit ses papiers et y farfouilla jusqu'à trouver ses notes au sujet de Mulligan. Il y avait là plusieurs pages de croquis : Mulligan – sans sa chemise, cette fameuse charnière exaspérante à l'endroit où le torse rencontrait l'aine.

Il le vit de nouveau, ce membre que l'homme tenait à deux mains. Le bout rouge légèrement enflé. Son pénis. Sa *bite.* Cet homme était obscène. Souillé. Tout était souillé. La saison, qui avait semblé si prometteuse, et qui dépérissait, tel un fruit pénétré par un chancre. *Nuit du solstice d'été.*

Rien n'était aussi simple qu'il y paraissait.

Que dirait Churchill ?

Il s'imaginait ce grand homme à ses côtés jeter un œil par-dessus son épaule.

Parlez-moi de lui. Churchill désignait d'un doigt boudiné les dessins de Mulligan. *C'est un beau spécimen. Il m'intéresse.*

« Il... c'est... un délinquant. »

Je vois. Et c'est là un homme autour duquel vous souhaitiez bâtir votre argumentation ? En faveur de la ségrégation ? Des bénéfices mélioratifs de la musique ? C'est là l'homme dont vous espériez une amélioration ? La sédition, Fuller, est tapie dans le Celte ! Nous ne pouvons pas la déraciner.

« Oui, fit Charles, les yeux rivés sur ses papiers. Oui, je vois. »

Imaginez, Fuller ! Imaginez seulement que Mulligan se choisisse une compagne ici. Il vous faut l'envisager. C'est l'extrapolation logique de l'avenir que vous proposez. Si des hommes tels que Mulligan estiment que leur droit de choisir une compagne et de procréer demeure inaliénable, à quels dangers la race s'expose-t-elle ?

Lisez ça, Fuller.

Si vous souhaitez être ramené à la raison, alors lisez ça.

Churchill pointa du doigt le pamphlet sur le bureau de Charles.

ON THE STERILIZATION
OF DEGENERATES[1]

H.C. Sharp. Indiana Reformatory.

Charles le tira délicatement vers lui, l'ouvrit au hasard et lut une page :

Depuis le mois d'octobre 1899, j'effectue une opération connue sous le nom de vasectomie, qui consiste à ligaturer et à réséquer une petite partie du canal déférent. De fait, cette opération est très simple et facile à réaliser. Je la conduis sans administrer d'anesthésique général ni local. Il faut compter environ trois minutes pour la mener à bien et le sujet retourne immédiatement à ses travaux, sans souffrir d'aucun désagrément, et sans qu'il ait été porté atteinte en aucune façon à la poursuite de sa vie, de sa liberté, et de son bonheur ; en revanche il a bel et bien été stérilisé. Voilà maintenant neuf ans que j'exécute cette opération. Deux cent trente-six cas m'ont offert de splendides opportunités d'observation postopératoire et je n'ai jamais constaté aucun symptôme défavorable.

Charles repoussa le texte et posa la tête sur le bureau, respirant le bois, la résine et l'encre.
Épuisement. Cela faisait des semaines qu'il n'avait pas vraiment dormi correctement. Et cette chaleur. Il avait les nerfs en pelote.

---

1. *De la stérilisation des dégénérés.* Ouvrage publié aux États-Unis en 1908 et qui n'a jamais été traduit en français.

Il avait besoin de substance. Il était resté trop longtemps à la dérive du grand monde. Le mois suivant aurait lieu le discours inaugural du commandant Leonard Darwin. Il devait se tenir dans les salles de réunion de la Société eugénique à Londres, et rien – pas même les rails du train qui fondent et se voilent dans la chaleur – ne l'empêcherait d'y assister.

Et Mulligan ?

Charles leva la tête et contempla longuement ses croquis une dernière fois avant de les déchirer.

La sédition est tapie dans le Celte.

Churchill avait raison.

Il lui faudrait infliger une vraie punition à Mulligan cette fois-ci. Il s'était montré bien trop indulgent bien trop longtemps.

John

C'était arrivé, comme il avait su que ça arriverait. Pas sous la forme d'une convocation, ni d'une visite dans le bureau du médecin, mais discrètement, un vendredi soir quand ils attendaient, alignés, d'aller au bal. Juste un non de la tête, une éjection du rang.

« Pas toi, Mulligan. Pas toi, Riley. »

John dévisagea le surveillant.

« Pendant combien de temps ? »

L'homme haussa les épaules.

John fit volte-face, les mains coincées sous les aisselles pour les immobiliser, sinon il l'aurait giflé, et alla se poster à côté de la cage du canari, le souffle court, ne relevant les yeux que lorsque les hommes sortirent en file indienne.

C'était Fuller. Il le savait.

Il pensa à elle, aux hommes avec qui elle danserait ce soir-là. Les mains grasses entre lesquelles elle allait devoir passer. Une guêpe bourdonna, furieuse, contre la vitre. Quelque part derrière lui, Dan, sans s'arrêter, donnait de violents coups de poing dans le mur. John jeta un œil en direction de la porte. Le surveillant de service comptait parmi les plus âgés, affaissé sur sa chaise, les bras croisés sur la poitrine, le visage bouffi et dodelinant dans la chaleur. Il ne faudrait pas grand-chose pour le renverser. Lui prendre ses clefs. Se libérer de cette pièce puante. Ouvrir toutes les portes qui menaient à la salle de bal et conduire une troupe de ces pauvres connards ignorants vers la sortie.

Et après, quoi?

Après on l'enfermerait au sous-sol jusqu'à l'hiver.

Alors il resta à sa place, crispé, immobile, cerné par le canari et la guêpe, jusqu'à ce que les hommes reviennent de la salle de bal. Et à leur retour il scruta leurs visages, avide de l'y apercevoir, comme si le simple contact d'Ella eût pu dorer ses partenaires de danse.

Ce fut un week-end aigre et stagnant. Ils ne furent pas autorisés non plus à sortir en récréation, alors John passa ces deux jours à arpenter la salle commune avec ses fenêtres qui s'ouvraient à peine, et la puanteur qui mijotait, à regarder l'herbe blanchie par le soleil.

Il aurait préféré qu'on le mette au sous-sol. Au moins il y aurait fait frais, et calme, et il aurait été tranquille avec ses pensées.

Le lundi, il attendit que Fuller vienne jouer du piano. Il voulait le voir : forcer le docteur à le regarder dans les yeux et savoir que sa honte serait trop grande pour qu'il prononce un seul mot sur ce que John avait fait. Là au moins il y aurait de la satisfaction. Mais Fuller ne se montra pas, et ainsi la colère de John infusa, puissante et sombre.

Puis, tôt le mardi matin, ils furent réveillés et sortis sans ménagement.

Un rassemblement hétéroclite d'hommes dehors : il en dénombra une soixantaine réunis dans la cour. Dan et lui, certains des autres patients qui comptaient parmi les plus costauds du pavillon, et d'autres qu'il ne connaissait pas, des visages qu'il parvenait à peine à discerner dans la lumière bleue matinale.

Même aussi tôt il faisait déjà tiède, juste un peu de fraîcheur dans l'air, la chaleur lourde de la veille cédant simplement la place à la chaleur de la journée à venir. Mais après trois jours d'enfermement dans ce pavillon fétide, John l'engloutit à pleine gorge. On leur servit un bol de porridge et une tasse de thé, tandis qu'un groupe de fermiers se tenait devant eux, visage tendu, les chiens jappant à leurs pieds, impatients que les hommes terminent. Quand ils eurent mangé, ils furent conduits dans les champs, où le soleil projetait une mince ligne pâle en travers du ciel. On donna à chacun une faucille : des couteaux courbes munis de petites lames dentées.

«Alors comme ça ces salauds sont pas fiers au point de pas nous prendre à leur service, commenta Dan en faisant tourner sa lame dans sa main. Sont pas fiers au point de pas nous confier ça.

— Oui-da, répondit John, qui sentait avec plaisir le poids de la faucille dans ses paumes. Pas fiers à ce point. »

Les premières hirondelles étaient sorties, effleurant les épis de blé, leurs silhouettes grises se découpant sur le ciel qui s'éclaircissait lentement. Les fermiers les pressèrent d'intégrer les rangs, John et Dan dans les premiers, tandis que le soleil se levait et que l'aube se rayait de bleu.

«Tout va bien, murmura Dan, le bras tendu pour toucher la moisson qui frémissait dans l'air crépusculaire. Tout va bien. »

Un cri s'éleva chez les fermiers, le signal du départ.

«Ras et net, *chavo*, fit Dan. Ras et net pour la terre vivante. »

John se pencha, saisit sa première poignée de blé, coupa ras et net. Au début, il était gauche, puis il finit par trouver sa cadence, matant sa colère, travaillant au rythme de la haine.

À onze heures, la chaleur faisait rage, ils furent autorisés à se reposer, et cherchèrent tant bien que mal de l'ombre sous les aubépines qui délimitaient les champs. Les fermiers étaient assis à l'écart, vigilants, le visage plissé d'inquiétude au sujet de la moisson.

«Ils ont besoin de nous, déclara Dan en les désignant d'un signe de tête. On compte plus qu'avant pour eux. Ils nous emmerderont pas avant un moment, maintenant. »

Une espèce de trêve étrange était suspendue au-dessus d'eux tous, tandis que des oiseaux de proie planaient dans les hauts courants circulaires.

Les fermiers leur apportèrent de l'eau : des tasses furent remplies et distribuées aux hommes. Dan demanda à en avoir plus, un seau, et personne ne pipa mot quand il retira sa chemise, la plongea dans l'eau, puis enveloppa l'habit détrempé autour de son cou. John l'imita, tordit sa chemise pour l'essorer et la noua en une couronne merveilleusement fraîche autour de sa tête.

À mesure que les jours s'écoulaient, la haine de John fut fauchée pour céder la place à autre chose, où seuls existaient son souffle et le mouvement de son corps, l'éclat bleu d'or de la lumière. Aller de l'avant, un pied devant l'autre dans le champ.

Elle était là devant lui, faisait traîner sa main au milieu des épis de blé. Les cheveux dénoués. Le soleil miroitant sur sa peau.

Elle était là quand toutes les autres pensées s'étaient évanouies.

Une lettre. Il fallait qu'il se débrouille pour lui faire parvenir une lettre.

C'était devenu le canevas de leurs journées : réveillés avant l'aube et conduits dans les champs avant que la chaleur se déchaîne.

Les fermiers restaient à côté d'eux, les hous-pillaient pour qu'ils travaillent plus vite, mais c'était Dan qui faisait tenir les hommes. L'après-midi, quand la chaleur était à son comble et qu'ils commençaient à traîner la patte, il entonnait une chanson : une chanson de marins, lubrique et salée dans la bouche, avec un refrain que tout le monde, même les hommes qui oubliaient jusqu'à leur nom, pouvait apprendre. John se joignait à eux. Au début sa voix était sèche et craquelée, à l'image de la terre qu'ils foulaient, mais elle retrouvait vite son grain dans ces chants d'écume égrillards.

Quand il s'allongeait pour dormir, elle était là, enroulée autour de ses pensées. Il se l'imaginait enroulée autour de son corps. Sa chevelure noire. Le poids de ses cheveux. Sa pâleur. Son odeur pointue. Alors il sentait la réponse de son propre corps.

Quand il dormait cependant, c'était un sommeil sans rêves, le corps lourd, le crâne poncé par le travail.

Un autre vendredi passa. Un autre vendredi où Dan et lui furent écartés pendant que les autres allaient danser. Un autre week-end enfermés dans la salle commune.

John prit du papier et lui écrivit : des lettres dans lesquelles il déversait des mots sans savoir s'il oserait jamais les envoyer.

Et ensuite : une autre semaine de levers avant l'aube.

Quand bien même, même en travaillant au rythme où ils allaient, ils ne coupaient pas le blé suffisamment vite. Les fermiers levaient des visages sombres vers le ciel et marmonnaient entre eux, et ils furent réveillés encore plus tôt, et il n'y avait pas de répit et pas de pluie. Les champs étaient un tourment de poussière. À la fin de la journée, ils en étaient tous couverts, étranges créatures : les yeux gonflés, les paupières suintantes, à vif.

Un jour, par un après-midi sec et cassant, au loin, de la fumée s'éleva d'une colline sur la lande, une mince volute violette, et puis l'embrasement des ajoncs et de la bruyère. Les hommes abandonnèrent leurs outils et regardèrent, riant d'abord, avant de se lever en silence, craintifs : le brasier suffisait à vous brûler la peau même à cette distance, le feu se déplaçait vite, sautait de buisson en buisson, rugissait dans l'après-midi inerte, la lande frémissait dans la montée des vagues de chaleur.

Les fermiers, paniqués, couraient en tous sens en poussant des cris inutiles ; les surveillants se regroupèrent autour de la station de pompage, la vieille pompe rouge à incendie montée sur roues fut remplie puis sortie et attachée à quatre chevaux, qui la bringuebalèrent sur la lande. Mais il n'y avait pas de route sur la colline, la pompe se coinça, les tuyaux n'étaient pas assez longs.

John regardait le feu faire rage, content qu'il n'ait pas été apprivoisé, car il répondait à la brûlure cuisante en lui. Il lui semblait que la chaleur était désormais devenue une chose vivante avec son appétit propre.

Il s'écoula plusieurs heures avant que l'incendie fût contrôlé, plusieurs heures au cours desquelles les hommes se prélassèrent à l'ombre, sous une averse de neige d'ajonc noir qui se déposait sur leurs cheveux et sur leur peau. Allongé sur le dos, John sentait l'attraction de la terre brûlante sous lui. Au-dessus, les feuilles du chêne filtraient le soleil. Les surveillants ne les tenaient presque pas à l'œil. S'il avait voulu, il aurait pu partir à pied, comme ça. Mais il ne pouvait pas partir en la laissant là.

Où était-elle à présent ? Comment se portait-elle par cette chaleur ?

Il n'y avait toujours aucun signe de Fuller. Plus d'apparitions dans la salle commune le lundi. Le piano demeurait obstinément muet. C'était comme si un combattant s'était retiré dès le début d'une bataille.

Il y eut un mouvement à côté de lui, John tourna la tête : Dan, accroupi, le visage couvert de flocons noirs, plissait le front sous la concentration – il manipulait un épi de blé.

« Tiens. »

Ses yeux luisaient.

« Quoi ?

— Tends ta main. »

John se pencha vers lui, et Dan laissa tomber dans sa paume ce qu'il avait fabriqué.

Une minuscule poupée de blé. C'était Fuller. Pas d'erreur possible : par quelque étrange dextérité de ses mains calleuses, Dan avait saisi sa ressemblance, sa manière d'être la dernière fois qu'ils l'avaient vu, chevauchant son âne.

« Tu veux qu'il dégage ? » demanda Dan à voix basse en se rapprochant.

Le pizzicato du danger résonnait autour d'eux.

« Qui ça ?

— Tu sais qui. »

Dan s'accroupit en désignant d'un mouvement de tête la figurine.

« Je peux le faire dégager. Si tu veux. »

John regarda autour de lui : les hommes étaient tous allongés maintenant, la plupart d'entre eux ronflaient, endormis.

« Comment ?

— Là, là, répondit Dan d'une voix douce et mielleuse. Là, là, du calme. »

On aurait dit qu'il parlait à un animal. Qu'il l'apaisait. Mais John n'avait pas envie d'être apaisé. Son sang était en feu. Bondissait.

« Non. Dis-moi, Riley. Comment ? Qu'est-ce que tu ferais ?

— Il y a certaines choses dont on ne peut pas parler. Mais je le ferai pour toi, mon gars. Je le ferai pour moi aussi. Je vais le faire brûler. »

John le dévisagea, dévisagea sa figure maculée de neige d'ajonc noir. De petits filets clairs là où la sueur avait ruisselé.

Il hocha lentement la tête, une fois, et Dan se fendit d'un grand sourire en l'empoignant par l'épaule.

« C'est ça, mon gars. C'est ça. »

Puis Dan pinça la figurine entre le pouce et l'index, sortit sa boîte d'allumettes de sa poche et en frotta une qu'il porta contre le bord de l'effigie. Il la tint qui brûlait, lentement d'abord, puis son sourire s'élargit lorsque l'homme minuscule fut léché et englouti par les flammes. Quand le feu atteignit le bout de ses doigts, il jeta le blé par terre et l'éteignit d'une pression du pied.

« Brûle, mon garçon, brûle », fit-il.

Puis il cracha dessus. Puis il rit. Puis il ramassa les cendres et se les étala sur les joues.

Elle parcourut la salle de bal dans un malaise tourbillonnant, à l'affût de sa silhouette, mais il était parti.

« Où est John ? demanda Clem quand elles se retrouvèrent à la fin de la soirée. Il n'était pas là. Où est-il ?

— Je ne sais pas. Je n'en sais pas plus que toi. »

Le visage de Clem affichait la nudité de son désir, pelé à vif. Ella n'aimait pas le regarder : il ressemblait à ce qu'elle ressentait.

Au fil de la semaine elle évita le regard de Clem, mi-désespéré, mi-accusateur, comme si c'était sa faute si John avait disparu.

Ses pensées tournaient autour du moment où elle l'avait vu pour la dernière fois : il était en train de traverser le champ pour venir à sa rencontre, le docteur derrière lui dans son déguisement loufoque, assénant un coup d'un geste gauche qui avait arrêté John dans sa lancée. Elle n'avait pas vu grand-chose d'autre après ça, avait reculé à l'abri des arbres avant de se perdre dans la foule. Mais il y avait eu de l'agitation dans l'air, là-bas, où le docteur, furieux, faisait de grands moulinets de bras.

Et maintenant John était parti. Et elle aurait pu demander à son ami, Dan Riley, où il était, sauf qu'il était parti lui aussi.

La maladie sévissait dans les pavillons : peut-être était-ce ça ?

Vieille Allemagne avait été transportée à l'infirmerie, secouée de quintes et de tremblements, les yeux comme deux soucoupes dans son visage. On parlait de morts. Dans la blanchisserie, alors qu'Ella vaquait à sa tâche, l'air était si chaud qu'il était difficile de respirer sans se brûler les poumons. Il fallait en prendre de toutes petites bouffées. Les femmes s'évanouissaient sans arrêt, surtout les plus âgées : la semaine précédente l'une d'elles avait glissé et s'était ouvert le crâne sur le sol de la blanchisserie, où le sang avait formé une flaque avec l'eau savonneuse.

Et s'il mourait ? S'il mourait dans le même bâtiment qu'elle, et sans qu'elle le sache ? Et s'il était déjà mort et avait été évacué et enterré dans l'une de ces tombes ? Enterré aux côtés de gens qu'il ne connaissait pas, et qu'elle ne connaissait pas, au fond d'un trou qu'elle ne trouverait peut-être jamais ?

Le vendredi suivant, il n'était pas là non plus. La panique tournoyait alors qu'elle dansait, les hommes étaient plus visibles à ses yeux désormais, et elle aux leurs, semblait-il, leurs désirs plus gras, leurs mains plus baladeuses qu'avant.

« Donne-moi la lettre, intima Clem d'une voix sèche le lendemain matin à la récréation. La dernière qu'il a écrite. Celle sur les arbres.

— Pourquoi ?

— Parce que je veux la *lire*. Je veux m'en souvenir. Parce que je l'oublie déjà.

— Mais... c'est la mienne », s'entendit répliquer Ella d'une voix aiguë semblable à celle d'un enfant.

Clem la dévisagea longuement, puis s'empara de son livre glissé sous son bras et tourna les pages avec des doigts vifs et colériques. Le cœur d'Ella cogna. Clem ne lisait pas vraiment, cela dit, car ses yeux ne bougeaient pas, ils restaient fixés sur le même point, puis elle finit par expirer et relever la tête.

« Quel est l'intérêt de marcher à côté de moi, fit-elle, si tu refuses de partager ta lettre ? »

Cette question sonna comme une gifle.

« Si tu ne me laisses pas la relire, murmura Clem, la prochaine fois je ne t'aiderai pas à répondre. »

Elles marchèrent en silence, mais c'était un silence où s'entrechoquaient des non-dits dangereux. Après un tour de cour, Ella plongea la main dans sa robe.

« Tiens. »

Clem s'en saisit vivement, manquant de la lui arracher des mains, et la lut avec des yeux voraces. Mais pas à voix haute. Quand elle la lui rendit, plus calme, elle semblait redevenue elle-même.

« Je suis sûre qu'il y a une explication, fit-elle avec un sourire. Je suis sûre qu'il reviendra vite. »

Cependant, alors qu'Ella repliait la lettre dans sa robe, elle lui parut souillée.

Au-dessus le ciel était bleu, d'un bleu profond, mais il bourdonnait, il vrombissait, comme si le bleu n'était qu'un drap et que, derrière, un temps noir bouillonnant attendait la libération de la déchirure.

Et le docteur continuait à venir tous les lundis et à choisir les femmes à exclure. Et les chiens de garde continuaient à venir. Le docteur continuait à jouer du piano, et Vieille Allemagne continuait à danser pendant qu'on emportait les femmes. Et chaque fois que le docteur approchait, les joues de Clem étaient rouges et bouillantes dans la chaleur.

Il arrivait qu'une femme supplie les infirmières d'ouvrir les fenêtres – juste un peu plus. Mais l'infirmière irlandaise se contentait de rire et de secouer la tête :

« Vous vous croyez où ? »

Par un après-midi étouffant, une vieille femme mourut. Sa voisine se mit à la titiller, à lui donner de petits coups, et puis à hurler ; Ella se retourna et vit le visage enfoncé de la femme, la bouche ouverte, les mouches qui s'insinuaient dedans, autour, où bon leur semblait. Les infirmières vinrent essayer de la réveiller, et comme elle ne se réveillait pas, elle aussi fut emportée par les chiens de garde.

Le seul endroit frais était le bloc des toilettes. Il était carrelé, et là-bas les fenêtres étaient beaucoup plus petites. Chaque fois qu'elle s'y rendait, Ella prenait le plus possible son temps, s'aspergeait le visage et le cou avec l'eau la plus froide qu'elle arrivait à faire couler, laissait ses poignets baigner dans un lavabo rempli d'eau glaciale, observait les bulles minuscules qui montaient à la surface et disparaissaient.

Par un jour sans air, alors que la dernière fois qu'elle avait vu John remontait à près de deux semaines, elle se dirigea droit vers la cabine tout au bout de la rangée, où elle s'attarda une fois qu'elle eut terminé, la tête dans les mains. Elle ne pouvait pas le supporter. Elle ne supportait pas cette chaleur. Ni les habits lourds qu'on les obligeait à endosser. Elle déboutonna sa veste, retroussa chemisier et jupon, et appuya tout son dos nu contre le mur carrelé. Elle resta là un long moment, sentant le contact délicieux du carrelage contre sa peau. Elle ferma les yeux et vit la terre céder, la mer bleue et froide se déployer, tandis qu'une petite brise lui soulevait les cheveux à la base de la nuque.

Elle tourna aussitôt la tête.

Il y avait un carreau cassé dans la fenêtre au-dessus de la cabine. C'était de là qu'était venue la brise. Elle le contempla un long moment sans bouger, puis ouvrit discrètement la porte et regarda dehors. Personne sur toute la longueur du bloc. Elle retourna sur ses pas. La fenêtre était étroite, mais d'une largeur suffisante, peut-être, pour qu'elle puisse s'y faufiler. Elle grimpa sur la cuvette.

À travers le carreau cassé elle voyait une partie différente du domaine, des champs à perte de vue, brun doré dans le soleil de l'après-midi, et à leur gauche le vert profond de ce qui devait être le bois. Dans l'un des champs les plus éloignés serpentait une longue rangée de silhouettes courbées. Deux hommes étaient en avant, tous deux torse nu, la peau exposée au soleil et au ciel bleu.

Il y eut un bruit : des voix s'élevaient au-dessus des cultures. Chantaient. Les hommes chantaient, et c'était un bruit fier et fort.

C'était lui. Elle le savait. Lui et Dan Riley, son ami. Elle le voyait à sa façon de bouger.

Elle resta là à les regarder aussi longtemps qu'elle l'osa, à écouter leur chanson lointaine en avalant de grandes goulées d'air.

Le lendemain était un jeudi, elle ne pensait qu'à la fenêtre cassée.

Depuis combien de temps était-elle brisée ? Et combien de temps s'écoulerait-il avant que quelqu'un d'autre la vît ?

Elle alla vérifier aux toilettes le plus souvent possible, la tête levée vers le carreau, le sang battant à ses oreilles.

Elle aurait dû partir. Aujourd'hui. Ce soir. Attendre qu'il fasse nuit et partir. Une chance comme celle-ci ne se représenterait pas.

Mais ensuite elle grimpait sur la cuvette, regardait dehors et le voyait dans les champs.

Ne pas s'enfuir était une douleur dans tout son corps. Partir était une douleur pire encore. Et elle était piégée, tiraillée entre les deux.

Le lendemain serait vendredi. Peut-être serait-il de retour dans la salle de bal, alors ?

Il était là. Sa vue lui coupa le souffle. Elle sentit son regard sur elle tandis qu'elle prenait place sur le banc à côté de Clem, et comme elle s'asseyait, Clem lui empoigna les mains et les serra fort.

Il se leva dès l'annonce de la première danse, traversa la salle pour la rejoindre, et elle alla à sa rencontre, se déplaçant dans la lumière à motifs qui se déversait des vitraux. Il avait l'air différent : plus sombre, sa barbe une brume épaisse qui lui couvrait le visage et le cou. De la poussière jaune

s'accrochait à lui, formait une croûte sur ses sourcils, ses cheveux.

« Ils m'ont gardé à l'intérieur. »

Quand il parla, sa voix était sèche et poussié-
reuse elle aussi.

« Et après j'ai été dans les champs… »

Il brandit ses mains, comme pour prouver ses
dires : elles étaient gercées et irritées, de la saleté
s'était incrustée dans les plis.

« J'ai vu, répondit-elle. Il y a une fenêtre ouverte.
De là j'ai vu les champs – et les hommes là-bas
et… vous. Je vous ai vu.

— Une fenêtre ouverte ? »

Il lui saisit les poignets.

« Oui.

— Et pas de barreaux ?

— Non.

— Vous pensez que vous pourriez vous y faufiler ?

— Je ne sais pas – oui, je crois… Oui.

— Venez me retrouver. »

Il resserra sa poigne.

« Où ?

— Au pied du chêne. Un grand chêne, à l'orée
du bois. Vous le reconnaîtrez quand vous le verrez.
Vous trouverez le chemin. Quand la lune sera
pleine. Dans trois jours. Trouvez votre chemin et
je vous attendrai. Je vous attendrai là-bas. »

Il la tint jusqu'à ce qu'elle hoche la tête, son
sang galopait sous son pouce.

Plus tard, Ella tendit à Clem la lettre qu'il lui
avait donnée. Elle la regarda se jeter dessus sans

rien révéler de ce que John lui avait dit. Non, les phrases de l'homme fleurissaient en elle, rares et d'un noir éclatant.

Depuis son lit, elle observa la lune qui se levait, lente et grosse au-dessus du domaine. *Pleine*, c'était ce qu'il avait dit, *dans trois jours*.

Chaque jour elle allait vérifier la fenêtre. Chaque jour elle constatait qu'elle était toujours cassée.

Chaque nuit dans son lit elle essayait de rester allongée sans bouger, mais elle ne dormait guère.

Chaque heure elle envoyait une prière silencieuse :

Faites qu'elle ne soit pas réparée.

Faites qu'elle ne soit pas réparée d'ici là.

Charles

Le matin où Charles partit à Londres, le mercure affichait trente-cinq degrés à l'ombre.

« Quel cagnard, commenta le portier d'une voix pesante quand Charles passa devant la porte d'entrée.

— Comment ? fit Charles en se tournant vers lui.

— Ce n'est pas normal, cette chaleur, n'est-ce pas ? »

L'homme se tamponnait le front avec son mouchoir.

« On va tous devenir fous avant la fin de la saison.

— C'est bien possible ! »

Charles le salua d'une inclination de son canotier et s'esclaffa.

C'était la première fois qu'il quittait l'asile en plus d'un mois, mois où la température n'était guère descendue en dessous des trente-deux degrés. Bien qu'habitué au jaune flétri du domaine, il fut stupéfait de ce qui l'attendait dehors : même sur les petites routes les plus ombragées les feuilles étaient grillées, et les haies saturées de leur poussière effritée. C'est à peine s'il entendait des chants d'oiseaux, mais il avait de l'eau dans son havresac, deux pommes mûres et un livre, et il quittait Sharston pour la journée. Il était convaincu que son humeur, cette étrange humeur de déception caillée qui lui avait collé aux basques si longtemps, s'égaierait. Elle s'égayait déjà. Quelle sensation merveilleuse de bouger, d'être *sorti*. Il se rendait à Londres pour la première fois cette année, il allait assister au discours du commandant Darwin, et dans sa poche il avait un billet pour Wigmore Hall : quatre *Impromptus** et les *Moments musicaux**. Cagnard ou pas, rien ne pourrait le décourager.

Arrivé à Leeds, cependant, il découvrit que son train, le train qui aurait dû le conduire à King's Cross à temps pour déjeuner et traverser la ville en flânant jusqu'à la Société, avait été annulé. Il se demanda si c'était la conséquence des grèves, quelque débordement des perturbations de Londres et de Liverpool, peut-être : si ça se trouve, les cheminots et les dockers avaient déposé leurs outils dans tout le pays, mais l'homme épuisé en uniforme dans la salle d'attente des secondes classes lui assura que le prochain train pour Londres – départ dix heures – serait à l'heure.

Il retourna sur le quai, déjà bondé de gens grincheux. Si l'homme disait vrai, alors il arriverait à temps pour la réunion, mais la perspective de faire le trajet jusqu'à la capitale entouré par les masses mécontentes n'était pas réjouissante. Peut-être devrait-il rebrousser chemin ? Retourner à Sharston à pied ? Il sentait venir la migraine. Mais alors qu'il hésitait, il entendit la voix de Churchill lui murmurer à l'oreille :

Tourner les talons, Fuller ? Vous ne ferez rien de tel !
Non. Tout à fait.

Il allait se balader en ville, laisser le quai à ceux qui avaient moins d'initiative et plus de bagages. Sortant sa montre à gousset, il vit qu'il n'était pas encore neuf heures.

Des hommes en bleu de travail lavaient les rues à grande eau, des travailleurs du marché étaient regroupés autour d'échoppes de café matinales. Il paya quelques pièces un breuvage serré et amer qu'il but d'un trait, puis poursuivit son chemin, descendit Kirkgate, s'éloigna du marché sans véritable idée de destination. Comme le café pénétrait son sang, il sentit en lui un élan, et il se remémora une époque, pas si lointaine, où il avait parcouru ces mêmes rues sans un sou en poche. Sans savoir où aller. Où il avait été piégé dans cette villa écrasante, à moins de deux kilomètres au nord d'ici, où son père devait déjà être debout, installé à son bureau ou arpentant le jardin, sa mère encore endormie ou faisant mine de l'être, souffrant sous des couvertures dans sa chambre étouffante mais trop fière et trop convenable pour dormir avec moins de vêtements ou sous un drap.

Comme la vieillesse devait être atroce ! N'avoir rien d'agréable ni d'excitant devant soi, seule la contemplation d'un passé qui avait été, ou non, ce que vous aviez souhaité. Et cependant il était là, à marcher, par ce magnifique début de matinée estivale, et malgré le retard de son train et le long et chaud trajet qui l'attendait, il avait la vie, la *vie* devant lui.

Il leva la tête : *Spence's*, annonçait l'enseigne au-dessus de la porte.

Quelle bizarrerie. Il n'avait pas prévu de s'y rendre et pourtant il se retrouvait là. Il avança vers la vitrine et scruta l'intérieur. Le magasin de musique était fermé, les rideaux baissés. Aucun signe de vie.

Une silhouette apparut derrière lui dans la vitrine. Charles se retourna : le jeune homme était là, souriant, un trousseau de clefs et une liasse de papiers dans les bras.

« Bonjour ! »

Il ôta son couvre-chef pour saluer. Quelques mèches de cheveux frisottaient, humides, sur sa tempe.

« Quelle belle surprise.

— Oui, fit Charles. Je veux dire : pour moi aussi. »

Le jeune homme eut l'air intrigué.

« Mon train. Pour Londres. Retardé. Il a été retardé.

— Ah. »

Le jeune homme hocha la tête. Puis leva sa manche et dégagea ses cheveux de son visage.

« Vous êtes venu chercher d'autres ragtimes ? demanda-t-il d'un ton enjoué alors qu'il se tournait vers la porte en faisant sauter ses clefs dans sa main. Je me demandais si vous reviendriez. Comment ça s'est passé avec *Alexander*?

— Je... non... »

Charles s'interrompit.

Mais le jeune homme ne semblait pas écouter : il se débattait avec la serrure.

« *Bon sang de bois*. Excusez-moi. »

Il se tourna vers Charles, à qui il tendit ses papiers, un sourire d'excuse aux lèvres.

« Parfois j'ai besoin de mes deux mains pour y arriver. »

Cette fois-ci il y parvint, et poussa la porte d'un coup de hanche avant de disparaître à l'intérieur, laissant Charles seul sur le trottoir battu par le soleil.

La tête du jeune homme apparut dans l'embrasure. Il semblait perplexe.

« Vous n'entrez pas ? Il fait horriblement chaud pour rester dans la rue. »

De nouveau ce sourire. Charles sortit sa montre. Encore trente minutes avant son train. La chaleur avait beau épaissir l'air, il avait l'impression que de violentes bourrasques de vent l'assaillaient de toutes parts. La grande aiguille se déplaça. Il leva les yeux.

« Oui, s'entendit-il répondre. Je... suppose que je pourrais.

— Parfait ! répliqua le jeune homme. Laissez-moi juste une seconde et je suis à vous. »

Franchir le seuil fut comme plonger dans une eau brune et profonde. Déjà Charles discernait à peine le jeune homme dans la pénombre de l'arrière-boutique. Il s'était mis à siffloter, Charles reconnut l'air : *Alexander's Ragtime Band.* Ses paumes devinrent brusquement moites. Debout dans l'obscurité, il sentait la pulsation syncopée de son propre cœur. Le panneau sur la porte était toujours tourné du côté FERMÉ.

Puis le jeune homme fut de retour, ouvrant rideaux et fenêtres pour laisser entrer la lumière matinale. Et Charles était là à tenir les papiers qu'on lui avait confiés, comme propulsé sur une scène contre sa volonté. Il aurait été plus heureux si les rideaux avaient été laissés tirés. Mais la lumière claironnait son insistance et il restait planté là, avec la sensation d'un corps aussi gauche et bouffi que d'habitude.

« Ça va ? » lui demanda le jeune homme.

Charles hocha la tête, la gorge trop serrée pour parler.

« Puis-je vous débarrasser ? »

Le jeune homme s'avança. Il ondoyait, sa légèreté se déversait dans la pièce. Il s'empara des papiers, recula de nouveau, mais pas trop loin. Suffisamment près pour permettre le contact. Suffisamment près pour que Charles puisse sentir son odeur : tabac et mer. Ses cheveux mutins lui retombèrent sur les yeux. Ses dents étaient gentiment de travers quand il souriait.

« Je suis content de vous voir. Vous m'avez traversé l'esprit, voyez-vous – plus d'une fois –, et je caressais l'espoir que nous pourrions rejouer ensemble. Le samedi, au magasin, il y a rarement du monde avant dix heures… »

Il se retourna, désigna l'emplacement du piano dans la pièce du fond.

Charles s'imagina la scène, tous deux assis ensemble dans le noir frais et isolé, côte à côte devant le clavier comme la fois précédente.

Le jeune homme tendit le bras et sa main vint se poser sur la manche de Charles. Un toucher de libellule. Tout en légèreté. En douceur.

L'instant enfla. Le temps semblait infiniment lent et infiniment rapide.

Charles ouvrit la bouche pour parler :

« Je ne peux pas. »

Ce n'était pas ce qu'il avait voulu dire. Qui parlait à sa place ?

« Oh, vraiment ? Quel dommage. »

La main toujours là. Son pouls vivant. Une longueur de bras entre eux.

« Je suis désolé. »

Son ventre se nouait à présent.

« J'ai bien peur qu'il me faille y aller, finalement. »

Il partit d'un petit rire sec.

« D'ailleurs, je n'ai jamais vraiment eu l'intention de venir. C'était une erreur, vous comprenez. Tout cela n'était qu'une erreur. C'est mon train. Pour Londres. Je n'ai pas envie de le rater. J'ai une réunion cet après-midi.

— Ah. »

La bulle d'air entre eux creva. Désormais le visage du jeune homme se décomposait. Sa main glissait. Une brûlure à la place du contact frais.

« Comme c'est grossier de ma part. Je ne m'étais pas rendu compte que vous étiez aussi pressé.

— Non, enfin… vous… c'est moi. Je suis désolé. Je suis affreusement désolé. »

Il était temps de prendre congé. Mais Charles ne pouvait pas.

Le jeune homme parlait encore.

« Y a-t-il quoi que ce soit que je puisse faire avant que vous partiez ? »

Quel est votre nom ? Vous pourriez me dire votre nom.

Et…

Je pourrais rester.

« Non. »

Charles secoua la tête.

« C'est juste… *non.* »

Il tourna les talons et se dirigea vers la porte, qu'il ouvrit brutalement.

« Je suis désolé – je suis tellement désolé, simplement je… dois y aller. »

Dehors maintenant. Luttant pour respirer. Jouant des coudes au milieu d'une foule de plus en plus dense, au milieu de l'air gélifié impitoyable, pour atteindre la gare.

Le train à quai était déjà bondé. Il trouva une place à côté d'une grosse femme et de son mari ; des conserves de saumon et d'ananas sirupeux étaient déjà étalées sur leurs genoux, l'odeur âcre et écœurante de leur pique-nique empesait l'air.

Il ferma les yeux, essaya d'ignorer la pression qui s'accumulait à l'intérieur de son crâne. Mais le bavardage et les bouffées de nourriture immonde en provenance de ses voisins l'empêchaient de s'endormir, alors il jeta l'éponge et se plongea dans son exemplaire du *Times* pour lire l'article sur les dockers qui poursuivaient leur grève à Londres. Sur les tomates et les autres fruits et les quarante-cinq mille kilogrammes de bœuf argentin qui se décomposaient à quai. S'avariaient dans la chaleur.

Quel gâchis.

Non mais quel honteux gâchis.

Londres elle-même semblait changée, pareille elle aussi à un fruit blet qui pourrissait dans la chaleur. Dès les premiers instants passés à King's Cross, il était clair qu'une atmosphère lugubre pesait sur la ville. Elle était sale. Sentait le rance. Et s'il faisait chaud à Leeds, Londres était une fournaise.

La gare était bondée de policiers, en longues lignes sinueuses, qui transféraient à la hâte des marchandises depuis des trains pour les charger dans une rangée de camionnettes qui attendaient garées dehors. Charles ne saisit le pourquoi de la chose que lorsqu'il surprit un passager du même train que lui interpeller un policier pour lui poser la question.

« C'est pour remplacer les dockers, tiens. Il faut bien sortir cette nourriture, sinon nous allons tous mourir de faim. »

Sa migraine n'ayant fait que s'amplifier durant le trajet, il décida de passer outre la dépense et de prendre un taxi pour traverser la ville. Un autre jour que celui-ci, c'eût été un petit plaisir, or il lui fallut une bonne longue suée pour en dénicher un, et le temps qu'il y parvienne enfin, il aurait déjà parcouru la moitié du chemin à pied. Les rues étaient d'un calme morbide : seul subsistait un filet de circulation décousu, on aurait dit qu'un fléau s'était abattu sur la ville.

« Où sont passées toutes les voitures ? » demanda-t-il, penché sur son siège.

Le chauffeur se retourna.

« Pas d'essence, tiens. Les grèves. »

Le taxi roulait dans des rues presque désertes, passant au ralenti entre les rangées de maisons de Bloomsbury, parcourant Gray's Inn Road et Chancery Lane pour aller jusqu'à la Strand – des rues que Charles connaissait bien, et qui pourtant ce jour-là semblaient irréelles : un décor attendant l'arrivée des acteurs. Le taxi longea le Savoy – Charles n'était plus très loin à présent – puis bifurqua dans une rue transversale entre la Strand et le fleuve.

« Numéro six. »

Il se pencha de nouveau vers le chauffeur, son pouls lui martelait la gorge.

Le numéro 6 York Buildings se révéla être en briques rouges, haut et relativement majestueux, à l'image du quartier, mais autrement il s'agissait d'une maison de ville dénuée de cachet particulier, sans rien qui permette de se faire une opinion sur les gens qui l'habitaient, ou ce qu'on y faisait. Charles paya sans rechigner la petite fortune demandée par le chauffeur, puis descendit de voiture. Il était en retard. Il retira son chapeau et se lissa les cheveux en essayant de contrôler sa respiration. Son costume léger en flanelle, qui quelques heures auparavant lui avait semblé si prometteur, était désormais froissé et couvert de flocons de suie à cause du train, et la transpiration lui plaquait sa chemise dans le dos. Il se demanda s'il n'avait pas de la fièvre.

La porte d'entrée fut ouverte par un homme pimpant d'une cinquantaine d'années.

« La Société ? » coassa Charles.

Quelque chose d'étrange était arrivé à sa voix.

« Commandant Leonard Darwin ?

— Et vous êtes… ? s'enquit l'homme, un sourcil levé.

— Charles Fuller. »

Une nouvelle suée dans le dos baptisa sa réponse.

« Docteur. Mon nom devrait se trouver sur la liste. »

L'homme se pencha pour vérifier, puis :

« À l'étage, indiqua-t-il. Salle du Comité. Au premier. »

Alors qu'il montait les escaliers, Charles fut envahi par une étrange sensation de légèreté, comme s'il flottait quelque part un peu au-dessus de sa tête. La salle du Comité, une vaste pièce à deux fenêtres qui donnait sur la rue, était bondée : plus aucun siège n'étant libre, il alla s'installer debout dans le fond. La main crispée sur son chapeau, il se lissa les cheveux.

La nature générale de ce rassemblement, depuis la coupe des costumes jusqu'à l'intonation pointue des accents, témoignait d'une classe sociale et d'une dignité difficiles à trouver dans le Yorkshire. Il essaya de ressentir de l'exaltation : il était là, au cœur du cœur, le cœur de Londres, le cœur de l'Empire. Au deuxième rang, au centre d'un groupe enjoué, se trouvait un homme assez jeune, dont les cheveux blonds s'échappaient en boucles indisciplinées. *Mon Dieu.* Charles se pencha. Était-ce possible ? Ça l'*était*. C'était Churchill. Plus petit qu'il ne se l'était imaginé. Il se pencha encore, mais il n'eut plus le temps de le considérer davantage car un vieil homme barbu qui avait pris place devant le lutrin demandait d'une main le silence, et tous les yeux se tournèrent vers l'estrade.

« Merci, Mr Crackanthorpe, pour cet hommage si pertinent à sir Francis Galton. Et voilà qui me donne maintenant l'immense plaisir de vous présenter le commandant Leonard Darwin ; qui n'est pas seulement, comme je sais que vous le savez tous, le fils de Charles, mais lui-même également un scientifique et un érudit des plus brillants, et notre nouveau président. »

Les applaudissements crépitèrent dans la salle tandis qu'un homme d'une cinquantaine d'années se levait et montait en chaire. Au vu de son titre, Charles s'était attendu à quelqu'un au port militaire, mais hormis son dos droit, lorsque Leonard Darwin se posta devant le lutrin et adressa un sourire à la salle comble, il ressemblait davantage à un oncle jovial qu'à un commandant de l'armée.

« Ma foi, commença-t-il, les yeux pétillants de malice, je me suis toujours considéré comme le plus cancre des frères Darwin. Il m'a donc fallu un peu de temps et pas mal de postes pour trouver ce à quoi j'étais destiné. »

Il y eut des gloussements devant cette introduction, et des dénégations de la tête.

« Mais j'ai l'impression, à l'âge de soixante ans, d'y être peut-être enfin arrivé. »

Il y eut encore des rires chaleureux, mais dès lors l'attitude de Darwin changea, et tandis qu'il entamait son discours, le silence s'imposa dans la salle.

«Notre tâche... en vérité, à la Société eugénique, est d'étudier toutes les méthodes possibles pour empêcher la *décadence de la nation*, et quand cet objectif sera atteint, il deviendra évident que non seulement la lutte sera longue et ardue, mais que notre première préoccupation devrait être de commencer sur des bases justes.

— Bravo !

— Il est notable, poursuivit Darwin, que les sections de la communauté qui parviennent le moins bien à gagner décemment leur vie se reproduisent plus rapidement que les bénéficiaires de salaires plus élevés ; et, en second lieu, qu'une proportion considérable de cette strate la plus pauvre s'en extrait ou s'y enfonce à cause de quelque force ou faiblesse innée de l'esprit ou du corps, avec pour résultat que les membres de cette classe mal payée ont en moyenne, et de façon inhérente, moins de capacités que les mieux payés. »

Charles pensa à Mulligan. À ses capacités inhérentes. Cet homme était un caillou dans sa chaussure. Pourquoi l'embrouillait-il à ce point ?

«Afin d'endiguer la décadence de la nation ainsi clairement annoncée, la question de savoir si des mesures peuvent et doivent être prises dans le sens de restrictions au mariage imposées à ceux qui ne gagnent pas de quoi vivre, surtout quand ils sont jeunes, a donc de grandes chances d'être de plus en plus portée à notre attention. »

Nouvelle approbation de l'assistance, et Charles vit que Churchill comptait parmi les plus véhéments dans leurs réactions.

«Quant aux bénéficiaires d'aides sociales et de la

charité, leur condition est fréquemment liée à un désir inné de contrôle de soi : une faible augmentation du fardeau des impôts risque de ne produire qu'un piètre effet sur leur taux de reproduction. Ainsi, plus les sections avisées et dignes de la communauté seront frappées par les impôts, plus grands seront les effets antieugéniques produits, et chaque augmentation du fardeau nuira à la race, à moins, de fait, qu'on empêche de se reproduire ceux qui sont incapables de supporter cet effort supplémentaire. »

Au cours du discours de Darwin, Charles fut pris de vertiges. Il avait beau s'adosser au mur, il se sentait toujours instable. Rien n'avait franchi ses lèvres depuis la tasse de café à Leeds. Alors que Darwin poursuivait, ses mots se mirent à se gauchir et à se tordre.

« Décadence. »

Décadence.

Il ferma les yeux, sentit son vertige quelque peu refluer, mais son esprit s'obstinait à revenir, comme sur la scène d'un crime, au moment passé à l'intérieur de chez Spence. Il revoyait en boucle le jeune homme tendre le bras et lui se dégager, comme s'il était au cinématographe, mais que la bande s'était coincée et revenait sans cesse au même endroit : le contact doré d'un jeune homme doré dans un magasin de musique à Leeds.

Soudain il y eut une déferlante, des applaudissements nourris. Des galets lancés sur une plage. La pression de la foule autour de lui, épaissie par l'odeur des corps et de la laine chaude. Il ouvrit brusquement les yeux, suffoquant. Il brûlait à présent. Brûlait. Il se fraya un passage dans l'assemblée, se dirigea vers les escaliers.

Les gens se déversèrent dans la rue, où les hommes se mirent à bavarder et à fumer. Les éclats de leurs conversations lui perçaient les oreilles. Churchill se tenait à moins de cinq pas de lui. Allumait un cigare.

Maintenant. Maintenant c'était l'occasion. Quand se représenterait-elle ?

Charles s'avança vers lui et des hommes s'écartèrent pour lui céder le passage. Churchill lui lança un regard plein d'attente, les yeux durs et perçants. Charles ouvrit la bouche pour parler, mais rien n'en sortit hormis un croassement desséché. Il referma la bouche, sentit la chaleur lui piquer le visage.

De l'eau.

L'eau éteint le feu.

Le fleuve. Le fleuve était proche. Le fleuve était ce qu'il lui fallait, le fleuve le rafraîchirait, le laverait de cette sensation.

Charles s'excusa d'un geste de la main et fit volte-face, descendant d'un pas chancelant vers l'Embankment, la grosse masse roulante du fleuve en dessous. Il y avait une rue à franchir ; ne se faisant pas confiance pour la traverser, il préféra s'engouffrer dans les jardins. Ses vêtements étaient trempés. Il avait désespérément besoin d'ombre. Il retira son chapeau, tira sur sa cravate, ouvrit avec gratitude quelques boutons de sa chemise et s'effondra sur un banc. Une petite cabane verte se trouvait de l'autre côté du parc, tables et chaises regroupées à l'ombre. Un panneau annonçait de la limonade. Mais la queue était longue et Charles semblait avoir perdu l'usage de ses jambes. Il ferma les yeux et s'appuya sur le dossier du banc tandis qu'une ombre passait devant le soleil.

« Tout va bien, l'ami ? »

Une silhouette se tenait devant lui.

« Je peux vous apporter quelque chose ? »

Charles secoua la tête. Il arrivait à peine à parler.

« À moins… peut-être… de la limonade ?

— De la limonade ? Pas de problème. Je vais vous en chercher, de la limonade. »

Charles farfouilla en quête de monnaie.

« Nan. »

L'homme semblait bouger. Difficile de garder le fil.

« Gardez votre argent, monsieur. Je connais le propriétaire. Attendez-moi là. C'est comme si c'était fait. »

Charles aurait pu pleurer de soulagement.

L'homme tint parole : il revint un instant plus tard avec une tasse de limonade.

« Tenez, l'ami. »

C'était tiède, mais c'était liquide.

« Merci. Mais comment…, parvint à articuler Charles après une gorgée. La queue ?

— C'est pas un souci, répondit l'homme d'une voix douce. On se fait mutuellement des faveurs, dans le coin. »

Sur ce, il s'assit à côté de lui avec désinvolture.

Charles se tourna d'un mouvement raide, la tasse posée en équilibre sur le genou. L'homme n'était pas jeune, du moins pas autant que le vendeur à Leeds. Il était à peu près de l'âge de

Charles. Il souriait. Mais son visage était scarifié. Des lésions rouges regroupées sur le côté de la joue. Charles les observa. Il connaissait ces lésions. Il les voyait tous les jours.

Syphilis.

Paralysie générale de l'aliéné. Très avancée.

« Sûr que vous voulez rien d'autre ? »

La voix de l'homme était légère quand il tendit le bras pour lui poser la main sur le genou, et Charles vit qu'ici aussi la peau était couverte de plaques rouges.

« C'est pas un souci, l'ami, fit l'homme d'une voix enjôleuse. Inutile de faire semblant avec moi. »

La main scarifiée remonta sur la cuisse de Charles.

« Qu'est-ce que vous faites ?! »

Charles se mit péniblement debout.

L'homme leva les mains et aboya un petit rire.

« Rien », répondit-il.

Le sourire était de retour.

« Rien que vous ne voulez pas, en tout cas. »

Alors la colère s'empara de Charles.

« Ne vous *avisez* pas de me dire ce que je veux. »

Il brandit sa canne, qu'il abattit sur les mains de l'homme.

« Vous ne me connaissez pas. *Vous ne savez pas ce que je veux.*

— Arrêtez ! »

L'homme se recroquevillait, les mains plaquées sur le visage.

« Ne me frappez pas. Je suis désolé. Je n'ai jamais pensé à mal. »

Mais Charles ne s'arrêta pas. Il leva sa canne et l'abattit de nouveau. Il le rouait de coups, à présent, et le visage de l'homme avait changé, était devenu son père, impuissant devant lui, devenu le jeune homme à Leeds, devenu Mulligan, devenu lui-même, il se frappait *lui-même*, jusqu'à ce que toute sa force l'eût quitté, que l'homme se fût enfui, et qu'il restât planté là, agrippé à sa canne, tremblant, les joues mouillées.

Qu'avait-il fait ?

Il leva les yeux. Un bambin le regardait. Seul au milieu de l'allée. Une fille. Un grand béguin sur la tête, pareil à une fleur noire. Puis elle aussi se mit à pleurer.

Il se débrouilla pour retrouver son chemin jusqu'à la gare. Se débrouilla pour trouver le train à destination de Leeds. Une jeune femme était assise en face de lui, un bébé dans les bras. Elle adressa à Charles un sourire fugitif, auquel il tenta de répondre, mais son sourire lui sembla tordu.

La jeune femme ouvrit sa bouche rouge et propre.

« Dégoûtant, fit-elle. *Dégoûtant.* »

Elle parlait avec la voix de sa mère.

« Non, rétorqua faiblement Charles. Je ne voulais pas. Je suis désolé. C'est lui qui est venu me voir. »

La femme serra son enfant contre elle. Charles balaya le wagon du regard.

Il y eut un bruit à côté de lui.

Fuller ! tonna-t-on. *Un peu de tenue !*

C'était Churchill. Churchill était là quelque part. Il devait l'avoir suivi.

Le train fit une embardée. Charles se leva.

Fuller ! aboya Churchill. *Vous vous donnez en spectacle ! Rasseyez-vous !*

Charles secoua la tête, sortit d'un pas maladroit dans l'allée, des gens partout, tous les compartiments pleins. Deux voitures plus loin se trouvaient des toilettes vides. Il s'y enferma. S'appuya contre le lavabo. S'était-il conchié ? Était-ce ce qu'avait voulu dire cette femme ? *Dégoûtant.* Il baissa son pantalon mais n'y vit rien. Des visages dansaient devant lui : le garçon de chez Spence, le visage enflé ; l'homme du parc, hilare ; et puis Mulligan – qui enlevait sa chemise devant lui, mais cette fois-ci, disséminées sur son torse taillé à la serpe, des plaies suppurantes ; et lorsque Charles releva la tête, apeuré, son visage avait changé, il avait le nez bulbeux, atroce. Le front difforme. *Paralysie générale de l'aliéné, très avancée.*

Très avancée.

Très avancée.

La dépravation était partout.

Tout était souillé.

Un peu de tenue, Fuller.

Un peu de tenue.

Un peu de tenue.

Un peu de tenue.

Il était très tard quand il atteignit la pelouse en bordure de l'asile. Il se traîna jusqu'au tronc gigantesque d'un chêne et s'allongea par terre. Il y avait des bruits, mais ils étaient lointains. Une dégringolade. De l'eau. Ou de la pluie.

Il brûlait, brûlait. Il aurait voulu s'enfouir dans

la terre fraîche. Ramper dessous. La rabattre sur sa tête. Mais le sol était dur comme de la pierre.

John

Le dernier jour de la moisson, le ciel immobile était une jatte de bleu. Le matin, les hommes restèrent silencieux, assommés par la chaleur et l'épuisement qui lestaient leurs membres, mais en fin d'après-midi John chanta : la seule voix qui s'élevait au-dessus de ces champs fauchés, une chanson qu'il ne se rappelait même pas connaître. Une que son père fredonnait, là-bas sur les plages de varech quand John était petit, et quand il l'entonna il se rendit compte qu'il la connaissait si bien que c'était comme endosser un habit porté par son père, et le père de son père avant lui, et tous les pères de la lignée, et qui lui allait donc mieux que n'importe quel autre habit.

Il rassembla deux ou trois tiges de blé de la dernière gerbe qu'il faucha, et les fourra dans sa ceinture.

Les hommes furent conduits dans la cour de la ferme, où un repas avait été dressé à l'ombre : de grandes tables couvertes de victuailles et de cruches de bière. Les fermiers reculèrent en faisant signe aux hommes de s'asseoir.

« *Bona mangiare !* s'exclama Dan en frappant dans ses mains avant de les frotter l'une contre l'autre. C'est pas trop tôt qu'ils montrent un brin de reconnaissance. »

John s'installa à la table houleuse, où de la viande trônait au milieu, pas du mouton en tourtes ni en ragoûts, mais un cochon entier qui avait été tué, rôti à la broche, puis découpé. Les assiettes furent servies copieusement et les hommes se jetèrent dessus, mangeant avec les mains, les mentons dégoulinant de graisse à cause du jus. La viande était tendre et sucrée ; il y avait de la couenne salée rissolée, des pommes de terre rôties, du pain. Quand les cruches de bière furent vides, elles furent remportées et remplies de nouveau.

John ne mangea pas beaucoup. Il avait le sang trop échauffé pour ça. À la place il tressa les tiges de blé sous la table, en laissant aux épis une longueur de liberté, comme il avait vu son père le faire pour sa mère : un cadeau à la fin des moissons – après le *meitheal* – que sa mère plaçait au-dessus du foyer. Il observa les hommes qui devenaient confus à force de bière et de nourriture, et il pensa à Ella.

L'un des fermiers avait un violon, et Dan, rouge et braillard sous l'effet de la boisson, se leva d'un bond et lui beugla de jouer en frappant dans les mains et en encourageant les hommes à danser.

« Réveillez les femmes ! mugissait-il. Allez ! Réveillez les femmes ! »

Les fermiers rigolaient : maintenant aussi gais que les hommes, le visage brouillé, toutes différences dissoutes dans la viande, l'alcool et la musique.

« Alors, on danse pas ? »

John se retourna : Brandt se tenait un peu à l'écart derrière lui.

Le surveillant s'avança.

« Demain, reprit-il en désignant la table d'un geste, la nourriture, l'alcool, les hommes qui dansent, tout ça sera terminé. Ils auront plus besoin de vous dans les champs. Demain tu retourneras creuser des tombes avec moi. »

Il leva sa chope, la cogna contre l'épaule de John, se jeta le liquide jaune dans le gosier, puis s'essuya les lèvres d'un revers de main et rota en s'éloignant d'un pas nonchalant.

John savait qu'il avait raison. Demain, quand la viande et la bière seraient débarrassées et que la tête des hommes serait lourde, quand la récolte serait bien en sécurité dans les granges et que commencerait le glanage, les choses seraient exactement comme avant. Il lui fallait prendre la nuit et l'étirer, y vivre, la faire sienne.

Au fil de la soirée les surveillants devenaient amorphes, somnolents. La nourriture et la boisson pesaient sur tous, pourtant la fatigue de John l'avait quitté. Tout était clair : l'air du soir, désormais plus frais, l'odeur riche et profonde de la viande, le houblon de la bière, la plénitude des hommes, le tout assaisonné du sel de l'anticipation sur sa langue. Alors que l'archet raclait les cordes et que la musique battait son plein, Dan s'extirpa de la mêlée et vint se pencher vers John par-dessus la table.

« Tiens, *mio Capitane*. »

Il avait l'haleine chargée de bière. Il tendit le bras et déposa quelque chose dans la paume de John.

« Tu pourrais en avoir besoin ce soir. »

John ouvrit la main et découvrit une boîte entière d'allumettes. Il leva les yeux pour le remercier, mais Dan était déjà parti, la botte frappant le sol, les doigts dans la bouche pour inciter d'un sifflement la musique à se poursuivre.

Maintenant.

John se leva, se glissa vers l'endroit où la cour pavée rencontrait le début des champs. Personne ne le regarda partir.

Alors il bifurqua et courut sans quitter la lisière des prés, se dirigea vers la ligne d'arbres qui marquait l'orée du bois, l'air nocturne sifflant autour de ses oreilles, arriva, les poumons écorchés. Il grimpa par-dessus la barrière métallique et se retrouva au milieu des arbres, où tout était calme, frais, sombre.

Loin derrière lui, il entendait les ricochets assourdis du violon. Les cris joyeux des hommes. Il marcha lentement, sentant à présent son cœur s'apaiser tandis qu'il se faufilait entre les troncs, se dirigeant vers l'orée du bois où se trouvait le vieux chêne. Il n'y avait personne en vue dans la petite parcelle de terrain à découvert : il la traversa d'un pas vif. Parvenu au tronc gigantesque, pris d'une impulsion, il posa la main sur le bois, comme Dan l'aurait fait, et il fut heureux, alors, de la sensation de l'écorce tiède et rugueuse sous sa paume.

« Mon gars, fit-il. J'espère que t'as dans l'idée de me cacher ce soir. »

Juste au-dessus se trouvait une branche suffisamment large pour le soutenir, et il s'y hissa. L'arbre frémit et bruissa autour de lui avant de s'immobiliser.

Il était caché désormais, mais de son perchoir il voyait les bâtiments de l'asile se déployer devant lui, le sentier qu'elle emprunterait quand elle viendrait, le clocher, les bâtiments presque beaux dans cette lumière nocturne voilée. Les hommes qui s'en retournaient aux pavillons approchèrent, et comme ils passaient sous lui, il retint son souffle, leurs bavardages maintenant plus discrets, ponctués par le rugissement truculent du rire de Dan, le nuage gris de leur fumée de cigarette montant paresseusement vers sa branche. Ils étaient saouls. Tous, imbibés de bière et lents ; les surveillants ne prendraient pas la peine de compter les têtes ce soir. John s'adossa contre la solidité du tronc.

Son cœur battait fort. Sa gorge était sèche. Il regrettait de ne pas avoir pris d'eau. Il restait encore longtemps à attendre.

De menus insectes emplissaient l'air, les hirondelles descendaient en piqué pour les attraper au vol. Il sortit son tabac et se roula une cigarette en vitesse, puis frotta une allumette contre l'écorce chaude de son siège, envoyant la fumée entre les feuilles. Le bois grinça. De petits oiseaux retournaient dans les branches supérieures.

Derrière lui, le soleil se fendit et se déversa sur la lande, la lumière se répandit en flaques d'or qui virèrent au rouge, puis au violet et au bleu foncé, et malgré l'épaisseur de la couverture des feuilles, il percevait la terre sous lui : les bâtiments devant, et puis derrière le reste du domaine, les fermes où les animaux étaient rentrés pour la nuit, les rails de train qui conduisaient à Leeds et au-delà, et toutes les collines noires entre les deux.

Le crépuscule arriva, la lune se leva, dorée, au-dessus des bâtiments. Plusieurs silhouettes occupaient le ciel – la danse tourbillonnante des chauves-souris –, et quand le contour des choses fut doux et que les ombres s'amalgamèrent il scruta le sentier. Il tripotait les tiges dans sa poche, les yeux sur l'herbe foulée. Penser à elle était comme toucher un objet brûlant.

Il fuma cigarette sur cigarette, reconnaissant à Dan de son cadeau d'allumettes. Désormais l'espace en dessous semblait traître. Les ombres oscillaient et se brouillaient. Il la vit vingt fois, ce n'était jamais elle. Le temps passa, la nuit s'épaissit, persuadé qu'elle ne viendrait pas, il arrivait tout juste à penser par-dessus le tohu-bohu de son cœur.

Ella

Haletante dans l'obscurité, elle était nauséeuse, moite de peur et de désir. Quand elle tournait la tête, elle voyait la lune, le ventre rond, haute. Son cœur tambourinait contre sa poitrine, dans sa gorge, d'une pulsation étrange, rapide et hésitante à la fois, comme s'il risquait tout bonnement de capituler.

Il faut jouer pour gagner.

Elle roula sa couverture et fit balancer ses jambes hors du lit, ses pieds nus sur le carrelage frais. Il y avait suffisamment de lumière pour qu'elle voie les lits alignés autour d'elle, chacun surmonté de la forme bossue d'une femme endormie. Si l'une d'elles avait les yeux ouverts, elle verrait clairement Ella. Un gémissement s'éleva à l'autre bout du dortoir, elle tomba à genoux, manquant de faire tomber son pot de chambre, qu'elle rattrapa avant qu'il valdingue et se renverse.

Après avoir rassemblé en boule son encombrante chemise de nuit, elle se mit à ramper aussi silencieusement que possible. Quand elle atteignit le bout de la pièce, elle eut l'idée étrange qu'elle risquait de se trahir d'un cri, alors elle se mordit fort la lèvre tandis qu'elle passait en rampant à côté des infirmières endormies et poursuivait vers le bloc des toilettes, et ce n'est qu'une fois là-bas qu'elle se releva, et courut vers la dernière cabine, où elle arriva toute mouillée de chaud. N'osant pas ouvrir le robinet, elle préféra s'agenouiller et plonger les mains dans la cuvette pour se jeter une poignée d'eau sur les aisselles et la nuque, jusqu'à faire partir l'odeur de sa peur.

Quand elle grimpa sur la lunette, la fenêtre était en face d'elle, mais le trou était beaucoup plus petit que dans ses souvenirs, bien trop petit pour qu'elle puisse s'y faufiler. Elle allait devoir le casser davantage. Elle tâtonna dans l'obscurité, empoigna la chasse d'eau : elle était munie à l'extrémité d'une poignée en bois, mais celle-ci, bloquée par une fixation au mur, était impossible à soulever. Elle enveloppa le tissu de sa chemise de nuit autour de son poing, et le verre vola en éclats avec un bruit aigu traître. Elle s'immobilisa, le bras en suspens, le sang martelant à ses oreilles, mais personne ne vint, et elle n'entendit rien en provenance des pavillons.

Elle fit tomber les éclats à l'aide de son coude afin que le montant et le rebord de l'autre côté soient nets, puis se faufila tant bien que mal dans le trou, sentit un déchirement de tissu, des échardes de douleur. Elle atterrit sur l'herbe et roula.

Pendant un long moment elle resta là, recroquevillée en une toute petite boule, avant de se déplier lentement. Elle posa ses paumes à plat. L'herbe était rare, le sol donnait l'impression d'être émietté et sec, pourtant, sous l'odeur de la terre tassée, elle sentait le parfum riche et sombre de l'humus. Aucune lumière ne brillait dans le bloc des toilettes. On n'était pas venu la chercher.

Comme le pilonnement de son sang refluait, elle entendit une brise légère souffler dans les feuilles des arbres en bordure du champ, le grattement proche d'animaux, les bruissements nocturnes de la nature alentour. La lumière était celle du crépuscule, on voyait bien et loin : jusqu'aux champs où avaient chanté les hommes, jusqu'au contour noir du bois et, derrière, la douce élévation de la lande. L'air était sucré, elle l'engouffra.

Libre. Elle laissa ce mot l'emplir.

Si elle s'enfuyait maintenant, elle serait à des kilomètres d'ici avant que quiconque se réveille. Si elle s'enfuyait maintenant, elle n'aurait plus jamais à retourner là-dedans.

Mais elle pensa alors à lui qui l'attendait.

Viendrait-il avec elle ?

S'enfuirait-il lui aussi ?

Elle emprunta le sentier étroit qui longeait l'arrière des bâtiments, la terre était chaude sous la peau de ses pieds, la transpiration refroidissait dans son dos. L'air était dense, de la température du sang.

Elle atteignit la lisière du bois, vit l'arbre esseulé, qui se dressait à l'écart : gigantesque dans l'obscurité, il jetait ses branches dans le ciel, et lorsqu'elle marcha sous ses feuilles déployées, il y eut un bruissement, et il était là, atterrissant sans bruit sur le sol à ses côtés. Sa carrure. Il semblait plus costaud ici, sans rien autour de lui, juste les arbres et le ciel. Son cœur dérapa, la peur la submergea et elle songea que peut-être elle ne le connaissait pas du tout.

« Ella. »

Le bruit de son nom dans sa bouche lui donna la chair de poule. Il voulut lui attraper les mains et il y avait de la douceur dans ce geste, mais elle se libéra sèchement.

« Nous sommes libres, dit-elle. Nous pouvons quitter cet endroit. »

Ces mots fouettèrent l'air et le brassèrent entre eux.

« Attends, répliqua-t-il d'une voix grave, pareille à un tambour recouvert de tissu. Attends une minute. Laisse-moi te montrer. »

Elle le laissa la conduire à l'endroit où une petite barrière cassée marquait la limite du bois. Il l'escalada en premier, puis l'aida à la franchir, et ils furent alors sous les arbres. Elle recula. Elle avait été dehors où elle était libre, où elle pouvait voir loin et grand pour la première fois de sa vie, or ce bois était sombre et serré – mais « Ce n'est pas dangereux, assura-t-il. Je te le promets. » Et quand ils avancèrent elle vit que le bois n'était pas vraiment sombre, mais fait d'argent et de bleu, et qu'il n'était pas dense, mais plein de vastes clairières, où le clair de lune filtrait entre les arbres et formait au sol un bassin. Et comme ils marchaient, les herbes étaient longues et fraîches. Il n'y avait pas de sécheresse ici. On aurait dit un lieu à part. Elle crut voir des yeux, des yeux furtifs d'animal dans l'obscurité, crut entendre le battement de petites ailes dans l'air.

Ils débouchèrent devant le roulis d'un champ de chaume où des moyettes de blé projetaient des ombres bleues au sol, et derrière lequel la lande s'élevait en pente douce. La lune se balançait, haute et mûre, au-dessus du paysage, l'air lourd de l'odeur brûlante et sucrée des champs donnait à Ella, debout en bordure, l'impression d'un nouveau monde dont elle et l'homme à ses côtés étaient les seuls habitants.

« S'il te plaît, lui murmura-t-il. Reste cette nuit avec moi. »

Et soudain elle était vide, et légère, et la liberté était en elle, faisait partie d'elle, et le besoin de s'enfuir avait disparu.

« Tiens. »

Il lui souleva la main, y déposa quelque chose. Au clair de lune elle vit des tiges de blé tressées, dont les épis formaient un éventail en dessous.

« Chez moi, expliqua-t-il, à la fin des moissons, la plus charmante de toutes les femmes traverse les champs. Elle a pour tâche de trouver un grain. »

À présent, sous cette lune, rien ne lui semblait étrange. Elle pénétra dans le champ, le chaume était pointu sous ses pieds, mais cette sensation ne la dérangeait pas. Quand elle arriva au milieu, elle s'agenouilla sur la terre rasée, et palpa avec ses doigts jusqu'à soulever dans sa paume un grain tombé. Elle se tourna et vit John venir à sa rencontre. Il se laissa tomber à ses côtés, posa son pouce sur le grain et referma la main autour de celle d'Ella, formant un double poing. Il y porta les lèvres, elle frémit, mais pas de froid. Puis il lui rouvrit les doigts.

«Souffle», dit-il.

Elle se baissa pour souffler le grain hors de sa paume.

John plongea alors brusquement la tête et l'embrassa. Un long et doux baiser. Il lui toucha la peau du cou, effleura ses lèvres, lui passa les mains dans les cheveux.

Et elle fit de même, tendant les mains pour lui toucher la bouche. En tracer le contour. Elle posa les paumes à plat sur ses joues, sentit la rugosité de sa barbe. Il ferma les yeux, elle mit les pouces sur ses paupières, où elle sentit sa pulsation délicate et vivante. Elle sentit les plis de son front, les sillons de ses tempes, enfouit les mains dans ses cheveux, rêches à cause de la poussière soufflée des champs.

Elle l'apprenait, là, dehors dans cette lumière bleue. Clem avait sa poésie, mais elle, elle avait ça. Elle l'apprenait par cœur.

«Tes cheveux, lui dit-il. Tu voudrais bien les détacher?»

Elle dénoua sa tresse, laissa ses cheveux retomber, et il l'embrassa encore, et encore, chaque baiser était un déroulement, comme s'il lui enlevait, couche après couche, tout ce qu'elle avait transporté, pour dévoiler une personne nouvelle.

Il posa sa veste par terre, déboutonna son gilet, sa chemise, glissa les mains sous la chemise de nuit d'Ella, la souleva. Nue désormais, elle ne ressentait pourtant nulle honte. L'air chaud pour seule couverture. L'haleine brûlante et vivante de la terre tout autour.

Ils se tournèrent l'un vers l'autre, et quand ils bougèrent ensemble elle poussa un cri, colorant l'air nocturne de son éclat de voix.

Charles

Quand elle venait, elle était gentille. Et propre. Elle lui soulevait la tête. Lui changeait ses draps. C'était un ange, venu pour purifier.

« *Je suis désolé*, lui chuchotait-il. *Pardonnez-moi.* »

Me pardonnerez-vous ? Vous m'entendez ?

Ils se déplaçaient autour de son lit pareils à des papillons de nuit. Des papillons de nuit silencieux aux bouches qui s'ouvraient et se refermaient. Ils ne l'entendaient pas. Ils ne parlaient pas.

Pourquoi ne m'entendez-vous pas ?

Écoutez-moi.

Je vous en prie ! Écoutez !

Je veux vous expliquer ce que j'ai fait.

Rien que vous ne voulez pas.

Je veux...

Je veux...

302

Je...

« Chuuut, non. Chuuut. »
Dégoûtant. Dégoûtant.

De l'eau. J'ai besoin d'eau. De limonade.
Je pourrais avoir de la limonade ? S'il vous plaît ?
S'il vous plaît ?

Mais c'est chaud. Tout est trop chaud.
Je vous en prie revenez.
Je vous en
             prie
                    revenez.

Une infirmière se tenait au pied du lit de
Charles. Son voile était brillant.

« Vous avez eu la grippe. »

Sa voix était un bruit métallique.

« Et vous n'êtes pas le seul. Vous êtes en quarantaine. Vous avez besoin de repos. »

Il ferma les yeux, une vague de peur aigre
l'engloutissait. Son être entier était horrifié de ce
qu'il avait pu dire.

Manifestement cela faisait une semaine qu'il
était malade.

Il ne pouvait dire à quel point cette nouvelle le
perturba.

« Une souche particulièrement redoutable, expliqua Soames, debout au pied de son lit. Elle nous a
déjà coûté cinq patients. Allez-y mollo, mon
vieux. »

303

Il tapota le coton tendu des draps.

«Vous avez de la chance d'être toujours parmi nous.»

Soames semblait relativement aimable. Et pourtant. Charles avait l'impression de déceler quelque tension sous son attitude.

Vous avez de la chance d'être toujours parmi nous.

Que voulait-il dire?

Voulait-il dire que Charles avait de la chance d'être en vie? Ou de la chance d'être gardé à l'asile? Et si c'était la deuxième hypothèse, alors de la chance d'être gardé après… quoi?

Il n'avait été saoul qu'une seule fois, mais la situation lui rappelait ce moment-là: le réveil sans aucun souvenir de la soirée précédente, l'horreur d'avoir pu dire ou faire quelque chose d'effroyable, dont tout le monde sauf lui avait été témoin.

Il se souvenait de tout avec précision jusqu'à l'embarquement dans le train à destination de Leeds, mais ensuite, guère plus. D'après l'infirmière qui veillait sur lui, il avait été retrouvé le lendemain matin, «tremblant et baragouinant» dans l'herbe.

Tremblant et baragouinant. Dans l'herbe??

Était-ce donc là, alors, qu'il avait passé la nuit? Avait-il complètement perdu le contrôle de lui-même? De sa vessie? De ses intestins?

Chaque fois qu'une infirmière venait s'assurer de sa santé, chaque question posée – *Voulez-vous un peu d'eau? Voulez-vous que je retape vos oreillers?* – était imprégnée d'une intention sournoise, et chaque fois qu'il voyait deux infirmières discuter, il lui semblait qu'elles parlaient de lui.

Il songeait à cette *chose* dans le parc (il ne pouvait pas l'appeler un homme). Était-elle allée voir la police ? Il ne l'avait pas blessée. Du moins pas vraiment. Il n'avait fait que lui donner ce qu'elle méritait : cette chose était dépravée, sa mission était de corrompre.

Rien que vous ne voulez pas.

Pourquoi avait-il dit ça ? Que voulait-il dire ?

Quand Charles se rappelait comment il avait levé son bâton, comment il l'avait battu, comment l'homme s'était recroquevillé de peur, cela provoquait chez lui des suées, et la suée passée il restait tremblant, ses os s'entrechoquaient, crépitement de galets sur une plage.

À mesure que les jours passaient, il commençait à se sentir un peu mieux. Quand il fut suffisamment remis pour s'asseoir, il se rehaussa avec des coussins et demanda qu'on lui apporte des livres de sa chambre.

Il se mit à lire. Il relut le pamphlet de Tredgold. Il lut l'essai du Dr Sharp, *On the Sterilization of Degenerates* :

Citons le Dr Barr, dans son ouvrage *Déficients mentaux* : Légalisons une fois pour toutes la castration, non pas en guise de châtiment d'un crime, mais de mesure curative pour empêcher le crime et tendre au confort et au bonheur futurs des déficients ; démocratisons une fois pour toutes cette pratique chez les jeunes enfants aussitôt après qu'ils ont été déclarés déficients par une autorité compétente désignée comme il se doit, et l'opinion publique l'acceptera comme un moyen efficace de préservation de la race. La stérilisation en viendra à être considérée, à l'instar de la quarantaine, comme un simple rempart contre le mal.

Charles prit des notes en marge au fil de sa lecture, les mots de Darwin résonnaient à ses oreilles :

Afin d'endiguer la décadence de la nation… aides sociales et charité… désir inné de contrôle de soi… qu'on empêche de se reproduire.

L'infirmerie, avec ses lignes propres, lui plaisait, ses draps blancs, son sol blanc, ses infirmières qui parlaient doucement et apportaient du thé, de l'eau et de la nourriture. Les mots qu'il lisait semblaient s'élever avec une puissance nouvelle dans cet espace propre et clair. C'était un cocon, et lui, une chrysalide.

Il quitta l'infirmerie un vendredi après-midi. On lui avait donné son week-end. On lui demanda s'il voulait rentrer chez lui, avoir deux jours de congé au lieu du seul habituel, partir un peu avant de reprendre ses fonctions, mais l'idée de se rendre à Leeds – même de traverser la gare, sans parler de marcher dans ces rues – lui causa un dégoût si fort qu'il craignit une rechute. Il ne voulait pas retourner à Leeds. Pas avant longtemps.

Après les plafonds hauts de l'infirmerie, sa petite chambre lui parut plus exiguë qu'avant. Ses draps avaient été changés et une nouvelle couverture jetée sur son lit, mais autrement tout était comme il l'avait laissé. Ses portraits sur le manteau de la cheminée. Ses notes étalées sur son bureau. Il replaça ses ouvrages sur l'étagère et se servit de la pierre de lande gravée de sillons comme presse-livre.

Apercevant son reflet dans le miroir, il ravala sa respiration, choqué. Ses joues étaient concaves, et sa moustache, qu'on lui avait taillée à l'infirmerie, paraissait énorme : elle lui couvrait la moitié du visage. Ses haltères étaient par terre à côté de la cheminée, il se pencha pour en saisir un, qu'il tâcha péniblement de ramener vers sa poitrine. Il lui sembla deux fois plus lourd qu'avant. Il le reposa et vint s'asseoir sur le lit.

Deux jours pleins à lui tout seul. Deux jours pleins où il pourrait faire ce que bon lui semblait. Que pouvait bien faire un homme en deux jours ? Prendre le train pour l'Écosse. Marcher dans la chaîne des Cairngorms. Assister à un match international à Nottingham. Aller voir un concert à Wigmore Hall à Londres.

Il n'avait envie de faire aucune de ces choses. Sa place était ici.

Dehors, il entendit l'horloge sonner dix-huit heures. On était vendredi. Bientôt les patients se prépareraient pour le bal. Son violon était posé dans un coin, muet. Deux semaines. À quand remontait la dernière fois qu'il l'avait délaissé aussi longtemps ?

Il voulait être entouré de gens.

Il s'empara de l'étui de son instrument et descendit les escaliers.

Lorsqu'il traversa la salle de bal vide, ses pas résonnant sur le bois, ses jambes lui semblèrent faibles, mais c'était une faiblesse agréable, comme une seconde jeunesse, ou une renaissance. Il contourna la scène, y monta, et de là contempla la vaste salle déserte.

Il avait oublié cette formidable hauteur de plafond. Les fenêtres cintrées étaient celles d'une cathédrale, leurs panneaux bruns et or interceptaient et filtraient la lumière de l'après-midi qui s'étalait, tiède, sur le plancher. Il alla se placer dans un tunnel de luminescence dorée et bascula la tête en arrière pour suivre les dessins sur la vitre : les rameaux de mûriers, les oiseaux qui semblaient voltiger de branche en branche. C'était sacré, magnifique. Fut-ce à cause de son humeur, une humeur étrange, creuse et pourtant pleine ? En tout cas il se mit à pleurer. Juste un peu. Il essuya ses larmes d'un revers de manche.

Puis il se rendit dans les coulisses, d'où il rapporta une chaise, qu'il installa bien en retrait de la scène, et s'assit, les mains sur les genoux, empli d'un sentiment de paix. Bientôt les autres joueurs entrèrent en file indienne. Ils semblèrent surpris. Levèrent la main en guise de salut. S'enquirent de sa santé. Se plaignirent du temps. Desserrèrent leur cravate en s'asseyant. Il était là sans y être. La conversation ondulait autour de lui.

C'était bon d'être là, au milieu de ces gens qu'il connaissait.

« Vous nous avez manqué », lança Jeremy Goffin en s'installant.

Charles tourna la tête :

« Vraiment ? »

Ce commentaire fleurit dans sa poitrine. Tout sourire, il plongea dans son étui pour en sortir son instrument, mais ce faisant il intercepta quelque chose, un échange de regards entre Goffin et Johnston, le clarinettiste : un petit sourire. *Narquois.*

Les musiciens commencèrent à s'accorder. Le grattement des cordes était du papier de verre sur ses nerfs. Il ne tenait pas son violon depuis cinq minutes qu'il avait déjà mal aux bras. Il serra les dents. De la sueur perla sur son front. Il sortit son mouchoir, s'épongea le visage.

Les patients commencèrent à arriver, d'abord un, puis deux, puis visage après visage, qui franchissaient les portes en masse. Si nombreux. Il n'aurait pas cru qu'ils étaient si nombreux. Plusieurs centaines, grouillant sur le plancher. D'où venaient-ils donc ? Y en avait-il autant d'ordinaire ? Et s'ils montaient sur scène ? S'ils venaient grouiller là-haut, jusqu'à lui, pareils à de la vermine, à des rats. Il recula davantage sa chaise. Essaya de se concentrer sur son violon, mais il ne parvenait pas à l'accorder.

Regarde-les.

Sourire jusqu'aux oreilles, grimacer. Tourner en rond sur la piste. Sauter sur place et frapper dans les mains. Comme des enfants. Comme de stupides enfants. Comme les idiots qu'ils sont.

Les hommes posèrent leurs instruments sur leurs genoux en attendant que les danseurs soient prêts. La lumière s'était déplacée, le soleil brillait à travers des panneaux plus bas à présent, et la salle était plongée dans une brume vaporeuse. Charles chercha Mulligan des yeux, dans le fond, dans les coins sombres, où la lumière était fraîche : c'était là qu'il serait.

Mais Mulligan n'était pas là.

Charles parcourut les bancs du regard. L'homme n'était nulle part. Il regarda de nouveau, élargit ses recherches.

Là.

Devant.

Il le dévisagea. L'homme était transformé. Son expression habituelle avait disparu, la pierre s'était dissoute, il était chargé de quelque chose de nouveau. Son corps était tendu, ses yeux balayaient l'espace devant lui : lui aussi cherchait quelqu'un.

Une multitude de femmes arrivèrent, l'air palpita sous leurs voix. Mulligan se leva presque d'un bond : Charles vit l'effort que ça lui demandait de se contenir. Il suivit le regard de Mulligan qui scrutait les femmes.

Et c'est alors qu'il vit… cette petite chose, cette chose sombre. Fay. Ella Fay. Les yeux de l'Irlandais étaient rivés sur elle, et il avait faim, à croire qu'il aurait pu traverser la salle pour la dévorer. Et maintenant la fille l'avait vu à son tour et le visage de l'homme avait changé. S'était adouci. Il semblait… heureux. Oui, c'était ça. Heureux. Ce bonheur badigeonnait l'air d'une teinte criarde…

Qui était-il pour être heureux ? Cet… homme ? Ce n'était même pas un homme. Il n'était guère plus qu'une bête des champs.

Et la fille… cette *chose*. Elle avait été du genre à hanter les ombres elle aussi, et pourtant elle était là désormais à prendre son temps au soleil comme si c'était son droit le plus strict, comme si elle le méritait, comme si tout ce spectacle – la salle de bal, les sculptures, les peintures, la belle céramique ouvragée de Burmantofts, les mûriers, les plafonds qui s'élevaient haut, jusque dans l'espace brumeux, le soleil qui plongeait, plongeait, et qui l'éclairait, *qui l'éclairait, elle* – était là entièrement pour elle et cet homme : toile de fond à leur marivaudage, à leur *accouplement*, à leur union sordide. Une union forgée ici dans cette pièce, et cette pièce, qui quelques minutes plus tôt seulement avait semblé une cathédrale spacieuse, apparaissait désormais comme un vulgaire lupanar.

La nausée l'assaillit. Avant même de comprendre ce qui se passait, il fut debout.

«Dr Fuller?»

C'était Goffin. Il le dévisageait.

«Vous êtes prêt?

— Pour quoi?»

Sur la piste, les patients étaient appariés et eux aussi levaient la tête vers la scène, attendant que la musique commence.

«C'est l'heure de la valse, répondit Goffin. Vous êtes sûr que vous vous sentez bien?

— Je suis désolé.»

Une nouvelle suée l'inonda.

«Je suis désolé. Je ne suis… pas moi-même.»

Il ne pouvait pas rester. Pas dans cet endroit fétide et corrompu.

Vite il s'éloigna de la salle de bal, parcourut les couloirs interminables, sortit par l'entrée principale, trébucha sur la pelouse qui menait à la Caserne, et une fois dans sa chambre, il verrouilla la porte, se voûta au-dessus du pot de chambre, mit ses doigts au fond de sa gorge et vomit, encore et encore.

TROISIÈME LIVRE

1911
Été – Automne

Ella

Elle effectuait des mouvements lents et délibérés. Alors qu'elle extirpait du tissu entortillé des machines, elle contempla ses mains. Des mains ordinaires, des mains rêches, qui pourtant ne lui avaient paru ni ordinaires ni rêches, cette nuit-là. Elles avaient su où aller. Comment voyager sur sa peau. Le lire. Comprendre.

Et son propre corps : elle ne s'était pas crue capable d'un tel plaisir. Elle se considéra, engoncée dans l'uniforme lourd et noir de l'asile, et c'était comme si elle portait un miracle sous ses vêtements.

Elle leva la tête et sursauta. À l'autre bout de la pièce, Clem la suivait des yeux. Ella se baissa pour empoigner une corde d'habits et la hisser hors du tambour tandis que Clem traversait la pièce à sa rencontre.

« Là. »

Clem se pencha pour saisir l'autre extrémité, l'aider à démêler le nœud. Ella avait beau garder les yeux baissés, elle sentait le regard araignée de Clem trotter sur sa peau.

« Tu as l'air différente, remarqua celle-ci.

— Comment ça ? »

Elle se risqua à lever les yeux. Clem pouvait-elle voir ? Peut-être que oui. Peut-être qu'elle voyait parfaitement clair dans son jeu. Peut-être que si quelqu'un devait ouvrir Ella, il y trouverait John, tatoué sur toute sa surface intérieure, exactement comme Dan Riley avait ses femmes sur les bras.

Clem étrécit les yeux.

« Je ne sais pas », répondit-elle.

Puis elle libéra un drap de l'enchevêtrement et le déchira entre ses mains.

Durant le déjeuner, elles restèrent silencieuses, mais chaque fois qu'Ella levait la tête, Clem la regardait, une expression étrange sur le visage. Au début teintée d'humour, elle se faisait plus dure à mesure que le repas avançait, et l'air entre elles se vrilla.

« Tu vas me le dire, finit par lâcher Clem. Tu le sais, n'est-ce pas ? Qu'importe ce que c'est, il faut que je sache. »

Ella sentit monter dans ses tripes un murmure de panique : elle ne pouvait pas en parler. Pas encore.

L'après-midi, assise dans la salle commune, il était plus difficile d'éviter le regard accusateur de Clem, elle ferma donc les yeux et fit mine de somnoler. Il faisait si chaud qu'elle sombra facilement dans le sommeil, et ne se réveilla que lorsque l'après-midi touchait presque à sa fin et qu'il était l'heure de manger. Mais la nuit, elle resta éveillée dans son lit longtemps après que tout le monde se fut endormi. Il semblait plus sûr de penser à lui à ce moment-là : le sel de sa peau, le râteau de sa barbe contre sa joue. Les endroits que sa bouche avait touchés. Elle ignorait, alors, quelle faim elle avait d'être touchée. Le corps de John : au début elle en avait été intimidée, mais par la suite ce fut comme si elle-même avait disparu et qu'une entité extérieure lui actionnât les mains, les doigts ; quelqu'un qui savait comment donner du plaisir, quelqu'un qui savait comment en prendre.

Elle se tourna sur le dos et retint un cri. Une silhouette se tenait au pied de son lit, une masse sombre dans l'ombre de la nuit, et un bref instant étrange elle crut que c'était lui, jusqu'à ce qu'elle entende la voix de Clem :

« Décale-toi, siffla-t-elle, et laisse-moi monter. »

Ella lui fit de la place, et Clem se glissa à côté d'elle sous la mince couverture. Le lit était si étroit qu'il était impossible de ne pas se toucher, et alors que Clem se tortillait pour s'installer, Ella sentit toute la longueur de son corps, le rebord pointu de sa hanche qui faisait saillie contre le sien.

« Tu l'as vu, n'est-ce pas ? murmura Clem. Tu as été avec John. »

Ella en sentait encore l'odeur, une odeur animale, profonde et excitante. Allongée là comme ça, elle était sûre que Clem devait la sentir aussi. Elle hocha la tête dans l'obscurité.

« Oh. »

L'haleine brûlante de Clem lui frôla la peau du cou.

« Je le *savais*. Je le voyais bien. »

À côté d'elles Vieille Allemagne gémit et des gouttelettes de mots crépitèrent dans l'air. Les deux filles se raidirent en attendant qu'elle retombe dans le silence. Cette fois-ci, Clem s'exprima d'une voix à peine audible :

«Pourquoi ne m'as-tu rien *dit* ?

— Je suis désolée.»

Le cœur d'Ella se mit à accélérer.

«Simplement je… ne savais pas comment. Pas là-bas. Ici ça va, cela dit, s'empressa-t-elle d'ajouter, avant de se demander si ça allait vraiment.

— Tu l'as laissé t'embrasser ?»

Les lèvres de John, qui lui caressaient la peau des bras, des jambes, du ventre. Des seins. La chaleur bleue pas tout à fait sombre de la nuit.

«Oui.

— Oh.»

La voix de Clem trébucha dans sa gorge.

«Et… quoi d'autre ? Vous avez fait autre chose ?»

Ella dut fermer les yeux tandis que la force de l'acte montait en elle, et elle était de nouveau liquide ; voilà comment ça s'était passé : comme si elle était capable de prendre différentes formes, de devenir un animal, un fourmillement croissant de sensations, comme si elle était elle-même mais pas elle-même, quelque chose au-delà, et qu'il était quelque chose d'autre aussi.

Mais tout cela était impossible à dire.

Cependant elle sentait Clem à ses côtés, qui retenait son souffle, impatiente de dévorer les miettes.

«Raconte-moi, Ella, *qu'est-ce que vous avez fait ?*»

Ella eut beau continuer de se taire, Clem sembla comprendre et elle retint un cri, sa respiration se faisant plus rapide, comme si elle se démenait pour la rattraper.

« Oh ! Ça t'a fait mal ? Il y a eu du sang ?

— Je crois bien. Je ne sais pas. Mais après…

— Quoi ? »

Clem se pressait de tout son corps contre celui d'Ella.

« Raconte-moi. *Quoi ?*

— Je ne sais pas. Je ne sais pas comment le dire… c'était… »

Elle n'arrivait pas à trouver les mots et savait, en définitive, qu'elle ne voulait pas. Pas le déverser dans des mots, où ça risquait de durcir et de figer, où on pourrait lui attribuer un nom.

Elle se sentait piégée, avec Clem ici, trop près, son haleine trop chaude, son besoin trop fort. Elles étaient toutes deux allongées, le souffle court sous la couverture pesante de l'air nocturne, quand Clem finit par émettre un petit bruit frustré, à mi-chemin entre la colère et la souffrance, et s'éclipsa aussi discrètement qu'elle était venue.

Ella se tourna sur le côté, recroquevillée au bord du fin matelas, un épais ruban noir se resserrait autour de son cœur. Sans l'aide de Clem, rien de tout cela ne serait arrivé ; elle aurait dû lui donner davantage. Mais quoi ? Comment pouvait-elle partager quelque chose qu'elle-même n'arrivait pas à cerner ?

Charles

La nuit, il rêvait de fleuves, de marées, de vagues monstrueuses, et il y avait un homme, un homme qui le menaçait, tapi dans l'ombre à l'observer. Au réveil, Charles avait l'impression de n'avoir presque pas dormi. Parfois, quand il vaquait à sa journée, s'il se retournait trop vite, il voyait cet homme-ombre, silhouette grise et floue juste à l'extrémité de son champ de vision. Il savait que c'était cette *chose* du parc qui lui montrait qu'il n'était pas encore propre. Pas encore aussi pur qu'il pourrait l'être. Et qu'importe ce qu'avait vu en lui cette chose dans le parc, il savait qu'il devait l'effacer, et alors l'homme disparaîtrait. Ainsi donc il avait élaboré une nouvelle liste dotée d'un nouveau titre :

Purifier.
1. Si le ragtime dénote la dépravation, je ne le jouerai pas. Le ragtime appartient au pays de Dédale, or ce pays, comme la Louisiane, est truffé de marécages.
2. Je ne repenserai plus au jeune homme de chez Spence.
3. Le problème de Miss Church. Je me suis montré négligent quant à la question de ses livres.
4. L'avenir de l'hôpital. Stérilisation ? Mulligan. Ella Fay.

Le premier point de la liste était facile : dès la première occasion il récupéra les partitions du ragtime. Goffin eut peut-être l'air un peu penaud, mais il n'y eut aucune objection parmi les musiciens, et plus tard ce jour-là, accroupi devant son âtre vide, Charles froissa les partitions en boule et les brûla. Ce fut une flambée modeste qui ne dura guère.

Il cessa de jouer du piano dans les salles communes. Le ridicule de cette démarche l'avait brusquement frappé. Qu'avait-il espéré accomplir? Une espèce de *thérapie*? Cette idée était risible : comme si Mozart, Schubert et Chopin avaient le pouvoir miraculeux de guérir ces gens de leur tare héréditaire. Galton avait raison, Pearson avait raison, Churchill avait raison : dans ce genre de cas, la modération conduisait tout droit à la ruine.

Et en vérité, songeait Charles en accomplissant ses rondes, il avait une dette envers Mulligan. Si l'homme n'avait pas eu ce comportement sur le terrain de cricket, Charles n'aurait peut-être jamais été ramené à la raison. L'incontinent et l'intempérant doivent être matés. Partout c'était manifeste, partout il voyait des gens incapables de se retenir. La semaine précédente, par exemple, durant sa ronde des salles communes des femmes, il avait été abordé par une vieille bique édentée coiffée comme une gamine, avec deux couettes.

« Pourquoi ne jouez-vous pas? avait-elle demandé d'une voix plaintive en s'agrippant à son bras. Pourquoi ne jouez-vous plus pour nous? »

Il avait essayé d'ôter sa main, mais elle avait une poigne étonnamment ferme, et quand elle l'avait tiré vers elle, il avait été enveloppé de sa puanteur méphitique d'urine et de décomposition. *Parce que vous êtes de la vermine*, aurait-il voulu répondre. *Parce que vous êtes vieille et inutile et inadaptée à la vie.* Mais il s'était retenu, car lui-même savait être modéré, lui-même était un homme rationnel. Il s'était libéré d'une secousse avant de se lever.

« Je suis désolé. »

Il avait tiré sur sa veste.

« J'ai bien peur de ne plus avoir le temps. »

À ces mots elle s'était mise à pleurer, longue mélopée funèbre, avant de se plaquer les mains sur les yeux, de se jeter par terre et de faire un caprice, comme une enfant. Cependant les infirmières étaient vite intervenues pour l'évacuer et la mettre sous camisole.

Alors que Charles s'apprêtait à quitter la pièce, il avait vu Miss Church, assise complètement immobile, qui le toisait, un livre ouvert sur les genoux. *Miss Church* était numéro trois sur sa liste, mais rien ne disait qu'il devait régler les problèmes dans l'ordre. Il avait traversé la pièce pour la rejoindre. Elle avait paru rétrécir un peu à son approche.

« Bonjour, Miss Church. Puis-je vous demander ce que vous lisez ?

— C'est… juste un roman. »

Elle avait resserré le livre sur son corps.

« Puis-je voir ? »

Elle le lui avait tendu avec une réticence manifeste. Il avait senti son regard peser sur lui lorsqu'il l'avait feuilleté.

« Où avez-vous eu ça ?

— Mon père.

— Évidemment. »

Charles avait souri en refermant prudemment le livre.

« Je me demandais, verriez-vous une objection à ce que je vous l'emprunte un moment ? »

Il avait vu son envie de protester, vu la lutte d'émotions conflictuelles sur son visage, toutefois, sans attendre leur réconciliation, il l'avait remerciée, avait fourré le livre sous son bras et poursuivi son chemin.

Le lendemain il s'était rendu au bureau de Soames.

« Ceci a été trouvé hier sur la personne de Miss Church. »

Il avait posé le roman sur la table entre eux, avant d'exposer les faits le plus simplement possible : l'éducation avait pris le contrôle du corps de Miss Church, au moment même où ils parlaient elle dévastait ses organes de reproduction et de raisonnement. Dès ses premières lectures du dossier cela lui avait paru évident : elle n'était pas à sa place dans cet environnement, mais en vivant ici depuis si longtemps elle était devenue une *unité antisociale*. Il lui fallait comprendre les *véritables réalités et devoirs de la vie*, et alors seulement elle serait prête à retourner chez elle. En un mot, c'était simple : *Miss Church devait être privée de ses livres.*

Il y avait eu un silence au cours duquel le directeur avait soupesé l'ouvrage incriminé avant de l'ouvrir en laissant le hasard choisir la page et de lire, comme dans un acte de bibliomancie, comme si la réponse pouvait se trouver dans ces mots, puis il avait relevé la tête.

« D'accord, Fuller, avait-il répondu un peu tristement. Considérez que c'est fait. »

Charles avait hoché la tête. Il s'était redressé de toute sa hauteur, les mains serrées derrière le dos.

« Il y a autre chose. Vous aviez raison, monsieur. J'ai bien peur que ce double poste soit trop pour moi. Surtout depuis ma maladie. J'ai besoin de conserver ma force. C'est pourquoi je souhaite démissionner de ma charge de chef d'orchestre.»

Soames avait paru surpris.

«Vous en êtes sûr, Fuller?

— Certain.

— Ma foi, nous ne pouvons nommer personne d'autre pour le moment, pas avec cette...»

Il avait tiré d'un geste d'irritation sur le col de sa chemise.

«... pas avec cette chaleur.»

Charles avait pensé à cette éventualité :

«Dans ce cas, puis-je vous suggérer de suspendre les bals pour le reste de l'été? Il paraît on ne peut plus logique, n'est-ce pas, pour le bien de tout le monde, de reprendre quand la température sera un peu plus tolérable?

— En effet, avait répondu Soames, l'air soulagé. Parfaitement.»

À ces mots, Charles avait eu la sensation de se débarrasser de peaux mortes. Il s'était senti infiniment plus léger quand il avait laissé derrière lui la pièce lugubre aux panneaux sombres.

Il évitait les autres hommes dans les couloirs. Son contact avec les membres du personnel se réduisait à la portion congrue. Au déjeuner il s'asseyait seul, griffonnait dans son calepin, puis après le dîner il montait à l'étage afin de poursuivre au calme sa lecture et sa prise de notes.

Il y aurait bel et bien une allocution pour le congrès. Mais une allocution d'une teneur sensiblement différente par rapport à celle qu'il avait eu l'intention d'écrire au départ.

Quand bien même aurait-il eu du temps pour converser, il avait commencé à se rendre compte à quel point la plupart de ses collègues lui étaient inférieurs : Goffin, par exemple, qui l'avait arrêté dans le couloir l'autre jour pour lui demander tout de go la raison de l'annulation du reste des bals de la saison.

« Je trouvais qu'on s'accordait tous assez bien. »

Le jeune homme, tête basse, les mains enfouies dans ses poches, dansait d'un pied sur l'autre comme un vilain garnement.

« Dans l'orchestre, je veux dire. »

Il avait pris du poids, avait remarqué Charles, et une certaine lourdeur pesait au niveau de la mâchoire. D'ici cinq ou dix ans, son moment serait passé. Il aurait perdu tout le charme fugitif qu'il avait jadis possédé. Était-ce vraiment le jeune homme dont les commentaires l'avaient tant blessé ?

« Je suis désolé, avait sèchement répliqué Charles, mais la musique loge au pays de Dédale, or je n'y habite plus. J'ai trouvé la sortie du labyrinthe. J'ai retrouvé mon chez-moi. »

Goffin l'avait dévisagé, les yeux exorbités, puis avait hoché la tête d'un geste bref et apeuré avant de s'éloigner à la hâte.

Le violon de Charles restait muet et inutilisé dans un coin de sa chambre. Chaque nuit, au lieu de s'exercer, il s'asseyait à son bureau pour écrire. Il composait une lettre adressée à Churchill.

Je me rends maintenant compte, monsieur le ministre de l'Intérieur, que vous avez raison. La stérilisation est la seule véritable voie. C'est un service, une inoculation pour l'Empire. Sans elle, nous serons dépassés. J'en veux pour preuve ma propre expérience. Moi aussi, j'ai eu des œillères. J'ai cru que si nous gardions nos aliénés en sécurité, à part, bien nourris, et ce grâce à nos fermes domaniales, nos bals, nos compétitions sportives, nos comédies musicales et notre Mozart dans la salle commune pendant trente minutes chaque lundi, nous pourrions également leur faire du bien.

Je me rends maintenant compte que mon raisonnement était complètement erroné. En les gardant ici, en les traitant bien, nous les avons dorlotés. Nous devrions être une nouvelle Sparte, mais comme nous ne pouvons pas, en toute conscience, abandonner les enfants à leur sort sur la lande, nous devrions opter pour la deuxième solution la meilleure, à savoir les empêcher de naître tout court. Il s'agit d'une opération relativement simple.

Et voilà le plus beau, voilà le magnifique, ce dont vous êtes, je le sais, parfaitement conscient : ces gens s'en porteront mieux.

Faisons en sorte que les pauvres engendrent des membres de la société moins nombreux et plus productifs. Songez au nombre de problèmes que cela résoudrait d'un seul coup ! La pauvreté diminuerait de moitié – grosso modo.

Je me rends maintenant compte, monsieur le ministre de l'Intérieur, que c'est la seule voie rationnelle.

Il relut ce qu'il avait écrit : la question de la pauvreté était fondamentale, le pays semblait vaciller au bord de l'effondrement. Chaque jour les gros titres publiés dans *The Times* se faisaient plus alarmants. Les grèves se multipliaient : on rapportait que des millions d'hommes avaient déposé leurs outils dans tout le sud-est de l'Angleterre.

Les médicaments devenaient une denrée rare. Les patients supportaient mal la chaleur. Malgré la distribution régulière de tasses d'eau, nombre d'entre eux présentaient une langue rouge couverte de croûtes, synonyme de déshydratation précoce, le taux de mortalité avait brusquement monté, et de nombreux patients parmi les plus âgés semblaient renoncer. Hier encore, Charles s'était rendu à la réserve en quête de bromure, où il s'était entendu répondre par le pharmacien qu'il n'y en aurait pas « jusqu'à nouvel ordre ».

« Mais qu'entendez-vous donc par là ? »

L'homme avait ouvert les mains et haussé les épaules.

« Les grèves, Dr Fuller, les grèves. »

Les articles en une devenaient de plus en plus alarmants, celui de la veille affirmait que le pays était exposé « *à un risque imminent de famine* ».

Toute cette situation est aussi follement insensée que pernicieuse. Les dirigeants des syndicats parlent de mettre un terme à la pauvreté. Sont-ils vraiment d'une ignorance crasse au point de s'imaginer que détruire la pauvreté, arrêter le commerce et disloquer l'ensemble des rouages de la civilisation sont le moyen de profiter aux pauvres ?

Merci mon Dieu pour l'autosuffisance. Merci mon Dieu pour ces plus de deux mille hectares et ces troupeaux de bétail.

Toutefois, on avait trait moitié moins de lait qu'à la même période le mois précédent : il ne restait presque plus d'herbe pour que les vaches puissent paître.

Le vendredi, à l'heure où le bal aurait dû ordinairement avoir lieu, il se trouva que Charles n'avait pas envie d'être à l'asile, il marcha donc en lieu et place jusqu'à Ilkley, puis de là monta jusqu'à la lande.

Un paysage étrange l'attendait : les champs étaient noirs de gens allongés dans l'herbe – des familles entières, semblait-il, endormies au soleil, en rangs d'oignons. En passant entre eux sur le sentier qui menait à la lande, Charles s'arrêta pour aborder un homme aux cheveux gris assis un peu à l'écart des autres.

« D'où venez-vous tous ?

— De Bridlington, répondit le vieil homme, l'air exténué. Mais il n'y a pas de trains qui retournent à Bradford, alors il faut marcher. On se repose un peu avec les petiots avant de repartir. »

Il semblait être la seule personne éveillée parmi les vingt que Charles dénombra allongées dans ce champ. Il était soulagé de les laisser derrière lui et se mit à monter : il y avait un aspect sinistre chez eux, allongés dans leurs habits noirs, comme si on avait secoué tout l'étage d'une usine. Quand il atteignit la ligne de crête, il fut aussi soulagé de constater qu'il était la seule silhouette verticale sur cette vaste étendue de lande.

Les fougères étaient sèches comme de l'amadou et la draille sablonneuse. Des fissures étaient apparues dans la terre. Charles s'imaginait ces gens dans les champs se lever. *Dix millions d'hommes en grève.* Il lui était difficile de se représenter dix millions d'hommes, dix millions d'hommes en colère n'en parlons pas. Voilà qui aurait suffi à renverser n'importe quel gouvernement, non ? Il les voyait, massés sur la lande, engoncés dans leur noirceur, allongés au sol, à le dévisager en silence au passage.

Sédition. *Sédition.*

Soudain une détonation fendit l'air alors qu'il franchissait la ligne de crête, et il se jeta à terre, le cœur battant. Un tireur, là-haut sur la lande ? Ces tirs lui étaient-ils destinés ? Un de ces hommes dans les champs, peut-être ? Il y eut un silence, et Charles sentit sa respiration revenir à la normale tandis que d'autres tirs retentissaient, plus loin à présent : de brefs cris d'hommes, le jappement lointain de chiens. Le braillement caractéristique des rabatteurs. *Évidemment.* On était le dix-huit août – juste après le Douze Glorieux, jour de l'ouverture de la chasse au lagopède d'Écosse. Ils chassaient la grouse. Au bruit d'autres détonations, Charles se mit en appui sur les coudes et regarda de la fumée blanche monter depuis Wharfedale. Les tireurs étaient à plusieurs kilomètres de là, c'étaient la clarté et l'absence totale d'air de cette journée qui avaient apporté ce bruit si près.

Un extrait du *Times* datant du matin lui revint en mémoire : le roi, dont on avait annoncé qu'il chasserait dans le Yorkshire, à Bolton Abbey. C'était de là que provenaient les tirs : ç'aurait fort

bien pu être la partie de chasse du roi qu'il entendait. Plus que probable, même ! Charles resta à sa
place, assis au milieu des fougères, à contempler
au loin les petites bouffées de fumée grise d'arme à
feu, puis sortit de sa besace sa bouteille et but une
lampée d'eau avant d'en verser un peu sur sa main
pour se la passer sur la tête et le cou.

Il savait qu'il y avait des troupes postées à Londres, dans Hyde Park, Regent's Park et des parcs
de l'East End. Il se représentait ces soldats, étouffant sous leurs bonnets à poil et leurs uniformes,
leurs baïonnettes lançant des éclairs dans le soleil
brûlant. Il bifurqua à l'ouest et se protégea les yeux
d'une main. Il y avait eu des émeutes dans les rues
de Liverpool, des centaines de milliers d'hommes.
Churchill avait envoyé le *Antrim* remonter la côte
ouest, et le bateau mouillait désormais à l'ouest-
sud-ouest par rapport à Charles, sur le fleuve
Mersey entre Liverpool et Birkenhead. Avec à son
bord plus de deux mille soldats de la cavalerie et
leurs officiers. Il ne dépendait que de Churchill de
donner l'ordre de tirer.

Les fusils de Churchill à Liverpool. Ceux du roi
ici sur la lande. Des hommes dans les rues.

> *Sur la colline où l'été je musarde,*
> *(…) J'entends de loin le tambour implacable,*
> *Qui comme de mes songes retentit[1].*

Chaos. Il le sentait planer au bord des choses.

1. Extrait d'un poème de A. E. Housman, *On the idle hill of
summer* (1896). Traduction de Sébastien Cagnoli.

Plus question de mettre du sparadrap, à présent : la plaie devait être cautérisée, en profondeur.

Le projet de loi sur les faibles d'esprit constituerait la véritable révolution dont le pays avait besoin. D'ici à la prochaine génération, ou même avant, il n'y aurait plus de combat industriel. Aucun ouvrier tourmenté par le chômage ni le manque. Assez d'emplois pour tout le monde. Qu'elle était belle, cette simplicité !

Un projet montait en lui, un projet audacieux, mais un projet qui, s'il aboutissait, serait susceptible de transformer son sort ainsi que celui de l'asile, du directeur, voire du pays lui-même. Sharston avait l'opportunité de devenir un hôpital d'un genre nouveau, un hôpital spécialisé dans la prévention plutôt que dans la guérison.

Soames allait bientôt voir.

Charles avait envoyé sa lettre à Churchill.

Debout, il leva les bras vers le vaste ciel bleu. Il était temps d'entreprendre une action audacieuse, temps pour les hommes supérieurs d'entrer dans la lumière.

John

Tard un après-midi, ils travaillaient dans l'abattoir, gigantesque grange en limite du domaine. Les bouchers étant rentrés chez eux pour la journée, il revenait à Dan et à John de laver les tables et de rincer à grande eau le sol pavé. L'air était lourd de l'odeur métallique sucrée caractéristique du sang. Au-dessus de leurs têtes, les carcasses marbrées et vidées de cochons se balançaient à leurs crochets. Le tonnerre roulait au loin, quelque part au-dessus de la lande. La lumière entrait par de hautes fenêtres, mais les vitres étant incrustées de poussière, elle paraissait trouble et verte. Un surveillant se tenait non loin d'eux : un jeune gars, qui fumait sur le seuil.

John frottait les taches sur son établi. Dans le seau à ses pieds l'eau était rose. Quand elle fut rouge et grasse, il la renversa au sol, où elle s'écoula sur les pavés inclinés pour descendre dans un égout, puis il alla remplir son seau à la pompe dans la cour.

Il travaillait vite. Plus il travaillait vite, plus vite il fallait changer l'eau du seau, et plus souvent aller dehors. Depuis la cour de la ferme il voyait le bois, la lisière du champ où il s'était couché avec elle. S'il se dépêchait, il pourrait y retourner. Rien qu'une minute suffirait.

Dan était agité. À chaque roulement de tonnerre il hochait la tête, comme pour murmurer une sorte d'assentiment. Il n'arrêtait pas de marmonner en jetant des coups d'œil au surveillant. Ils travaillèrent en silence jusqu'à ce que le gars sorte.

« Il se prépare une guerre, *mio Capitane*, fit Dan d'une voix grave. C'est ce que j'entends. Une guerre. »

John leva la tête.

« Une vraie cette fois. Pas juste là dehors. »

Dan désigna la porte d'un geste sec de la tête.

« Pas juste un tir à la corde sur un terrain de cricket. Pas juste ces clowns, mais une vraie guerre, de vrais hommes, dehors dans les rues. Liverpool. C'est là qu'il faut aller. »

John hocha la tête : il l'avait entendu lui aussi. Les journaux qui arrivaient jusqu'à eux, tout vieux de plusieurs jours qu'ils étaient, en étaient farcis. Il avait vu les photos : les hommes massés dans les rues de Liverpool. Des centaines de policiers montés sur des chevaux.

« Il est temps, déclara Dan en roulant en boule son chiffon avant de le jeter sur la dalle en pierre.

— Pour quoi ?

— Aller de l'avant.

— Comment ? »

Dan fourra ses mains sous ses aisselles et émit un sifflement grave.

« Tu me poses vraiment la question, *chavo* ? Tu penses vraiment que je suis là parce qu'on m'a enfermé ? Tu crois que je vais rester là jusqu'à devenir comme ces bougres là-dedans, qui restent assis dans leur merde ? Si je suis là c'est parce que je l'ai choisi. Si je veux sortir, il me suffit de sortir, affirmat-il en désignant d'un geste la porte ouverte. Je grimpe, je saute et hop ! Comme je l'ai toujours dit.

— Ils enverront des hommes à tes trousses. »

Dan partit d'un rire rauque en secouant la tête.

« Mais ils ne me trouveront pas, pas vrai ? Quand je ficherai le camp, ce sera définitif. Tu devrais venir avec moi, *chavo*. »

Il se tourna vers la porte, où de petits morceaux de graines, ou de poussière, derniers copeaux de l'été, étaient suspendus dans la lumière.

« Le vent tourne. Crois-moi, tu seras mieux à l'abri sur la lande qu'ici. Ici la mort est partout, maintenant. »

Il se retourna, les yeux vifs et étincelants, un défi dedans.

« Cette terre c'est *nous*, *chavo*. Tu comprends ? Nous sommes la terre. Et ces salopards aveugles… »

Il secoua la tête.

« Quand les hommes tout en bas ont leur âme qui les quitte, ils finissent ici. Mais quand ça arrive aux hommes tout en haut, ils finissent dangereux. Qu'est-ce que t'en penses, *mio Capitane* ? »

John considéra son ami : les rides profondes de son visage, ses cheveux crépus éclairés par le soleil.

« Ton cœur est revenu maintenant, *chavo*, reprit Dan d'une voix douce. Il est temps de partir. »

John détourna les yeux. Il renversa son seau sur les pavés, regarda son contenu tourbillonner avec des remous jusqu'à l'égout. De l'eau et du sang.

« T'as des allumettes sur toi, Riley ? »

Dan en prit une boîte dans sa grosse patte et la lui lança à ras du sol. John les empocha, souleva son seau et sortit.

Comme il se penchait au-dessus de la pompe, il aspira de profondes bouffées d'air. Le ciel était bas et gris, mais l'air était sucré. Il souleva la poignée de la pompe, puis la laissa retomber, l'eau ruissela sur ses mains, rinça le sang.

Liverpool.

La cacophonie bagarreuse des docks. L'accueil qui lui avait été réservé, les crachats et les huées des hommes alors qu'il descendait d'un pas chancelant la passerelle du bateau, à moitié fou d'épuisement, les vêtements incrustés du sel des embruns. Le quartier de la ville où habitaient les Irlandais, et les hommes et les femmes qui vivaient là. La promiscuité des cours puantes, la nature versatile et temporaire de la situation : tous attendant de partir, en Amérique, n'importe où, bordel, sans comprendre, ou alors lentement, qu'ils étaient déjà parvenus aussi loin que nombre d'entre eux pourraient aller.

La déception suintante. Se rassembler dans le crachin matinal, espérer être embauché pour la journée, passer devant en jouant des coudes pour être vu. Des vieillards quémandant un travail à genoux. Une honte, tout ça. Une honte.

Il ne savait peut-être pas grand-chose sur la guerre, mais il en savait un peu sur Liverpool, assez pour savoir qu'il ne voulait plus jamais y retourner.

Cela dit, un tas d'hommes qui avaient été parqués dans ces abris avec lui, à supplier qu'on leur donne du travail, devaient être dans ces rues, à présent. À étancher leur honte avec leur colère. Cette idée le mettait mal à l'aise. Les mots de Dan s'étaient insinués sous sa peau, il n'arrivait pas à déterminer où se situait son allégeance.

Son seau était rempli d'eau, il l'apporta à l'entrée de l'abattoir, où le surveillant se curait un ongle.

« Ça vous dérange si je reste là une minute ? »

Le jeune homme haussa les épaules, John reposa son seau et se dirigea vers le muret : son sang accéléra tandis que l'endroit où ils s'étaient couchés apparaissait. Une poignée noire de corbeaux s'y trouvait à présent, ultimes glaneurs, qui picoraient les chicots de la moisson.

Il la vit là à côté de lui, entendit de nouveau la façon dont elle avait crié. Il n'aurait pas cru qu'une femme puisse crier ainsi, comme un animal, sans se soucier d'être entendue. Il voyait son visage, son cou blanc tendu, ses yeux clos puis grands ouverts et rivés aux siens, l'attirant, jusqu'à ce qu'il ne puisse plus se retenir et qu'il se laisse emporter.

Il n'avait pas besoin de la venue d'une guerre pour refaire le monde : en elle il pouvait renaître.

Et pourtant, il sentait un malaise sous-jacent se déployer, énorme. Dan avait raison. Il était de nouveau en bonne santé. Son cœur était revenu. Or s'il était en bonne santé, il ne devait pas être ici.

On devrait s'enfuir, avait-elle dit. Ils avaient été libres et il l'avait persuadée de rester.

Qu'avait-il pensé ? Que l'été durerait toujours ?

Il souleva péniblement son seau et rentra à l'intérieur, où l'air était épais et lourd. Dan, qui sifflotait, évita son regard.

Ella

Elle semblait se fatiguer plus facilement. C'était peut-être la chaleur, en tout cas c'était plus dur de soulever et de tordre les draps, et de porter de lourds paniers de vêtements mouillés à travers la pièce. Souvent, quand elle levait la tête, elle voyait les yeux de Clem la suivre, élargis par une blessure qu'elle ne savait comment soulager.

À l'approche du vendredi, cependant, l'humeur de Clem changea. Elle ne la lâchait presque pas des yeux, parlait avec excitation du bal et de la lettre qui viendrait sûrement. Cela perturbait Ella : une lettre de John, qui parlait de ce qui s'était passé entre eux, était une chose trop intime pour la partager avec Clem, et pourtant Clem se languissait, l'attendait avec l'impatience d'une affamée à la perspective de nourriture.

À la fin du labeur matinal, Ella fut contente de rejoindre la salle commune, où elle put s'asseoir dans son fauteuil, fermer les yeux et penser à lui.

Le jeudi elle fut réveillée par des cris.

« Non ! hurlait Clem. *Non, non, non, non, non.* »

On aurait dit que Clem et l'infirmière irlandaise se battaient. Ella se leva laborieusement.

« Que se passe-t-il ? *Clem ?* »

L'infirmière se dégagea de cette empoignade, le souffle court, la coiffe de travers.

« Elle n'a plus droit aux livres. »

Un gémissement grave s'échappa de Clem :

« Rends-moi ça. »

Elle se jeta sur l'infirmière en moulinant des mains, mais la femme esquiva.

« Ordres du médecin, répliqua-t-elle d'un ton empreint d'un triomphe narquois.

— Quel médecin ? pâlit Clem.

— Le Dr Fuller. »

La femme prenait un plaisir évident à cette annonce.

À ces mots, Clem s'effondra, d'un coup, pareille à une poupée que quelqu'un aurait lâchée, ses jupons se déployèrent au sol autour d'elle.

« Clem. »

Ella vint s'agenouiller à côté d'elle.

«Il doit y avoir une erreur. Je suis sûre que c'est faux.

— Laisse-moi tranquille, répliqua Clem d'une voix creuse.

— Clem.»

Ella lui toucha le bras mais Clem la repoussa.

«J'ai dit *laisse-moi tranquille*.»

Au petit déjeuner Clem ne mangea pas son porridge, juste deux petites cuillerées avant de repousser son bol.

«Tu n'as pas faim?»

Ella avait déjà terminé le sien.

Clem secoua la tête.

«Je peux le manger, alors?»

Clem haussa les épaules, Ella fit glisser le bol en travers de la table.

Au déjeuner, ce fut la même chose : Clem n'avala que deux bouchées de ragoût avant de repousser son assiette, dégoûtée. Cette fois-ci, Ella s'en empara sans demander la permission et mangea avec appétit. Clem sembla à peine le remarquer. Au goûter elle continua à ne rien manger, Ella fut ravie de lui prendre son pain et sa confiture.

Mais quand, le deuxième jour, Clem se comporta de même, Ella repoussa le bol de porridge.

«Il faut que tu manges, Clem.»

Celle-ci balayait du regard le réfectoire rempli de femmes.

«*Je me demande si ça leur fait mal de vivre.*»

Elle parlait presque dans sa barbe.

« *Et si c'est pour elles un effort. Et si au cas où elles auraient le choix – Elles n'aimeraient pas mieux la mort*[1]. »

Elle reporta son attention sur Ella.

« Que pensent-elles, à ton avis ? »

Son ton avait changé, il y avait une nouvelle note glaciale dans sa voix.

« Est-ce qu'elles pensent que la situation va s'améliorer ? Est-ce qu'elles pensent qu'elles s'en sortiront ?

— Je ne sais pas, répondit doucement Ella.

— Non, bien sûr, fit Clem avec un petit rire amer. Ça ne m'étonne pas.

— Clem, répéta Ella. Il faut que tu manges.

— Je n'ai pas faim, rétorqua Clem. Si tu ne le manges pas, ils le donneront aux cochons. »

Le vendredi matin, la surveillante générale fit une apparition dans le réfectoire et on frappa dans les mains pour exiger le silence.

« Ce soir, vous allez devoir rentrer dans vos pavillons. Il a été décidé que tant que cette chaleur persisterait, il n'y aurait plus de bals. Ils reprendront quand le temps tournera. »

Un silence, puis les prémices de gémissements montèrent parmi les femmes assemblées. Un raclement lointain se mit à résonner dans les oreilles d'Ella, comme si elle se retrouvait brusquement sous l'eau et que tous les bruits fussent

1. Extrait d'un poème d'Emily Dickinson. Adaptation de la traduction française de Claire Malroux.

difformes. Quand elle leva les yeux, Clem avait les traits pincés, les lèvres exsangues.

« Ils ne peuvent pas faire ça. »

Ella ne répondit pas. À l'extérieur d'elle, le monde basculait lentement. Clem était déjà debout, levant la voix, ses mains sculptant des formes dans l'air.

« Vous ne pouvez pas *faire ça*. Il faut qu'on danse. »

Deux infirmières approchaient d'un pas vif.

« Clem. »

Ella lui tira sur la jupe.

« Ne t'énerve pas. Ils vont te mettre la camisole.

— Ne *t'énerve pas* ? » cracha Clem.

Alors seulement elle s'assit, juste à temps, mais alors que les infirmières rôdaient derrière son épaule elle se pencha vers Ella par-dessus la table.

« *Jusqu'à ce que le temps tourne ?* Tu ne vois pas ce que ça veut dire ? Un mois. Ou plus. Sans un pas de danse. »

Ella voyait bien, mais ça se passait très, très loin, par-delà les remous de son sang.

Clem écarquillait les yeux.

« Bon Dieu, Ella. Tu t'en *fiches* ? Combien de temps se passera-t-il sans aucune *lettre* ? »

Ella avait envie de rétorquer qu'elle n'avait pas besoin de lettres. Qu'elle ne savait pas lire. Elle avait envie de rétorquer que ce qui était écrit sur sa peau était plus fort que ne le seraient jamais une centaine de lettres, mais la vue du visage blanc et farouche de Clem la réduisit au silence.

Cet après-midi-là, au lieu d'être alignées en vue de l'inspection préalable au bal, elles furent conduites dans la salle commune, où on leur demanda de s'asseoir à leur place habituelle. La chaleur semblait plus proche, le chœur grincheux des femmes fusait, plus bruyant que jamais. La voix de Clem en faisait partie désormais, elle répétait sans cesse les mêmes mots : «Pas de bal. Pas de livres. Pas de bal. Pas de livres», les yeux rivés droit devant elle tandis que ses mains, prises d'agitation, tiraient sur ses jupes.

«Clem?» appela Ella.

Mais Clem ne leva pas la tête, n'interrompit pas sa litanie.

«Pas de bal, pas de livres. Pas de bal, pas de livres. *Pasdebalpasdelivrespasdebal.*»

Ella se tourna pour ne plus la voir et ferma fort les yeux. Au bout d'un moment, elle s'endormit, sombrant dans un rêve fiévreux où elle était de retour à la filature, en retard, et Jim Christy, le gabelou, lui claquait le portail au visage, et elle, les mains agrippées aux barreaux, le suppliait de la laisser entrer. Elle se réveilla brusquement, on lui tirait le bras : le visage de Clem près du sien, la salle commune trempée d'une lumière dorée vaporeuse.

«Il est l'heure d'aller au bal», annonça Clem.

Ella la dévisagea en clignant des yeux.

«Quel bal?»

Clem sourit jusqu'aux oreilles en découvrant les dents ; il y avait de petites pellicules blanches au bord de ses lèvres.

«S'ils refusent de nous laisser danser dans la salle de bal, alors on se créera la nôtre. On va leur montrer. On n'a pas besoin de cet imbécile de Dr Fuller et de son *imbécile* de violon. *Viens*, insista-t-elle en la tirant brutalement par le bras. Si tu te lèves, je joue.

— Attends. »

Clem fit un petit bruit impatient et tourna les talons. Ella, sans bouger, la regarda faire le tour des femmes amorphes et affaissées en frappant dans ses mains devant leur visage.

« Réveillez-vous ! Réveillez-vous ! Un jour nous serons toutes mortes. »

L'infirmière de garde observait la scène d'un œil paresseux, tandis que Clem soulevait le couvercle du piano et jouait quelques brèves mesures d'un morceau qu'Ella reconnut, un morceau magnifique, un que le Dr Fuller avait joué. L'espace d'un instant, les notes restèrent en suspens dans l'air, puis finirent par s'écraser dans des accords détonnants.

« Si *monsieur* refuse de jouer pour nous, dit Clem, je le ferai. »

Vinrent ensuite les trois ou quatre premières mesures d'une valse, après quoi elle s'écarta du piano et, debout, frappa dans ses mains et chanta :

« *Da* da-da *Da* da-da *Da* da-da *Da* da-da. »

Vieille Allemagne était debout, Clem l'empoigna et entama un cercle trépidant tout autour de la pièce. Quand elles approchèrent d'Ella, Clem fit virevolter Vieille Allemagne avant de la libérer. Elle se tourna alors vers Ella, à qui elle asséna des coups de pied dans le tibia.

« Bon, lève-toi. Allez. »

Clem lui saisit les mains, et cette fois-ci Ella se laissa faire.

« Un jour tu seras morte », répéta Clem.

Puis elle se pencha en avant et pressa ses lèvres sur les siennes. Au début elles étaient dures et blêmes, puis, comme Clem se rapprochait, elles s'assouplirent, et Ella sentit le petit coup rapide de sa langue.

«Fais comme si j'étais lui.»

Clem recula, posa sa joue sur celle d'Ella et lui murmura à l'oreille :

«Pourquoi ne fais-tu pas comme si j'étais lui ?»

Puis elle les lança dans un tourbillon, en chantant à tue-tête.

Ella essaya de trouver son équilibre, mais Clem était trop rapide et les voltes lui donnaient le vertige.

«Arrête. Est-ce que tu peux juste…

— Arrête de chouiner, tu veux, et *danse.*»

Les petits seins durs de Clem appuyaient douloureusement contre les siens, la base de ses paumes forçait contre les siennes, quand soudain Ella percuta le côté d'un fauteuil et la douleur lui remonta tout le long de la hanche. Elle se dégagea d'un geste brusque et ce mouvement la flanqua par terre, la pièce tournait, étourdie, nauséeuse, elle finit par vomir entre ses mains. Quand il ne resta plus rien en elle, elle parvint à se relever. Ses yeux ruisselaient. Le fond de son nez et de sa gorge piquait. Elle s'essuya le visage et les yeux d'un revers de manche. Clem se tenait un peu à l'écart, le souffle court, les bras croisés, une expression méprisante sur le visage.

«Je suis désolée, s'excusa Ella en avançant vers elle de quelques pas avant de chanceler. J'avais juste mal au cœur.»

Clem ricana.

«Aussi tu n'aurais pas dû te goinfrer autant à

midi, pas vrai ? Voilà ce qui arrive quand on mange comme deux. »

Le lendemain matin, dans la blanchisserie, Clem travaillait à l'autre bout de la pièce, leurs chemins ne se croisèrent donc pas, mais à midi, quand Ella se dirigea vers elle, prête à s'asseoir à sa place habituelle, Clem leva les yeux :

« Qu'est-ce que tu fais ? demanda-t-elle d'une voix très calme.

— Je m'assieds.

— Pas là. »

Ella avait les lèvres sèches.

« Pourquoi pas là ?

— Parce que je n'ai pas envie », rétorqua Clem, le visage lisse.

Le feu aux joues, Ella se dirigea vers un espace libre à l'autre bout de la salle. Sentant les larmes monter, elle les écrasa de la paume des mains. Pendant tout le repas elle garda les yeux rivés sur son assiette, mais quand elle eut fini de manger, elle ne put s'empêcher de se tourner vers Clem qui, les bras croisés sur la poitrine, son bol devant elle, regardait dans le vide.

C'était le troisième jour sans nourriture.

Dans la salle commune, elle vit tout de suite qu'ils avaient retiré l'encyclopédie et que, en lieu et place des grands livres à la couverture dorée, il ne restait que la longueur d'une étagère nue.

Un son frêle et aigu retentit à côté d'elle, elle se retourna : Clem, parfaitement immobile, scrutait l'endroit où les livres auraient dû être. Au bout d'un moment, elle s'avança vers l'étagère, tendit le bras et fit courir le bout de son doigt le long du bois.

« *Je ne puis vivre avec toi*, marmonna-t-elle. *Ce serait la vie – Et la vie est là-bas – Derrière l'étagère*[1].

— Clem ? »

Clem leva la tête.

« Je suis désolée.

— Pourquoi ? Pourquoi es-tu désolée ? »

Ella désigna l'étagère.

« Je suis désolée qu'ils t'aient retiré tes livres. Je suis désolée que l'encyclopédie ait disparu. Je suis désolée pour la danse.

— Oh. C'est tout ? fit Clem d'une étrange voix éthérée. Tu as fini ? »

La peau était tendue au maximum sur son crâne. Ella avait l'impression que si certaines parties du corps de Clem rapetissaient, d'autres grossissaient. Sa mâchoire. Son front. Ses yeux. À l'intérieur d'Ella, la peur se déroula.

« Il faut que tu manges, Clem. S'il te plaît, mange. Sinon, tu vas tomber malade.

— Je suis déjà malade, répondit Clem lentement. Enfin, franchement, Ella. Tu n'es quand même pas sotte à ce point, si ? Pourquoi diable crois-tu que je suis là ?

— Non, fit Ella en secouant la tête. Tu n'es pas malade. »

Clem partit d'un petit rire amer.

« Qu'est-ce que tu en sais, de toute façon ?

---

1. Extrait d'un poème d'Emily Dickinson. Adaptation de la traduction française de Pierre Messiaen.

— Je sais que tu n'es pas malade. Et je sais qu'ils te mettront dans les pavillons des chroniques si tu ne manges pas.

— Et alors ?

— Si tu y vas, tu n'en ressortiras jamais.

— *Si tu y vas, tu n'en ressortiras jamais*, se moqua Clem en imitant l'accent d'Ella. Mon Dieu, qu'est-ce que tu peux être *bête*, parfois, tu le sais ça ? Tu ne comprends donc pas ? Qui s'en soucie ? poursuivit-elle. Qui se soucie de ce qui peut bien m'arriver, hein ?

— Moi, répondit Ella, l'air malheureux. Tu es mon amie. »

Clem ne réagit pas.

« Clem ?

— Quoi ?

— Tiens. »

Elle plongea la main dans sa robe, d'où elle sortit la lettre, la dernière qu'il lui avait donnée, celle qu'elle n'avait pas encore entendue.

« C'est une nouvelle lettre. Je te l'avais cachée. Je suis désolée. Prends-la. Je ne sais pas lire de toute façon, hein ? Tu peux la garder si tu veux. »

Clem regarda alternativement la lettre et Ella puis de nouveau la lettre. Le désir déformait son visage devenu hideux. Elle était tellement affamée. Sa faim était terrifiante.

« Tiens. »

Ella tendit le poing.

« Lis-la, s'il te plaît. Et après, tu voudras bien m'aider à écrire une réponse ? »

Clem continua à fixer la lettre sans la prendre. En lieu et place elle s'éloigna, recroquevillée sur

346

elle-même comme pour protéger une blessure. Elle se mit à trembler. Au début Ella crut qu'elle pleurait, mais quand Clem finit par lever les yeux elle avait le visage distordu, la bouche grande ouverte.

« Pourquoi ? demanda-t-elle. Pourquoi devrais-je t'aider à écrire cette lettre *stupide* ? Je croyais que tu te souciais de moi ?

— Mais oui.

— Eh bien si tu te souciais tellement de moi tu saurais parfaitement quand me *foutre la paix*. »

Elle parlait si fort que tout le monde pouvait entendre.

Ella perçut du mouvement dans la pièce autour d'elles, vit l'infirmière irlandaise se lever, s'approcher. Elle lui tourna le dos.

« Clem. S'il te plaît.

— Vas-y, dis-moi ! »

Clem hurlait à présent.

« Pourquoi devrais-je t'aider ? Tu n'es qu'une fille ignorante et stupide qui ne sait même pas lire. Pourquoi tu ne lui dirais pas ? La prochaine fois que tu le verras ? La prochaine fois que tu *danseras* avec lui, si toutefois on peut appeler ça danser. Ce que tu fais avec lui, quoi. C'est quoi que tu *fais* avec lui, Ella ? Pourquoi tu ne lui dis pas que tu ne sais pas lire ? Histoire de voir ce qu'il pensera de toi après ? Ton *homme*. Ton *John*. »

Elle lui arracha la lettre des mains et la lui agita au visage.

« Tu n'as aucune idée de ce qu'elle dit, pas vrai ? Tu crois qu'il t'aimerait bien si je n'avais pas été là ? S'il n'y avait pas eu *mes* mots ? »

Ses lèvres se retroussèrent, elle était un chien qui gronde, l'écume aux babines.

« Comment peux-tu même savoir ce qu'il a *écrit* ? J'aurais pu tout inventer. Tu n'en saurais rien, tu es tellement bête. Comment peux-tu savoir si ce n'est pas moi qu'il aime bien, après tout ? »

Ella la gifla. Clem recula en titubant, la main sur la figure, suffoquant, puis éclata de rire, l'air ravi, à croire que c'était exactement ce qu'elle cherchait. Elle avait la joue écarlate : on voyait clairement les marques des doigts d'Ella. Elle tenait toujours la lettre, désormais chiffonnée dans son poing. Ella avança d'un pas.

« Rends-moi ça.

— Et pourquoi donc ? »

Ella lui empoigna les cheveux et les vrilla d'une torsion de la main.

« *Rends*-moi ça. »

Clem poussa un cri de douleur, et comme elle portait les mains à sa tête, la lettre tomba au sol. Ella lâcha prise, voulut la ramasser, mais trop tard.

L'infirmière irlandaise avait été plus rapide.

Charles

Posées sur le tapis vert de son bureau, ses mains ne tremblaient pas tant que ça.

La lettre chiffonnée était maintenue à plat par un presse-papiers à chaque coin. Il la relut, lentement, en formant les mots dans sa barbe.

Gradh Machree,

Je sais à peine comment t'écrire, car tu me sembles à présent une créature au-delà de n'importe quels mots.

Il y a eu un moment où je t'ai observée, avant que tu saches que j'étais là. J'ai observé ton visage quand tu étais sous l'arbre. J'espère que tu pourras me pardonner. Mais il n'y avait dessus aucune peur, même s'il faisait sombre et que la nuit était tout autour.

Je n'écrirai pas sur notre rendez-vous. Je ne peux pas. Juste pour dire, je crois que les arbres ont été nos seuls témoins. Les arbres et les champs et le ciel.

Tu m'as dit qu'on était libres. Je t'ai demandé de rester avec moi. Je pense à ça souvent, maintenant. Je t'ai dit une fois que tu étais faite pour voler. Et je le crois vraiment. Pardonne-moi de te garder ici.

J'ai le grand espoir que nous puissions encore nous retrouver de la même manière. Mais j'aimerais que nous nous voyions en liberté. En vraie liberté. Tu avais raison. Nous devons prendre notre envol maintenant.

Nous nous reverrons. Je le sais. Je le sais comme je sais que je m'appelle John, que j'ai cinq doigts à la main droite et que je suis originaire de Mayo dans l'extrême ouest de l'Irlande. Et ça ce sont des choses que je sais bien.

Et donc, j'attends avec une grande impatience, mavourneen, ce jour, ou cette nuit.

Bien à toi,

JOHN MULLIGAN

L'écriture était soignée, peut-être pas celle d'un homme habitué à manier le stylo, mais la langue était relativement fluide, ou si ce n'était fluide elle parvenait à faire d'une légère hésitation quelque chose de charmant. Charles savait qu'il y avait des écoles communales en Irlande, toutefois il y avait quelque chose dans la tournure de phrase de cet homme qui ne pouvait être enseigné. Où avait-il appris à écrire ainsi ? Et cette fille – elle était à moitié sauvage. Elle ne devait pas pouvoir apporter grand-chose en matière de réponse, si ?

« Qu'est-ce que ça veut dire ? »

Il pointa la lettre du doigt en levant les yeux sur l'infirmière Keane qui se tenait devant lui.

La femme se pencha au-dessus du bureau.

« *Mavourneen* ? On traduirait par… "ma chérie", répondit-elle en serrant les lèvres en une ligne mince.

— Et ça ?… *Gradh Machree* ?

— Je crois, répondit l'infirmière dont le bout du nez rougissait, "amour brillant de mon cœur", docteur.

— Je vois, dit Charles. Merci. »

Il la congédia d'un geste de la main.

Alors qu'il était assis là, une idée lui traversa l'esprit : ça n'était pas la seule lettre, il devait y en avoir quelque part tout un stock, une cachette. La fille devait les avoir sur elle quelque part. S'il la convoquait ici, l'obligeait à les lui donner…

Il plia la feuille et la plaça sur le manteau de la cheminée aux côtés de ses croquis. S'il la convoquait directement, la partie serait terminée, il n'y aurait plus d'autre échange. Il serait plus judicieux d'attendre et d'observer.

Avec la livraison de la lettre, l'infirmière lui avait apporté des nouvelles de la désobéissance de Miss Church. Il sollicita un rendez-vous avec le directeur dès la première occasion ; le Dr Soames le reçut dans son bureau.

« Il semblerait que mon idée ait fonctionné, monsieur. Miss Church refuse de manger depuis deux ou trois jours. »

Son supérieur hocha la tête.

« C'est ce que j'ai entendu dire. Et pour vous c'est une bonne chose ?

— Tout à fait, monsieur. Elle réagit contre son environnement. Maintenant que ses livres sont partis elle n'a d'autre choix que de voir ce qui l'entoure. C'est la première étape vers sa guérison. Mais ce ne sera pas facile : il y a eu une violente altercation avec une autre patiente, une certaine Miss Fay. Une camarade particulièrement inappropriée pour une jeune demoiselle. Il semblerait que Miss Church se soit montrée violente avec les infirmières également. L'une d'elles a subi une morsure profonde alors qu'elle essayait de la nourrir.

— Je vois, répliqua l'homme avec un hochement de tête. Où est Miss Church à présent ?

— À l'infirmerie. Je pense, monsieur, que nous devrions la nourrir avec le tube.

— En effet. »

Le directeur eut l'air soudain voûté, vieux.

« Vous savez que je suis un ami du père, Fuller. Étant donné la… nature particulière de la patiente, je ne voudrais pas confier une mission pareille à n'importe qui. Cependant il se trouve que je n'ai guère d'appétit pour la tâche. Puis-je confier Miss Church à vos soins ?»

Charles eut envie de rire. Ce jeu de mots était-il volontaire ?

«Bien sûr, monsieur, répondit-il avec une petite révérence. Je serais ravi de conduire moi-même son alimentation. »

Quand la patiente fut menée par deux surveillants, elle était déjà sanglée à la chaise. Elle avait notablement maigri. Charles eut beau être choqué par cette transformation, il était déterminé à ce qu'elle ne voie pas ce qu'il ressentait.

Quand elle le repéra, là debout à l'attendre avec le tube, elle se débattit comme un animal. Un morceau de mousseline fut attaché autour de sa bouche – probablement pour qu'elle ne morde pas les gens autour d'elle – mais cela n'empêcha pas les plus atroces bruits bestiaux de s'échapper. Les infirmières se mirent en place, deux parmi les plus fortes de chaque côté pour contenir la patiente et une autre plus libre de ses mouvements. Alors que Miss Church était placée devant lui, les mains des infirmières blanchirent sous l'effort. La troisième s'avança pour dénouer le bâillon, et presque aussitôt la patiente se mit à cracher et à jurer.

Charles se tenait là, abasourdi, à l'écouter vomir ses mots. Était-elle en elle depuis le début, cette propension à l'ordure ? Ou l'avait-elle apprise ici de camarades telles que Miss Fay ? Il ne pouvait que pencher pour la seconde hypothèse, toutefois il fallait voir et entendre ce spectacle pour y croire. C'était comme planter son couteau dans quelque chose de beau – un bon steak, par exemple – et découvrir qu'à l'intérieur il est moisi et que des mouches vous ont devancé au festin. Quand il en eut assez entendu, il donna le signal à l'infirmière, qui pinça le nez de la patiente au moyen d'un instrument. Un drap lui fut noué sous le menton. Elle faisait obstruction, serrait les lèvres, mais Charles s'avança pour les écarter. Il demanda qu'on lui passe l'ouvre-bouche métallique, qu'il fit glisser tout autour des gencives, cherchant des interstices entre les dents. Elle tournait violemment le cou.

« Infirmière, tenez-la ! »

L'infirmière disponible se plaça au-dessus de la tête, à eux deux ils parvinrent à immobiliser la patiente et il trouva un interstice, entaillant un peu la chair des gencives au passage : du sang coula sur le bout de ses doigts tandis qu'il forçait la mâchoire à s'ouvrir en grand avant de serrer au maximum l'instrument. Un gémissement grave s'échappait de la patiente, dont seules les pupilles bougeaient. Il se rappela alors le moment où il avait lu son dossier, où il avait dû poser son mouchoir sur ces yeux pour ne pas voir. Cependant à présent il n'avait plus besoin de tels accessoires, à présent il la regardait droit dans les yeux et ce fut elle qui détourna les siens en premier.

Il mit toute son attention au service de la tâche à accomplir. Bien que l'alimentation forcée fût une pratique quotidienne à l'asile, cela faisait un bon moment qu'il n'en avait pas administré une lui-

353

même. D'abord, il saisit l'extrémité du tube en caoutchouc, qu'il se mit à insérer dans la gorge. À la première tentative, Miss Church céda à une violente quinte de toux, et le tube fut expulsé, mais lors du deuxième essai Charles se montra plus prudent, et après un haut-le-cœur initial de la patiente le tube passa la gorge et pénétra dans l'œsophage : de la chaise ne provenaient plus de convulsions. Il positionna le bol au sommet du tube en caoutchouc et demanda qu'on lui apporte la mixture. Elle était toute prête, la même qu'on utilisait pour n'importe quel patient qui devait être nourri : des œufs battus, du lait, et des vitamines ajoutées au tout, la nourriture la plus substantielle possible sous forme liquide, en somme, et franchement, songea-t-il, alors qu'il posait le bol en équilibre au-dessus de l'ouverture du tube et que les yeux de la patiente s'élargissaient, franchement, elle avait de la chance qu'on la nourrisse tout court. Il avait entendu dire qu'à Holloway on versait la mixture par le rectum : punition, et non nutrition, voilà ce qui était proposé là-bas. Il voyait le blanc de l'œil dénudé, la courbe du globe oculaire, les minces veines rouges qui zébraient les côtés. Il commença à verser. Silence. Seul mouvement dans la pièce, celui de la préparation qui passait du bol au tube, seul bruit le discret *gloup* qui accompagnait la descente de la mixture. Au bout d'un moment, le corps de la patiente fut pris de convulsions, et l'infirmière la plus proche de Charles lui posa une main sur le bras.

« N'en mettez pas plus, Dr Fuller. Sinon tout va remonter aussi sec. »

Il se mit alors à verser plus lentement, régulière-
ment, ne s'arrêtant que lorsque le contenu entier
du bol eut disparu.

« Il faut que la mixture soit digérée, déclara-t-il
quand il eut terminé. Et pas question d'essayer de
se faire vomir. Contenez-la pendant mon absence. »

Lorsqu'il sortit de la pièce et referma la porte
derrière lui, il se rendit compte que sa chemise
était humide de transpiration. Il avait besoin d'air.
L'infirmerie se situait dans l'aile ouest de l'asile,
près du quartier des hommes, il ne lui fallut pas
marcher longtemps pour rejoindre une entrée latérale qui l'amena à surplomber le bois. Même à
cette heure matinale il faisait chaud, et la qualité
lourde de l'air donnait une mauvaise impression,
comme de pourriture. Il s'empressa de rejoindre
les arbres, laissa leur fraîcheur verte l'envelopper.
De minces toiles d'araignée pendaient en cercle
des branches, filaments aux reflets d'argent. Les
premiers marrons étaient tombés et les feuilles
mortes crissaient sous ses pas. Il se dirigea vers une
clairière où il bourra sa pipe. Quelque part non
loin de lui le craquement d'une brindille le fit sur-
sauter. Il regarda alentour mais ne vit personne.
Les arbres ont été nos seuls témoins. Avait-ce eu lieu
ici ? Dans cette même clairière, peut-être ? Impossible de savoir quels arbres avaient été témoins de
cet acte sordide. Une brise légère agita les feuilles
de la canopée, et Charles eut le sentiment gênant
de ne pas être seul.

« Était-ce toi ? demanda-t-il au hêtre doté d'un
tronc épais à côté de lui. Ou toi ? Ou toi ou toi ou
toi ? »

Mais les arbres se tinrent cois. Sonné, il prit le chemin du retour, et sans savoir comment il prit un mauvais sentier, qui ne menait qu'à d'autres arbres, plus denses, plus sombres, entre lesquels il trébuchait en écartant les branches, et déboucha dans un fourré de mûriers, suffoquant dans la lumière. Quand il atteignit la sécurité des bâtiments, il se retourna pour regarder derrière lui. Ce bois était traître. Il n'y retournerait plus.

La salle de soins était vide à l'exception d'une infirmière assise à côté de Miss Church qui se leva à son entrée. La patiente était affaissée sur la chaise. Elle semblait endormie. Il s'en approcha sans bruit. En la voyant là si immobile, avec sa peau pâle et son beau teint lumineux, on aurait presque pu ressentir de la tendresse, avoir l'impression qu'elle pouvait encore être dépourvue de souillure. C'était vraiment une fille magnifique. Ses yeux s'ouvrirent alors dans un papillotement.

« Terminé », lui annonça-t-il.

L'expression de la patiente avait changé. Il y avait là autre chose. De la haine. Il tira sur l'extrémité du tube. C'était étrange de le regarder sortir. Il semblait y avoir tellement plus de longueur que ce qui était entré.

Ella

C'était le premier endroit frais où elle se trouvait depuis des mois, et au début ce fut presque un plaisir d'être en bas, où le soleil était dompté en un rectangle brillant haut sur le mur.

Cependant sa fureur lui donnait chaud, elle avait beau savoir que c'était peine perdue, elle se débattait en tous sens dans sa camisole, jusqu'à être épuisée et couverte d'hématomes. Elle se rappelait les mots de Clem, son visage distordu.

Tu crois qu'il t'aimerait bien si je n'avais pas été là ?

Comment peux-tu même savoir ce qu'il a écrit ? J'aurais pu tout inventer.

Était-ce vrai ? Que penserait-il s'il savait qu'elle n'avait jamais lu elle-même aucun de ses mots ?

Elle revoyait le triomphe de l'infirmière irlandaise quand elle s'était emparée de la lettre, et elle savait que John et elle étaient désormais en danger. Et elle se disait qu'elle détestait Clem.

Mais ensuite le froid se mit à filtrer du sol, et l'étrangeté de toute cette situation lui apparut furtivement : la danse de Clem, sa bouche ouverte, sa langue baladeuse, et puis sa colère blême et froide.

Clem était-elle donc aussi en bas, dans une camisole ? Si ça se trouve elle était même dans la cellule voisine.

Et c'est alors qu'Ella eut peur pour Clem. Elle n'arriverait pas à manger, ligotée comme ça. Il fallait que quelqu'un leur dise qu'elle n'avait pas mangé. Cela ferait six jours, n'est-ce pas, sans la moindre nourriture ?

Quand ils la remontèrent, il n'y avait pas trace de Clem ni de ses livres. Une nouvelle était assise dans son fauteuil, pas une seule dent et carrée comme une boîte. Elle grogna à l'approche d'Ella.

Celle-ci s'installa à l'autre bout de la pièce et soigna ses bras enflés et douloureux tandis qu'autour d'elle les femmes se chamaillaient à grands cris. Dehors, le soleil brillait, comme s'il avait encore, après ces longs mois, quelque chose à dire : il tombait sur le visage délirant des femmes, sur les murs bruns tout proches, le foyer fermé à clef. Sur le piano, qui gisait clos, lourd, inerte.

Dès qu'elle le put, elle se leva, se rendit aux toilettes et se dirigea vers la dernière cabine. Mais quand elle y arriva, elle vit que la fenêtre avait été remplacée par une vitre verte marbrée. Ils savaient. Elle grimpa sur la cuvette, plaqua un œil contre le panneau, et un étrange monde difforme apparut : de l'herbe marron à perte de vue, le bosquet d'arbres. Les champs. Aucune rangée d'hommes, cela dit. La moisson était finie. Que le soleil le sache ou non, l'été touchait à sa fin.

Elle appuya le front contre le verre et grogna.

Quand elle sortit du bloc des toilettes, elle se faufila entre les femmes jusqu'à son siège.

« *Cestquoityquelleveut ?* »

« *Illabrûlebrûlebrûle.* »

Vieille Allemagne lui empoigna la main.

« Où est-elle ? »

Elle avait un visage plaintif.

« Où elle est ma belle ? Où elle est ma belle pour me jouer un morceau ?

— Je ne sais pas, répondit Ella d'un air malheureux en desserrant la poigne de la vieille femme. Je suis désolée. Je ne sais pas. »

Tard dans l'après-midi les chiens de garde apparurent, et la vieille peur familière monta en Ella : le pavillon des chroniques, les niaiseux. Sans musique pour le couvrir, le gémissement des femmes était assourdissant. Là au milieu de la puanteur fétide et des femmes bavassantes, à regarder ces hommes vaquer à leur tâche, il lui vint soudain quelque chose à l'esprit, une idée nette et entière : elle irait au pavillon des chroniques. Avec les niaiseux. John était dans celui des hommes. Et celui des femmes était sûrement l'endroit où se trouvait Clem. Si elle ne pouvait pas s'enfuir, alors elle resterait. Elle le choisirait.

Cette idée lui embrasa le sang.

Ce ne serait pas trop difficile d'aller là-bas. Elle n'aurait qu'à faire une bêtise. Lancer une bagarre. Il faudrait que ce soit brutal, cela dit, pour les forcer à l'envoyer là-bas. Elle balaya la pièce des yeux, et son regard vint s'emmêler avec celui de l'infirmière irlandaise, assise à côté de la porte. La femme lui adressa un petit sourire mauvais, le sang d'Ella ne fit qu'un tour.

La prochaine fois que cette femme serait à sa portée, elle lui empoignerait la tête et la lui défoncerait contre un mur. Elle n'avait pas besoin d'une raison – même si des raisons, elle en avait plein. De fait ce serait même mieux s'il n'y en avait aucune, puisque c'était le plus souvent la façon d'agir des femmes ici. Ensuite les chiens de garde pourraient venir l'emmener, mais ils n'auraient pas besoin de la porter. Elle marcherait entre eux la tête haute, en sachant que ce qu'elle avait souhaité s'était réalisé. Elle serra les poings autour de ses pouces.

Cependant l'après-midi s'écoula, l'infirmière irlandaise fut appelée ailleurs, et Ella resta assise, bobine compacte.

Demain, elle le ferait. Demain elle ne serait plus là.

Mais tôt le lendemain matin elle fut convoquée chez le médecin.

Ça y est, peut-être, songea-t-elle, tandis qu'on la conduisait dans les couloirs jusqu'à son bureau. Peut-être que c'était déjà fait. Peut-être que c'était lui qui avait lu la lettre. Il allait être surpris quand elle acquiescerait d'un hochement de tête à l'idée que le pavillon des chroniques était le meilleur endroit pour elle.

Quand elle entra dans la pièce il était déjà là, debout derrière son bureau, les mains jointes dans le dos. Il semblait plus mince qu'avant.

« Miss Fay ! Je vous en prie, fit-il en désignant une chaise d'un geste de la tête, asseyez-vous. »

Le grand registre était ouvert devant lui, elle y voyait sa page, celle avec sa photo dessus, à l'envers.

« J'ai lu votre dossier, commença-t-il en pianotant sur le bois sombre de son bureau. Et plus je lis ces pages, plus elles me disent à quel point vous vous en sortez bien ici. Chaque annotation témoigne que vous êtes une bonne travailleuse qui ne ménage pas sa peine. »

Il entortilla ses doigts devant lui et la dévisagea des pieds à la tête.

« Et maintenant que je vous ai devant moi je peux le constater de visu. À l'évidence notre nourriture vous réussit bien aussi : on dirait que vous avez grossi. »

Il tira sa chaise pour s'asseoir devant elle en tournant les pages en arrière.

« Il n'y a pas même une semaine, un rapport de

l'un de mes collègues suggérait que vous soyez remise en liberté après une petite période d'observation supplémentaire. D'ailleurs, n'eût été ce petit incident avec Miss Church, vous auriez été assise dans ce bureau à peu près en ce moment pour avoir avec moi un entretien. Et si vous aviez réussi cet entretien, alors nous aurions appuyé votre libération. »

Ses mots restaient suspendus dans l'air pareils à d'étranges fruits sombres attendant d'être cueillis. Ella posa les mains sur ses genoux et, s'efforçant de ne pas bouger, observa le visage narquois et fourbe du docteur. Il jouait un jeu. Il avait lu la lettre et il jouait un jeu. Il fallait qu'elle en comprenne les règles, et vite, avant que la partie soit finie et qu'elle ait perdu. *Réfléchis. Réfléchis.*

« N'aimeriez-vous pas ça ? demandait-il. N'est-ce pas ce que vous voulez ? Il me semble me rappeler un jour, il n'y a pas si longtemps, où nous étions face à face dans cette pièce, et où cela paraissait être ce que vous désiriez ardemment. »

Un froid lui remontait le long des jambes, comme en provenance des cellules en dessous.

« Oui, répondit-elle lentement. Oui, j'aimerais bien. »

Était-ce ce qu'il fallait dire ? Elle n'en savait rien, mais au moins elle avait jeté quelque chose en travers du chemin du médecin, quelque chose pour ralentir cette situation. Pour qu'elle puisse réfléchir. Pourquoi n'arrivait-elle pas à réfléchir ?

Le docteur leva le menton, ses yeux se rétrécirent un instant, puis le sourire fut de retour.

« Parfait », dit-il.

Ça t'arrive de penser que les gens portent des masques ?

« D'après des témoins ce n'était pas vous mais Miss Church qui était à l'origine de l'incident dans la salle commune. Nous allons considérer ça comme un écart de conduite. Sous réserve que tout se passe bien au cours de la semaine prochaine, nous organiserons votre libération. Levez-vous, je vous prie, Miss Fay. »

Elle s'exécuta. Il la dévisagea longuement puis secoua la tête et aboya un rire bref.

« Doux Jésus. Fermez donc la bouche, Miss Fay. La porte ne fonctionne pas que dans un seul sens. »

Qu'importe de quel jeu il s'agissait, elle savait qu'il pensait avoir gagné.

« Et Clem ? demanda-t-elle.

— Miss Church ? Eh bien quoi ?

— Est-ce qu'elle est au pavillon des chroniques ? »

Fuller ferma le registre des patients, les commissures de ses lèvres s'abaissèrent.

« J'ai bien peur que non, Miss Fay. Miss Church est beaucoup trop malade pour ça. Elle est à l'infirmerie, où nous la nourrissons pour lui sauver la vie.

— La vie ?

— En effet.

— Mais... vous...

— Oui ? »

Elle avait envie de lui arracher son masque, de le lui arracher pour voir l'animal en dessous. Elle était prête. Elle n'avait pas peur. Pourtant elle ne fit rien. Certes c'était sa faute à lui, mais elle savait que c'était aussi la sienne. Elle aurait dû donner plus à Clem. Ils étaient tous les deux coupables.

John

À son réveil il trouva trois boîtes d'allumettes sur son oreiller, et avant même qu'il soit complètement conscient, elles furent fourrées dans sa manche et il comprit : Dan était parti.

Quelques secondes plus tard, c'était le branlebas dans le pavillon. La perplexité barbouillait le visage des surveillants. Pas trace de lui, pas de fenêtre cassée. Pas de porte ouverte. John, à l'instar de tous les autres, n'avait pas la moindre idée de la façon dont il s'y était pris : Dan avait tout bonnement disparu.

Les hommes furent enfermés dans la salle commune, des surveillants supplémentaires furent postés aux portes, et tandis que les hommes se rassemblaient dans ces quartiers fétides et exigus, les rumeurs les plus folles se répandirent. Dan avait bénéficié de l'aide de géants. Il avait été emporté par des fées. Avait volé un cheval dans les écuries et chevauché sur la lande pendant la nuit. Il était lui-même devenu un cheval.

« C'est vrai, John ? »

Joe Sutcliffe était planté devant lui.

« C'est vrai qu'il s'est transformé en cheval ?

— Je ne sais pas, mon gars. Je n'en sais rien. »

C'était possible. D'une certaine manière, venant de lui, ça ne l'aurait pas étonné.

Au bout de plusieurs heures, le médecin arriva dans la salle commune. Cela faisait des semaines qu'ils ne s'étaient pas retrouvés face à face, depuis l'incident sur le terrain de cricket, et John observa Fuller qui faisait lentement le tour de la pièce, en parlant à chacun des hommes. Le médecin ne le regarda pas, pourtant il lui sembla qu'il avait fait exprès de le garder pour la fin.

« Mr Mulligan. »

Fuller tira une chaise à lui, l'épousseta de sa manche puis s'assit à côté de John.

« Il semblerait que votre ami Mr Riley ait disparu. »

L'homme paraissait maigre. Une nervosité chez lui. Les joues creusées, un nouvel éclat dans l'œil.

« Oui-da, il semblerait.

— Et vous allez me dire que vous n'avez aucune idée d'où il se trouve.

— C'est ça. »

John transpirait. Il n'avait pas l'habitude d'être à l'intérieur.

Fuller sourit.

« Je m'attendais à cette réponse. »

Il étira les jambes, laissa son regard parcourir la pièce.

« Vous avez la belle vie ici, les gars, hein ? Je me demande souvent à quoi vous avez recours pour vous amuser. Vous devez avoir tellement de temps libre. »

Il se retourna vers John.

« Je crois que je vous envie un peu, pour vous dire la vérité. Je ne sais pas trop ce que je ferais si j'avais autant de temps que vous. J'écrirais, je pense. Plus de lettres, peut-être. »

John gardait le silence.

Fuller fronça les sourcils.

«Vous allez certainement souffrir de solitude, Mr Mulligan, si Mr Riley ne revient pas ?»

John ne dit rien.

«Ma foi, reprit Fuller qui se levait en secouant son pantalon. Il faut que j'y aille.»

Il sourit de nouveau puis, comme s'il venait juste de se rappeler quelque chose, leva l'index.

«Un jour, Mr Mulligan, ou une nuit, nous nous reverrons. Je le sais. Je le sais comme je sais que je m'appelle Charles, que j'ai cinq doigts à la main droite et que je suis originaire du Yorkshire. Et ça ce sont des choses que je sais bien.»

Ses mots. Ses mots dans la bouche de ce salopard.

Fuller lui adressa un salut guilleret.

«À bientôt, Mr Mulligan, à bientôt.»

Charles

Le mois passa. Septembre arriva. Mais le lever du soleil avait beau être notablement plus tardif et le coucher notablement plus précoce, le thermomètre refusait d'indiquer le changement de saison et le mercure restait obstinément à trente-deux degrés. Le petit matin étant le seul moment tolérable de la journée, Charles se levait le plus tôt possible pour soulever ses haltères dans la fraîcheur teintée de rose qui précédait l'aube.

Chaque jour il nourrissait Miss Church avec le tube, et chaque jour l'opération devenait plus facile :

la patiente était toujours récalcitrante, elle se démenait toujours violemment contre ses entraves, et les mêmes invectives ignobles se déversaient lorsqu'on lui enlevait la mousseline de la bouche, mais elle faiblissait progressivement, et Charles ne transpirait plus quand il accomplissait cette tâche.

À la fin de la deuxième semaine, la patiente avait changé. Quand il ôta la mousseline il n'y eut pas de mots, et la tête pendouilla bizarrement sur le côté. Le visage était couvert d'hématomes, les gencives étaient des lambeaux sanguinolents. Les lèvres gercées, comme si la patiente avait bravé longtemps un vent violent. Un filament de bave se balançait au coin de la bouche.

Brisée.

«Pas de mots, aujourd'hui, Miss Church?»

Avec ce qui parut un immense effort, la patiente se tourna vers lui. Elle ouvrit la bouche et parla d'une voix grave et râpeuse qu'il dut se pencher pour entendre :

«Que vous importe que je vive ou que je meure?»

Il aurait pu éclater de rire, tant la question était mélodramatique, mais il y avait quelque chose dans l'expression de cette fille : quelque chose de tellement direct que ça demandait réponse.

«J'ai bien peur que ça n'ait pour moi aucune importance, Miss Church, si ce n'est en tant que médecin. En revanche cela importe beaucoup à votre famille, à votre père et à votre frère. J'agis autant pour leur bien que pour le vôtre.»

Il vit une petite larme enfler à la base de son œil. Un clignement, elle tomba. Puis la patiente frémit et baissa les paupières.

Cependant il était arrivé de bonnes nouvelles du monde au-delà des murs de l'asile : les grèves semblaient avoir été brisées, Lloyd George avait négocié la paix. *The Times* racontait que Churchill avait quitté Londres pour partir en vacances. Cette dernière nouvelle était à la fois bonne et mauvaise. Bonne, parce que dorénavant le ministre de l'Intérieur aurait, probablement, un peu de temps à consacrer à sa correspondance personnelle, et mauvaise parce que si la lettre de Charles n'était pas arrivée à Westminster à temps avant son départ, il devrait peut-être attendre plusieurs semaines pour recevoir une réponse.

Chaque matin il vérifiait son casier, et chaque après-midi après le déjeuner, bien que ce ne fût pas dans ses habitudes, il retournait au bâtiment administratif vérifier une seconde fois. Au bout de quelques jours de ce manège, le portier haussa les sourcils :

« Vous attendez quelque chose, Dr Fuller ?

— À l'évidence. »

Mais nul mot ne lui parvint, et à mesure que les jours passaient Charles commençait à se demander à partir de quand il serait opportun de renvoyer un courrier.

Cela dit il ne s'était pas tourné les pouces, loin de là. Il avait pris l'initiative d'écrire au commandant Darwin et au professeur Pearson, en veillant à la formulation de ses phrases sans toutefois manquer d'insinuer qu'il avait le soutien tacite du directeur dans son projet de transformer l'asile en hôpital : un établissement universitaire susceptible d'être précurseur en matière de stérilisation une fois que le projet de loi sur les faibles d'esprit serait passé. C'est avec surprise et délectation qu'il avait reçu une réponse des deux hommes, l'invitant à la prudence mais l'encourageant dans son projet. Il ne lui manquait que la réponse du ministre de l'Intérieur pour être prêt à présenter son dossier.

Puis, le onze septembre, jour où la température avait chuté de douze degrés bénis, où les nuages encombraient le ciel et où le mercure affichait vingt degrés le matin, la lettre arriva. Une épaisse enveloppe couleur crème arborant le cachet du palais de Westminster dans le coin supérieur droit. Charles se contenta de la soupeser un moment avant de la glisser dans sa poche de veste, où elle demeura toute la journée, près de son cœur, tandis qu'il accomplissait ses rondes.

Dès qu'il eut ausculté le dernier patient, il s'empressa de rejoindre sa chambre. Dans son excitation, ne parvenant pas à trouver son coupe-papier, il ouvrit l'enveloppe d'un coup sec et la déchira un peu sur les côtés. La lettre était brève, et l'écriture de Churchill nette, avec de grands espaces entre les mots.

Cher Dr Fuller,

Pardonnez cette réponse tardive.

Je vous remercie de votre lettre et de votre proposition. Vous tenez là à mon avis un beau projet. Quand la loi sera passée, nous aurons besoin d'hôpitaux prêts à se spécialiser dans de telles opérations et capables de les effectuer, ainsi que de médecins volontaires pour les superviser.

Même si je ne saurais, évidemment, tolérer la moindrè action qui outrepasserait encore les limites de la loi, votre proposition de vous mettre au premier plan d'une telle révolution est louable, et je la soutiens sans réserve.

J'attends avec impatience de faire votre connaissance lors du congrès de l'été prochain.

Bien à vous,

WINSTON CHURCHILL,
MINISTRE DE L'INTÉRIEUR

Charles était assis, tremblant, sur le lit. L'avenir, *là* – dans ses propres mains. Il porta la lettre à sa bouche et embrassa la feuille.

Ni une ni deux, il sollicita une audience avec le directeur. Quand celle-ci arriva, il ne prononça presque pas un mot, se contentant de déposer la lettre sur le bureau à côté de celles de Pearson et du commandant Darwin, mettant le feu aux poudres avant de reculer bien loin.

Le directeur ajusta ses lunettes et lut les missives l'une après l'autre. Au début il parut perplexe, puis son expression s'assombrit progressivement. À la fin de la lettre de Churchill, une couleur grenat lui était montée aux joues.

«Grands dieux, Fuller. Qu'est-ce qui vous a fait croire que vous pouviez passer outre mon autorité?»

Un tic agitait sa joue gauche dans un rythme étrangement syncopé.

Charles ne cilla pas : il s'était attendu à cette réaction.

«Je suis désolé, répondit-il d'une voix douce,

comme pour apaiser un enfant agressif. Je ne voulais pas outrepasser votre autorité. Je voulais simplement employer mon influence et mes contacts dans le champ de l'eugénisme pour donner un coup de pouce à notre institution. L'avenir arrive, et c'est à nous de choisir si nous voulons en être les pions ou les rois. »

Il avait répété son discours devant son miroir, en s'imaginant l'expression du directeur pendant qu'il le prononcerait. Il observait à présent l'impact de ses mots. Voyait les remous qu'ils créaient sur le visage ridé et sévère.

« Continuez », répliqua doucement le directeur.

Une accélération. Le moment était venu. Charles exposa son projet dans les termes les plus simples possible :

Une inoculation pour le corps de l'Empire
Le projet de loi sur les faibles d'esprit
La probabilité que la loi soit votée l'année suivante
Suivre l'exemple américain
Dr Sharp, Indiana Reformatory
Le Parlement largement favorable
Mener le jeu
Société eugénique
Pearson
Professeur
Galton
Inspiration
Ministre de l'Intérieur Churchill
Allié
Ami

Charles marqua une pause à la fin de sa récitation – se rappelant qu'il fallait respirer. En la matière, faire montre de sentiments exaltés était contre-productif. Il resta tout du long, comme il l'avait espéré, serein et calme. Peut-être avait-il quelque peu embelli sa relation avec le ministre de l'Intérieur en faisant allusion à une amitié et à une intimité qui, pour l'instant, n'existaient pas, mais *on n'a rien sans rien*, comme l'avait dit un jour un homme sage. Il compta, *un… deux… trois*, tandis que Soames rassemblait les lettres vers lui.

« Laissez-moi réfléchir », fit le directeur.

Charles parvint à se contenir tant qu'il se trouvait à l'intérieur de la pièce, mais une fois dehors sur la pelouse il se laissa aller à un petit bruit de jubilation. Une infirmière de passage lui lança un regard interrogateur :

« Tout va bien, Dr Fuller ?

— Oh oui ! Oui ! Très bien, merci, infirmière. »

Des nuages se formèrent au cours de la journée, de gigantesques cumulus gonflés et tuméfiés qui s'amoncelaient au-dessus de la lande dans la lumière changeante, alignés à perte de vue, faisant la queue pour déverser leur cargaison d'eau. À sa fenêtre ce soir-là, content, pour la première fois depuis des mois, de porter sa veste, les mains enfoncées dans les poches, Charles avait l'impression de partager le sentiment d'un Indien au début de la mousson, scrutant le ciel fécond à l'affût des premières gouttes de pluie.

On frappa à la porte : le portier, qui lui demandait de descendre. Charles le suivit le long des couloirs vides qui résonnaient, dans un asile étrangement déserté ; dehors la luminosité avait baissé. Une fois à l'intérieur du bureau du directeur, cependant, dans l'aile ouest du bâtiment, la lumière était spectaculaire, compressée, presque phosphorescente.

Le directeur n'étant pas assis, Charles resta lui aussi debout, tandis que Soames lui remettait les lettres avec un hochement sec de la tête.

«J'y consens», murmura-t-il.

Charles acquiesça d'un geste. *Comportement. Contrôle. Contrôle en toute circonstance.*

«Je suis sûr que la postérité vous remerciera, monsieur. Une fois que nous serons engagés sur cette voie, il n'y aura pas de retour possible.»

Le directeur grimaça.

«C'est en partie ce qui me fait peur, mais vous m'avez convaincu de prendre le risque.

— Et j'en suis ravi.»

Charles marqua une pause, puis :

«J'avais pensé entreprendre bientôt une opération, annonça-t-il d'une voix aussi légère que possible. Un précédent, en somme.

— Oh?»

Le directeur semblait soudain amorphe, comme si le sujet ne le concernait plus.

«Avez-vous une idée de qui?

— John Mulligan.»

Soames secoua la tête.

«Je ne connais pas cet homme.

— Un mélancolique irlandais, monsieur. Il est chez nous depuis plus de deux ans.

— Et pourquoi lui?

— Il n'a personne à charge. Il est dans le pavillon des chroniques. Il est hautement improbable qu'il

ait un jour de nouveau besoin de ses capacités repro-
ductives.

— Je comprends, mais il y en a plein d'autres
qui pourraient…

— Non, répliqua Charles en secouant la tête.
Mulligan. Ce *doit* être lui. Ça doit commencer
avec lui. »

Sa voix se tendit. Il s'arrêta, se força à respirer.

Soames lui lança un coup d'œil sévère avant de
sembler se chiffonner, comme s'il n'avait pas la force
d'affronter ce qui allait suivre. Il retira ses lunettes et
frotta ses vieux yeux cernés. Alors Charles comprit,
en un instant, que cet homme avait fait son temps.

« Et vous écrirez au ministre de l'Intérieur ?
s'enquit Soames. Pour expliquer précisément à
Churchill ce que vous comptez faire ? »

Charles glissa les lettres dans sa poche.

« Oui, monsieur, répondit-il. Très certainement. »

John

Quand le temps changea il était dehors, près de
Mantle Lane, plongé jusqu'aux cuisses dans une
tombe.

Le ciel s'était épaissi toute la journée, la température avait chuté, mais la pluie ne venait toujours pas.
Vers la fin de l'après-midi un petit vent insistant se
leva et les premières gouttes d'eau marbrèrent le sol.
John posa sa pelle et contempla le ciel, contempla le
vent faire dégringoler les quelques rares dernières
hirondelles qui restaient. Pourquoi avaient-elles

attendu ? Elles auraient dû migrer plus tôt. Maintenant elles allaient devoir traverser les orages.

La pluie se mit alors à tomber dru, de gigantesques châles d'eau qui détrempaient le sol asséché, tombaient sur les rangées anonymes des gens enterrés six pieds sous terre, martelaient le trou à vif dans lequel il se trouvait, formaient une flaque autour de ses pieds.

Il leva la tête vers le ciel, ouvrit la bouche et but. Il sentit à quel point il était vivant, et il pensa à elle.

Au bout d'un moment, ainsi debout, il se mit à avoir froid, et ce froid le frappa tel une sorte d'éclat, une chose étrange et nouvelle.

Ella

La journée semblait tapie, prête à bondir. Debout à la fenêtre, à regarder le rassemblement de nuages gris, Ella, les mains déployées sur son ventre, sentait la chaleur, la tension à cet endroit. Elle devenait une entité nouvelle : au début, cette idée avait été vague et lointaine, mais dorénavant elle l'emplissait, cette certitude était aussi présente que la sensation de nausée et de vertige qui l'accompagnait à longueur de journée. Combien faudrait-il encore de temps avant que quelqu'un d'autre le remarque ? Deux semaines ? Trois ? Quatre ? Ses jupes volumineuses le cacheraient bien. Mais dans la salle d'eau le vendredi après-midi, rien ne la cacherait. Le personnel voyait tout quand il se donnait la peine de regarder.

Que feraient-ils quand ils le découvriraient ?

Elle se rappela la femme avec la tache de naissance – sa bouche qui s'ouvrait et se refermait autour de ces mots : *ils les tuent. Ils tuent les bébés ici.* Elle ne pouvait pas croire que c'était vrai, pourtant elle avait souvent vu des femmes dans les pavillons : elles apparaissaient un jour dans la salle commune, grosses d'un enfant, et le lendemain elles avaient disparu.

Ou se pourrait-il plutôt qu'ils le tuent en elle ? Elle ravala sa respiration en agrippant son ventre à deux mains. C'était possible : elle le savait. Elle avait connu une fille à la filature qui était allée se le faire faire. Et était revenue le teint gris, lente.

Dehors les hirondelles étaient dispersées par le vent. Au cours des quelques jours précédents elle les avait vues partir, le ciel se vidant chaque jour un peu plus. La famille au-dessus de la fenêtre était partie, leur nid avait cessé d'être un foyer pour n'être plus qu'une touffe de boue vide.

Comment un enfant grandit-il ? Elle s'imaginait une petite personne, de la taille de l'ongle du pouce, pareille à l'une de ces feuilles enroulées au début de l'été, avec des mains minuscules, des pieds minuscules, une bouche minuscule. Un enfant fait des champs, de la nuit bleue, et de lui et d'elle. Elle mourait d'envie de le lui annoncer. Cela faisait un mois qu'elle n'avait pas vu son visage.

Était-il dehors en ce moment ? Si elle pensait assez fort, pourrait-il l'entendre ? Pourrait-il arriver à le savoir ?

Et Clem ? Ses mots résonnaient encore : *Comment peux-tu même savoir ce qu'il a écrit ? J'aurais pu tout inventer. Tu n'en saurais rien, tu es tellement bête.*

375

C'était un homme qui aimait les mots. S'il découvrait qu'elle ne savait pas lire, que penserait-il d'elle, alors ?

Dehors, la pluie hésita puis se mit à tomber. Ella ferma les yeux et appuya son ventre chaud, sa joue contre la fraîcheur de la vitre. Peut-être avait-elle peur de cet enfant, songea-t-elle, autant qu'elle avait peur pour lui. Et était-ce la peur, ou l'enfant, qui se réfugiait au plus profond d'elle à présent ?

Elle pensa à sa mère, à la caresse de sa main sur sa joue. Sa mère avait été la première chose qu'elle avait aimée, et depuis elle s'était efforcée de ne rien aimer du tout. Mais elle n'avait pas pu s'en empêcher. Elle aurait dû rester en sécurité. Elle s'était sentie en sécurité, pendant un temps, mais ça avait été un temps dans un bois, dans un champ, dans un rêve. Il n'y avait pas de sécurité ici.

Fermez donc la bouche, Miss Fay. La porte ne fonctionne pas que dans un seul sens.

La laisserait-il vraiment partir ? Était-ce une punition ?

Cela importait-il, en fin de compte ?

S'il la laissait bel et bien, elle le savait, elle devrait s'en aller.

Charles

Il était en train de composer sa réponse à Churchill quand la pluie se mit à tomber. Quelques petites taches sur sa feuille par sa fenêtre ouverte, brouillant les mots qu'il venait juste d'écrire. Au début il n'y eut que ces deux ou trois gouttes – tandis qu'il déplaçait ses papiers sur son lit, où ils resteraient secs –, puis une pause, à croire que le monde entier retenait son souffle : le cœur de Charles se serra, il redoutait de devoir encore attendre, puis les gouttes tombèrent dru, et une lumière trouble inonda la pièce, laquelle vira du gris au noir.

Cette nuit-là il laissa sa fenêtre ouverte ; assis à son bureau avec une petite lampe qui se consumait, il écoutait la pluie tambouriner dans les cheneaux. Il était obnubilé par l'opération à venir. Il fit glisser vers lui son calepin et se mit à griffonner :

La chose la plus importante est d'accéder aux canaux déférents. Pour ce faire deux petites incisions sont pratiquées de part et d'autre du scrotum. Ensuite chaque canal déférent apparaîtra à la surface en vue de l'excision. Les deux canaux seront sectionnés, séparés et suturés. En se réveillant, Mulligan devrait ressentir de la douleur, mais rien d'insupportable.

Il dessina des croquis de la zone : scrotum, vésicule séminale, vessie, pubis, pénis. Il ne put s'empêcher d'esquisser le membre qu'il avait vu ce jour-là sur le terrain de cricket : c'étaient les organes génitaux de Mulligan, après tout, sur lesquels il allait conduire une opération, la tige épaisse, le bout rouge engorgé. Le Dr Sharp racontait dans son témoignage qu'il effectuait l'opération sans le moindre anesthésiant, mais ce ne serait guère probable dans le cas de Mulligan : l'homme devrait être mis K.-O. avec du chloroforme ou de l'éther, ce serait la seule manière de pratiquer l'opération à son insu. Mais ensuite, ce serait l'affaire de quelques minutes, un premier coup pour le meilleur des mondes ! Et il y avait à ça une justice poétique particulière. Mulligan ne s'était-il pas désigné lui-même ? Ce jour-là sur le terrain brûlé, en agitant son pénis devant lui. En pissant sur ses bottes.

Il se dirigea vers ses haltères et se mit à s'exercer tout en pensant à Mulligan, qui vaquait à ses occupations, quelles qu'elles pussent bien être – sa liaison malsaine et contre nature avec cette fille. Peut-être pensait-il à elle en ce moment. Peut-être se touchait-il, ces mains sur ce corps, sur ce pénis, s'empoignant dans son lit dans le pavillon, déversant sa semence sans avoir nullement conscience de ce qui se préparait. Dix minutes, c'était tout le temps qu'il faudrait. Dix minutes, et des générations successives de dépravation seraient balayées à jamais.

Cette idée était stupéfiante : propre, comme un couteau. Charles sentit un raidissement dans son bas-ventre, et il tirait sur les haltères, encore et encore et encore. Quand il les eut reposées, trempé de sueur, haletant, il enleva sa chemise et s'aspergea à l'aide du broc posé à côté du lavabo.

La météo avait tourné. Les patients réclameraient à cor et à cri la reprise des bals. Ils danseraient ensemble, Mulligan et la fille. Candides.

Qu'ils l'aient.

Qu'ils l'aient, leur dernière danse. Bientôt la fille serait partie, et Mulligan... eh bien, Mulligan serait un homme d'un genre différent.

John

Assis au premier rang des lignes masculines, il peinait à rester en place. Il avait eu beau se récurer le mieux possible dans la salle d'eau, l'incrustation de la boue humide, tenace, laissait des traînées noires sur ses paumes. Aucun feu n'était allumé, autour de lui les autres hommes étaient sombres, leurs voix basses, comme si eux aussi avaient été mouillés par le temps, comme incertains de la façon de se comporter dans cette gigantesque salle chargée d'échos. Un épais voile de fumée était suspendu au-dessus de leurs têtes. Les musiciens étaient sur la scène, mais Fuller ne comptait pas parmi eux.

Dehors, la pluie tombait. Voilà cinq jours qu'elle tombait sans discontinuer, les champs désormais réduits à un bourbier. Sa dernière semaine passée à glisser et à déraper dans la boue, les parois de la tombe devenues de la glaise cireuse tandis qu'il était surveillé, constamment, par un Brandt au regard mauvais. Dan était une absence béante dans ses journées, mais l'idée d'Ella était pire encore. Sa lettre avait été lue par Fuller. Ce salopard avait-il trouvé les autres, ses yeux dévalisé le reste ?

Il n'avait rien entendu, mais cela ne faisait que renforcer son malaise. Ella était-elle punie à sa place ?

Son pied racla le sol.

Quel imbécile. Il avait eu sa liberté et il l'avait gâchée, gâché celle d'Ella aussi – négligemment, comme son père gâchait ses pièces dans les buvettes d'arrière-cour –, il s'était montré gourmand et aveugle, comme s'il devait y avoir des jours et des jours à vivre ainsi.

Les femmes arrivaient, leurs voix se répercutaient dans les couloirs à l'extérieur et son sang battait la chamade tandis qu'il parcourait vainement la foule des yeux : les femmes entraient par vagues successives dans la salle de bal, or elle ne se trouvait pas parmi elles ; ses pensées se déchaînèrent. Elle avait été conduite au sous-sol. Ils lui avaient fait mal, par un moyen ou un autre. Fuller était là-bas. Il la punissait en ce moment même.

Il regarda alors de nouveau et elle était là, les bruits de la pièce alentour s'éteignirent. Elle tournait la tête, elle ne l'avait pas encore vu. Elle se déplaçait lentement. Ses cheveux – la dernière fois qu'il les avait vus, détachés, lourds, suspendus audessus de lui – étaient noués en un chignon strict sur sa nuque, ses yeux fixés droit devant elle. Les mains jointes sur le ventre. Les joues écarlates.

Il se pencha, essaya d'attirer son regard par la force de la volonté. Mais elle s'éloignait, se faufilait à travers la foule jusqu'au fond de la salle, et il la perdait déjà de vue. Il se mit debout, pour qu'elle le voie facilement lorsqu'elle lèverait les yeux, pour qu'elle sache qu'il était là.

« Mr Mulligan. »

Un surveillant le repoussa au passage.

« Asseyez-vous donc. »

Il s'assit, l'air était déchiqueté, rempli de verre brisé.

La première danse fut annoncée, il se releva, attendant qu'elle s'extirpe des rangées de bancs pour le rejoindre. Mais elle resta à sa place, les yeux rivés au sol. Les musiciens commencèrent à jouer, et l'espace entre eux fut bondé de corps mouvants. Il se rassit, se passa les mains dans les cheveux.

La danse suivante fut annoncée, puis la suivante, et elle ne levait toujours pas les yeux. Il comprit alors qu'il s'était passé quelque chose. Quelque chose qu'il ne pouvait imaginer. Elle devait lui en vouloir de ce qui avait bien pu lui arriver. Mais maintenant il ne pouvait plus s'en empêcher : il fallait qu'il lui parle avant la fin de la soirée, alors il se leva, et compta les pas qui les séparaient.

Il s'écarta de son banc. Se fraya un passage à coups de coude dans la lourde presse des hommes. La tête d'Ella se levait maintenant.

Des gens poussaient et se bousculaient autour de lui, trouvaient leur partenaire pour la prochaine danse. Il fut éjecté de sa trajectoire et la perdit à nouveau de vue, jusqu'à se retrouver devant les rangs des femmes.

« Ella », lança-t-il.

Il n'arrivait pas à déchiffrer son expression.

« *Ella !* »

Elle se leva, alors, et se dirigea vers lui, mais alors qu'il lui restait encore deux pas à effectuer elle s'arrêta, l'espace entre eux bouillonnait. Il referma l'écart d'une foulée et tendit le bras pour lui saisir la main.

« Quoi ? Dieu tout-puissant. Que se passe-t-il ? »

Elle le regarda, le visage tendu, implorant.

« Tu ne vois donc pas ? lui répondit-elle. Tu ne sais donc pas ?

— *Quoi ?* »

Et là, submergé par une déferlante, il comprit, et l'attira contre lui.

« Un enfant ?

— Oui. »

Elle parlait contre sa poitrine, d'une voix désespérée.

« Mais je quitte cet endroit. Ils me libèrent. »

Il lui leva le menton, son regard se déroba.

« Il faut que je te dise…, reprit-elle. Les lettres…

— Eh bien ? Il les a trouvées ?

— Je ne sais…

— *Quoi ?* »

Quand les yeux d'Ella finirent par croiser les siens, il y vit de la sauvagerie, de la peur, de l'espoir.

« Je ne sais pas lire, avoua-t-elle. Pas vraiment. C'est Clem qui me les a lues. Elle m'a aidée. Elle me les a lues à voix haute. »

Il lui prit le visage à deux mains.

« Je suis désolée, dit-elle. Je suis vraiment désolée. Je ne voulais pas mentir.

— Écoute. *Écoute-moi* : il ne faut pas être désolée. Tu crois que ça me dérange ? Tu crois vraiment que ça me dérange ? »

Il lui tenait la tête à deux mains.

« Tu dois partir. Tu m'entends ? Mais envoie-moi des nouvelles. Tiens-moi au courant d'où tu es, et quand je saurai comment te trouver, je viendrai te chercher. Je viendrai vous chercher tous les deux. Je te le promets. »

Le jour de son départ il pleuvait encore, la pluie tombait vite d'un ciel bas.

Elle rassembla ses affaires avant que les autres femmes se réveillent : une fleur écrasée, une plume d'hirondelle, une feuille de chêne et une croix de blé tressé. Elle posa la plume sur le lit, puis enveloppa la croix, la feuille et la fleur dans la mince pile de ses lettres, et glissa ce petit paquet sous son corset, où il formait une bosse, une boule devant son cœur.

Elle portait ses anciens habits de travail qu'on lui avait restitués la veille : sa jupe noire, son chemisier et son châle brun en laine. Ils sentaient le passé. Les animaux, le métal et la filature. Elle s'empara de la plume, tint sa pointe dure entre le pouce et l'index et traça une ligne en travers de sa paume :

Bon, maintenant, imagine-toi un oiseau avec une envergure pas plus grande que ça, qui traverse toute l'Europe, descend en Afrique, voire jusqu'en Inde et encore plus à l'est.

Cela faisait plus de deux semaines qu'elle n'avait pas vu Clem.

« Qu'est-ce que tu fais ? »

Elle leva les yeux : Vieille Allemagne, assise sur son lit, clignait des yeux dans le matin pâle, ses nattes ébouriffées sur sa tête par la nuit de sommeil.

« S'il te plaît, tu voudrais bien me rendre un service ? demanda Ella. Quand Clem reviendra, tu voudras bien lui donner ça ? Elle comprendra. »

Elle déposa la plume dans la main de la vieille femme. Vieille Allemagne considéra l'objet, puis le souleva, l'inspecta, le frotta sur son pouce dans un mouvement de va-et-vient.

« Elle ne reviendra pas, répliqua-t-elle de sa voix fluette.

— Quoi ?

— Dans la nuit. Petitpas petitpas. Son âme est venue me l'annoncer. Elle part bientôt.

— Qu'est-ce que tu veux dire ? »

Ella s'accroupit devant elle.

« Où va-t-elle ?

— Là dehors… »

Vieille Allemagne agita la plume en direction du ciel derrière les fenêtres.

« Mais elle a peur. »

Elle fronçait les sourcils, les yeux étrécis, comme si elle regardait quelque chose qu'elle n'avait pas envie de voir.

« Le chemin est long et elle panique. »

L'effroi descendit le long de la colonne vertébrale d'Ella tandis qu'elle empoignait les mains maigres et noueuses de la femme.

« Qu'est-ce que tu racontes ? Qu'est-ce que tu veux dire ? »

Mais le visage de la vieille femme avait changé. Elle écarquillait des yeux innocents.

« Tiens, dit-elle en lui remettant la plume dans les mains. Mieux vaut que tu la reprennes. »

La pluie éclaboussait les vitres tandis qu'Ella parcourait les longs couloirs entre deux infirmières, avec l'impression que ses jambes bougeaient malgré elle, malgré le vacarme cliquetant dans sa tête. Dans le bâtiment administratif à la lumière verdâtre, elles s'arrêtèrent. L'une des infirmières resta à côté d'elle pendant que l'autre entrait dans le bureau du docteur, d'où s'échappaient des murmures incompréhensibles.

Sous ses pieds, les fleurs carrelées, les pâquerettes noires. Elle avait hurlé la première fois qu'elle les avait vues. Il y avait un cri en elle à présent, mais il était enfoui, loin, très loin de sa gorge.

L'infirmière réapparut.

«Il y a une carriole qui va à Bradford ce matin. Tu pourras monter dedans.»

Ella hocha la tête, muette.

Elles traversèrent le hall d'entrée principal en direction de la salle de bal, puis empruntèrent un chemin différent et sinueux à travers des couloirs où elle posait le pied pour la première fois. Elle songea qu'elles étaient peut-être dans les quartiers des hommes, que cette aile de l'asile leur appartenait. La ressentirait-il si elle passait près? Saurait-il?

Quelque part, songea-t-elle, il devait y avoir d'autres Ella, qui ne se taisaient pas, qui hurlaient, tambourinaient aux portes, exigeaient de voir John. De voir Clem. De savoir qu'ils se portaient bien. Mais ces autres Ella seraient enfermées à nouveau, alors celle-ci se tut, et continua à marcher.

Elles arrivèrent à une entrée latérale où attendait une carriole, un livreur vêtu d'un imperméable mouillé et lisse assis à l'avant.

«Allez, vas-y.»

L'une des infirmières lui asséna une petite tape.

L'air était dur, propre, il sentait la pluie.

Libre.

Elle ne ressentait pas ce qu'elle s'était imaginé. Elle ne ressentait pas ce qu'elle avait ressenti cette nuit-là, au milieu des champs. Une gigantesque torpeur s'était abattue sur elle.

«T'as pas de manteau, ma fille?»

Le conducteur s'approcha d'elle.

«Non.

— D'accord. Viens. Monte à l'arrière, alors.»

Il lui parlait lentement, comme si elle était attardée. Il la contourna pour ouvrir la portière et elle se hissa à l'intérieur, au milieu de sacs de grains. La carriole tangua lorsqu'il s'assit au-dessus d'elle, puis le fouet claqua et ils étaient partis. Une vitre sale laissait voir le mur latéral du bâtiment, d'abord gigantesque, puis encadré, avec du ciel gris moutonneux tout autour, et puis rapetissant, de plus en plus. Elle posa les mains sur son ventre et ferma les yeux.

Libre. Ce petit mot dur qui semblait si froid.

Pouvait-on vivre dans un monde pareil?

Elle tapa sur la fine planche en bois qui la séparait du conducteur. La carriole s'arrêta, elle entendit l'homme descendre. Il ouvrit la portière, le visage chiffonné d'inquiétude. Derrière lui, la pluie s'était arrêtée, le ciel était d'un gris translucide.

«Qu'y a-t-il, ma fille?

— Je veux sortir.

— On est pas encore arrivés.

— Je ne vais pas à Bradford. »

Il regarda autour de lui et se gratta la tête.

« Mais y a rien d'autre que de l'herbe et la lande ici.

— C'est là que je vais », répondit-elle.

Quand elle descendit, elle vit qu'ils étaient sur un chemin en hauteur flanqué de murs en pierres sèches, où de part et d'autre la campagne s'étirait à perte de vue.

« C'est bon, reprit-elle d'une voix assurée. C'est là que je veux être. »

L'homme la dévisagea, perplexe, puis :

« Bon, très bien. »

Il inclina sa casquette en guise de salut.

« Fais attention à toi. »

La carriole s'éloigna péniblement, cahin-caha, et quand elle eut disparu, Ella se retrouva tout à fait seule. Elle s'emmitoufla dans son châle.

On voyait très loin : les champs, vite suivis par l'élévation violette de la lande. Les prés étaient remplis de moutons, et les pierres des murs brouillées de mousse. Elle s'approcha des murets et tendit les bras pour toucher la mousse : douce, elle lui laissa des taches vertes sur le bout des doigts. C'était silencieux, pas un souffle d'air, mais en écoutant elle entendit que le silence était plein de petits bruits insistants : le broutement discret des moutons dans les pâturages, le vent, qui se levait parfois avant de mourir à nouveau. Le murmure d'un cours d'eau, tout proche, et un son étrange, une espèce de soupir doux, qu'elle ne put attribuer qu'à la terre elle-même. Elle escalada l'un des murs et se mit à marcher, trouvant un sentier en lisière d'un champ. Elle n'avançait pas vite. Elle ne savait pas où elle allait, seulement qu'il lui fallait monter, seulement qu'elle voulait être très haut.

Bientôt le champ céda la place à un terrain plus sauvage, mais le sentier se poursuivit, traçant une ligne blanche sinueuse vers le sommet. Les touffes d'herbe étaient mouillées. Sur le bord du sentier poussaient des buissons où de minuscules baies brillaient en grosses grappes, elle en prit de pleines poignées, les mangea, et dorénavant ses mains aussi étaient tachées de violet. À mesure qu'elle montait le sentier rétrécissait, parfois difficile à suivre lorsqu'il croisait des rochers glissants d'eau, et parfois l'eau était un ru qu'elle devait se débrouiller pour franchir. Elle se rinça les mains et le visage et but, une main en coupe, et l'eau sentait la terre et la terre sentait l'eau, et c'était bon de l'avoir dans sa bouche et sur sa peau.

Quand elle atteignit le sommet de la lande, le soleil était bas dans le ciel à sa gauche, le vent lui fouettait les cheveux autour du visage et il y avait de la peur en elle, de la tristesse et de l'espoir. Elle pensa à John. *Tiens-moi au courant.* Elle serra fort les bras autour d'elle.

Elle trouverait un endroit. Une ferme. Un endroit où l'on aurait besoin de travailleurs. Elle ne savait pas comment ça serait. Elle savait seulement qu'elle allait vivre. Qu'elle allait survivre.

Elle pensa à Clem. Elle se l'imagina devant elle, pas comme elle l'avait vue la dernière fois, mais avant : la légèreté en elle. Le courage.

Elle prononça son nom tout haut et se demanda si Clem pourrait le sentir, entendre le bruit que faisait son nom prononcé dans ce lieu élevé et libre. Puis elle sortit la plume de sa robe et la brandit bien haut. Elle bascula la tête en arrière et ce faisant le vent balaya la lande sauvage et traversa la plume, et son corps vibra avec elle, pareil à un instrument destiné à chanter sous l'impulsion du souffle de quelque créature supérieure.

Charles

Il fut debout avant l'aube. Cinquante levers d'haltères d'un côté, cinquante de l'autre, fredonnant tandis qu'il versait de l'eau dans la cuvette de son lavabo et se savonnait visage et aisselles. Une tension somme toute agréable s'était installée dans sa poitrine, le genre de sensation qu'il ressentait enfant, le matin d'une journée à la plage : le genre de journée où le plaisir de l'anticipation était à la limite du supportable. Il allait falloir être calme. C'était l'équinoxe, après tout, un moment d'équilibre, de symétrie.

L'air extérieur était chargé d'ions, vivifiant, et alors qu'il traversait la pelouse, chaque goutte de rosée semblait miroiter telle une perle minuscule. Les premières feuilles mortes gisaient au sol en tas brillants. Il s'arrêta sur l'herbe en prenant de profondes inspirations purifiantes. L'automne était là : une saison qui appelait le raisonnement, pas la sensualité, une saison qui appartenait à l'esprit rationnel, une saison où Charles pouvait enfin vivre.

Il traversa le gazon en direction de l'infirmerie des hommes. L'opération était programmée à huit heures, et il devait procéder avant à l'alimentation de Miss Church, cependant il lui restait encore beaucoup de temps pour vérifier que tout était prêt.

Goffin l'attendait à la porte. Choisi pour sa carrure et sa force, il avait été mis au fait, le strict minimum. Il ne fallait pas qu'il en sache trop.

«Bonjour, Mr Goffin. Donnez-moi dix minutes, puis retrouvez-moi dans la salle d'opération, s'il vous plaît.»

Le jeune homme hocha la tête. Il semblait mal à l'aise, fumait vite, le visage jaune dans la lumière matinale.

Charles longea les pavillons des malades d'un pas énergique pour rejoindre la salle d'opération, et une fois sur place il déballa ses instruments, qu'il plaça soigneusement sur la petite table à roulettes : une lame à raser, un petit pot d'huile, une paire de ciseaux, deux scalpels, trois aiguilles et enfin un mince fil noir pour les plus discrets des points. Il s'empara d'un scalpel qu'il porta contre la pulpe de son pouce, et appuya très légèrement avant de le reposer, satisfait de constater qu'il était on ne peut mieux aiguisé. Des grands placards alignés d'un côté de la pièce il sortit deux flacons de chloroforme et un torchon propre. Il plaça ces derniers sur la table à côté des instruments. On frappa à la porte, Charles alla ouvrir.

«Ah, Goffin. Entrez.»

Il tendit un flacon de chloroforme et le torchon au jeune homme.

«Bon, vous savez qu'il faut le maintenir fermement contre le nez et la bouche. L'astuce c'est de ne pas laisser passer d'oxygène. Le patient va sans nul doute se débattre, mais plus vous maintiendrez le torchon fermement, plus vite il perdra connaissance. Et ensuite *restez avec lui*. Je veux qu'il soit surveillé en permanence. Au cas où il semblerait reprendre connaissance, rajoutez du liquide sur le torchon et pressez-le de nouveau contre sa bouche. Mais rappelez-vous : un surdosage, et il y a risque d'arrêt cardiaque. N'en appliquez davantage que s'il paraît se réveiller. Vous comprenez ? »

Goffin hocha la tête.

« Oui, monsieur. »

Il semblait agité.

« Puis-je vous demander…

— Non, répliqua vivement Charles. Vous ne pouvez pas. »

Il jeta de nouveau un regard circulaire à la pièce, puis se dirigea vers la section de l'infirmerie réservée aux femmes.

Dès son entrée, il sentit que quelque chose n'allait pas. Une absence. Une sensation d'égarement déchiqueté dans l'air. La surveillante générale n'était pas là. Une jeune infirmière à l'air soucieux la remplaçait.

« Où est la surveillante générale Holmes ? »

La fille secoua la tête. Elle avait les yeux rouges et enflammés.

« Je… Il y a eu un… »

La fille se mit alors à hoqueter, de grands sanglots.

« Quoi ? Parlez donc, ma fille. Quoi ? »

Mais la fille était incapable de répondre, Charles la repoussa pour franchir les portes du pavillon des femmes. Quand il arriva, il vit que le lit de Miss Church était vide. Un creux était visible à l'endroit où son corps avait reposé, mais les draps avaient été retirés et le matelas était nu.

« Dr Fuller ? »

C'était la jeune infirmière, de retour, qui rôdait à côté de lui.

« Où est Miss Church ? » demanda-t-il en se retournant vivement.

Elle secoua la tête.

« *Où est Miss Church ?!* »

Il hurlait à présent.

« C'est *ma* patiente. Elle n'aurait *jamais* dû être déplacée sans ma permission.

— S'il vous plaît, Dr Fuller, implora la fille. Venez avec moi. »

Alors qu'ils marchaient, la jeune femme laissait échapper de temps à autre un petit sanglot étouffé, mais autrement ils restaient silencieux. L'infirmière le précédait, déverrouillant porte après porte, et au bout de quelques minutes ses pleurs cessèrent et elle sembla s'être quelque peu ressaisie. Deux, trois couloirs, puis quelques marches à descendre, et Charles avait l'impression de tout percevoir comme pour la première fois : les fissures dans le mur, l'étrange couleur verte de la peinture, l'odeur composite d'ammoniaque et de nourriture, les relents lointains du sang.

À l'entrée de la morgue la jeune infirmière recula en lui faisant signe d'avancer. Charles ouvrit la porte d'une poussée et entra. Une étrange lumière aqueuse inondait la pièce, presque comme s'il se trouvait dans une grotte au fond de la mer.

Miss Church gisait sur la table d'autopsie au milieu de la pièce, et de là où il se trouvait on aurait pu la croire endormie. Il se dirigea vers elle. Quelqu'un d'attentionné lui avait brossé les cheveux de façon qu'ils se déploient sur l'oreiller, et un éclat mystérieux émanait de sa peau. Sa position, avec les mains jointes sur la poitrine, le drap tiré sous le menton, cette coiffure et la lumière sous-marine, tout contribuait à donner l'illusion qu'elle aurait pu être noyée, mais les bandages autour de ses poignets démentaient cette impression. Il posa un doigt sur sa joue. Sa froideur fut un choc. Il se tourna vers l'infirmière.

« Comment ?

— Une lame de rasoir, Dr Fuller.

— Et comment s'en est-elle procuré une, pour l'amour du ciel ?

— On ne sait pas. »

La jeune femme semblait affligée.

« À notre avis elle devait l'avoir sur elle tout le temps. »

Charles reporta son attention sur le visage de Miss Church, seulement conscient d'une profonde absence de surprise.

« Quand sa mort a-t-elle été déclarée ?

— Je l'ai trouvée ce matin. Vers cinq heures. Tenez. »

Elle tendit un calepin à Charles.

Au vu de la viscosité du sang nous estimons qu'elle s'est ouvert les veines aux alentours de trois heures du matin.

Les mots étaient de la main arachnéenne de Soames. Charles eut une décharge de colère.

« Pourquoi n'ai-je pas été prévenu ?

— Je suis désolée, docteur, mais j'ai appelé la surveillante générale et elle m'a dit que c'était plutôt le directeur Soames qu'il fallait alerter.

— Je vois. »

Il lui rendit les notes. Pianota sur le drap de Miss Church.

« Tout à fait. »

Diantre. *Diantre.*

Il sortit sa montre à gousset. Sept heures trente. Si Goffin avait fait son travail, Mulligan devait être prêt. Tout était prêt. L'avenir attendait de naître.

« Ma foi, j'imagine que la famille de la fille a été informée ? »

L'infirmière hocha la tête.

« Très bien. Dans ce cas, ma présence ici n'est plus d'aucune utilité. Je vous laisse veiller Miss Church. »

L'infirmière se ratatina un peu devant cette injonction, mais hocha la tête.

« Oui, docteur. »

Une fois dans le couloir, il s'immobilisa. La bienséance aurait voulu qu'il aille s'entretenir immédiatement avec le directeur. Il y aurait des questions posées, des formulaires à remplir. Miss Church avait été confiée à ses soins. Mais la bienséance pouvait attendre. Au diable la bienséance. La bienséance n'enfanterait pas l'avenir. Seule l'audace le ferait. Seul le génie. Il n'y avait pas à tergiverser sur la marche à suivre.

Il retourna vite à la salle d'opération. Là-bas, il hésita avant d'entrer, le souffle rocailleux. *Calme.*

Calme. Il ouvrit la porte à la volée et vit immédiatement que Goffin avait joué son rôle : Mulligan était allongé sur le dos sur un lit à roulettes au milieu de la pièce, sa silhouette nue couverte d'un drap. Le surveillant pliait les derniers vêtements de l'Irlandais en pile sur une chaise. Il leva la tête à l'entrée de Charles. L'écœurante odeur sucrée du chloroforme imprégnait la pièce.

« Tout est prêt ?

— Oui, monsieur. »

Le jeune homme semblait suant et bouleversé.

« Il a perdu connaissance depuis dix minutes. Cela dit… Je crois que j'en ai peut-être trop utilisé. Il s'est débattu. Il s'est sacrément débattu.

— Montrez-moi le flacon. »

Charles s'en empara d'un geste brusque sur la table.

« Bon sang, mon gars, vous en avez bien trop mis.

— Il va mourir ? »

Goffin tremblait, son visage était à deux doigts de se décomposer.

« J'espère sincèrement que non, répondit Charles. Laissez-moi. »

Mais Goffin ne fit que quelques pas avant de se retourner.

« S'il vous plaît… Dr Fuller. Pourrez-vous me faire savoir s'il va bien ? »

Charles le congédia d'un geste furieux de la main.

« *Laissez-moi.* »

Goffin était au bord des larmes.

« Je suis désolé. Je suis désolé. C'était juste… Il s'est beaucoup plus débattu que ce que je pensais. »

La porte se referma derrière lui, et Charles fut seul avec l'Irlandais. Il n'y avait que les vibrations de son cœur. Que la respiration rauque de Mulligan sur la table devant lui. L'odeur du chloroforme lui donnait la nausée.

Il souleva le poignet de l'homme. Le pouls était constant et régulier. Merci mon Dieu.

Ensuite. Que se passait-il ensuite ?

Il avait oublié les étapes de l'opération. Combien de fois les avait-il passées en revue pour que cette situation ne se produise pas ? Et pourtant à présent une épaisse sensation spongieuse semblait avoir envahi son cerveau. Par quoi devait-il commencer ? Il ferma les yeux et ça lui revint : le rasage.

Évidemment. *Le rasage.* Il ouvrit les yeux d'un coup.

Le front inondé de transpiration, il respirait de nouveau avec difficulté. Chaud. Il faisait chaud ici. La chaleur conjuguée à l'odeur fétide de Mulligan, au chloroforme et à sa propre sueur formaient un mélange capiteux. Il alla ouvrir la fenêtre en grand, inspira plusieurs grosses goulées d'air, et comme une brise merveilleusement fraîche lui touchait le cou, sa nausée s'atténua quelque peu.

Il se dirigea alors vers le lit à roulettes et lentement commença à rouler le drap. D'abord le torse, puis la partie inférieure du corps de Mulligan furent dévoilés. Charles arrêta de respirer : le pénis de l'homme était recroquevillé dans son nid de poils, complètement mou, complètement sans défense. On aurait dit une créature différente de l'organe qui avait été brandi sur le terrain de cricket le jour du solstice d'été. Les testicules gisaient en dessous, légèrement écrasés, légèrement cachés. Il tendit la main et souleva le membre, qu'il déplaça délicatement sur la droite.

Rasage.

Après s'être emparé du rasoir et du pot d'huile, il prit les testicules dans sa paume. D'abord, il frotta un peu d'huile sur la peau fine, presque transparente, puis, la tendant, fit passer la lame dessus. Les poils partaient facilement, ne laissant derrière eux qu'une extraordinaire douceur. Quand les testicules furent nets, il passa au pubis, puis à la peau entre les jambes. Il y avait un duvet clair sur la verge, alors il rasa là aussi.

Il appliqua un chiffon humide sur la zone, puis un sec. Il accomplissait tous ces gestes avec une grande précaution, stupéfait devant la tendresse qu'il ressentait. Il regarda le visage de Mulligan. Il était prêt. Tout était prêt, maintenant.

Et à présent jusqu'à l'air autour de lui paraissait visqueux, changé. Il était submergé par une émotion qu'il ne parvenait pas tout à fait à identifier : le sentiment de prendre part à un grand mystère, d'être proche de la source de la vie. Il lui semblait approprié de prononcer quelques mots. Délicatement, très délicatement, il saisit d'une main les testicules de l'homme et de l'autre lui toucha la joue. Il posa le pouce sur la rugosité électrique des poils de barbe, traça le contour de la bouche, et de l'autre main caressa lentement la peau douce, toute douce, tandis qu'il commençait à parler, qu'il commençait à murmurer que cet acte, même si ce n'était pas la première impression qu'il donnait, était véritablement un acte de création, la création d'une race meilleure. Que Mulligan ne devait pas avoir peur. Que Charles serait là à ses côtés pendant toute l'opération.

Un petit bruit étranglé s'éleva d'un coin de la pièce. Charles se retourna lentement et vit Goffin sur le seuil. Un instant, dans cette lumière visqueuse, Charles demeura parfaitement calme, sans songer à bouger, une main sur la joue de Mulligan, l'autre en coupe sous son membre. Quand soudain l'air sembla de nouveau changer, devenir glacial et cinglant, et même si Charles ne parvenait pas à identifier l'expression du visage de Goffin, il savait qu'il ne l'avait encore jamais vue sur un visage humain.

« Qu'est-ce que vous faites ? » demanda Goffin le doigt pointé.

Charles retira ses mains du corps de Mulligan.

« Depuis combien de temps êtes-vous là ?

— Suffisamment longtemps.

— Répondez-moi. *Combien de temps ?*

— C'est le directeur qui m'envoie. Il m'a dit que c'était urgent. »

Charles ajusta sa veste. Il avait les joues bouillantes à présent. Il remonta le drap sous le menton de Mulligan.

« Le patient est prêt. Restez là. Surveillez-le. N'oubliez pas le chloroforme. Je reviens dans une minute. »

Il sortit de la pièce la tête haute, mais une fois dehors le sol se déroba sous ses pieds comme s'il marchait sur le pont houleux d'un bateau. Il posa les mains sur le mur du couloir pour retrouver l'équilibre. Mon Dieu. Qu'avait vu cet homme? Qu'avait-il entendu, au juste? Et qu'avait-il lui-même dit, debout là, les mains sur le corps de Mulligan? Il ne s'en souvenait pas. En toute sincérité, dans cette étrange lumière de miel, il n'avait pas la moindre idée des mots qu'il avait prononcés.

Quiconque assistant à cette scène aurait imaginé le pire.

Danger. Soudain le danger était partout.

Dans le bureau de Soames, il fut arrêté net par le comité d'accueil.

Il s'était attendu à trouver le directeur seul, un bref rendez-vous pour clarifier les détails de l'affaire, mais le père de Miss Church était là, assis au bureau, la tête enfouie dans ses mains. Soames se tenait derrière lui, un peu à l'écart, il régnait une atmosphère enfumée et un silence gêné.

«Messieurs», les salua Charles avec un mouvement de tête.

Ce fut Soames qui parla en premier:

«Dr Fuller. Comme vous le voyez, Mr Church a demandé à assister à cet entretien.»

Charles se retourna pour fermer la porte derrière lui. *Un entretien?*

«Oui, monsieur. Bien sûr.»

Il jeta furtivement un coup d'œil à l'horloge accrochée au mur: huit heures et quart. Il avança au milieu de la pièce et se planta jambes écartées.

Soames le dévisagea longuement, puis:

«Puisque vous êtes le médecin consultant en chef de sa fille, celui aux soins duquel elle avait été confiée, Mr Church, comme vous pouvez l'imaginer, a plusieurs questions à vous poser. Je vais le laisser s'exprimer, puis vous et moi parlerons seul à seul. »

Charles hocha la tête. Il serra les mains derrière son dos.

Les épaules de Mr Church étaient affaissées, et ses mains ouvertes sur le bureau, paumes vers le haut, comme si Charles eût pu s'emparer de ce mystérieux poids qui le lestait.

« Comment ? »

La voix grave et sonore de Mr Church était brisée.

« Comment avez-vous pu laisser ça... se passer ?

— Monsieur le directeur. Mr Church. »

Charles écarta davantage les jambes. Ce qu'il fallait c'était prendre les choses en main, ne pas être désolé, ne jamais être désolé. Un homme désolé est un homme faible. Il se racla la gorge. Sous sa veste, sa chemise était poisseuse de transpiration.

« J'ai été aussi choqué que tout le monde en apprenant la nouvelle ce matin. Mais quand une jeune femme est déterminée et fourbe ainsi que l'était votre fille...

— *Fourbe ?* »

Le visage du père était convulsé.

« Tout à fait. J'ai le regret de vous dire que l'infirmière de garde m'a informé ce matin que votre fille conservait une lame sur elle précisément dans ce but-là.

— Mais... »

Mr Church leva des yeux éperdus.

«Où se l'est-elle procurée, cette *lame*? Pourquoi n'a-t-elle pas été fouillée? Comment, pour l'amour du ciel, a-t-on pu la laisser faire une chose aussi atroce, aussi horrible?»

Sa voix s'éleva jusqu'à se briser, pareille à celle d'une femme, il s'effondra, et la pièce s'emplit du bruit de ses sanglots.

Charles le dévisageait. Ailleurs que dans les pavillons, il n'avait jamais vu un homme pleurer de la sorte. Mais Mr Church semblait n'avoir aucune gêne dans son chagrin. Soames s'avança, et Charles attendit que sa main se pose sur l'épaule de l'homme – *Allons, allons, mon vieux, pleurer ne la ramènera pas* –, mais le directeur resta planté au milieu de la moquette, le teint pâle, l'air presque aussi affligé que Mr Church.

Charles jeta un œil à l'horloge. Cinq minutes s'étaient écoulées depuis son arrivée dans le bureau. Combien de temps Mulligan resterait-il encore groggy? Et Goffin? *Satané* Goffin. Il ne lui faisait pas confiance, il ne lui faisait plus confiance dorénavant pour faire le boulot.

Les sanglots de Mr Church s'étaient quelque peu calmés. Il tremblait, comme si la force de son chagrin avait été engloutie tout au fond de lui.

«Fuller? demanda sèchement le directeur. N'avez-vous rien à dire à cet homme?

— Si, répondit Charles avant de se racler la gorge. En effet. Avec tout le respect que je vous dois, monsieur, quand quelqu'un est aussi déterminé, je ne vois pas comment établir une quelconque culpabilité, ni de fait à qui l'imputer.»

Un gémissement de douleur étouffé échappa au père.

Soames secoua la tête.

« Non, Fuller. J'ai bien peur que ce ne soit tout simplement pas suffisant. Cette jeune femme avait été *confiée* à vos soins. Qu'elle soit désormais allongée sans vie dans la morgue, je le considère de notre responsabilité collective. Que vous ne sembliez partager aucunement cette opinion, je le considère comme un manquement au devoir. Je n'ai donc d'autre choix que d'en conclure que vous ne souhaitez plus travailler dans un lieu où le soin d'autres êtres humains devrait être votre priorité première, c'est pourquoi j'affirme…

— *Non !* s'écria Charles en secouant la tête. Vous ne pouvez pas faire ça. Pas maintenant. Pas aujourd'hui.

— Je ne *peux* pas ?

— Vous ne pouvez pas, réitéra Charles en tremblant. Je ne l'admettrai pas. Je suis au beau milieu d'une opération. Vous savez très bien de quoi je parle. Tout est prêt. Tout a été préparé. »

Le visage du directeur se plissa en une expression sévère ; il se tourna vers Mr Church :

« S'il vous plaît, laissez-nous, monsieur. »

Le père se leva lentement.

« *Attendez.* »

Charles leva la main. Le vieil homme, abasourdi, regardait alternativement ses deux interlocuteurs.

« Mr Church, cette fille, votre fille que vous pleurez. Qu'était-elle ? Dites-moi. Vous pensiez la connaître ? Croyez-moi, monsieur, si vous aviez entendu et vu les ordures qu'elle a déversées durant ses derniers jours, vous ne seriez pas si prompt à la pleurer. Elle était…

— Dr Fuller, le coupa Soames d'une voix grave. Je vous préviens… »

Au diable le comportement. *Au diable* la politesse.

« Dépravée. Elle était complètement dépravée. Ne comprenez-vous pas ? »

Il ne pouvait pas s'empêcher de trembler. Il s'en fichait.

« *Tare* héréditaire, Mr Church. D'ailleurs, monsieur, on pourrait même vous en imputer la faute, car c'est vous qui avez choisi de vous reproduire avec une femme incapable d'être une mère pour ses enfants…

— Dr Fuller…

— *Non.* »

Il se tourna vers le directeur.

« Êtes-vous congénitalement stupide, Dr Soames, au point de choisir de me punir pour quelque chose qui était inévitable ? Et ce faisant de refuser à cette institution l'opportunité d'aller de l'avant ? D'*engendrer l'avenir* ? »

Le directeur se détourna et s'empara d'une cloche qu'il fit vivement sonner.

Charles bascula la tête comme s'il avait été frappé.

« Grands dieux ! »

Il laissa échapper un éclat de rire.

« Qu'est-ce que ça veut dire ? Avez-vous l'intention de me faire évacuer ?

— Il semblerait qu'il faille peut-être recourir à la force pour vous faire sortir de cette pièce, Dr Fuller, oui.

— Mon Dieu. »

Charles se pencha au-dessus du bureau, blême de rage, à présent.

« Dites-moi, Soames, comment le futur se souviendra-t-il de vous ?

— J'ai suffisamment de préoccupations, Dr Fuller, avec les affaires présentes. Laissez le futur se souvenir de moi comme il lui plaira.

— Ma foi, je vais vous le dire, moi, vous permettez ? Comme d'un homme faible. Un homme faible et stupide.

— Dr Fuller. Laissez-moi vous dire que vous ne faites à vous et à vos perspectives absolument aucun bien.

— Mes *perspectives* ? Je vous assure, Dr Soames, que mes perspectives sont au plus haut. Je vous *certifie* que le ministre de l'Intérieur Churchill aura vent de cette infamie.

— Fort bien. »

La porte s'ouvrit, deux surveillants apparurent. Soames se tourna vers eux.

« Messieurs, je vous prie d'éloigner le Dr Fuller. Je veux que vous l'escortiez hors de ce bureau immédiatement. »

Les deux hommes entamèrent la traversée de la pièce. Charles leva les mains.

« Assez. *Assez*. Nul besoin de contrainte. Je pars volontiers. Je ne suis pas un patient, après tout. »

John

Fournaise. Son visage était une fournaise. Il y porta les mains avec un gémissement.

Une atroce odeur suave et écœurante lui collait à la peau.

Il se recroquevilla sur le côté, vomit et, lorsqu'il eut fini, resta allongé pour retrouver son souffle, la partie supérieure de son torse suspendue dans le vide, les yeux, le nez et la gorge en feu. Comme il revenait à lui, il vit où il se trouvait – vit l'espace sous lui, le sol propre et dépouillé – et dans un geste brusque, pris de panique, il se redressa sur le lit.

Ce n'était pas un lit, cela dit, mais une espèce de table. Il n'était plus dans le pavillon.

Il s'efforça de s'asseoir, les membres en plomb, et se rendit alors compte qu'il était nu, l'entre-jambe exposé. Il avait été rasé. Quelqu'un l'avait rasé. Il considéra son sexe, sidéré, incapable de comprendre ce qu'il voyait.

Un bruit s'éleva à côté de lui, il se retourna et découvrit le surveillant debout là – le jeune et grand, et il se rappela alors avoir été sorti du pavillon. Avoir reçu l'ordre de s'asseoir sur une chaise, puis un chiffon sur son visage, sa lutte pour respirer. Les yeux écarquillés de cet homme au moment où il lui compressait le torchon sur la bouche.

John se jeta sur lui, mais ses jambes ne lui obéirent pas, il trébucha et tomba de la table, les membres croisés sous lui.

« C'était pas moi. »

L'homme tendait les mains devant lui.

« Je vous jure… s'il vous plaît… c'était pas moi.

— Qui alors ? »

John se releva laborieusement en serrant le drap autour de son corps.

L'homme secoua la tête.

« *Qui* ?

— Le Dr Fuller. »

John voyait plus clair, à présent, voyait ses habits pliés en une pile nette sur une chaise. La table à côté de lui garnie d'instruments rutilants. Avec de minuscules couteaux brillants.

« Mais qu'est-ce que c'est que ce *bordel* ? »

L'homme se dirigea en crabe vers la porte.

« C'était pas moi. S'il vous plaît. Je vous promets que c'était pas moi. On m'a forcé. Je sais rien de tout ça. »

Le surveillant ouvrit la porte et se glissa dans l'embrasure. John entendit le bruit d'une clef dans la serrure.

Il rugit et se jeta contre le battant, l'épaule en avant, mais il n'arriva qu'à se faire mal. Il se dirigea alors vers la chaise qui portait ses vêtements, enfila chemise et pantalon, qu'il boutonna avec des doigts gourds, fourra ses pieds dans ses chaussures.

Il avait conscience d'une angoisse latente. Dans son corps. Dans l'air sucré écœurant. La peau rasée de son entrejambe. Il se leva, parcourut la pièce. La porte était verrouillée. Il n'y avait pas de bruit dans le couloir extérieur. L'homme était parti, mais il reviendrait. Le maîtriserait de nouveau. Ils seraient plus nombreux cette fois peut-être. Il y en aurait tellement qu'il ne pourrait pas les repousser. Ils lui plaqueraient ce chiffon atroce sur le visage. Et ensuite Fuller viendrait et ensuite… quoi ?

Il leva la tête.

Vit la fenêtre.

Grande ouverte. Pas de barreaux. Sans vraiment y croire, il s'en approcha.

L'air frais du jour dehors lui caressa la peau : il en aspira la propreté dans ses poumons. Il vit une cour pavée et en face d'autres bâtiments en pierre. À sa gauche, la campagne à ciel ouvert. Des champs. La lande.

Et tout se réduisit à ça : une fenêtre ouverte, le monde à l'extérieur. Au-delà.

S'il s'enfuyait maintenant, comment le trouverait-elle ?

Mais s'il restait, il n'y aurait peut-être plus d'homme à trouver.

Il resta là un long moment, incapable de bouger. Soudain un bruit lui parvint du couloir derrière lui, il se hissa alors en s'éraflant les épaules au passage et se laissa rouler dans l'herbe.

En voyant le clocher derrière lui il comprit qu'il ne s'était pas trompé : il était à l'arrière des bâtiments, près du sentier qui menait au bois et aux fermes, et à la lande.

Alors il courut.

Il courut comme il n'avait pas couru depuis des années, tirant avec les bras, se dirigeant droit vers le bosquet d'arbres, l'engourdissement de sa tête et de ses jambes s'estompant à chaque foulée.

Et ça faisait si longtemps. Si longtemps qu'il n'avait pas couru comme ça.

Novembre

1911

Charles

Disgrâce. C'était comme ça que son père avait qualifié la situation.

Il y avait un poème, non ? Shakespeare ; ils avaient dû l'apprendre à l'école :

> *Honni de la Fortune, autant des hommes,*
> *Je pleure, seul, mon destin de paria*[1].

Charles regarda les plaines du Yorkshire céder la place aux Midlands, le flou brun des champs d'automne à travers la vitre du train. Il supposait, en un sens, qu'il était un paria. Mais il n'y avait pas de larmes. Il ne pouvait s'imaginer se remettre à pleurer un jour. C'était comme si son sang avait été changé. En mercure, ou quelque autre substance similaire. Ses fluides étaient devenus ceux de l'homme supérieur.

Il était resté deux semaines chez ses parents. Sans s'aventurer dans Leeds.

---

1. Extrait des *Sonnets* de Shakespeare, Sonnet n° 29. Traduction française d'Yves Bonnefoy.

Ce matin-là, quand il était parti, le ciel était ensoleillé, l'air mordait, les dernières feuilles arboraient un or profond et satisfaisant. Il avait pris une petite malle où il n'avait glissé que ses livres les plus indispensables et quelques vêtements. Il avait laissé son violon et ses partitions dans sa chambre d'enfant, en sachant qu'il ne les reverrait plus jamais.

Il allait à Londres. Il allait dans un lieu que l'avenir adorait. Il avait des économies. Pas une fortune, mais suffisamment pour lui permettre de vivre pendant encore un bon moment.

L'avenir venait malgré tout : chaque tour de roues du train l'affirmait. Inexorable. Quoi qu'il fût advenu, l'avenir venait malgré tout, toujours. Et quoi qu'il fût advenu, Charles le savait, cet avenir était net, immaculé, prêt à être taillé.

Tout ce dont on a besoin dans la vie, c'est un couteau bien aiguisé.

ÉPILOGUE

Irlande, 1934

John

Il arracha du sol la dernière poignée de pommes
de terre, dont il brossa la peau avant de les jeter
dans le cageot à ses pieds. Puis il souleva la lourde
boîte sur son épaule, s'immobilisa un instant pour
retrouver l'équilibre, et retourna vers la chaumière.
Même à présent, après tous ces mois, il sentait
encore le roulis du bateau en lui, la lente attraction
de l'eau sous ses pieds.

Comme le soleil brillait fort, au début il ne vit
pas grand-chose en rentrant à l'intérieur, traversa
lentement la cuisine, posa le cageot sur une pile
dans le garde-manger sombre et préleva sur le dessus quatre petits tubercules, qu'il mit sur la table
en bois blanc. Il les mangerait plus tard, à son
retour. À l'évier, il lava la saleté de ses mains.

Par la fenêtre il voyait le chemin qui menait à la
petite route puis au bourg environ cinq kilomètres
plus loin. Quand il était arrivé l'été précédent, il
ne savait pas ce qu'il cherchait, il était simplement
persuadé qu'il le saurait quand il le verrait. Et en
effet : la maison était basse et simple, mais il y avait
quelque chose d'accueillant dans l'inclinaison du

toit. Le chaume, de bonne facture, n'aurait pas besoin d'être remplacé avant longtemps. La grange aurait besoin d'être retapée, mais rien qui fût hors de sa portée. Et puis il y avait l'emplacement : assez proche de la ville, proche de la mer. À cent soixante kilomètres au sud de là où il avait vécu. Quatre mille mètres carrés de bonne terre fertile.

Au début, il s'était demandé si ça lui ferait bizarre de posséder une maison tout court. De dormir entre quatre murs. Pourtant il s'y était habitué sans grande difficulté, et au fil des mois il s'était mis à l'apprécier. Il avait plus de cinquante ans. Il était temps de s'enraciner.

Il retourna dans la pièce principale, où il constata avec satisfaction la netteté de la cuisine ; le foyer au-dessus duquel étaient suspendues les casseroles. La chambre, une pièce simple attenante à la cuisine, meublée d'un lit étroit.

Il prit sa veste accrochée au clou derrière la porte et un sac posé sur la table, puis se dirigea vers la petite route.

En marchant, il rejoignit l'arrière d'une modeste procession : quelques charrettes conduites par des hommes qui fumaient, des femmes et des enfants à l'arrière, coincés au milieu de cochons et de sacs de farine. De jeunes hommes et femmes à bicyclette. La lumière mielleuse et épaisse. La poussière soulevée qui se redéposait ensuite. Personne n'allait très vite. Il adopta un rythme décontracté.

À l'étranger, durant les moments qu'il passait à terre, il avait vu les changements : Londres, Newcastle, New York, Buenos Aires, la vitesse avec laquelle les choses maintenant évoluaient. Il avait vu arriver et partir une guerre en servant sur les navires marchands. Vu des machines remplacer les hommes. Comment le siècle s'installait dans un schéma mesquin et efficace. Mais ici en Irlande, plus de dix ans après l'indépendance, les choses évoluaient toujours à la vitesse de l'homme. Ou d'un homme et d'un cheval. C'était bien assez rapide pour lui.

Le flux de personnes se densifia à l'approche de la ville, où la rue principale était bondée de gens et d'animaux. À un bout les épiceries, à l'autre les selliers, les maréchaux-ferrants, les chevaux. Il s'arrêta devant un magasin d'une bonne taille, vibrant de conversations, rejoignit la file d'attente pour les provisions, et quand ce fut son tour acheta de la farine et des œufs, des groseilles, du sucre et du thé. Il les rangea dans son havresac et sortit dans la lumière du soleil.

Un voisin le héla dans la rue : un fermier rougeaud dont la terre était proche de la sienne.

« Mulligan ! Tu viendrais pas boire un coup avec nous autres ? »

L'homme se trouvait devant un bar de fortune qui faisait commerce de bière brune, et à les voir on aurait dit que lui et ses compagnons buvaient depuis un bon moment déjà. John alla les rejoindre et porta la main à son chapeau en guise de salut. Le fermier fit signe à la serveuse d'approcher, elle apporta une pinte de bière brune à John, qui s'avança à la table en la remerciant d'un hochement de tête.

« Je vous présente John Mulligan, annonça le fermier à ses amis de beuverie. Il a acheté la propriété des Langan là-bas. »

Les hommes levèrent leurs chopes, firent en buvant des bruits d'approbation.

« Comment ça se passe, là-bas ? demanda le fermier.

— Oh, assez bien. »

John avala une petite gorgée.

« Quand la grange sera terminée, j'irai acheter un cheval au marché. »

Le fermier jeta un œil en direction des animaux.

« Y a plein de chevaux en vente aujourd'hui.

— Oui-da.

— Tu te sens pas seul, là-bas ? »

Le fermier se tourna vers ses compagnons en leur adressant un clin d'œil vitreux.

« Ma femme veut à tout prix nous le marier.

— Pas seul, non.

— Y a plein de jeunes femmes, en ville, aujourd'hui, ajouta un autre. Plein de femmes pour un type comme toi. »

John but une gorgée de bière et regarda autour de lui. C'était vrai. Le soleil les avait fait sortir en essaim, nombre d'entre elles avaient une allure moderne : des jupes taillées au genou, des cheveux coupés court. Tout cela était assez agréable à voir, mais ce n'était pas pour lui. Il sourit et secoua la tête.

« Je crois que je suis un peu vieux pour ce genre de choses, maintenant. »

L'homme qui avait parlé se pencha de nouveau :

« On n'est jamais trop vieux pour ce genre de choses, mon gars. »

John éclusa sa pinte, jeta quelques pièces sur la table.

« Bon, ben, je vais y aller. »

Il enfila son sac sur son épaule.

« C'était un plaisir de vous rencontrer, camarades. »

Il salua le fermier et se retourna pour descendre la rue. Il se retrouva vite au milieu de la mêlée : des fillettes qui empoignaient des poules par les ailes afin d'en montrer le dessous à des grappes d'acheteurs. Des garçons qui fendaient la foule à cru sur des poneys. Des vaches, des chèvres, des moutons, des canetons, et la rue imprégnée de l'épaisse odeur sucrée du crottin. Les chevaux étaient tout au bout, chacun entouré d'une petite assistance : des chevaux de trait, dont de jeunes femmes tenaient le harnais, de beaux chevaux, des chevaux croûteux aux crinières emmêlées. Il repéra une charmante jument baie qu'il estima pouvoir convenir. Le mois suivant, peut-être, si elle était toujours en vente. La grange serait prête d'ici là. Quand il eut achevé son circuit, il prit le chemin du retour en coupant pour s'écarter de la rue principale – longeant des étals garnis de toutes sortes de pelles et d'outils fabriqués à la main. Il les examinait au passage.

Au bout de la rue, en passant en face de l'hôtel, il s'arrêta. Une jeune femme se tenait sur le trottoir devant l'établissement. Elle ne regardait pas dans sa direction. Ses cheveux sombres étaient noués en chignon sur sa nuque. Elle était pâle, enceinte, les mains serrées autour du renflement de son ventre.

Elle leva la tête, attirée par quelque chose juste derrière lui. Il la vit alors correctement : la pâleur de son visage. Son grand front. La ligne droite de sa bouche. Il eut le souffle coupé.

Un cri retentit : un jeune enfant, une fillette, descendait la rue à toute allure. Un homme suivait.

Mince et grand. Des lunettes. L'homme se baissa et souleva l'enfant vers le visage de sa mère pour qu'elle l'embrasse, et pendant un instant la petite famille posa ainsi dans le soleil de l'après-midi, presque comme pour une photographie, ou une nature morte, jusqu'à ce que ce moment se brise : l'homme posa une main sur le bras de la femme, elle lui parla, sourit, et ils entrèrent dans l'hôtel.

Lentement, John revint à lui-même. De l'autre côté de la rue se trouvait un pub, il s'y dirigea, et lorsqu'il l'atteignit, il s'aperçut qu'il avait le souffle court.

« Un whisky. »

Il descendit l'alcool cul sec, en laissa le feu le brûler. Il leva la tête, aperçut son reflet dans le miroir derrière le comptoir. Le visage ridé. Les yeux étrécis et marqués de pattes-d'oie d'avoir plissé les yeux au soleil. Il était vieux. Quelque part, à un moment donné, il avait vieilli.

Cette nuit-là il se réveilla sans savoir où il était. Ne voyant pas les étoiles, il paniqua et se mit à hurler, emberlificoté dans ses couvertures, puis ses mains finirent par toucher les murs et il comprit. Il enfila des vêtements et sortit s'asseoir sur le banc devant la maison. Le ciel était clair : seuls quelques haillons de nuages dans le sillage de la lune. Il roula une cigarette, la fuma, respirant au rythme des battements apaisés de son cœur.

Longtemps sur les bateaux il avait insisté pour dormir sur le pont. Tant qu'il ne gênait personne, on le laissait faire. Il avait passé des années comme ça, enroulé dans des couvertures. Refusant d'être enclos par les objets des hommes.

Il scrutait à présent les ténèbres autour de lui.

Des fantômes.

Il avait cru qu'il en avait fini avec les fantômes.

Au début, quand il s'était échappé, il l'avait vue partout. À chaque coin de rue. Dans chaque foule à la sortie de chaque filature. C'était l'époque où il la cherchait : toujours, alors, l'équilibre entre la quête et la peur d'être pris, et le besoin de gagner de l'argent pour vivre.

Des jours entiers il avait parcouru Bradford, Leeds. Il savait qu'elle avait travaillé dans les filatures, alors il demandait aux femmes qui sortaient en flot par le portail, mais aucune ne connaissait d'Ella Fay.

Il avait lui-même besoin de travail, qu'il avait trouvé dans les terres agricoles plates au nord de York, des semaines à bêcher des navets et des rutabagas par un temps abominable. Ensuite, quand il avait eu un peu d'argent en poche, il s'était remis à chercher.

C'est à ce moment-là qu'il était allé en mer. Dan avait eu raison. On ne posait pas de questions.

Sa première traversée avait été longue : jusqu'en Argentine et retour. Couleur, lumière, bruit, et lui déchiré à l'intérieur et ne pensant qu'à une chose, à leur enfant qui naîtrait bientôt.

À son retour il avait de nouveau arpenté les villes. Manchester, Newcastle. La nuit il dormait dans des pensions. Plus hardi dorénavant, il interrogeait les contremaîtres : quel que soit le lieu où aurait pu travailler une femme, il demandait à voir les noms sur les listes. Oh, il la voyait. Encore et toujours. Un visage pâle dans une foule. Mais quand il regardait mieux, ce n'était jamais elle.

Il était retourné en mer, les années avaient passé, il avait grimpé les échelons.

Il mio Capitane.

Dan avait eu raison.

Il y avait parfois des femmes. De gentilles femmes qui se tournaient vers lui, lui prenaient le visage à deux mains et exigeaient si peu qu'elles lui brisaient le cœur. Mais il continuait à chercher.

Jusqu'à ce que, à un moment donné, sans qu'il puisse dire quand, il arrête. Arrête de la voir dans la rue. Arrête de penser à elle. Jusqu'à ce que le temps passé en mer soit devenu plus long que le temps à terre. Jusqu'à ce qu'il se sente devenir un homme différent. Jusqu'à ce que les années passent. Jusqu'à ce qu'il se mette à vieillir.

Le lendemain matin il se réveilla tôt et rassembla outils et planches. C'était une belle journée, balayée de bourrasques marines, les rayons du soleil ricochant sur la mer au loin, la lumière atlantique pâle et claire. Il grimpa par l'échelle sur le toit de la grange et se mit aussitôt au travail.

Au bout de quelques heures, il transpirait. Il s'arrêta et se roula une cigarette, adossé contre le toit incliné, les yeux fermés pour se protéger du soleil de la fin de l'été.

Quand il les rouvrit, il vit une silhouette s'approcher de la maison sur la petite route. La silhouette se déplaçait lentement mais d'un pas décidé, comme si elle charriait un lourd chargement. Elle portait une robe jaune. Il se pencha. Détourna le regard. Puis regarda de nouveau. Elle venait toujours.

Il écrasa sa cigarette et descendit de l'échelle en s'essuyant les mains sur son pantalon. La femme s'était arrêtée, les yeux clos pour se protéger du soleil. Elle était élégante, sa robe imprimée couleur citron pâle. Un chapeau incliné sur la tête. Elle ouvrit les yeux et il la vit hésiter, comme au bord de l'eau froide. Elle approcha du portail.

« John Mulligan ? » demanda-t-elle.

La voix était différente. Claire, en quelque sorte. Et pourtant le visage était le même.

Il hocha la tête, une tempête dans le sang. Il ne se faisait pas confiance pour parler.

« Puis-je entrer ? »

Il fit signe que oui, elle franchit péniblement le portail, remonta le chemin vers lui. Elle lui jeta subrepticement un coup d'œil, puis regarda de droite à gauche, comme pour tout embrasser : la maison, le terrain, le ciel. Il avait conscience des mauvaises herbes qui poussaient de part et d'autre du chemin, du trou dans le toit de la grange. Le jardin envahi par la végétation, l'enchevêtrement du carré de mûriers. Lui-même. Les mauvaises herbes avaient poussé là aussi. Il se passa les mains dans les cheveux, puis les fourra dans ses poches. Les ressortit.

Quand elle fut près, mais encore à quelques pas d'écart, elle tendit la main. Un gant, malgré la chaleur de la journée. Il approcha, ils se saluèrent.

« Je m'appelle Clemency. »

Une voix anglaise. Tranchante dans l'air clair.

Il avait conscience d'être jaugé dans la pâle lumière du matin par cette jeune femme dans sa robe jaune citron. Une estimation.

« Vous voulez entrer ? demanda-t-il. J'ai du thé. »

Elle regarda autour d'elle, et vit alors le banc.

« Ne pourrait-on pas plutôt s'asseoir dehors ? La matinée est tellement belle.

— Oui-da. Mettez-vous à l'aise. Aimeriez-vous ce thé ?

— Oui, répondit-elle avant de s'asseoir. S'il vous plaît. »

La bouilloire, suspendue au-dessus du feu depuis le matin, était chaude, il en fut reconnaissant. Il laissa infuser un moment et alla dans la chambre, où un miroir était cloué au mur. Il avait une traînée de saleté sur le visage. Il l'essuya. Sa chemise était mouillée aux aisselles et dans le dos. Pendant un long moment, il se contenta de se contempler, à la dérive. Puis il retourna dans la cuisine, où ses mains tremblèrent en versant le thé dans les tasses, puis le lait. Il les apporta au soleil.

« Aimeriez-vous du pain ? demanda-t-il comme il posait le thé à côté d'elle. J'ai un peu de pain levé et du fromage.

— Du thé c'est très bien. Merci. »

Une précision dans sa manière de parler. On entendait le bord des mots. Et sa façon de s'asseoir aussi. Soignée, malgré son encombrement. Les mains jointes sur les genoux. Les cheveux noués dans la nuque. De longs cheveux démodés.

Il eut l'impression qu'il ne devait pas s'asseoir à côté d'elle, alors il resta debout, légèrement à sa gauche.

« Je vous ai vue », dit-il.

Elle se tourna vers lui, surprise.

« Quand ça ?

— Hier. En ville. Avec votre... mari et votre enfant.

— Oh, fit-elle en hochant la tête. Oui. On est là pour les vacances.

— C'est formidable.

— Il est instituteur. Je suis professeur. Du moins je l'étais avant de me marier.

— C'est formidable », répéta-t-il, puis il se tut.

Professeur.

Il avait l'impression d'être lent devant cette femme. Elle avait l'esprit vif. Il le sentait se poser sur lui, s'envoler, se poser de nouveau.

« Quel âge a donc votre petite ? demanda-t-il.

— Deux ans.

— Ah. »

Elle posa son thé sur le côté et – comme s'ils l'agaçaient, tout à coup – retira ses gants. Joignit les mains devant son ventre.

« Il m'avait dit de ne pas venir, murmura-t-elle. Mon mari. Il ne sait pas que je suis là. »

Il hocha la tête.

« Je vois. »

Il avait la bouche pâteuse.

« Et… pourquoi donc vous êtes là ? »

Elle le regarda, son visage était le visage d'une autre femme, une vie auparavant, et il eut envie de s'agenouiller devant elle. Pourtant c'est la jeune femme en robe jaune qu'il vit s'écarter.

Elle se leva et regarda autour d'elle.

« C'est un endroit charmant que vous avez là. Vous vivez ici depuis longtemps ?

— Un an, répondit-il en se ressaisissant. Pas plus. »

Elle hocha la tête.

« Et avant ça ?

— J'étais en mer.

425

— Et avant ça ?

— À quand pensez-vous ?

— Il y a vingt-trois ans. »

Elle avait le visage tendu.

Il déglutit.

« Vous ne voulez pas vous asseoir ? »

Elle secoua la tête. Les poings fermés le long du corps. Elle semblait plus jeune à présent. Tout juste sortie de l'enfance.

« Il faut que je sache. Où étiez-vous, alors ?

— Dans le Yorkshire », répondit-il.

Il n'avait rien de plus à lui offrir que la vérité.

« Dans un endroit appelé Sharston. »

Elle appuya la base de ses paumes contre ses yeux et fit un petit bruit.

« Vous me connaissez ? demanda-t-elle en levant la tête vers lui. Vous savez qui je suis ?

— Oui-da, lui répondit-il doucement. Je crois que oui. »

Elle hocha la tête.

« Je vous ai cherché, dit-elle. Je vous ai cherché si longtemps.

— Je suis désolé.

— Nous avez-vous cherchées ? Si vous ne l'avez pas fait, je m'en vais. Et je ne vous reverrai plus jamais. Je vous le promets. Mais si vous l'avez fait, il faut que je sache.

— Je vous en prie. Ne vous tournez pas les sangs. Asseyez-vous. Votre thé refroidit. »

Elle se rassit, sans toutefois le lâcher des yeux. Il voyait son obstination, et il était fier.

« J'ai cherché, lui dit-il. J'ai cherché pendant des

426

années. J'ai cherché jusqu'à ce que mes recherches deviennent…

— Quoi?»

Elle était blanche.

«Qu'est-ce que vos recherches sont devenues? Dites-moi. Je veux savoir.

— J'en suis venu à avoir l'impression que je ne vous trouverais jamais en cherchant.»

Il y eut un silence, puis:

«Où est-elle?» demanda-t-il.

Le visage de la jeune femme se contracta.

«Elle est morte. Elle est morte il y a trois ans.»

Il hocha la tête. D'une certaine manière, il le savait. Néanmoins il sentit cette confirmation s'enfouir pour attendre dans un endroit douillet. Il remisait la douleur pour plus tard.

«Était-elle malade?

— Pendant un temps. Ensuite elle a semblé aller mieux. Mais ensuite, assez vite, elle est partie.»

Aux pieds de John, une fleur. Minuscule. Il la cueillit. La fit tourner dans sa paume.

Un bruit s'éleva à côté de lui. La jeune femme était pliée en deux, le dos agité de soubresauts. Il avait envie de la toucher, de l'apaiser, mais il savait qu'il n'en avait pas le droit. Alors il attendit que le tremblement passe.

La jeune femme leva un visage brouillé de larmes.

«Je savais que ma mère était allée là-bas, à l'asile, pour vous chercher. Mais chaque fois que je lui posais la question, elle répondait qu'il n'y avait rien eu de vous, là-bas, à trouver. Qu'il n'y avait aucun moyen de savoir où vous étiez. Après sa mort, j'y suis allée moi-même. On m'a traitée comme une criminelle. Dit qu'il n'y avait pas de document sur vous. Pas d'adresse. On m'a dit que vous aviez tout simplement disparu.

» Mon mari était furieux. Il ne voulait pas que j'y aille. Il ne l'a jamais dit devant ma mère, mais en privé il disait que vous ne valiez pas la peine d'être retrouvé. N'importe quel homme qui laisse une femme comme ça... »

Sa voix s'éteignit. John garda le silence.

« Mais ce n'était pas comme ça qu'elle parlait de vous, murmura-t-elle. Elle ne parlait jamais de vous comme ça.

— Et comment parlait-elle de moi ?

— Avec amour. »

Ces mots, très simples, le pénétrèrent, un baume en eux. Il la vit le dévisager. Pensait-elle qu'il les valait ?

« Merci, dit-il, avant d'ajouter : Elle devait être fière. De vous. Que vous soyez professeur. Que vous soyez... comme vous êtes.

— Elle l'était. »

La jeune femme détourna les yeux, retira quelque chose sur sa jupe.

« Elle adorait que je lui fasse souvent la lecture, quand j'étais petite. »

Il hocha la tête.

« Elle avait gardé vos lettres. »

De nouveau son regard sur lui.

« Vraiment ?

— Elle me demandait de les lui lire. Quand la fin était proche. Elle en était venue à lire elle-même, vous savez. Un peu. Suffisamment. Mais malgré tout... elle aimait que je les lui lise tout haut. »

Il la vit, alors. Ella. Dans la salle de bal. La dernière fois.

Je ne sais pas lire. Pas vraiment. C'est Clem qui me les a lues. Elle m'a aidée. Elle me les a lues à voix haute.

La peur sur son visage quand elle avait parlé. Comme si ça aurait changé quoi que ce soit.

« Je suis bien content, murmura-t-il.

— J'ai su alors, après les avoir lues, qu'il fallait que je vous retrouve. Que vous n'étiez pas... ce que disait mon mari. »

Les poings fermés, elle parlait vite désormais.

« Tout ce que je savais c'était ce qu'elle m'avait raconté, et ce qui était dans vos lettres. Je savais votre nom et que vous étiez irlandais... Mon mari est irlandais. On vient ici chaque année, chaque été, pour rendre visite à sa famille à Galway. Je savais grâce à ce que vous aviez écrit que vous étiez originaire de l'ouest, alors j'ai commencé à demander. Je demandais s'il y avait un certain John Mulligan partout où on allait. Il y a beaucoup de John Mulligan, vous savez. »

Elle leva le menton, l'air vaguement accusateur.

« Oui-da. »

Il hocha la tête, un petit sourire.

« Un certain nombre.

— Je me suis mise à demander partout. Si on était dans un village, j'allais à l'église. Je regardais les pierres tombales. Pour voir s'il y avait des Mulligan. C'est devenu... une habitude. Et ensuite on est arrivés ici, la semaine dernière, et j'ai demandé au bureau de poste. On m'a répondu qu'il y avait un John Mulligan qui vivait seul ici. Et j'ai su. J'ai juste... su. J'ai su qu'il fallait que je vienne. »

Son visage le transperçait. Il y avait tellement de sa mère dedans.

C'était à son tour de parler.

Mais maintenant qu'elle était là, dans toute sa personne vivante, il se rendit compte que les mots avaient disparu. Ils s'étaient enfuis de sa gorge pour s'installer dans celle des oiseaux, se suspendre aux branches des arbres à l'écoute, rejoindre la mer, qui fracassait ses brisants au bord de la pensée.

Respire.

Il porta la main à sa poitrine. Y sentit son propre battement.

Il savait où trouver une réserve de mots. Des mots qui appartenaient à cette femme. Dont elle avait attendu le son une vie entière.

« Attendez. »

Le cœur tambourinant, il pénétra dans la fraîcheur de la chaumière. Il se pencha et sortit une valisette de sous son lit. À l'intérieur se trouvaient des papiers, des documents, les maigres affaires rassemblées de sa vie : son permis de marin de la marine marchande, son passeport. Une petite liasse de lettres au fond. Il s'en empara, les feuilleta jusqu'à trouver celle qu'il cherchait et la rapporta au soleil.

« Tenez. »

Elle la lui prit des mains.

« C'est pour elle, dit-elle.

— Mais vous pouvez l'ouvrir. »

Elle l'ouvrit.

Il ferma les yeux comme elle lisait tout haut.

Chère Ella,

Voilà maintenant dix ans que je t'ai vue pour la dernière fois. Je me rappelle ton visage. Je n'oublierai jamais ton visage.

Je t'ai écrit une lettre chaque année à cette date.

Je ne sais pas où tu es, ni ce que tu es devenue, alors je ne peux pas les envoyer. Je les garderai jusqu'au jour où je te reverrai.

Je suis à nouveau en Angleterre depuis peu. Aujourd'hui j'irai à Bradford et ensuite à Leeds pour te chercher. Je pense à toi tous les jours. À toi et à l'enfant. L'enfant est-il né ? A-t-il vécu ? L'idée d'un enfant qui grandit sans père ou avec un père qui n'est pas le sien est plus qu'une douleur pour moi.

Je suis désolé de ne pas être resté dans cet endroit. Je ne peux que t'imaginer m'envoyer des nouvelles – comme je te l'avais demandé – et ne rien recevoir en retour.

Mais il fallait que je m'enfuie.

Et quand je me suis enfui j'ai pensé à toi. À ta liberté. Comment tu m'avais donné ça.

Tu es forte tu as toujours été forte et quand je pense à toi je sens que tu es vivante. J'espère que nous pourrons un jour être une famille. Mais où que tu sois je t'envoie mon amour. Je travaille sur les bateaux mais je reviens toujours.

Bien à toi,

Toujours,

JOHN

La jeune femme le regarda. Elle se remit à pleurer, doucement mais avec insistance, les larmes coulaient librement.

«Chut», lui dit-il. Et il l'attira contre lui. «Tout va bien, dit-il. Tout va bien.»

Le lendemain il se rasa. Endossa sa plus belle chemise. Fit cuire du pain frais. La lumière matinale était couleur citron.

Ils arrivèrent comme convenu à quinze heures. Sa fille, Clemency, en premier, qui tenait sa propre fille par la main. En les regardant approcher sur la petite route, il en croyait à peine ses yeux, pourtant ils étaient bien réels : la fillette une petite chose robuste, le mari derrière, grand, réticent, mais calme. Quand ils se serrèrent la main, John vit que derrière ses lunettes son regard était doux. Ils s'assirent, burent du thé, mangèrent du pain et du beurre, pendant que la fillette jouait à leurs pieds.

Quand ils eurent mangé, il leur montra le chemin de la mer. Ils empruntèrent le sentier au milieu des prés, qui débouchait sur la grève, où la fillette poussa un cri de ravissement à la vue de l'eau.

«Tu peux barboter, lui dit-il. Si tu veux.»

La fille regarda sa mère, qui hocha la tête et se pencha pour lui retirer ses chaussures et ses chaussettes.

«Et si vous lui donniez la main?» proposa-t-elle à John.

Il hésita, mais sa fille sourit.

«S'il vous plaît, insista-t-elle. Ce n'est pas un problème.»

Il baissa la main, la fillette leva les yeux. Longtemps elle resta immobile, comme si elle le jaugeait, puis elle finit par glisser sa paume dans la sienne et le laisser la guider vers le bord de l'eau.

La marée, haute, recouvrait les criques, des vaguelettes mousseuses se brisaient sur la plage. Délicatement, il souleva la fillette pour la faire patauger. L'eau bouillonnante lui couvrit les pieds, elle rit. Il sentait la stupéfaction de sa présence, un miracle, inattendu. La petite vie sûre de cette enfant sous ses mains.

Ils restèrent là un moment, tandis que l'eau se retirait, puis revenait, encore et encore, sans se laisser démonter par le moindre obstacle sur son passage.

NOTE DE L'AUTEUR

Quiconque connaît le West Riding, dans le Yorkshire, aura certainement reconnu l'asile où se passe *La salle de bal* : il se situe en périphérie du village de Menston et est connu localement sous le nom d'asile de Menston. Ce bâtiment ouvert en 1888 fut baptisé à l'origine West Riding Pauper Lunatic Asylum (asile pour aliénés indigents du West Riding), puis plus tard West Riding Mental Hospital (hôpital psychiatrique du West Riding), avant de devenir en 1963 le High Royds Hospital, pour finir par fermer ses portes en 2003.

Mon arrière-arrière-grand-père, John Mullarkey, un Irlandais, a été patient là-bas à partir de 1909, date à laquelle il a été transféré de l'hospice à l'asile. La découverte de son histoire m'a émue presque à la limite du supportable. Son dossier décrit un homme « déprimé » qui « a dû travailler très dur et s'est fait du souci pour son travail ». À l'époque de son admission, il était « très émacié et mal nourri ». Il ne s'est jamais remis, et est mort à l'âge de cinquante-six ans, en 1918, alors que son fils se battait sur le front de l'Ouest. Ce roman est dédié à sa mémoire.

J'ai mené beaucoup de recherches pour écrire ce livre, toutefois je voudrais souligner que, même si cet asile m'a inspiré ce travail, *La salle de bal* reste un roman et ne se veut en aucun cas une représentation fidèle de la vie ni des événements à High Royds. C'est pour cette raison que j'ai appelé mon asile Sharston, endroit élaboré autant par mon imagination qu'à partir de documents historiques. John, Ella et Charles sont des personnages complètement fictifs.

Quiconque souhaiterait en savoir plus sur l'histoire de l'asile ne pourrait mieux faire que de commencer par les archives mises en ligne par l'historien et photographe Mark Davis à l'adresse www.highroydshospital. com. C'est là que j'ai vu les premières photographies de la spectaculaire salle de bal en ruine située au cœur de l'asile, et que j'ai su que je devais écrire dessus. C'est là aussi que j'ai appris l'existence du cimetière à Buckle Lane – Mantle Lane dans *La salle de bal* – dont les tombes communes terrifient tellement les patients dans mon roman. Mark a écrit deux livres sur l'histoire de l'asile, *The West Riding Pauper Lunatic Asylum Through Time* et *Voices from the Asylum*. Il a aussi œuvré à la restauration de la chapelle à Buckle Lane pour en faire un monument à la mémoire de ceux qui gisent dans ces tombes anonymes.

Quiconque connaît le West Riding sera peut-être surpris de croiser une fileuse de la classe ouvrière qui parle un anglais standard. Pour des raisons de clarté j'ai choisi de ne pas reproduire le dialecte qui aurait sans nul doute imprégné les propos d'Ella et des autres personnages du Yorkshire. J'ai cependant utilisé tout du long certains mots dialectaux pour lesquels *The Yorkshire Dictionary* d'Arnold Kellett a été un guide inestimable.

Étonnamment, il semblerait que l'histoire de l'eugénisme en Grande-Bretagne soit très peu connue. J'ai été choquée et perturbée d'apprendre l'enthousiasme qu'avait manifesté le ministre de l'Intérieur Churchill pour la stérilisation d'un nombre significatif de Britanniques. Il n'y avait pas que Churchill, cependant : le soutien à l'eugénisme avait des racines profondes sur tout l'échiquier politique. Marie Stopes, Sidney et Beatrice Webb, membres de la Fabian Society, ainsi que George Bernard Shaw étaient tous de fervents défenseurs du mouvement eugéniste. Pour ceux qui souhaiteraient approfondir le sujet, la *Eugenics Review*, en consultation libre au musée Wellcome Collection, est un point de départ fascinant et troublant. La Grande-Bretagne n'était cela dit en aucun cas seule à montrer de l'enthousiasme pour l'eugénisme, et ceux qui voudraient avoir une vue d'ensemble de cette période pourraient commencer par lire le chapitre « Questions of Breeding » (questions de procréation) dans l'excellent essai de Philipp Blom *The Vertigo Years*.

Là encore, mes recherches ont eu beau être très étendues, j'ai pris des libertés avec les sources historiques. Churchill, bien qu'ayant été un partisan enthousiaste de l'idée de stériliser les « inaptes », n'a jamais, à ma connaissance, écrit une lettre comme celle présente dans mon livre. De même que, à ma connaissance, Karl Pearson ou Leonard Darwin n'ont jamais adressé de lettres à un médecin tel que Charles. Tous les textes cités, en revanche, depuis le *Eugenics and Future Human Progress* de Tredgold jusqu'aux passages de la *Eugenics Review* et aux extraits de la conférence de Leonard Darwin, sont fidèles [1].

Le projet de loi sur les faibles d'esprit a finalement été voté sous une forme modifiée en 1913, sous le nom de Mental Deficiency Act (Loi sur la déficience mentale), laquelle autorisait la ségrégation des « faibles d'esprit » sans la clause cruciale qui aurait permis la stérilisation forcée. Ce projet de loi avait bénéficié d'un soutien multipartite, toutefois deux voix éminentes s'étaient élevées contre lui : l'écrivain G. K. Chesterton et, au sein du Parlement, le

1. Ces textes étant inédits en français, c'est moi qui ai traduit les extraits cités.

député Josiah Wedgewood avaient tous deux mené campagne afin de modifier la législation. Sans doute peut-on attribuer à ces militants la victoire mesurée pour les droits de l'homme que constitua l'absence de la marotte de Churchill dans la loi finale. La loi en tant que telle était cependant loin d'être admirable, disposant, par exemple, que toute femme donnant naissance à un enfant illégitime alors même qu'elle bénéficiait d'aides sociales devait être considérée comme « faible d'esprit » et risquait donc le placement obligatoire dans une institution. Je me demande si l'abandon de la clause sur la stérilisation n'est pas également dû au fait qu'à la fin de 1911 Churchill était passé au ministère de la Marine, et qu'en 1912 il avait l'œil braqué sur de tout autres horizons.

REMERCIEMENTS

Parmi les nombreux livres que j'ai lus au cours de mes recherches destinées à *La salle de bal*, j'ai trouvé les titres suivants particulièrement utiles :

The Perfect Summer, de Juliet Nicholson (John Murray, 2006), offre une vue d'ensemble de l'été 1911 frappé par cette vague de chaleur bouillonnante.

Le livre coloré de Maggie Newbery *Picking Up Threads* (Bradford Libraries, 1993) a été l'un des rares récits que je sois parvenue à trouver sur une fileuse de la classe ouvrière à Bradford dans les années 1910.

Voices from the Asylum de Mark Davis et Marina Kidd (Amberley, 2013) est un document émouvant sur ces patients de l'asile de Menston qui ont fini leur vie dans des tombes anonymes.

L'essai de Elaine Showalter *The Female Malady* (Virago, 1987) fournit un compte rendu important de l'attitude de l'institution médicale envers les patientes de l'époque.

The Yorkshire Dictionary d'Arnold Kellett (Smith Settle, 1994) a été un guide inestimable dans le domaine du dialecte.

Des visites répétées au Wellcome Collection ainsi qu'aux archives de l'asile, entreposées à Wakefield, dans le West Yorkshire, se sont également révélées vitales pour ma recherche.

Je dois des remerciements à de nombreuses personnes – mais à celles-ci en particulier :

À Caroline Wood et Jane Lawson, respectivement mes merveilleuses agent et éditrice, qui se sont toutes deux montrées des sages-femmes patientes, attentionnées et enthousiastes envers ce livre.

Aux équipes de Felicity Bryan et Transworld Publishers, mais en premier lieu à mon attachée de presse Alison Barrow, dont l'attention à ses auteurs et la passion plus globale pour le monde des livres et des lecteurs sont remarquables.

À mon groupe d'écrivains, The Unwriteables, qui se porte toujours comme un charme après presque huit ans d'existence. Ils ont lu ce livre sous la forme de feuilleton durant sa gestation de deux ans et demi : leurs intelligents commentaires sont tissés dans la trame du texte.

À Thea Bennett, Philip Makatrewicz, Josh Raymond et David Savill, qui ont tous lu le livre à des moments cruciaux et m'ont offert leur soutien et de précieuses critiques franches.

À Pamela Hope, lectrice toujours clef pour moi, qui a lu ce livre rapidement, deux fois, quand j'avais impérieusement besoin de son aide.

À Tony Hope, qui m'a accompagnée lors d'une géniale mission de recherche à Bradford.

À ma famille et à mes amis, sans l'amour et le soutien desquels le travail solitaire d'un écrivain serait impossible.

Et à Dave, toujours, pour son amour, son rire et sa lumière.

Merci.

DU MÊME AUTEUR

Aux Éditions Gallimard

LE CHAGRIN DES VIVANTS, 2016 (Folio n° 6353)
LA SALLE DE BAL, 2017 (Folio n° 6630), Grand Prix des lectrices de *Elle* 2018

COLLECTION FOLIO

Dernières parutions

Composition : IGS-CP à L'Isle-d'Espagnac (16)
Achevé d'imprimer par Novoprint
à Barcelone, le 4 mars 2019
Dépôt légal : mars 2019

ISBN 978-2-07-282447-0./Imprimé en Espagne.